백성

백성

10

제3부 | 세월의 사닥다리

김동민 대하소설

문이당

차례

제3부 ｜ 세월의 사닥다리

물에 젖는지 불에 타는지 ······ 7

굴렁쇠처럼 도는 세상 ······ 19

수상한 목재상회 ······ 29

그 여자와 살려는 뜻은 ······ 54

황매화나무 줄기같이 ······ 75

나의 것은 없어라 ······ 95

콩 꽃이 필 때까지 ······ 113

불밭의 전시장 ······ 133

적은 눈에 보이는데 ······ 161

일본 군의관 ······ 196

미칠 일만 남았다 ······ 219

객귀客鬼 물리기 ······ 252

돌아온 천주학쟁이의 후손 ······ 282

우도신궁의 거북바위 ······ 302

만인소와 검무 ······ 322

은장도 꺼내 드는 만백성 ······ 355

물에 젖는지 불에 타는지

날이 바뀌고 달이 바뀌고 해가 바뀌었다.

정월답지 않게 연일 포근한 날씨가 죽 이어졌다. 그렇지만 겨울 가뭄이 유난히도 심했다. 언제나 맑고 푸른 물로 흘러넘치는 남강은 모래와 자갈밖에 남아 있지 않았다. 대사지 못물도 다 말라버려 바닥이 허옇게 드러났다. 그건 예외가 없었다. 비봉산 서편 자락에 있는 가매못도 마찬가지였으며 서장대 아래를 적시는 나불천도 그랬다.

─ 이래갖고는 오데 사람 사는 기라꼬 할 수가 있것나?

─ 하늘도 무울 물이 없는가 모리제.

─ 비구름들이 모돌띠리 반란을 일으킨 기가, 머꼬?

─ 내는 사람들이 반란을 생각할까 싶어갖고 그기 무섭거마는.

사람들은 몸 씻을 물은커녕 마실 물마저도 없어 난리가 났다. 없는 사람은 시절이라도 좋아야 한다는데, 새해 초부터 세상은 더할 나위 없이 흉흉한 조짐을 보였다. 그리고 사람들 가슴마다 시간이 갈수록 그 정도가 심해질 것 같은 불안과 초조가 엄습하고 있었다.

'아, 에나 달도 밝기도 안 하나.'

나루터집 마당에 서서 정월 대보름달을 올려다보고 있던 비화는, 지금쯤 만삭의 몸이 돼 있을 옥진의 둥근 배를 떠올렸다. 되씹어볼수록 분노가 치밀고 기가 막힐 노릇이었다. 아직도 꿈속을 헤매는 기분에서 헤어날 수가 없었다.

'미칫다. 돌아삣다.'

해랑, 아니 옥진이 억호 씨를 배다니. 대사지 속에 도사린 물귀신 저주가 내렸는가? 어쩔 수 없이, 정말 어쩔 수 없이 그렇게 되었다고 치자. 그렇더라도 무슨 방법을 쓰든 그 씨를 지울 생각을 했어야 하지 않은가. 대체 무슨 억하심정으로…….

'진아, 내 증말 니 속에 한분 들가봤으모 좋겄다. 니 속이 우찌 생깃는고 함 보거로.'

집 안이 텅 비어 있어 그런지 이날따라 더없이 심란했다. 모두 달집놀이 구경을 갔다. 아마도 강물이 바싹 말라버린 탓에 사막이나 황야처럼 아주 넓게 드러난 강가 모래밭에 대나무와 잡목을 쌓아 하늘을 찌를 듯이 만들어 놓은 달집이 활활 타오르고 있을 것이다. 그리고 사람들은 저마다 두 손 모아 간절히 소원을 빌 것이다.

'달님! 달님!'

비화는 달님에게 준서가 제발 건강하게 자라게 해 달라고 기원했다. 벌써 여러 날이나 독감을 심하게 앓고 있는 준서는 조금 전에 약을 먹고 간신히 잠이 들었다. 그래도 혹시 깨어나서 옆에 아무도 없으면 놀랄까봐, 다른 식구들 모두 달집 놀이 구경을 보내고 그녀 혼자만 집에 남아 있었다. 우정 댁과 원아는 서로 내가 집에 있을 테니 조카가 가라고 했지만, 비화는 끝까지 고집을 꺾지 않았다. 그 누가 뭐래도 준서는 이 비화의 단 하나뿐인 아들인 것이다.

'지가 다린 거는 안 바랍니더.'

비화는 자기 마음속에도 달맞이 때 불을 질러 밝게 만들기 위한 나무 무더기를 집채처럼 쌓았다. 문득, 언젠가 땅을 보러 갔던 마을에서 보았던 달집태우기가 생각났다. 이제 다시 되새겨 봐도 그곳의 달집은 확실히 독특하고 뛰어났었다.

"아, 저, 저거 함 보소."

그녀에게 전답을 팔려는 땅임자는 토지 매매보다도 그날의 달집 놀이에 더욱 혼을 빼앗긴 것 같은 모습이었다. 아니, 단지 그 사람뿐만 아니라 그 고을에 거주하고 있는 사람들 모두가 그렇게 달집 놀이에 크나큰 자긍심을 품고 있는 듯했다. 한마디로 달나라 사람들이라고나 해야 할까? 어쨌거나 그날 비화는 달집에 관해 꽤 많은 걸 알게 되었다.

"소나모는 천·지·인을 나타냅니더."

비화는 천자문을 배우는 학동같이 했다.

"하늘, 땅 그리고 사람."

설명해주는 그 고을 장년의 사내는 신바람이 붙었다. 아주 어릴 적부터 조부가 훈장으로 있는 서당에서 글공부를 했다는 그는, 비록 단신이었지만 누구나 얕볼 수 없을 정도의 근엄함을 지니고 있었다.

"그라고 365개의 대나모, 그거는 1년을, 24단으로 묶은 청솔가지는 저 24절기를 상징하지예."

비화의 입에서는 절로 감탄이 흘러나왔다.

"아, 그런!"

달집을 만드는 평범한 재료가 그런 깊은 뜻까지 지니고 있는 줄은 미처 몰랐다. 그래서 진무 스님도 삼라만상 가운데 어느 것 하나도 등한시해서는 아니 된다고 했던가.

"또 말입니더. 그런께네……."

들을수록 흥미롭고 의미가 있구나 싶었다. 12달을 나타내기 위해 12

동의 짚을 마련하고, 4계절을 의미하는 것은 장작 4짐이라고 했다.

"문이네? 맞지예? 문이지예?"

"예, 문 맞심니더."

"우짜모!"

그런데 비화 눈길을 가장 잡아끈 것은 사람이 드나들 수 있을 정도의 크기로 만들어진 달문이었다. 그건 참으로 근사해 보였다. 짚으로 이엉을 엮어 지붕을 이듯 달집 둘레를 차례로 감고 달문 주위로는 용마름으로 단장했다.

"이왕 기경온 긴께 함 해보이소."

"예, 그래보것심니더."

땅임자 사내가 하도 완고하게 권하는 바람에 비화는 그 달문 안에도 들어가 보았다. 꼭 달같이 둥글게 왼 새끼줄로 원을 만들어 문종이 위에다 안치했다. 이엉, 용마름, 방문, 방의 구조로 짜여 있어 초가집을 방불케 하였다. 누구든 이런 집에서 가족들과 오손도손 살고 싶다는 마음이 들만도 했다.

'우리 준서는 시방 잘 자나?'

그 기억 끝을 물고 준서가 자고 있을 방으로 빨리 들어가고 싶은 충동이 일었다. 아무리 모두가 부러워하는 좋은 집이요 방이라 할지라도, 어찌 내 집 내 방에다 견주랴. 더욱이 내 핏줄이 있는 곳이라면 더 이를 필요가 있겠는가? 설혹 그곳이 지옥이라고 할지라도 기꺼이 함께 할 것이다.

그런데 비화가 방을 향해 막 몸을 돌려세웠을 때였다. 문간 쪽이 떠들썩해지더니 발걸음 소리가 어지러웠다. 무슨 일인가 하고 고개를 빼어 바라보니, 얼이가 앞서고 그 뒤편으로 나루터집 식구들도 급히 따라오는 게 눈에 띄었다. 그 모양새가 아무리 봐도 어딘가 심상치 않았다.

'아, 모도 와들 저라제?'

비화 가슴이 철렁했다. 무슨 일이 벌어진 게 틀림없었다.

"누야! 누야!"

맨 먼저 달려온 얼이가 몹시 숨이 가쁜 소리로 비화를 불렀다. 그 또한 보통 때 얼이가 보이는 모습과는 큰 차이가 있었다.

"와? 무신 일고?"

"배봉이, 배봉이 집에 말입니더!"

얼이 입에서 느닷없이 배봉이 집이 나왔다. 아닌 밤중에 홍두깨가 아니라 저 철천지원수 집을 말한 것이다. 당장 비화 음성이 달라졌다.

"배봉이? 배봉이 집이 와?"

그러자 얼이는 손을 가슴에 대고 숨을 헐떡거리며 가까스로 입을 열었다. 하지만 비화가 짐작하고 있던 배봉이가 아니라 다른 사람 이름이 튀어나왔다.

"어, 억호 아내 부, 분녀가예…….”

"분녀?"

그런데 어리둥절한 표정을 짓는 비화에게 얼이가 하는 소리였다.

"예, 그 분녀가 주, 죽었다 안 쿱니꺼?"

"분녀가 죽어?"

그렇게 되뇌는 비화는 백치 같아 보였다. 실제로 머릿속이 하얗게 비어버리는 느낌이 왔다. 얼이는 연방 숨을 몰아쉬며 확인시켜주었다.

"예, 누야."

청천하늘에 대보름달이 떠서 온 누리를 대낮같이 밝혀주고 있음에도 불구하고 한순간 모든 것들이 암흑으로 뒤덮이는 듯한 분위기가 밀려들었다.

"부, 분녀가?"

얼이도 생각할수록 가슴이 먹먹한지 이번에는 짧게 말했다.

"예."

비화는 귀를 믿지 못했다. 그건 단순히 충격적이라는 말로서는 너무나 부족한 그 무엇을 담고 있었다. 지금 하늘가에 두리둥실 떠 있는 달이 두 쪽으로 좌악 갈라지는 것을 보는 느낌이었다.

'그, 그리 되모……'

비화 뇌리에 곧바로 떠오르는 게 옥진이었다. 억호가 그의 새 아내로 맞아들일 거라고 동네방네 소문내고 다니는 옥진. 억호 아이를 배고 있는 옥진.

"모도 달집 놀이는 기경도 안 하고, 그 소문에만 증신이 팔려 있다 아이가."

우정댁 얼굴도 퍽 상기돼 보였다. 하지만 원아는 심드렁한 표정이었다.

"사람들이 우째서 그리도 야단 난리들인고 내사 통 모리것다. 하늘에서 달이 없어지삐는 거도 아인데."

그러고는 평상시 그녀답지 않게 저주 섞인 목소리로 빈정거렸다.

"배봉이 집안에 대한 일인께 저리쌌것제."

새벼리 숲에서 억호를 만난 그 며칠 후에 집으로 다시 돌아온 재영은 여전히 무슨 말이 없었다. 비화에게 동업에 관한 모든 걸 밝히고 나서부터 그는 벙어리에 귀머거리까지 돼버린 사람 같았다.

비화 또한 그런 남편 앞에서는 똑같은 농아처럼 행세하고 있었다. 부부가 말하고 듣는 게 그토록 두렵고 무서울 수 없었다. 서로가 아무 말도 하지 않고 아무 소리도 듣지 않는 것만이 가정을 파괴하지 않을 유일한 길이라고 믿었다. 그런데 만약 두 사람에게 준서가 없었다면. 상상마저도 싫은 일이었다.

비화는 약간 비틀거리며 마루로 가서 거기 사각기둥에 등을 기대고 앉았다. 돌무더기 서낭당에서 만났던 분녀 얼굴이 바로 어제 본 듯 또렷이 그려졌다. 돌이켜 보면 그녀도 불쌍한 여자였다. 아이를 낳지 못하는 석녀인 데다가 가마 추락 사고로 반신불수가 되어 거동도 하지 못한 채 식물처럼 살다가 생을 마감해야 했던…….

"올해 보름달은 참말로 밝기도 하거마. 호롱불 억만 개를 밝히도 저리는 몬 될 기다. 저 달빛은 농민군들 무덤도 비추고 있것제."

문득 비화 귓전을 파고드는 우정댁 그 말이 문짝 가에 붙인 종이를 흔드는 겨울바람처럼 썰렁하고 쓸쓸했다.

"이승을 떠돌아 댕기는 그분들 원혼도 안 비춰주까이예."

원아의 말도 알맹이가 전부 빠지고 없는 쭉정이 같았다. 어쩌면 그녀는 안 화공이 그린 자기 초상화가 있는 화폭으로 들어가고 싶은 건 아닐까, 얼핏 그런 생각이 들었다.

'옥지이도 저 달을 보고 있을 기라.'

비화 감회는 천 갈래 만 갈래로 엇갈렸다. 마당에 쏟아지는 달빛이 소리 없는 아우성을 지르고 있는 듯이 느껴졌다.

'분녀가 죽었다쿠는 소리도 하매 들었것제.'

달이 더더욱 만삭의 여자 배처럼 보였다. 금방이라도 달에서 갓난아이 하나가 지상으로 툭 떨어져 내릴 것만 같았다.

그러나 비화는 조금도 내다보지 못했다. 그날로부터 채 달포도 지나기 전에, 그녀로서는 저 분녀 죽음보다도 훨씬 더 충격적인 소식이 전해질 줄은 몰랐다.

그것은 상촌나루터 남강이 역류하여 저 위쪽에 있는 지리산을 물에 잠겨버리게 했다는 것보다도 더한 소식이었다.

비화는 온몸의 피가 거꾸로 도는 것 같았다. 아니, 그 정도가 아니라 피가 그 흐름을 딱 멈춰버리는 듯했다. 이번에는 모든 나루터집 식구들도 하나같이 입을 다물었다. 그 입은 밥을 먹거나 손님을 맞이할 때 말고는 돌문처럼 굳게 닫혀 있었다.

"……."

있을 수 없다고 여겼던 일이 막상 현실로 일어났을 때 사람들은 말을 하지 않는다. 가슴을 칠 힘은 고사하고 고개를 갸웃거릴 기력마저도 남아 있지 못한다. 그야말로 진무 스님 말처럼 공空이다.

해랑이 억호의 새로운 아내로 들어앉았다. 임배봉의 맏며느리가 되었다. 배봉가家 사람이 된 것이다.

배봉과 억호가 하판도 목사를 어떻게 구워삶았는지 아는 사람은 없었다. 해랑이 몸담고 있던 교방 관기들조차도 모른다.

'구구구, 구구구.'

새들 가운데서 가장 식탐이 많다는 비둘기 무리가 그 고을 곳곳을 날아다니며 어지럽게 깃털을 흩날렸다.

"사람 앞날은 아모도 모린다 쿠지만도 이랄 수가?"

"그라모 사주팔자니 머니 해쌌는 거는 머신데?"

"구신은 알고 있었는가 모리제. 구신겉이 안다 캤은께."

"아, 구신이라꼬 우찌 다 알 낀데? 구신도 기신다쿠는 말도 몬 들어봤는갑네?"

"인자 고마하자. 이라다가 진짜 구신 나올라."

"구신도 반할 끼라쿠는 그 해랑이라는 관기, 대체 우찌 생깃길래?"

"하여튼 억호 고 인간 겉잖은 기 부러버서 내사 몬 견디것다. 그런 미인을 새 아내로 맞아들잇다이 내일 죽어도 원도 한도 없을 끼다."

"내일 죽기는? 천년만년 살라쿨 낀데?"

하루아침에 교방 관기 신분에서 근동 최고 대갓집 안방마님으로 변신한 해랑. 일본이 조선을 노리고 있다는 그 무서운 이야기는 그냥 한쪽 귀 밖으로 흘려듣던 사람들조차도, 이 고을 일등 명기名妓에게 나오는 소문을 듣기 위해서 한쪽 바지 두 다리 꿰고 우 달려 나왔다.

그런 와중에 귀를 틀어막고 이불을 뒤집어쓰고 그 소리를 듣지 않으려고 발악하는 비화, 그녀에게는 장사고 가정이고 뭐고 없었다.

옥진은 적이 되었다. 철천지원수로 마주 섰다. 이제 옥진은 배봉이나 점박이 형제와 하등 다를 바가 없었다. 비화 마음에 꺼지지 않는 불처럼 남아 있던 옥진은 영원히 사라지게 되었다. 그 빈자리를 해랑이 다시 채우게 되었다.

그렇다. '옥진'은 없고 '해랑'만 있다.

비화가 방문을 꼭꼭 닫아걸고 자리보전을 하는 동안 재영은 늘 밖으로만 나돌았다. 그는 천지개벽을 맞았다. 업둥이 아들 동업의 어머니가 바뀌었다. 아내의 친자매는 아니지만, 그 자신을 '형부'라고 부르던 '처제'가 그의 자식의 새어머니가 되었다. 그의 아내이자 준서 어머니인 비화와 억호 아내이자 동업 어머니인 해랑, 그 두 여자는 가문의 이름을 걸고 사생결단을 벌여야 할 운명이 된 것이다.

어쨌든 비화처럼 방안에만 칩거하던 재영처럼 강가를 쏘다니든, 그곳 상촌나루터를 미친바람같이 휩쓸고 다니면서 사람들을 한곳으로 몰아넣는 그 소문의 벽을 누구도 허물 순 없었다. 사람들은 큰 소리로 떠들거나 작은 소리로 속닥거렸다.

현실이 그랬다. 모든 건 엄연한 현실로 살아 숨 쉬고 있다. 제아무리 부정하고 싶어도, 내가 죽어라 뿌리치고 싶어도, 그 현실은 사람을 놓아주지 않는다. 풀어줄 아량을 가지지 못했다. 현실만큼 끈질기고 힘이 세고 인정머리 없는 것도 없다. 꿈과 이상도 그 현실에 발을 딛지 않고서는 날갯짓을 할 수가 없는 것이다.

"조카! 우짤라꼬 이리쌌노?"

"삐가리(병아리) 눈물만치 떠놓은 물도 다 몬 마싯네."

"준서를 생각해야 하는 기라. 아즉도 감기 몸살 기운이 남아 있다."

"무신 숭한 꼴을 볼라꼬 이리 증신을 몬 채리는고, 내사 미치것다 고마!"

"우리 다 죽는 꼴 볼라쿠모 그라든지."

"무당 불러앉히놓고 푸닥거리라도 해야 일어나것나."

우정 댁과 원아는 눈코 뜰 새 없이 바쁜 중에도 문턱이 닳도록 비화방을 계속 들락거리며 걱정을 태산같이 했다.

"준서야, 옴마가 아픈께 니는 내하고 같이 있자."

"응, 성아야."

얼이도 매일 서당에서 글공부를 마치자마자 곧바로 달려와서 준서를 데리고 놀아주었다. 하지만 집안 어른들이 모두 저런 판이니 살맛이 없기는 얼이도 마찬가지였다. 한마디로 나루터집은 사람 사는 집이 아니었다.

"머라꼬?"

"내도 머라꼬다!"

풍문은 끝이 없었다. 억호가 새로 들인 그 부인을 위해 중국산, 일본산, 페르시아산, 그 외에도 여러 구라파산 물건들을 마구잡이로 사들인다고 했다. 세상에 없이 젊고 아름다운 며느리가 들어온 임배봉 집안은 하루 종일 큰 웃음소리가 그치지 않는다고 했다. 심지어 그 집에서 키우고 있는 동물들도 우는 소리를 내지 않고 웃는 소리를 낸다고 했다.

한 번은 해랑이 동업직물 점포에 나간 적이 있는데, 온 고을 사람들이 그녀 얼굴을 구경하기 위해 구름처럼 우우 몰려들었다고도 했다. 동업직물 앞 도로는 인파로 인해 우마차가 지나가지를 못하고 가마도 다른 길로 돌아서 갔다고 했다. 당연히 그날 동업직물은 비단이 없어서 못 팔았다고 한다.

어디까지가 사실이고 어디까지가 지어낸 이야긴지 누구도 알 수는 없었다. 하지만 설혹 사실이 아니라고 해서 해랑의 몸값이 떨어지는 건 아니었다. 오히려 없는 일도 만들어내게 할 정도니 더 대단한 여자가 아니겠냐고 한다는 거였다. 해랑이란 그 이름 자체가 하나의 기적이요, 우주와도 같았다.

그렇다. 해랑은 예전의 그 해랑이 아니었다. 그렇다고 다시 강옥진으로 되돌아간 것은 더욱 아니었다. 그렇다면? 황후나 공주도 부러워할 천하제일의 여인으로 떠오른 것이다. 행운의 여신이 다른 곳에는 가지 아니하고 해랑 옆에만 딱 붙어 있다고들 했다. 그러나 사실은 그게 아니었으니…….

지난날 분녀가 반신불수의 몸인지라 거동을 하지 못했다면, 지금 해랑은 오늘, 내일 하는 만삭의 몸이기에 자리보전만 해야 할 처지였다. 그리하여 모두 산모가 아무 탈 없이 해산하기만을 바라느라 어디 다른 데로 눈길 돌릴 무슨 겨를이 없었다. 어느 날 갑자기 안방마님이 바뀌어버린 사태에 익숙지 못한 남녀 종들도 졸지에 소나기 만난 개미 떼처럼 그저 허둥대기는 마찬가지였다.

동업과 재업을 돌보는 일도 쉬운 게 아니었다. 이제 제법 많이 장성했다고는 해도 어미 분녀가 없는 마당이니 그 자식들은 완전 애물단지처럼 돼버렸다. 새어머니가 저런 몸이 아니면 그래도 나을 텐데 형편이 이러니 모든 게 뒤죽박죽인 것이다. 대갓집 자식이란 게 무슨 소용이 있을 것이며, 비단옷과 가죽 신발이 삼베옷과 짚신보다도 못했다.

그러나 누가 뭐라고 해도, 가장 힘이 들고 복잡한 사람은 해랑이었다. 아니, 어쩌면 그런 사실마저 깨닫지 못하고 있다는 말이 타당할는지도 몰랐다. 그녀는 그동안 겪었던 어떤 몽유병보다도 길고 깊은 고통스러운 몽유병을 앓고 있었다.

'내가 누고? 요가 오데고? 그라고 시방 내 앞에 비이는 저 사람들은?'

도대체 자기가 어떻게 해서 지금 이렇게 되었는지 알 재간이 없었다. 어떤 보이지 않는 포승줄에 꽁꽁 묶인 채 거기까지 끌려온 것 같았다. 대사지에서 점박이 형제에게 당하고, 그 후 교방 관기가 되어 목사 셋의 수발을 들다가 졸지에 억호 씨를 배게 되고, 이제는 그의 아내가 돼 있다니.

비화 언가가 철천지원수로 여기는 임배봉 가문의 맏며느리가 되어 이 집 안방에 자리 깔고 누워 있는 이 여자는 도대체 누구인가? 나를 세상에 둘도 없는 보배처럼 대하면서 순산하기를 애타게 기다리는 저 점박이 사내는 또 누구인가?

'내가 말로만 듣던 지옥에 와 있는갑다.'

아무리 달이 다 찬 아이를 밴 처지라고는 하지만 이렇게 몸도 마음도 가눌 수가 없을까? 정신이 오락가락하는 정도가 아니라 천 리를 나가 돌아오지 않는 것 같았다. 살아 있는 몸 같지 않았다. 그렇다고 완전히 죽은 몸도 아니었다. 차라리 그랬다면 훨씬 더 나았을 것이다.

그러나 그것은 곧 일어날 불상사에 대해 몸이 미리 알아서 보낸 신호였다는 것을 해랑은 일이 터진 다음에야 알았다. 옷이 물에 젖는지 불에 타는지도 몰랐던 것처럼.

실로 무서운 하혈이었다. 몸 안에 든 피란 피는 모조리 아랫도리를 통해 쏟아져 나오는 듯했다. 대관절 어디서부터 뭐가 어떻게 잘못된 것인지는 모르겠다. 한 사람 몸속에 들어 있었다고는 도저히 믿을 수 없는 엄청난 양의 피를 흘린 해랑은 끝내 혼절하고 말았다.

굴렁쇠처럼 도는 세상

그리고 유산流産.

해랑은 짙은 안개처럼 혼미한 가운데 들은 듯했다. 아기 울음소리를. 무려 열 달을 좁고 컴컴한 모태 속에서 세상 빛을 볼 날만 기다리고 있던 한 생명이, 막 태어나려는 마지막 순간에 그만 피의 홍수에 휩쓸려 떠내려가면서 엄마 부르는 소리를.

억호가 받은 충격도 이루 다 헤아릴 수 없었다. 배내옷을 모두 마련해 놓았었다. 새아기 탄생을 축하하는 뜻에서 집안 종들에게 나눠줄 하사품이 곳간 가득히 쌓여 있었다. 이제 그 집안은 흥청망청 쓸 일만 남아 있는 것 같았다.

"그래도 천만다행이라고 생각하이소."

"흐."

"산모도 진짜 상그랍을(위태로울) 뿐했심니더."

"산모도?"

"애기는 또 맨들모 되고요."

많이 접해보지 않았지만, 낙천적인 성격인 듯싶고 약간 뻐드렁니인 그 늙은 한의 말에 억호는 가까스로 안정을 찾았다.

"산모가 괜안타쿤께 애기야……."

그 자신이나 해랑이나 아직 나이가 있으니, 마음만 먹으면 아이야 열도 더 가질 수 있을 것이다. 그리고 해랑도 점차 의식을 되찾고 몸도 조금씩 호전을 보였다.

또한, 억호가 그나마 큰 다행으로 여긴 건, 해랑이 유산한 아기에 대해 크게 집착하는 것으로 보이지는 않았기 때문이었다. 어떤 산모는 아기가 잘못되자 스스로 자기 목숨을 끊어버렸다고도 하지 않던가? 그리고 또 사실 해랑으로서는 원하지도 예상하지도 않은 임신이 아니겠는가?

억호는 오로지 해랑의 건강 회복 하나에만 정신을 쏟아부었다. 유산한 산모에게 좋다는 약이며 음식이 있다는 소리를 들으면, 거기가 어디든 돈이야 얼마를 달라고 하든 조금도 상관하지 않고 바람같이 달려가서 죄다 구해왔다.

"이거만 묵으모 금방 낫는다 쿠요."

억호의 극진한 병구완 덕분에 해랑은 유산하기 전보다도 되레 몸이 더 좋아졌다. 얼굴은 홍조를 띠고 피부도 한층 윤택해졌다. 원래부터 선녀 뺨칠 미모였던지라 건강을 되찾은 해랑은 그렇게 아름다울 수 없었다. 삼신할미도 놀랄 대변신이었다.

그리고 그때부터 모든 게 놀랍게 변하기 시작했다. 아이들이 손에 굵은 철사 토막이나 막대기를 쥐고 굴리는 대로 잘도 돌아가는 굴렁쇠 같았다.

가장 먼저 달라진 것이 바로 동업과 재업을 대하는 해랑의 모습이었다. 친어미도 그토록 살갑게 보살피긴 쉽지 않았다. 두 아이 또한 지옥과 천국을 번갈아 오가고 있는 형국이었다.

"해나 잘몬된 애기에 대한 미련이 남아 그라는 거는 아이요?"

너무 지나치다 싶을 정도로 두 아이에게 강한 집착을 보이는 해랑이 오히려 더 염려되고 무서웠던지 억호가 물은 말이었다.

"그래도 당신이 우찌 안 되기 참말로 다행인 기요."

"……."

해랑은 어떤 반응도 보이지 않고 있었다.

"이런 이약 쎄끄트머리에 묻히기도 싫지만도, 해나 그리 됐다모 내는 몬 사요."

동업과 재업이 마루에서 놀고 있는 소리에 잠시 귀를 기울이는 눈치이다가 또 말했다.

"아아들이 중요 안 한 거는 아이지만도, 어른 몸도 생각해야제."

그런 걱정에도 해랑은 잠자코 웃기만 했다. 그렇게 하도록 조작된 꼭두각시 인형 같았다. 여전히 보는 사람 마음을 깡그리 녹아내리게 하는 아프고 쓸쓸한 웃음이었다. 모든 것이 소멸해버린 허탈한 미소였다.

어른 몸. 이래서 어른이 되어가는 것인가? 내 마음은 아직도 아이, 처녀 아이인데. 내 몸은 여전히 성 밖 비화네 바로 옆집인 우리 집, 아니 감영 교방에 있는데. 그런 게 그때 해랑이 생각하고 있는 전부라면 전부였다.

어쨌든, 자기들에게 큰 애정을 기울여주는 새어머니가 좋아 동업과 재업이 어리광을 부릴 때도 해랑은 그런 공허한 웃음만을 지었다. 그것밖에는 그녀가 할 수 있는 게 아무것도 없는 것 같았다.

그다음으로 바뀐 것이 해랑과 언네 사이였다. 언네는 운산녀나 분녀와는 다르게 자신을 아주 깍듯이 대하는 착하고 예쁜 해랑을 친딸처럼 여기기 시작했다. 지난날 몇 번이나 뱃속에 든 배봉의 씨를 지워야 했던 쓰라린 기억 때문에 지금도 눈물이 나는 언네였다. 그리고 저렇게 젊고 고운 여자가 어쩌다가 억호 같은 인간에게 시집오게 되었을까 하는 안타까운 궁금증과 더불어 동정심마저 품기도 했다.

하지만 배봉과 운산녀, 점박이 형제를 향한 복수심은 아직도 버리지 못했다. 그게 아니다. 세월이 갈수록 원한은 더욱 깊어 갔다. 천년을 더 기다려야 용이 될 기회를 얻는다는, 물속에 도사리고 있는 이무기 같았다.

한편, 배봉과 운산녀가 해랑을 대하는 태도는 매우 상반되었다.

배봉은 하판도 목사와의 술자리에서 해랑을 전혀 만난 적이 없었던 사람같이 행세했다. 해랑을 맏며느리로 맞아 처음으로 알게 된 것처럼 가장했다. 며느리 머릿속에서 관기였던 지난 기억들을 모조리 씻어내 주려는 세상 제일가는 시아버지로 보였다.

그러나 운산녀는 최고 악하고 모진 시어머니처럼 굴었다. 사사건건 모두 물고 늘어졌다. 얼굴은 어찌하여 그렇게나 예쁘고 몸매는 왜 또 그리 빼어나느냐 하는 식의 시비조였다. 해랑이야말로 자기가 마음 놓고 화풀이를 할 수 있는 유일한 대상이기라도 한 듯했다.

그럴 때도 해랑이 보이는 건 예의 그 텅 빈 미소였다. 이제 해랑은 세상과의 모든 소통 수단을 오직 그 웃음 하나만으로 삼으려고 굳게 작심한 여자 같았다. 꼭 웃지 못해 죽은 원귀가 씐 사람 형용이었다.

그런데 참으로 묘했다. 그 웃음이 한을 실은 슬픈 미소로만 비치는 건 아닌 모양이었다. 당장이라도 잡아먹을 것처럼 표독스럽게 굴던 운산녀, 해랑이 그 웃음을 보일라치면 슬그머니 꼬리를 내린다는 게 바로 그것이었다. 어쩌면 운산녀 눈에는 해랑의 그 웃음 속에 독기나 조롱의 빛이 서려 있는 것처럼 전해졌다는 것일까?

'에나 이상 안 하나.'

운산녀는 하루에도 몇 번이나 고개를 갸웃했다.

'비화 고년이 에릴 적부팀 낼로 무섭거로 하디이, 인자는 며누리로 들온 조것이 또 내를 그리 맨드네?'

그러다가 마지막에 운산녀는 속에 담아 두지 못하고 혼자 소리 내어 중얼거렸다.

"조년 한도 비화 고년 한 못지않은갑다. 두 년이 친자매맹커로 지내던 사이라더이 서로 가리방상한 기라."

그런 감정까지 들게 되면 운산녀는 왠지 오싹해져서 휑하니 집을 나가 민치목과 질펀한 시간을 갖고 나서야 겨우 숨을 제대로 쉴 수 있었다. 그러면 운산녀는 씁쓸한 심경으로 생각했다.

'요래서 여자는 우짤 수가 없는 모냥인 기라.'

그렇지만 해랑과 운산녀가 서로의 얼굴을 대하는 날은 그다지 많지 않았다. 배봉 몰래 하는 목재상 일 때문에 운산녀는 굳이 치목이 아니더라도 늘 밖으로 나돌기 일쑤였다. 배봉 또한 죽으나 사나 사업을 핑계로 기생집 문지방이 성해 나지 못할 판이었다.

'집에 잠깐 댕기오것심니더.'

둘 다 그런 식이었다. 집 안에 머무는 시간이 집 바깥에서보다 몇 배나 더 적었다. 그 집 솟을대문은 다른 두 개의 영역을 구분 짓는 경계선이었다. 그만큼 활동성이 강하고 많다는 데는 이의를 달 여지가 없을 터였다.

"해랑! 준비 다 됐소?"

"……."

언제부터인가 억호는 해랑의 대답 따윈 기대도 하지 않는, 아니 아예 포기해버린 그런 사람으로 변해 있었다.

"다 됐으모 얼릉 나갑시다."

해랑의 모습을 가까이 놓고 바라보면서 말했다.

"아, 에나 자랑시러븐 당신!"

해랑도 억호와 함께 가까운 거래처 사람들과의 부부동반 모임에 참석해야 하는 경우가 빈번했다. 사업상 만나는 사람들은 해랑의 미모에 혼을 빼앗겨 억호가 의도하는 그대로 따라왔다. 해랑으로 인해 어떤 부부가 이혼까지 했다는 이야기도 들려왔다. 해랑에게 줄곧 눈을 떼지 못하는 남편들이 속출했고, 참다 참다 못 해 결국 한계에 이른 아내들이 반기를 들고 나왔다는 것이다. 어느새 해랑은 이 세상 여자들의 동경의 대상인 동시에 적대감의 표적으로 부상되어 있었다.

그러나 남들이야 뭐 어찌 됐든 간에 그 덕분에 동업직물은 나날이 더욱더 번창해 갔으며, 당연히 억호에 대한 배봉의 신뢰도 그만큼 두터워졌다. 다시없는 아버지와 아들로서 자리를 잡아가고 있었다.

그러자 잔뜩 긴장하고 신경이 여간 쓰이지 않는 게 만호와 상녀 부부였다. 그들은 화를 꾹꾹 삭이며 어떻게든 억호와 해랑을 곤경에 빠뜨릴 술수를 찾기 위해서 혈안이 돼갔다. 무남독녀 은실이도 눈 밖이었다.

하지만 전세는 이미 기울어져 버린 성싶었다. 언네에게 아버지와 동생 부부의 밀담을 전해 들은 억호는, 철저한 대비책과 더불어 아름다운 아내를 앞장세운 사업 교제를 통해 동업직물 후계자 자리를 단단히 굳혀갔다. 비 온 뒤에 땅이 더 굳어지는 그런 이치였다.

그렇지만 해랑은 미처 내다보지 못했다. 언젠가는 반드시 저 나루터 집 비화와 사활이 걸린 한판 승부를 벌여야 한다는 사실이었다. 그리하여 그것으로 말미암아 그들 두 사람 중 한 사람은 치명타를 입지 않을 수 없다는 것이다.

비화도 매한가지였다.

배봉 집안과의 싸움은 사후에도 영원히 지속될 것으로 생각해오고 있었지만, 한때는 친자매같이 지내던 옥진과 칼을 겨눌 일은 상상조차 싫었다. 그뿐만 아니라 지금 비화는 영특함과는 거리가 먼, 지극히 단순한 것도 판단하지 못할 지경으로 심란한 상태에 내던져 있었다.

― 그 여자가 안 있는가베.

― 머? 니 시방 이약하는 그기 진짜가?

비화는 가게 안에 앉았어도 해랑에 관한 모든 소식을 듣고 있었다. 그것은 오는 백발을 막으려고 손에 가시와 도끼를 들고 기다렸더니, 백발이 제 먼저 알고 지름길로 오더라는 시조 내용과도 흡사했다. 꿈에서도 일어날 수 없는 사건들이 현실 속에서 적나라하게 벌어지고 있었다.

"준서 옴마 듣는데 이런 소리를 해서 미안하지만도……."

우정 댁은 늘 그렇게 말머리를 풀었다.

"내사 해랑이가 유산했다쿠는 소문 듣고 기쁘데. 그리 반가블 수가 없더마."

"큰이모."

비화가 자기를 부르자 우정 댁은 고개를 외로 꺾은 자세로 말했다.

"솔직히 이 시상에 악인 하나가 더 생긴다쿠는 생각을 몬 버리것는 기라."

남강에 서식하는 물새들도 그렇다는 듯 일제히 소리를 내곤 했다.

"그 씨가 가모 오데로 가것노?"

원아도 비화 눈치를 살피며 말했다.

"내도 해랑이가 애기를 놓지 않으모 좋것어예."

여간 신중하지 않은 그녀 성격과는 전혀 어울리지 않게 아직 오지도 않은 미래의 일까지도 내다보듯 했다.

"밑에 자슥이 있으모 난주 헤어지고 싶어도 몬 할 거 아입니꺼?"

그 '헤어진다'는 소리가 비화 가슴팍에서 한참이나 여울졌다. 그리하여 비화는 더할 나위 없이 조심스럽게 물었다.

"두 분 이모님 생각에는, 옥지이가 억호하고 운젠가는 갈라설 거 겉심니꺼?"

"그기 말이라꼬 하나?"

우정 댁이 기다렸다는 듯 곧바로 대답했다.

"시방은 해랑이 눈에 뭣이 팍 씌어서 그렇제, 그 씌인 기 벗겨지고 나모 억호하고 같이 살것나."

"그러까예?"

"누가 내하고 둘이 눈 뺄 내기를 하자꼬 해봐라, 내가 안 하는가."

그러고 나서 우정 댁은 음식 장만하랴 설거지하랴 단 하루도 편하게 쉴 날이 없는 손을 내저으며 말했다.

"우리 인자 이런 이약 고마하자. 머 묵고살 끼 짜다라 나온다꼬."

그러자 원아가 우정댁 말투를 그대로 흉내 내어 말했다.

"준서 옴마 듣는데 이런 소리를 해서 미안하지만도……."

그러는 품이, 먹고살 게 많이 나오지 않을 이런 이야기는 누가 먼저 끄집어냈냐고, 악의는 없으면서도 좀 우회적으로 상기시키는 듯했다.

"조, 조 앙큼한 거 함 봐라. 겉으로는 얌전한 체 함시롱 사람 몇 잡아 묵것다."

그러더니 우정 댁은 원아 몰래 비화에게 한쪽 눈을 찡긋해 보였다.

"원아가 운제 안 화공하고 혼래식 올릴 낀고, 그거나 생각하자꼬. 아, 떡국이 고마 싹 다 식어가것다."

"아, 떡국예?"

비화도 끊임없이 달라붙는 옥진 생각을 떨쳐버리려는 얼굴로 우정 댁보다 더 구체적이고 적극적으로 나왔다.

"그렇네예. 다가오는 4월 말이나 5월 초가 우떻것심니꺼?"

그 말을 들은 우정 댁이 어릴 적에 잘 잡았다는 토끼의 놀란 눈을 했다.

"그러키나 째이 말가?"

비화는 잘 익은 앵두 알같이 빨개져 버린 원아 얼굴을 보지 못한 척했다. 실제로 비화의 눈에 어른거리는 것은 실물보다도 안 화공이 그린 원아 초상화였다.

"안 화공 그분이 나타나기 전꺼지 증말 오래 기다릿다 아입니꺼."

잠시 울음 그친 물새들 침묵이 지루하리만치 무척이나 길게 느껴졌다.

"하기사! 우리끼리 탁 깨놓고 이약해서 나도 나고……."

이번에는 우정 댁이 원아 얼굴을 똑바로 바라보면서 말했다. 그건 사실이 아니냐, 그러니 서둘러야지, 하는 독촉과 다름 아니었다.

"안 화공도 말씀은 안 하시지만도, 하로빨리 작은이모를 신부로 맞아들이고 싶은 눈치 아이던가예?"

비화 말에 우정 댁은 안 화공이 안됐다는 투로 말했다.

"지 색시가 해주는 따뜻한 밥하고 국이 올매나 묵고 싶것노."

비화는 소매를 걷어붙일 것처럼 해 보였다.

"말 나온 김에 당장 시작해 보이시더. 우리 준서한테 동상 하나 맨들어주고 싶어예."

우정 댁은 원아가 어떤 표정을 짓고 있든 조금도 아랑곳하지 않았다.

"우리 얼이도 가리방상하것제."

한참 그러고들 있는데 또 손님들이 몰려들어 이야기 끝을 미처 맺지 못하고 말았다. 늘 반갑기만 한 손님들이 그 순간에는 좀 성가시고 야속하다는 마음까지 드는 비화였다. 두 사람은 일할 채비를 갖추면서도 입은 또 입대로 쉬지 않았다.

"우리 담에 잊아삐지 말고 꼭 다시 이약하자. 알것제?"

"하모예, 잊아삘 끼 따로 있다 아입니꺼?"

"내는 안 있나, 저 초상화가⋯⋯."

"아, 작은이모보담 그 초상화 속의 여자가 더 먼첨 족두리 쓸까 싶어서예?"

그날 이후로도, 그렇게 우정 댁이나 원아 등과 같이 있는 자리거나, 정신없이 콩나물국밥을 말 때거나, 준서에게 입힐 옷가지를 정성스레 챙기거나, 그러한 몇몇 경우 말고는 끊임없이 옥진 생각에서 빠져나오지 못하는 비화로서는, 남편 문제까지 떠올리면 참으로 세상 살기 싫었다.

그러곤 자신도 모르게 생의 의욕을 단지 한 가지에서만 찾는 병적인 생활에 빠져드는 비화였다. 그녀 마음에서 세상 사람들에 대한 사랑이라든가 증오, 관심 따위는 깡그리 사라지고, 오로지 돈을 벌어 땅을 사는 일에만 미친 듯이 매달렸다.

나중에는 또 어떻게 바뀔는지 모르지만, 우선 당장에는 배봉 집안에 대한 원한의 칼끝이 무뎌지는 느낌을 어쩌지 못했다. 그렇다고 진무 스님 권고처럼 복수를 포기한 것은 절대 아니었다. 오히려 그 반대였다. 옥진까지 끌어들인 그 집안을 겨냥한 적개심은 훨씬 더 불어났다. 하지만 이상하게도 예전 같은 마음은 되지 못했다.

그것은 배봉 일가도 마찬가지인 듯했다. 갈수록 돈이 큰소리치는 세상에서 저들도 오직 재력을 쌓아가는 일에만 몰두하고 있는 것 같은 인상을 주었다. 돈을 지키는 노예의 표상이었다.

그랬다. 이제 비화네와 배봉네는 서로를 돌아볼 겨를도 없이, 그저 누가 돈을 더 많이 벌고 모으는가에 승패가 달려 있는 것인 양 살아가는 것이었다. 저 땅과 비단만이 그네들의 존재 이유이자 무한가치 같았다.

그러나 그것은 장차 더욱 살벌하고 무서운 혈전으로 번지기 위한 폭풍전야의 숨 막힐 듯한 고요함이었다.

수상한 목재상회

상촌나루터에 터 잡은 비밀사업장 밀실에서 운산녀는 아까부터 민치목이 오기만을 눈이 빠지게 기다리고 있었다. 눈까지는 아니더라도 머리카락이 뭉텅뭉텅 빠져나가는 것 같은 느낌이었다.

'고 인간, 갈수록 배때지가 부린 모냥이제?'

이러다간 내가 울화병이 나지 싶었다.

'따로 사업체 한 개를 떼 주는 기 아이었는데 내 실수다.'

그러나 백 번을 후회한들 이제는 돌이킬 수 없는 일이었다. 치목이 백수건달 아들 맹쭐을 들먹이면서 조그만 건설업체 하나 차릴 자금을 부탁해왔을 때, 운산녀는 치목이 자신과 동업하는 목재상보다도 그 사업에 더 많은 돈과 시간을 투자할 거라는 생각을 못 했다. 속았던 것이다.

"애비 된 멤에, 처자슥꺼정 있는 아들 눔이 밥벌이도 몬 하고 있는 거, 참말로 괴로버서 더 몬 보것다 아이요. 장 이리쌌다가 내가 운제꺼지 살랑고 모릿것는 기라요."

적어도 그 순간에 운산녀 눈에 비친 치목은 오로지 자식만을 생각하는 세상 최고 자상한 아버지의 표상이었다. 그녀의 남편 임배봉과는 하늘과 땅만큼이나 차이가 나 보였다.

"운산녀 정도 되는 부자한테는 큰돈도 아이요. 코흘리개 과자 값이제."

그 곰 같은 덩치에 어울리지 않게 정말 코흘리개 아이처럼 코까지 훌쩍였다.

"그리만 해주모 내가 시방꺼정 해왔던 거보담도 몇 배 더 열심히 노력할 것을 하늘에 대고 맹서하요."

그래서 덜컥 약속해버리고 말았던 것인데, 치목이 대고 맹세했다는 하늘로부터 그런 맹세를 받았다는 말을 운산녀는 듣지 못했다.

'역시 여자는 같은 여자를 믿어야 하는 기까?'

세상 남자들에 대한 혐오와 분노까지 확 일었다. 치목을 사주하여 살해한 소궁복 얼굴이 선연히 떠올라 몸을 떨기도 했다. 지금 와서 뒤돌아봐도 실제로 있은 것 같지 않았다.

'우쨌거나 허나연은 아즉꺼지 한 분도 내를 이리 애멕인 역사가 없었는데…….'

나연을 시켜 비화 외아들 준서를 유괴하려던 당초 계획은 오래전에 접었다. 그 대신에 사업을 도우도록 했다. 이유는 뻔했다. 은근히 치목과 경쟁하도록 만든 것이다.

'걸베이 발가락 새 낀 때만치도 몬한 고 인간한테서도 얻어낼 기 있다이.'

운산녀는 그 기발한 수법을 남편 배봉에게 배웠다. 자기 피를 물려받은 같은 자식들끼리 싸우도록 만드는 실로 비정하고도 악랄한 사업 수완이었다. 따지고 보면, 억호와 만호가 갈수록 형제라는 그 사실이 무색하게 으르렁거리는 것도 아버지 배봉의 죄라고 볼 수 있었다.

어쨌든 간에 그러고 보면 치목이, 천하에 못난 새끼 맹쭐이, 운운해

가면서 돈을 요구한 것은, 운산녀의 그런 속셈을 알아챘다는 근거가 된다. 토사구팽을 떠올린 것이다.

"마님, 와 그리 애터지거로 기다리시는데예?"

옆에서 보다 못한 나연이 조심조심 입을 열었다.

"겉에서 보는 이년 속이 다 시커멓기 타들어가는 거 겉심니더."

그러자 치목보다 나연을 더 믿기로 작정했던 운산녀는, 기다리느라 잔뜩 화도 돋친 탓에 의뭉하게 속이던 지금까지와는 달리 사실대로 말했다.

"배봉이 고 개코겉은 인간이 무신 내미 맡고 화적 되신한 점벡이 자슥들을 시키서, 우리 거래처 사람들을 일일이 염탐하고 댕기거로 한다 쿠는 정보를 입수한 기라."

나연이 깜짝 놀라 안색이 새파랗게 질린 채 말했다.

"우짤꼬! 에나 큰일 아입니꺼?"

운산녀도 여간 큰일이 아니라는 빛이었다. 배봉이 어떤 인간인가를 누구보다도 정확하게 꿰뚫고 있기에 더 그랬다. 그녀는 성난 암소처럼 씩씩거렸다.

"그라이 치목이 이 인간이 후딱 달리가서 미리 손을 써야 할 낀데, 내가 인팬(인편)으로 부치서 쌔이 오라캔 기 몇 시간이 지났노 말이다!"

잠시 생각에 잠기던 나연이 대뜸 물었다.

"지가 하모 안 됩니꺼?"

운산녀는 적잖게 의외란 듯 물었다.

"나연이 각시가?"

나연은 비장한 표정까지 지어 보였다.

"예."

잠시 침묵이 흘렀다.

"그래도 될 일 겉으모 하매 시킷제."

운산녀는 한숨을 폭폭 내쉬며 말을 이었다.

"이거는 내가 나서도 곤란한 일인 기라."

나연은 얼른 이해가 되지 않는다는 얼굴이었다.

"와예?"

운산녀는 몸을 옹크리며 은신하는 동작을 취했다.

"내는 끝꺼지 뒤에 숨어 있어야 안 하는가베."

"예에."

조금 있다가 나연이 눈을 빛내며 또 물었다.

"치목이 그 사람, 자신이 중요한 사람이라쿠는 거를 쪼매 과시해볼라 꼬 역부로 이리 늦는 거는 아일까예?"

"와 아일 끼고?"

"그라모 문젠데예."

"흥! 지가 넘한테는 몰라도 내한테는 그리하모 안 되제. 사람이 발 뻗 을 데를 보고 발을 뻗는다 글 캤는 기라."

"맞심니더."

나연의 맞장구에 운산녀 입에서는 드디어 악담까지 나오기 시작했다.

"에나 몬된 인간인 기라."

성 밖 동네에 있는 그녀의 대저택 안방을 연상시킬 정도로 화려하게 꾸며놓은 그 밀실의 주인이라는 사실이 무색하리만치 막돼먹은 여자의 본색이 그대로 드러났다.

"함 두고 봐라꼬. 내가 부리는데도 퍼뜩 안 오고 다린 데로 돌아댕기 는 고 다리몽디이를 탁 뿌질라서 지겟다리로 써삘 끼다 고마."

"고정하시이소."

병 주고 약 주는 나연이었다.

"흥분하시모 몸에 해롭심니더."

하지만 운산녀는 누가 만류하면 더 방방 날뛰는 그 못된 습성이 도지는지 잔뜩 독 기운 서린 얼굴로 내뱉었다.

"잘해봐라제?"

그곳 목재상 정문으로 목재를 실은 수레가 들어오는지 말이 힝힝거리는 소리가 희미하게 들려왔다. 밀실과는 한참 떨어진 거리여서 말이 내는 소리는 다른 세상에서 나는 느낌을 주었다.

"오데 지가 올매나 잘사나 말이다."

제풀에 화가 난 탓에 그녀 입장에서는 가능하면 감추어야 할 소리까지 나왔다.

"그 인간이 그런 식으로 나오모, 내한테도 계획이 있다 고마."

운산녀 서슬에 질린 나연이 목을 움츠렸다. 운산녀는 내가 너무 속내를 드러냈다 싶었는지 더는 말하지 않고 안으로만 화를 삭이는 모습이었다.

치목이 나타난 것은 그로부터 한 식경이나 더 지나서였다. 나연의 말처럼 제 몸값을 올리기 위해 늦게 온 게 확실했다. 그는 기다리게 한 것에 대해 미안해하기는 고사하고 도리어 한없이 뻣뻣해 보였다.

'내 복장이 팍팍 터지서 몬 참것다.'

운산녀는 당장 서로 손 끊자고 소리치고 싶었지만, 발등의 불부터 꺼야 한다는 생각에 분을 꾹꾹 눌러 참으며 말했다.

"아재! 시방 당장 나가서 거래처 사람들 모도 만내갖고 안 있소, 해나 누가 와서 물어도 우리하고는 아모 거래도 안 한다, 그리 이약하라꼬 단디 일러두고 오소."

운산녀 말을 들은 치목은 시무룩한 얼굴로 대꾸했다.

"인자는 배봉이나 점벡이 새끼들 신갱 안 쓸 때도 안 됐소."

운산녀가 탁자 위에 얹힌 값비싼 호롱이 바닥에 굴러 내릴 만큼 큰소리로 앙칼지게 쏘아붙였다.

"요새는 와 내가 하는 말끝마당 시비요, 시비가?"

나연을 힐끔 보고 나서 말했다.

"오데 숨기 논 기집이라도 있는갑네?"

나연의 눈에 탁자 밑이 유난히 어두워 보였다. 그래서인지 거기서 벌어지는 일은 영원한 비밀로 감춰질 것 같았다.

"아, 숨기 놀 데가 있어야 숨기 놓제."

치목이 사람 몇 잡아먹을 능글능글한 목소리로 응했다.

"그짝이야말로 숨기 논 사내가 있는 기 아이요?"

약점을 정통으로 건드리는 통에 운산녀는 손에 칼이 있으면 콱 찌를 것같이 했다.

"머요오?"

분위기가 전쟁터처럼 살벌했다. 호롱도 파르르 몸을 떠는 것 같아 보였다.

"고마 참으시소."

나연이 둘 사이에 끼어들었다.

"한 식구들이 집 안에 들온 도독 잡을 생각은 안 하고 서로 싸운다쿠는 말이 안 있어예?"

치목이 발끈하며 몹시 심한 말을 내뱉었다.

"요 도독년아! 니년이 도독이다 고마."

혹시라도 누가 들으면 큰일 날 소리도 서슴지 않았다.

"넘 새끼를 훔칠라캔 도독년 말이다!"

나연이 벌게진 낯으로 울먹울먹했다.

"내, 내는 시키서 핸 긴데, 너, 너모 억울하네예."

그 사건으로 인해 지금 비화와 재영 사이가 살얼음판을 딛는 것같이 돼버렸다는 사실까지는 아직 모르는 나연이었다.

"쌔이 갈라요, 안 갈라요?"

발등에 불이 떨어진 탓에 운산녀 목소리는 갈수록 신경질적으로 나왔다. 그녀 이름처럼 구름에 싸인 산이 아니라 불길에 싸인 산 같았다.

"시방 도독년이고 화냥년이고가 중요한 기 아이요."

"알것소 고마!"

운산녀 독촉을 받은 치목은 살인마의 무서운 눈으로 나연을 한번 노려보고는 느릿느릿 밀실을 빠져나가기 시작했다. 한숨을 몰아쉬며 운산녀는 치목 등짝에다 대고 한풀이를 하듯 했다.

"예로부텀 서방 복 없는 년은 자슥 복도 없고, 자슥 복이 없는 년은 앞으로 콱 엎어져도 궁디이 팍 깨진다더이."

얼핏 그녀의 눈에 들어온 치목 궁둥이는 아직도 여자인 자신보다 더 탄탄했다. 아니 할 말로, 쇠로 된 채찍을 가지고 피멍이 들도록 후려치고 싶은 운산녀였다.

치목이 몇 군데를 돌아다닌 끝에 찾아간 곳이 도목수 서봉우 집이었다.

서 목수는 근동 최고 실력자로서 운산녀와 치목이 하는 목재상의 중요한 단골 가운데 한 사람이었다. 그리고 그들 누구도 미처 몰랐지만, 서 목수가 얼이와 같은 서당에 다니는 문대의 아버지라는 사실이었다.

치목이 서봉우네 사랑방에서 서 목수와 이야기를 나누고 있는 바로 그 시각, 마침 그 집에 놀러와 문대 방에 모여 있는 학동들 가운데 얼이도 섞여 있었다.

"우떤 사람들이 와서, 무신 말을 한다쿠는 긴지?"

서 목수는 좀처럼 이해가 되지 않는다는 듯 튼실한 고개를 갸우뚱거렸다. 치목은 내심 또다시 운산녀에게 원망과 욕설을 퍼붓고 나서 일부러 애매모호하게 대답했다.

"머 벨거는 아이고 말입니더, 요분에 우리 지역서 새로 목재업을 시작할라쿠는 사람들이 있는데, 그자들이 우리 거래처를 빼돌릴라꼬 한다쿠는, 머 그런 소리가……."

서 목수는 끝까지 듣기도 전에 목청부터 높였다.

"거래처를 빼돌리요?"

치목은 순진한 척 아무것도 모르는 바보같이 눈을 끔벅끔벅하며 말했다.

"예, 그런 풍문이 돌고 있심니더."

"그라모 그 사람들, 상구 나쁜 사람들 아이라요?"

서 목수의 짙은 눈썹이 벌레처럼 꿈틀했다. 큰 체구만큼이나 힘도 장사였다. 또한, 천성이 워낙 대쪽같이 우직하여 불의를 보면 즉시 연장을 내던지고 소매를 걷어붙인다는 소문이 자자했다.

"알것심니더. 무신 뜻인고 알아들었은께 이 서봉우를 믿고 고마 돌아가이소."

그는 자기 가슴팍을 치던 주먹을 휘둘러 보이며 말했다.

"고런 인간들이 오모 우리 집 안에는 고 더러븐 발목때기도 몬 들이 놓거로 야단을 쳐갖고 쫓아삘 낀께네요."

앉은 채 고개까지 숙이며 치목이 말했다.

"고맙심니더. 역시 서 목수님은 대장부인 기라요."

용무가 끝난 치목은 자리를 털고 일어섰다. 집주인은 배웅해주기 위해 대문간까지 따라 나왔다. 두 사람 덩치가 어슷비슷했다.

"잘 계시이소, 담에 또 뵙것심니더."

"예, 조심해서 살펴 가이시더."

그런데 세상일이란 게 허깨비 춤처럼 묘했다. 하필 공교롭게도 문대방에서 놀던 얼이를 비롯한 학동들이 막 마당으로 나온 것도 바로 그때였다.

'헉!'

무심결에 서 목수와 마주 서서 인사를 나누는 몸집 큰 사내를 본 얼이는, 자신도 모르게 급히 나무 기둥 뒤로 몸을 숨겼다. 완전 반사적인 행동이었다.

'치, 치목이 아이가?'

다시 봐도 틀림없었다.

'맞다, 치목이다!'

심장이 소리치고 다리가 후들거렸다. 골이 찌르르 했다.

'저눔이 요 집에는 우찌 왔으꼬?'

다행히 치목은 그다지 오래 있지는 않았다. 그를 보낸 서 목수가 천천히 돌아섰다. 학동들이 얼른 인사를 했고, 그는 언제나처럼 아들의 벗들을 향해 환한 웃음을 지었다. 그런데, 그는 눈치가 비상했다.

"얼이 자네 와 그라나? 무신 일이 있는 것가?"

그의 돌연한 물음에 얼이는 흠칫 놀라며 말했다.

"아, 아입니더! 그동안 잘 지내셨어예?"

이제 막 치목이 나간 대문간으로 바람이 불어왔다. 얼이는 순간적이지만 그가 다시 돌아온 게 아닌가 싶어 심장이 덜컥 내려앉았다.

"아인 기 아인 기라."

서 목수는 쏘는 듯한 눈빛으로 얼이 얼굴을 빤히 바라보며 말했다.

"얼이가 쪼매 이상하거마는."

아무래도 아들의 친구에게 하기는 좀 그렇다 여겨지는 말도 했다.

"해나 좋아하는 여자가 생긴 거 아이가?"

아무 소리도 하지 못하고 그저 얼굴이 새빨개진 얼이를 보고 있던 문대가 대신 대답했다.

"아입니더, 아부지."

서 목수는 여전히 궁금하다는 표정을 지우지 못했다.

"아이라? 아모리 벗이라 캐도 모릴 수 있는 기 있는데 벌로 단정하지 마라."

문대가 또 얼이를 변호하듯 했다.

"얼이는 여자한테는 관심이 없는 동무라예."

얼이는 더 어쩔 줄 몰라 했다. 지난번 흰 바위 근처에서 효원을 보았던 문대였다. 그날의 문대 언동이 얼이는 아직도 마음에 걸리고 있던 차였다.

그런데 조금 전 받은 충격이 가시지 않아서일까? 얼이 입에서 나오지 말았어야 할 말이 나온 것이다.

"아까 그 사람이 와 왔다 갔심니꺼?"

서 목수뿐만 아니라 학동들 얼굴에도 일제히 알 수 없다는 빛이 떠올랐다.

"와? 얼이 자네 그 사람 알고 있는 기가?"

서 목수 말에 얼이 어깨가 한층 움츠러들었다.

"자네 암만캐도 이상타."

"……."

이번에는 바람이 대문 밖으로 빠져나가려고 안간힘을 다하는 것처럼 느껴졌다.

"영 사내답지 않다 아인가베?"

서 목수는 실망감에 젖은 목소리였다.

"저, 아부지……."

"니는 가마이 있어 봐라."

문대가 무어라 하려고 했지만 서 목수는 계속 얼이 쪽만 보고 말했다.

"내 말은 안 해도 그동안 자넬 쭉 눈여겨봐 왔네만, 시방매이로 그리 만종기리는 자네가 아이라서 하는 소리제."

학동들이 서로 얼굴을 마주 보았다.

"잘 보싯심니더."

얼이는 이왕 내친걸음이니 피하지 말고 궁금증을 풀어야겠다고 마음먹었다.

"사실은예, 지가 쪼꼼 알고 싶은 기 있었어예."

서 목수가 담장 너머로 가지를 뻗치고 있는 정원수를 보며 말했다.

"진즉 그랄 일이제."

얼이가 단도직입적으로 물었다.

"민치목이 그 사람이 무신 용무로 왔는고 말씀해주실 수 없것심니꺼?"

서 목수 얼굴 가득 당혹감이 스쳤다.

"허, 이름꺼정 알고 있거마는!"

얼이는 솔직히 말했다. 이쪽이 먼저 거짓 없이 나가야만 상대방도 그렇게 나온다는 것을 알고 있다.

"이름 말고 딴 거도 쪼매 더 압니더."

그러는 얼이 얼굴을 유심히 바라보는 문대 표정이 단순하지 못했다. 서 목수 낯빛 또한 세밀한 밑그림처럼 복잡해졌다.

"머신가 있기는 있는 모냥 아인가베?"

높직한 기와지붕 위로 까치 두 마리가 날아와 앉았다.

"예, 맞심니더."

얼이 목소리는 그곳 담장에 부딪쳤다가 허공으로 흩어져 갔다.

"맞아?"

서 목수 등 너머로 보이는 집채는 크면서도 아기자기한 분위기를 자아내고 있었다. 그 고을 최고 도목수가 손수 지은 자택다웠다.

"지로서는 엄청시리 중요한 일입니더."

얼이 말투며 표정이 단호했다.

"엄청시리 중요한 일?"

이번에도 얼이 말을 되뇌는 서 목수는 이윽고 무언가 감이 잡힌다는 기색이었다. 그는 사건을 수사하는 관원처럼 보였다.

"내 안 그래도 그 사람이 무신 뜻인고 도통 알 수 없는 소릴 해싸서 쪼꼼 요상타 했던 참인데……."

그의 말이 끝나기도 전이었다.

"알 수 없는 소리예?"

큰소리로 반문하는 얼이 눈이 번쩍, 빛을 발했다. 목소리도 마구 흔들려 나왔다.

"무신 소린데예?"

서 목수가 느린 속도로 낮게 말했다. 그는 바로 옆에 불벼락이 떨어져도 서두르지 않을 사람 같았다.

"자네가 먼첨 이약해주모 좋것다."

지붕 위에서 번갈아 가며 울어대던 까치들이 소리를 뚝 그쳤다. 그 미물들도 무엇을 알고 있다는 증거일까?

"좋심니더. 모돌띠리 물어보시이소."

거침이 없어 보이는 얼이였다. 서 목수 음성이 가늘게 떨렸다. 그런 아버지가 낯설어 보였는지 문대는 눈을 끔벅거리며 추이를 지켜보는 품새였다.

"해나 그자가 머 수상한 짓이라도 하는 기 있는 것가?"

"지도 모립니더."

"모린다?"

"예, 그래서 더 답답하고예."

"그런가?"

"예."

"그렇다모……."

잠시 생각에 잠기던 서 목수가 그때까지 다른 벗들과 함께 자신과 얼이와의 대화에 귀를 기울이고 있는 문대에게 시켰다.

"동무들하고 바람이나 쐬고 오이라."

얼이 쪽을 보면서 말했다.

"우리는 이약 좀 해야 될 꺼 겉다."

"예, 아부지."

문대 역시 얼이를 한번 보고 나서 벗들에게 말했다.

"우리 나가자. 내가 맛있는 거 사줄 낀께."

문대는 학동들을 이끌고 잽싼 걸음으로 큰 대문을 빠져나갔다.

얼이는 한 스승 밑에서 수학하는 문하생들이 자기 혼자만 남기고 멀어져 가는 발걸음 소리를 들으면서 우두커니 서 있었다. 잠시 널찍한 마당에 늪 같은 침묵이 괴었다.

"우리 저게 좀 앉아서 이약하까?"

얼이와 둘만 남게 되자 서 목수는 손으로 거기 사랑채 마루 위를 가리켰다. 근동 최고 도목수 집답게 사랑채는 여느 대갓집 못지않게 무척 크고 훌륭했다. 대청마루 난간은 고풍스러우면서 우아했다. 특히 서 목수가 정성 들여 조각한 문양은 왕좌가 저러할까 싶을 정도로 정교하고 화려했다. 이윽고 마루에 마주 앉자 서 목수가 입을 열었다.

"내가 먼첨 말하것네."

"예."

얼이는 화단 잔디밭 중앙에 놓여 있는 청색의 큰 정원석처럼 몸이 굳었다. 하동 청암에서 가져온 청돌이 아닐까 싶었다. 서 목수도 긴장한 탓인지 음성이 여간 딱딱한 게 아니었다.

"민치목이 이런 소리를 하데."

"⋯⋯."

얼이는 전신이 저려 오는 기분이었다.

"해나 누가 와갖고 자기하고 목재 거래를 하는가 물어오모⋯⋯."

거기서 말을 멈춘 서 목수는 숨을 크게 들이켜고 나서 들려주었다.

"그런 일 없다꼬 말해 달라쿠는 기라."

얼이는 전혀 예상치도 못했던 새로운 사실에 놀라 자신도 모르게 큰 소리로 물었다.

"그 사람하고 목재 거래를 하고 계십니꺼?"

서 목수가 몹시 당혹스러워하는 얼이 얼굴을 가만히 보며 조심스레 대답했다.

"꽤 됐거마는, 목재 거래를 한 거는."

"그 사람이 목재업을 하는 줄은 몰랐심니더."

"허어, 그런가?"

서 목수는 잠시 멍한 얼굴을 했다. 꼭 서당에서 어려운 한문을 배울 때 문대가 해 보이는 것과 같았다.

"얼이 자네 집이 있는 상촌나루터에서 그 사업을 하고 있는데⋯⋯."

"예?"

얼이는 흡사 귀신 이야기라도 들은 사람 얼굴이었다. 서 목수는 유난히 숱이 많은 눈썹을 그러모으며 말했다.

"그 사람을 안다쿰서 자네는 그것도 모리고 있었는갑네? 등잔 밑이 어둡다더이."

얼이 목소리가 잠자리 날개같이 파르르 떨렸다.

"사, 상촌나루터라 캤심니꺼?"

서 목수는 담담한 어조로 대답했다.

"그렇제."

얼이는 더할 수 없이 허둥거리는 모습을 보였다.

"그, 그런?"

사랑채 마룻바닥은 대단히 정갈하게 소제가 돼 있었다.

"그, 그라모 상촌나루터에 사업장이 있다쿠는 말씀입니꺼?"

얼이의 재차 확인하는 말에 서 목수가 굵은 목을 끄덕였다.

"하기사 상촌나루터가 상구 너르기는 하제. 모릴 수도 있것거마는."

얼이 목소리가 대청마루를 울렸다.

"오, 오데 있는데예?"

그 장소를 알기만 하면 즉각 거기로 내닫을 사람처럼 보이는 얼이였
다. 그런데 뜻밖에도 서 목수는 아주 천천히 고개를 가로저었다. 그러고
서 하는 그의 말은 좀처럼 받아들이기 어려운 것이었다.

"내가 자넬 친자슥매이로 여기고 있네마는, 시방꺼지 여러 해 동안
거래해온 민치목도 중요한 사람일세."

"예?"

이번에는 얼이가 얼떨떨한 기색이었다.

"특히나 상거래를 함에 있어 벌로 상대 기밀을 발설한다든가, 상대에
게 해를 끼칠 짓은 목에 칼이 들와도 절대 하지 않는다쿠는 기……."

서 목수는 앉은 자리에서 두꺼운 앞가슴을 쑥 내밀며 말을 계속했다.

"이 서봉우의 팽소 생활신조 아이것나."

얼이에게 한 번 더 상기시키는 어조였다.

"사업철학이다, 그 말이제."

얼이 안색이 넓은 마당 저쪽 귀퉁이에서 부리로 콕콕 찍듯이 뭔가를 바지런히 집어먹고 있는 닭들 볏같이 붉어졌다.

"지는, 지는……."

서 목수는 낯빛을 부드럽게 하면서 말했다.

"자네가 그리 야비한 사람은 아이라쿠는 거, 내가 누보담도 잘 알고 있거마는."

작은 조각구름 두어 개가 둥둥 떠 있는 높푸른 하늘 어딘가로 눈을 잠깐 주었다가 다시 말했다.

"하지만도 솔직히 시방 자네가 내 눈에는 그냥 예사로 안 비이는 기라."

한순간 두 사람 눈이 허공에서 맞부딪쳤다. 상대방을 제압하는 눈빛이었다.

"이런 소리 꺼내기는 머하지만도 해야것구마."

적어도 얼이가 알기로는 서 목수는 평상시 말을 빙빙 돌리는 사람이 아니었다.

"시방 자네 눈에서 내가 머를 보고 있는지 아나?"

그러고 보면, 서 목수도 얼이 안광이 예사롭지 않다는 것을 깨친 모양이었다. 그는 홀연 진저리를 치며 이렇게 말했다.

"살길세, 살기."

어쩌면 서 목수는 검법, 칼 쓰는 법을 배운 사람일지도 모르겠다는 짐작이 드는 얼이였다. 만약 그렇다면 어쩐지 그는 쇠로 만든 칼이 아니라 목검木劍의 명수일 듯했다.

"그것도 보통이 아이고, 넘을 쥑일 것겉이 소름 끼치는 살기……."

높아졌던 서 목수 목소리가 조금 낮아졌다.

"내 말이 심했다모 이해해주게나."

얼이 음성이 건조했다.

"아입니더. 안 심합니더. 지도 지를 잘 압니더."

얼이 눈앞에 아무런 죄도 없는 짐승 모가지며 곱게 뻗어 올라간 꽃대 등을 비틀어대던 어린 시절 자신의 모습이 잠깐 떠올랐다 사라졌다.

"하지만도 오데꺼지나 이거는 내 솔직한 멤이야."

잠시 후 그런 말을 하면서 서 목수는 마치 낯선 집에 와 있는 사람처럼 그곳 마룻바닥을 가만히 내려다보았다. 얼이 눈길도 똑같이 비슷한 곳을 향했다. 천연적인 결을 무척이나 잘 살린 자연목은 무엇이든 미끄러지게 할 만큼 빤질빤질해 보였다.

"무신 사연이 있는고는 모리지만도……."

고개를 약간 꺾은 상태에서 나오는 탓인지 서 목수의 목소리는 조금 억눌려 있는 느낌을 주었다.

"민치목이란 이름을 말하던 그 순간부텀, 얼이 자네한테서는 너모나 무서븐 살기가 뻗쳐 나오기 시작했제."

아니라고 부정할 수 없는 얼이 귀에 그의 목소리가 계속 이어졌다.

"이러이 내가 우찌 그의 사업장을 자네한테 알리줄 수 있것는가?"

저 평안리 타작마당만큼이나 널찍한 마당에서 덩치가 자기보다 배나 되는 수탉에게 시종 쫓기면서 암탉이 지르는 비명소리가 처연하고도 불길했다. 서 목수는 불안한 빛을 거두지 못하면서도 줄곧 확신에 찬 음성으로 자기가 하려는 말을 쏟아내었다.

"당장 달리가서 그 사람한테 우떤 짓을 할 꺼 겉은 예감이 드는데 말이제."

언제 소리도 없이 날아든 것일까? 담장 옆 오래된 감나무 가지 위에서 금방이라도 채갈 듯이 닭들을 내려다보고 있는 것은 몸집이 크고 시커먼 까마귀였다.

'운제부텀 저 앉아 있었던 기까? 아모 소리도 안 내고.'

섬뜩한 느낌과 함께 그런 생각을 하고 있는 얼이 귀를 흔들었다.

"내 예감이 잘못된 긴가?"

솔직히 어떤 판단도 내리기 힘들 정도로 혼란스럽고 황망하기 그지없는 게 지금 얼이의 정신 상태였다.

"지발하고 그랬으모 하네만……."

서 목수 시선은 여전히 얼이를 향하고 있지 않았다. 이제 마룻바닥을 떠나 마당 가 허리 잔뜩 굽은 노송 쪽에 머물러 있는 듯했다. 하지만 그는 매같이 밝은 마음의 눈으로 얼이 자신을 꿰뚫어 보고 있는 것 같다는 기분에 얼이는 강한 전율을 느껴야 했다.

'역시나 근동 최고 도목수라쿠는 그 이름이 그냥 아무렇기나 주어진 거는 절대로 아인 기라.'

그러자 몸과 마음이 오슬오슬 떨려오기 시작했다. 그건 단순한 두려움이라든지 불투명한 공포심과는 또 다른 성질의 것이었다.

'그짝 계통에서는 그 우떤 누도 당해낼 자가 없다쿠디이.'

얼이는 새삼스레 깨달았다. 세상은 정말 크고도 넓고, 그런 만큼 거기 살고 있는 사람 중에는 참으로 대단한 사람들도 많다는 사실이었다.

얼이 뇌리에 둥글넓적한 임배봉 얼굴이 커다랗게 떠올랐다. 문대 아버지가 이 정도니 배봉이란 그자는 얼마나 무서운 위인일까? 일본에까지 물품을 수출하는 지역 제일가는 비단 사업체인 동업직물의 최고 경영주로서, 배봉은 얼이로서는 언감생심 상상도 하지 못할 특출한 인물임에 의심의 여지가 없었다.

그런 배봉 가문을 상대로 맞서 싸우려고 하는 비화 누이가 한편으로는 자랑스러우면서도 또 다른 한편으로는 걱정스럽기 이를 데 없었다.

그 자신의 몸이 저만큼 마룻바닥 위를 기어가고 있는 개미만큼이나 형편없고 왜소하게 느껴지기 시작했다.

'이 얼이는 아즉도 피래미 아이가. 대갈빼이 피가 마릴라쿠모 한거석 멀었다. 시방꺼지 멋도 모리고 게춤 춰온 기라.'

얼이 자신은 피라미고 세상은 고래였다.

'민치목이는 고사하고 내를 남강 물에 팍 빠뜨리서 쥑일라캔 그눔 아들 맹쭐이 하나도 당해낼 수 있을랑가 자신이 없다 아인가베.'

사람을 한없이 맥 빠지게 하는 이런저런 상념에 빨려드는 얼이를 서 목수 음성이 흔들어 깨웠다.

"자네 머 그리 짜다라 생각하고 있는감?"

얼이는 화들짝 놀랐다.

"아, 아모 생각도 안 했심니더."

담장 밖에서 아이들이 지나가며 부르는 노랫소리가 아스라이 들려왔다. 그 노랫말은 알 수가 없었지만 그래도 노래를 부를 수 있다는 그 사실만으로도, 그 아이들은 무척 여유가 있고 행복한 것 같다는 부러움에 젖는 얼이였다.

"내 하매 몇 분이나 이약하지만도……."

서 목수 음성이 물기 밴 조선종이처럼 눅눅했다.

"우리 문대하고 동문수학하는 사람들 가온데서 얼이 자네를 젤 좋아하고 또 가찹거로 받아들이고 있거마는."

그러고 나서 문득 쏘아보듯 물었다.

"와 그런고 아나?"

그 소리는 사랑채 서까래에 부딪쳤다가 섬돌 위로 흩어져 내리는 것 같았다.

"죄송하지만도 모리것심니더."

진솔한 얼이 대답에 서 목수는 자못 믿음직스럽다는 얼굴로 그 이유를 들려주었다.

"자네가 사내다버서 그런 기라."

얼이는 그만 얼굴이 붉어졌다.

"그, 그리 봐주시이 고맙심더."

서 목수의 서글서글한 두 눈에 얼핏 그늘이 스쳤다. 지금 하늘가를 흐르고 있는 구름 그림자가 비친 것일까?

"그래서 더 내 멤이 아푸다는 기제."

그는 진심으로 걱정해주는 빛이었다.

"해나 자네한테 무신 안 좋은 일이라도 생기모 우짤꼬 해서지."

그새 쫓고 쫓기던 수탉과 암탉은 보이지 않고 그 대신 거위란 놈들이 나타나 시끄러운 소리를 내면서 뒤뚱거리며 마당을 이리저리 돌아다니고 있었다. 가축을 많이 키우는 가정환경에서 성장한 탓일까? 그러고 보니 문대도 평소 동물을 좋아하는 것 같았다. 무릇 동물을 좋아하는 사람치고 나쁜 사람은 없다고 들었다.

"상촌나루터라는 거를 알았은께 자네가 멤만 묵으모 민치목이 사업장을 알아내는 거는 시간문제것제."

처음에는 극성스러울 정도로 달라붙던 얼이가 침묵을 지키고 있자 서 목수는 혼잣말처럼 말했다.

"그란데 이상하기는 이상해."

중문을 통해 뒷마당 쪽으로 몰려가 버린 걸까? 어디에서도 닭 소리는 들리지 않았다. 설마 거위에게 물려 죽었거나 까마귀란 놈이 채간 것은 아니겠지.

"벨거는 아이라꼬 했지만도 그기 아인 거 겉네."

그 정적 속에 서 목수 목소리가 맷돌같이 무거웠다. 그러자 문득 어릴 적 죽골에 살 때 쓰러져 가는 초가집 좁은 마당 한구석에 놓여 있던 맷돌이 떠올라 얼이는 괜히 콧등이 시렸다.

"민치목이 와 각중애 찾아와갖고 그런 말을 하고 갔는지……."

얼이 가슴이 더욱더 크게 뛰었다. 아무리 감추려고 해도 온몸이 떨려오는 것은 어쩔 수 없었다.

"시방꺼정 예사로 봐 넘깃는데, 인자 본께 수상한 점이 한둘이 아이라."

심각한 표정의 서 목수를 보며 얼이는 한층 숨을 죽였다.

"민치목이가 머신가 기시고 있는 기 있다, 그런 예감이 든 것도 여러 차례고. 그래서 말인데……."

이윽고 서 목수 입에서 결론인 듯 이런 소리가 나왔다.

"그 목재상의 실질적인 갱영자는 그자가 아인 거 겉거든?"

일순, 하마터면 얼이 입에서 누군가의 이름이 튀어나올 뻔했다.

- 운산녀.

만약 서 목수 예감이 들어맞는다면, 민치목은 배봉의 후처인 운산녀 사주를 받고 대리인이나 하수인 노릇을 하는 것이 틀림없다. 실로 무섭고 이해하기 힘든 일이다.

얼이가 나름대로 그런 확신을 품게 된 것은, 우선 치목에게 그렇게 큰 사업을 할 만한 자금이 과연 있을까 하는 의문이고, 그다음으로 치목 옆에는 언제나 운산녀가 그림자같이 붙어 있다는 사실 때문이었다.

잘은 모르긴 해도, 치목과 운산녀가 그토록 오랫동안 관계를 맺어오고 있는 그 이면에는, 단순한 불륜 사이를 떠나 보다 큰 무언가가 깊숙이 감춰져 있을 것이다. 그렇다면? 그게 바로 목재업일 가능성이 높았다. 결국, 그들을 굳게 유지해주는 건 심신이 아니라 돈인 것이다. 돈의 위력을 보여주는 더러운 결탁 말이다.

'아, 그렇다모?'

얼이는 꺼져가는 불길을 다시 살리려는 사람처럼 해 보였다. 덩달아 말의 속도 또한 아주 빨라지고 힘이 들어갔다.

"그 사람들, 민치목 그 사람이 이약하는 사람들 말입니더. 치목 자기하고 거래하느냐꼬 물어올 끼라는 그 사람들……."

얼이가 거기까지 말했을 때 이번에는 부리부리한 서 목수 두 눈이 번쩍 뜨이는 것 같아 보였다. 그는 무릎까지 '탁' 쳤다.

"그렇제, 그 사람들!"

서 목수도 얼이 못지않게 적극적으로 나왔다.

"얼이 자네가 볼 적에는 그기 누 겉노? 내한테 와갖고 민치목이하고 거래하냐꼬 물어볼 사람들 말일세."

"그, 그거는……."

얼이 머릿속은 온통 하얗게 비어버리는 듯했다. 어쩌면 윤곽이 잡힐 것도 같았는데 막상 지목하자니 둔기로 뒤통수를 얻어맞은 듯 멍해지는 기분이었다.

"하기사 아즉 사회 갱험이 적은 자네가 머 알것나."

서 목수가 머리를 흔들며 쓴웃음을 지었다.

"그리 묻는 내가 반피(바보)제. 민치목하고 여러 해 거래해오는 내도 모리것는데."

얼이는 서 목수 얼굴이 두 개 세 개로 보여 눈을 감았다가 뜨며 더듬거렸다.

"그, 저……."

정신이 지극히 혼미한 속에서도 얼이 입에서 또 운산녀 이름이 흘러나오려 했다. 하지만 섣불리 입을 놀렸다간 되레 휘말려버릴 위험성도 있었다. 민치목과 운산녀 두 사람과, 나루터집 사이에 얽혀 있는 사연은 아무에게나 털어놓을 성질의 것이 결코 아니었다.

"우째서 그런고 예감이 벨로 안 좋거마는."

얼이도 서 목수와 똑같은 감정에 싸였다. 서 목수 얼굴이 한층 어두워 보였다. 대범한 그도 께름칙한 기분을 떨쳐버릴 수 없는 모양이었다. 어쩌면 민치목이 어떤 흉계를 꾸미는 것이 아닐까 내심 우려하는 것 같기도 했다. 그것은 그 자리에 있는 얼이 자신의 표정이 그만큼 심각하고 딱딱하게 굳어 있는 까닭일 수도 있었다.

서 목수는 더 입을 열지 않았다. 얼이에게 무슨 말을 물어도 대답을 들을 수 있을 것 같지 않아 그 일을 잊어버리려고 하는 듯했다. 어떻게 보면 얼이를 경계하는 것 같기도 했다. 그것은 썩 내키지 않는 짐작이지만 사람 속은 알 수 없는 것이다. 자기가 자기도 모르는 게 인간인데 하물며 타인임에랴.

그런데 얼이는 자리에서 일어날 생각도 잊은 듯 멍하니 앉아 있기만 했다. 문대 아버지 서 목수와 민치목이 상거래를 한다는 사실이 그의 마음에 빼낼 수 없는 큰 가시로 걸려 편하지를 않았다. 멀리 있는 친척보다도 가까이 있는 이웃이 더 좋다고, 사람이란 서로 거래를 하다 보면 알게 모르게 정이 들기도 하는 법이다. 물론 정에는 고운 정만 있는 게 아니긴 하지만.

'이리 되모 내 개산이 쪼매 틀릴 수도 있는 기라.'

얼이는 벌써부터 문대를 농민군에 끌어들일 계산을 해왔다. 물론 쉬운 일은 아니겠지만 한 사람이라도 더 동지를 모으는 게 시급하고 중요했다. 어느 곳이든 어떤 시대든 간에 떼거리가 필요한 것이다. 새끼손톱보다도 작은 개미 무리가 집채만 한 구렁이를 이기는 것이다.

'그기 똑 좋은 거는 아이것지만도, 우짤 수 없는 거 아이가.'

언제인가 꼽추 달보 영감은 말했다. 요 다음번에 벌어질 농민군 봉기

에는 자신과 그의 아들 원채도 꼭 가담할 것이라고. 농민뿐만 아니라 핍
박받는 조선 백성은 모두 가세해야 한다고. 그래야만 승산이 있다고. 아
니, 설혹 승산이 없다손 치더라도 반드시 그렇게 해야 한다며, 이런 말
도 덧붙였다.

'우리한테 중요한 거는 걀가가 아이고 과정인 기라.'

문대 같은 벗이 동조해주기만 한다면 천군만마를 얻는 것이라고 믿어
오는 얼이었다. 목수들도 결코 업신여길 수 없는 대단한 세력이었다. 그
들이 매일 다루는 목재처럼 곧고 단단할 것이다. 새로운 집을 세우듯 새
로운 세상을 이루어낼 수도 있을지 모른다.

'그뿐이 아이다.'

게다가 일단 문대가 나서면 남열도 꼬리를 빼지는 못할 것이다. 그
남열 뒤에는 서예를 배우는 학식 높은 계급도 있다. 삐뚤삐뚤한 글씨체
를 용납하지 못하듯 그들은 올바르지 못한 세계를 혐오하고 질타할 것
이다. 심지어 서예를 하는 고상한 여자들도 있다고 하니 그 또한 무시할
수 없을 것이다. 비화 누이를 보라. 여자가 얼마나 강한지.

얼이 생각에, 경상, 전라, 충청 3도가 합세하는 것 못지않게 다양한
계층이 나서는 것도 큰 힘이 될 듯했다. 그러나 서 목수를 보니 그만 자
신이 없어졌다. 농민군과 뜻을 같이해줄 성싶지 않았던 것이다.

'만약에 그리 되모, 문대하고 내는 고마 서로 적이 돼삐릴랑가도 모리
것다.'

비화 누이와 해랑이 동시에 나타나 보였다.

'아, 그거는 상상만 해도 싫고 섬뜩한 일인 기라.'

비봉산 자락에 금방이라도 굴러 내릴 것처럼 아슬아슬하게 붙어 있는
저 비봉루를 떠올렸다.

'남열이는 상구 더 그럴 끼고.'

얼이는 여기 더 있을 게 아니라 어서 일어서야겠다고 생각했다. 홀연 뒷마당으로 달려가 그곳 어딘가에서 놀고 있을 애꿎은 닭 모가지를 마구 비틀고 싶은 강렬한 충동이 일었기 때문이었다.

그 여자와 살려는 뜻은

돈은 말 그대로 세상을, 사람을, 시간을, 그 밖에도 모든 것들을 다 팽글팽글 잘도 돌고 돌게 하는가 보았다. 그리고 또한 그것은 사람들 눈을 가리고는 사람들이 잘 보지 못하는 동안 많은 것을 변화시켜 버린다.

비화에게 갑자기 세월이 한꺼번에 휙 지나가 버린 듯한 두 가지 소식이 전해진 것은 그 무렵이었다. 진무 스님이 거동하지 못할 정도가 되어 비어사에만 칩거한다는 것과, 꼽추 달보 영감이 힘에 부쳐 뱃사공 일을 그만두었다는 게 그것이었다. 그러한 사실은 비화로 하여금 실의와 비감에 젖도록 몰아갔다.

국가적으로도 너무 심각한 문제가, 조선이란 나라가 진무 스님이나 달보 영감처럼 많이 노쇠해 버렸다는 사실이었다. 청국과 아라사 그리고 일본, 이렇게 주변 3국으로부터 시시콜콜 간섭을 받아야 하는 그런 처지로 전락해버린 것이다. 특히 갈수록 강성해지는 일본이 그중에서도 가장 위험하고 부담스러운 존재로 떠올랐다.

그런 불안하고 어수선한 분위기 속에, 한양에서 천 리나 떨어진 남방 고을에도 크고 작은 사건들이 계절의 흐름을 따라서 왔다 사라져 갔다.

물론 그 흔적까지는 완전히 거두지 못한 채였다.

"어이구, 우리 잘생기고 잘생긴 왕자님."

장롱에서 꺼내준 옷을 입은 준서를 이리저리 보며 비화는 더할 수 없이 흐뭇한 표정을 지었다.

"시상에! 작년에 맹글은 바지 끄트머리가 앞장게이꺼정 막 올라가고, 올해 초에 가서 산 윗도리 소매가 팔꿈치에 가 닿소."

어제, 오늘 다른 준서는 이제 얼마 안 있어 비화가 맨 처음 만났던 얼이 키만 할 것이다. 그런 생각을 하는 비화 심경이 복잡다단했다. 해랑과 밤골 댁은 둘 다 아이가 없었다. 아마도 밤골 댁은 나이가 든 탓 아니면 피임을 했기 때문일 것이다. 해랑은 첫 아이 유산이 결정적인 이유 같았다.

감영에 딸린 교방 새끼 기생이었던 효원이 지금은 제일 낮은 서열을 벗어난 관기가 되어 있고, 천성적으로 골격이 굵고 큰 얼이는 아버지 천필구가 처형당하던 때의 체구를 곧 따라잡을 만했다. 동년배에 비해 눈가에 잔주름이 너무 일찍 생기기 시작하는 우정 댁은 오늘도 여전히 남편 원수 갚을 농민군 봉기를 기다린다. 그 밖에도 사람들은 각각 자기 나름의 빛깔과 체취를 지니며 살아왔고 또 살아가게 될 것이다.

그러던 어느 날, 친정 나들잇길에 비화는 보았다. 아주 몰라볼 정도로 변한 동업과 재업이었다. 해랑의 극진한 보살핌으로 이제 그들 형제는 어디 내놓아도 한곳 빠질 데 없는 썩 듬직하고 훌륭한 사내애들로 성장해 있었다. 언제부터인가 비화 마음에서도 '옥진'은 사라지고 '해랑'만 남았다.

그때 말고는 해랑과는 정말 거짓말과도 같이 한 번도 마주치지 않았다. 의도적으로 피한 탓이기도 하겠지만 그래도 실수로라도 만나지 못했다. 그래서인지 해랑을 떠올리면 세월이 그다지 많이 흐르지는 않았다는 느낌이 들기도 했다. 어른이 늙어가는 것에 비해 아이가 자라는 것이 훨씬 빠르다는 사실에 비춰보면 시간은 얼마 지난 것도 아니었다. 그동안 배봉 집안과 별다른 충돌이 없었다는 데서도 그 원인을 찾을 수 있지 않을까 싶었다.

'설마 옥지이, 아이다, 인자는 해랑이다. 옥지이는 없다. 해랑이가 방패막이 역할을 하고 있어서는 아이것제?'

비화는 간혹 아무도 없는 곳에서 자신을 꾸짖듯 이렇게 혼자 중얼거리곤 했다.

'그래도 방패보담 창이 더 강하모 되는 거를.'

아직도 배봉 가문을 대적하기에는 힘이 부족함을 스스로가 인정한다는 결과일까? 아니면 동업이 남편 소생이라는 것에 발목을 틀어 잡혀서인가? 배봉 집안 그 누군가와 맞선다는 것은 곧 해랑과 동업을 노리는 것과 같다는 강박감을 벗어던지지 못하면 영원히 아무 일도 하지 못하리라. 그리고 그것은 죽은 삶과 조금도 다를 게 없는 것이다.

'진무 스님은 이런 내를 보시모 우떤 심정이 되실꼬? 웬수 갚기를 포기했다꼬 생각 안 하시까?'

비화는 '시간'이라는 짐승에게 쫓기는 심정이 되어 점점 초조해지기 시작했다. 세상은 더 이상 그녀가 있을 '공간'을 내주지 않을 것 같다는 자격지심을 감당하기 어려웠다. 해랑은 행복할까? 아니, 우정댁 얘기처럼 이제야 눈에 씐 꺼풀이 벗겨져 가슴팍 치며 후회하고 괴로워할지 모른다.

'해랑이 니나 내나 에나 몬났다. 와 이리 행핀없는 사람들이꼬?'

그러나 막상 두 집안 사이에 싸움이 벌어지면 해랑이 어떻게 나올지 상상만 해도 당장 머리털이 빠져나가는 듯했다. 그렇지만 '김 장군'의 명성을 잃은 아버지 호한과 자살로 생을 마감한 염 부인만 떠올리면 피눈

56

물이 났다. 꼭 한번은 사생결단할 수밖에 없는 운명이 아닌가.

그리고 그 조짐은 이미 곳곳에서 나타나기 시작하고 있었다.

한동안 몸져누웠던 호한의 건강이 상당히 많이 좋아졌다.

워낙 타고난 강골이었다. 배봉으로 인해 생긴 울화병이 완전히 나은 것은 아니지만 귀티 나는 얼굴에는 제법 화색도 돌았다.

"이봄세, 우리 왔네."

강용삼이 조언직에게 이끌려 호한을 찾은 것은 그즈음이었다. 그러고 보니 그들 셋이 한자리에 모였던 것이 언제였던가 기억에 아슴푸레했다.

"자네 몸이 술찮이 낫아졌거마는. 인자는 그리해도 될 거 겉은 생각이 들거마."

얼마 전 병문안 왔던 언직이 그런 수수께끼 같은 말을 남기고 돌아가더니 용삼을 데리고 온 것이다. 아마도 언직은 호한 몸이 호전될 때를 간곡하게 기다렸던 모양이다. 그러나 실로 오랜만에 만난 호한과 용삼은 한마디 말도 꺼내지 않고 서로가 얼굴을 외면하기만 했다.

'이거야, 원.'

그 분위기가 너무 서먹서먹하고 차가워 언직은 숨이 다 막힐 지경이었다. 내가 쓸데없는 짓을 하는 게 아닌가 하고 후회되기도 했다. 용삼의 딸 해랑이 억호 재취가 되었을 때, 호한과 용삼은 똑같이 이제 두 번 다시 만날 일이 없으리라 생각했다.

아니다. 그 정도가 아니라 철천지원수가 되고 말리란 것을 누구도 의심치 않았다. 배봉 집안을 향한 호한의 원한과 증오가 어떠한지를 그 누구보다 잘 아는 용삼이었다. 하지만 금지옥엽 옥진이 해랑이란 기명을 쓰는 관기가 된 그 이면에는, 지난날 저 대사지에서 점박이 형제가 딸에게 저지른 천인공노할 만행이 징그러운 악령의 입김처럼 서려 있다는 사실까지는 여전히 몰랐다. 그 핏빛 비밀을 아는 사람은 당사자들을 빼고는 오직 단 한 사람, 비화뿐이었다.

'허, 이 사람들이야?'

언직은 안절부절못했다. 수령이 무척 오래된 무화과나무 그림자가 드리워진 사랑채에는 시간이 흐를수록 한층 냉랭한 공기가 무겁게 내려앉았다. 말 그대로 폭풍 한설 몰아치는 엄동이 따로 없었다.

호한은 연방 헛기침을 해댔고 용삼은 호한이 그럴 때마다 몸을 움찔움찔했다. 아무래도 죄지은 쪽은 용삼이었다. 그가 직접 앞에 나서서 성사시킨 것이 아니고 딸이 제멋대로 결정해버린 혼례이긴 하지만, 그 어떤 연유에서든 호한을 볼 면목이 없었다.

맨 처음에 딸이 배봉 가문 맏며느리가 되었다는 그 사실을 알았을 때, 용삼은 물론 아내 동실 댁도, 옥진이 저년은 우리 자식이 아니라고, 하기야 기생년이 될 때부터 벌써 우리 자식이 아니었다고, 눈물을 뿌려가며 흥분하고 살점이 떨어져 나갈 것 같은 갖가지 독설을 퍼부었다.

그런데 정녕코 알 수 없는 게 여자였다. 용삼을 더 화나게 몰아간 건 갑자기 변해버린 동실 댁 태도였다. 용삼 생각에, 아내가 앞서 보였던 그 언동들은 죄다 거짓이 아니었나 싶을 정도였다.

'저럴 수가?'

동실 댁은 드러내놓고 환영하지는 않았지만, 은근히 되레 잘된 일이라는 눈치를 엿보이기 시작한 것이다. 이왕지사 관기가 돼버린 미천한 몸인데, 비록 재취라고는 하나, 저 바다 건너 멀리 일본에까지 비단을 내다 파는 근동 최고 갑부 동업직물 맏며느리 자리가 어디 아무나 넘볼 수 있는 그런 자리냐고, 우리 딸은 최고의 신붓감으로 선택받은 규수라고, 아무에게나 자랑이라도 하고픈 빛을 감추지 않았다.

'비화를 보모 더 안 그렇나.'

기실 동실 댁도 옥진처럼, 비화는 나루터집을 하여 땅 부자로 자리 잡아가고 있는데, 딸은 천한 기녀 신세라는 것에 상대적 박탈감이나 열등의식을 강하게 품었다. 더욱이 동실댁 자신이 부자병이라는 폐병에 걸리고 한 채 있는 집마저 불탔을 때, 그것을 전부 해결한 돈이 억호에게서 나온 것이란 사실도 저절로 알게 되었다.

그렇게 보자면 사위가 된 억호는 그녀 생명의 은인이 아니고 무엇이겠는가? 물론 동실댁 마음에도 켕기는 게 없진 않았다. 배봉가家에 대한 고을 사람들 평판이 너무나도 좋지 못하고, 억호에게는 이미 아들이 둘이나 있다는 게 그것이었다. 그만큼 결정적인 흠집이 또 어디 있겠는가 말이다. 그렇지만 그것에 발목을 잡히기에는 그들이 처해 있는 현실이 참으로 각박하고 힘들었다.

'글싸도 돈이 상구 쌔뻿은께네.'

결국 동실 댁이 위안 삼는 게, 비단을 일본까지 수출하여 떼돈을 버는 엄청난 사위 집안 재력이었다. 비화가 상촌나루터 바닥에서 고작해야 콩나물국밥이나 팔아 제아무리 돈을 긁어모은다고 할지라도, 우리 옥진이보다는 더 부자가 될 수 없으리라 생각하니 무척 마음 푸근하고 흐뭇하기도 했다.

비극이었다. 집 안에만 갇혀서 그저 살림 하나만 살아온 그녀는 모든 걸 좋은 쪽으로만 보려고 했지 반대쪽에는 눈을 돌리지 못했던 것이다.

한편, 언직은 어떻게 하면 호한과 용삼의 크게 뒤틀린 악감을 풀어줄 수 있을까 내심 깊이 고심했다. 여식들이 친자매같이 지낸 것 못지않게 그 두 사람도 아무런 격의 없이 오래 사귀며 의기투합했었다. 그 정도가 좀 지나쳐서 이러다간 내가 혹시 친구 사이에서 떨어져 나갈 게 아닌지 우려되었을 지경이었다.

'그리키나 쾌안은 사이였는데, 용삼이 호한의 웬수 집안과 사둔 관계

를 맺어삣으이, 겔국 둘은 웬수 사이가 돼삔 기 아이가. 시상에 이리 얄
궂은 일이 오데 또 있으꼬?'

언직은 그들 눈치를 보며 묘수를 짜내느라 골머리를 앓았다.

'피는 물보담 더 진하다 그리 캤는데. 참말로 인간사 요지갱인 기라.
그래도 이대로 놔놓을 수는 없제.'

여러 재미나는 그림을 돌리면서 구경할 수 있다는 요지경. 하지만 이
게 어디 재미있는 건가. 세상을 욕하며 한참 만에 언직이 생각해낸 게
화공 안석록과 농민군 한화주 연인 원아의 중매를 섰던 일이었다. 지금,
이 순간에는 그 성사 여부가 중요한 게 아니었다.

어쨌든 이 고을 백성이라면 저 임술년 농민군 사태에 대해서만은 한
마음 한뜻이 된다는 것을 염두에 두었다. 따라서 호한이나 용삼이나 두
사람 다 그 농민군 이야기를 하면서 더 다툴 일은 없을 거라고 판단한
것이다.

"우리 고을 풍갱만 그리서 맹성을 얻고 있는 안석록이라쿠는 화공 말
인데……."

난데없이 우리 고을 풍경만 그려 명성이 어떻고 하는 웬 환쟁이 이야
기가 나오자 둘 다 똑같이 어리둥절한 표정을 지었다. 그러거나 말거나
언직은 능청스레 하던 말을 계속 이어갔다.

"연인이 농민군 하다가 죽은 원아란 각시한테 올매나 멤을 쓰는고 놀
래것더마."

호한이 여전히 경직된 얼굴로 물었다.

"자네 시방 무신 이약 늘어놓고 있는 기고?"

언직은 그 말은 들은 척도 하지 않고 용삼을 보고 말했다.

"사람은 다 지하고 인연이 있는 사람이 따로 있다쿠는 거를 내 요분
참에 알았소."

석록을 원망이라도 한다는 어조였다.

"내가 그리 많은 여자들을 소개해줬지만도 눈 하나 안 돌리더이."

용삼은 생뚱맞은 이야기를 하는 언직의 얼굴만 멀거니 바라볼 뿐이었다. 딱히 시선을 둘 데가 없어서였을까?

"내도 뒤에사 안 사실인데…….."

언직은 무슨 대단한 비밀 하나를 알려주듯 했다.

"안 화공이 농민군 그림도 마이 그릿다 안 쿠요."

호한과 용삼이 자신들도 모르게 눈길을 서로의 얼굴로 향했다가 부리나케 똑같이 고개를 돌려버렸다. 그러고 나서 호한이 알 수 없다는 듯 언직에게 물었다.

"그 화공이 농민군도 그릿다꼬?"

언직은 드디어 약발이 나타난다 싶어 얼른 말했다.

"하모, 그릿제."

그러자 호한은 변절자를 나무라는 어투가 되었다.

"자네가 방금 전에도 이약하고, 또 예전에도 말 안 했디가. 그 사람은 우리 고을 풍갱만 고집한다꼬."

"고집했디제."

누가 더 고집이 센지 겨뤄보잔 분위기였다.

"그란데 사람도 그릿다꼬?"

"그랬다데."

언직은 두 사람 마음을 그 이야기로 확실히 돌리려는 심산인지 호기심을 보태는 소리로 말했다.

"우쨌든 그라모 당연히 활약이 대단했던 원아 각시 연인도 그릿을 낀데, 그거 생각하모 할수록 참…….."

이번에는 호한보다 용삼이 먼저 입을 열었다. 한데, 그 말이 놀라웠다.

"농민군 이약 들은께, 〈이 걸이 저 걸이 갓 걸이〉 노래가 떠오리요."

한순간 방안 공기가 달라졌다.

"아, 진주 망건 또 망건, 하는 그거?"

언직은 바로 이 틈을 놓칠 수 없다는 기색이었다. 옆에서 듣기에 필요 이상으로 흥분된 음성으로 말했다.

"증말 굉장한 노래 맞지요? 시방도 몰래 짜다라 불리쌌고 있고요."

용삼이 입속으로 가만히 그 '언가'를 부르기 시작했다.

'이 걸이 저 걸이 갓 걸이 진주 망건 또 망건……'

언직은 더한층 슬프다는 낯빛을 지어 보였다. 인간은 너나없이 모두가 슬픈 존재들이니 서로의 상처를 보듬어주기 위해서라도 그만 화해를 하라고 종용하듯 했다.

"농민군이 에나 안됐다 아이요."

그러고는 볼멘소리로 이랬다.

"나라가 너모 심하거로 처벌했던 기요."

그런데 언직의 그 말이 떨어지자마자 호한이 화난 얼굴로 불쑥 내뱉었다.

"자네, 모리는 소리 벌로 막 하지 마라꼬."

"모리는 소리?"

"하모."

"내가 머 모리는 소리 벌로 막 하는데?"

"와 나라 탓만 하노?"

언직은 동의를 구하듯 용삼을 한번 보고 나서 물었다.

"그라모 누를 탓하까?"

하지만 그들 대화에는 관심이 없다는 듯 용삼이 계속 언가만을 읊조리고 있자 언직은 단도직입적으로 말했다.

"나라가 잘못한 거 아인가베."

그 순간이었다. 적어도 그 자리에서는 나오지 말아야 할 말이 호한의 입을 통해 나오고 있었다.

"더 몬돼묵은 것들이 악덕 부자들인 기라. 농민군이 진압된께 앞장서 갖고 농민군 색출에 눈깔이 뒤집히서 설치쌌던 고 인간들!"

언직이 황급히 호한 말을 가로막았다.

"아, 이 친구야!"

그러나 호한은 끝내 할 소리는 다 했다.

"그눔들이 안 그랬으모, 농민군이 그러키 한거석 잽히가서 억울하거로 당하지는 안 했을 끼다."

언직은 그만 잔뜩 머쓱한 표정을 지었고, 용삼 얼굴은 대번에 폐병 환자같이 창백해졌다.

'우짜노?'

언직은 깊은 절망감을 맛보았다. 호한의 반감이 예상보다 훨씬 높고 컸다.

'아새(본디) 저리키 속 좁은 친구가 아이었는데, 배봉이 집안에 대한 원한이 에나 크기는 큰갑다.'

바로 그때 용삼이 보통 사람으로서는 무척 하기 힘든 소리를 했다.

"내 구차한 여러 소리 자잘하이 안 늘어놓고 막 바로 이약하는데 안 있소, 그 악덕 부자 임배봉이하고는 자리를 같이한 적도 없소."

언직은 물론이고 호한도 놀라는 빛이었다. 용삼은 마치 남의 일 말하 듯 스스럼없이 계속 얘기했다.

"사람들은 비웃을 소리지만도, 내 여식은 혼래도 안 올리고 그 집에 들갔소."

언직이 더없이 당황한 목소리로 그를 말렸다.

"아, 강 행! 그, 그런 말씀일랑 하지 마시오!"

그러나 용삼은 조금 전 호한이 그랬던 것처럼 말을 그치지 않았다.

"혼래를 치렀다 캐도, 내사 그 혼래식에 안 갔을 끼요."

"강 행!"

호한은 아무 말이 없고 언직만 또 용삼을 불렀다. 하지만 용삼 입은 꽉 막혔다가 일시에 터져버린 둑을 방불케 했다.

"암만 부녀지간이라 쿠더라도 서로 가는 길이 다리모, 넘보담도 더 몬한 사이가 돼삐는 기요. 그기 시상 이치 아이것소."

"우리가 오늘 이리 모인 거는……. 그러이 지발하고 그런 말씀일랑 하지 마시오, 강 행. 듣는 사람이 좀 그렇다 아이요?"

언직이 팔을 내저으며 만류했으나 용삼은 정공법을 쓰려는 것처럼 이번에는 호한을 똑바로 쏘아보면서 말했다.

"사람들이 농민군 이약할 때마당 반다시 뒤따라오는 기, 임배봉 겉은 악덕 부자에 대한 욕이라쿠는 거, 내가 누보담도 잘 아요. 그래도 내사 신갱 안 써요."

용삼의 그 말에는 호한뿐만 아니라 언직 또한 거부감을 떨치지 못하는 빛이었다. 신경 안 쓴다. 그렇다면…….

잠시 침묵이 흐른 후였다. 용삼은 억울한 누명을 벗으려고 작심이라도 했는지 단호한 어조로 딱 잘라 말했다.

"와? 우째서 그라는가 하모, 내 양심에 비춰갖고 하나도 부끄러븐 기 없은께."

호한 입에서 진노에 떨리는 호통이 터져 나온 건 바로 그 말을 듣는 순간이었다.

"강 행! 손바닥으로 하늘을 가리는 짓 하지 마시오!"

"머요?"

용삼의 눈에 불이 튀었다.

"내가 손바닥으로 하늘을 가리는 짓 한다꼬요?"

바깥주인이 거처하는 그곳의 공기가 더할 수 없이 험악해졌다. 벽면에 붙어 있는 종이에 쓰인 붓글씨들조차 크게 질려버린 것 같아 보였다.

"어이쿠! 우째 이런 일이?"

언직은 어쩔 줄 몰라 하다가, 아무래도 용삼보다는 더 가까운 호한을 다그쳤다.

"이 친구! 자네가 이리싸모 내 입장이 머가 되것노?"

약간 다혈질인 그 성격이 발동하는지 가쁜 숨을 몰아쉬며 원망하는 어조로 나왔다.

"강 행이 안 오실라쿠는 거를 내가 억지로 뫼시고 온 기라."

그러는 언직더러 용삼이 말했다.

"조 행, 됐심니더. 조 행이 오자 안 캐도, 내가 꼭 한 분은 올라 캤심니더."

용삼은 다시 호한에게로 고개를 돌렸다.

"김 행! 우리 이참에 멤에 꽁하니 끼고 있던 거, 모도 훌훌 털어내 삐기로 합시다."

호한도 용삼의 눈길을 맞받으며 강경한 목소리로 말했다.

"부모자식 천륜은 우떤 누도 몬 끊소!"

용삼은 조금도 뒤로 물러설 기미가 보이지 않았다.

"그기 무신 소리요?"

거구의 두 사내가 거침없이 내뿜는 열기에 방이 그대로 불타버릴 듯했다. 호한이 용삼의 가슴에 각인시켜주듯 했다.

"강 행이 아모리 부정하고 싶어도, 옥지이는 강 행 핏줄이오."

서안 위에 단정하게 놓여 있는 책자에서 서권향이 풍겨 나오는 것 같았다.

"옥지이 아아는 강 행 외손주가 될 수밖에 없소."

조마조마한 마음으로 두 사람을 지켜보고 있던 언직이 무슨 말을 하려는 걸 손짓으로 막으며 호한이 말했다.

"그라고 그 아아는……."

그러다가 격한 감정을 고르느라 잠시 말을 멎었고 용삼이 자리를 고쳐 앉으며 주문했다.

"더 말해보시오."

호한은 인간의 힘으로는 막을 수 없는 일이라는 걸 일깨워주듯 했다.

"그 아아는 누가 머라 캐도 억호 아아가 되고, 배봉의 손주가 되는 것이오. 그라이 내가 우찌 강 행을……."

용삼이 손만으로는 모자라는지 머리까지 있는 대로 흔들어대면서 외쳤다.

"잠깐! 잠깐만 내 이약 먼첨 듣고 말씀 계속하시오."

호한은 두툼한 가슴을 앞으로 쑥 내밀었다.

"좋소, 어디 말씀을 해보시오."

그곳 사랑채로 드나드는 사랑문 근처에 있는 종가시나무에서 참새들이 서로 다투듯 짹짹거리는 소리가 끊이질 않았다.

"잘 모리시면서 넘 가슴 멍 들이는 소리 벌로 하모 안 되는 기요."

용삼의 말에는 절도가 넘쳤다.

"잘 모림서? 넘 가슴 멍 들이는 소리?"

호한 얼굴에 가소롭다는 빛이 언뜻 내비쳤다. 용삼은 판관이 선고 내리듯 했다.

"우리 옥지이가 억호 자슥, 배봉이 손주 놓을 일은 없을 끼요."

언직이 적잖게 놀란 목소리로 또 끼어들었다.

"그, 그기 뭔 말씀이오?"

용삼 안색은 벌겋고, 호한 얼굴은 핼쑥했다.

"옥지이를 딸자슥 아이라꼬 생각은 하지만도……."

용삼은 금방이라도 울음을 터뜨릴 것처럼 보였다.

"그래도 그애가 억호 자슥, 배봉이 손주를 놓아주모 좋것소."

이번에는 호한과 언직의 얼굴이 하나같이 일그러졌다. 그렇다면 결국 그 얘기가 그 얘기 아니냐?

"그란데, 그란데 말요."

급기야 용삼 입에서는 흐느낌이 새 나오기 시작했다.

"내 전해 들으이, 옥지이가 첫아를 유산하고 말았다쿠는 기요."

왈칵 피를 토하듯 했다.

"유산, 유산 말이오!"

벽의 검은 붓글씨가 붉은 붓글씨로 변하는 것 같았다. 먹물이 아니라 핏물로 쓴 것처럼 비쳤다.

"저, 저, 저런!"

용삼의 말에 귀를 기울이고 있던 언직이 비명 내지르듯 하며 매우 놀란 눈으로 호한을 바라보았다. 그 순간만은 호한 얼굴에서 증오와 반감의 빛을 발견할 수 없었다. 용삼의 울음 섞인 말이 다시 흘러나왔다.

"그라고 그기 잘몬된 긴지, 흐, 그 뒤로는 임신이 안 된다 안 쿠요. 흐, 아이 몬 놓는 석녀가 돼뻔 기라. 흐흐."

언직이 용삼에게 고개를 돌리며 너무나 안됐다는 빛을 띠었다.

"그, 그런 일이 있었소? 에나 머라꼬 말씀드리야 할랑고 모리것소."

용삼이 발작을 일으키는 사람처럼 온몸을 부들부들 떨었다.

"이 모도가 그 아 운맹이오, 운맹!"

"운맹."

호한이 그 말을 곱씹듯 했다. '운명'이라는 그 말 앞에서 훨훨 자유로울 수 있는 사람이 이 세상에서는 하나도 없을 것이다.

"옛날부텀 시상 사람들이 그 아를 보고 이쁘다꼬 입을 다시는 것이 좋아야 되는데, 와 그런고 내는 딱 싫더마는, 오늘날 이런 일이 있을라꼬 그랬던 거 겉소."

용삼 음성에서 이제 울음기는 사라졌으나 그의 말은 더한층 처절하게 들렸다. 문풍지가 파르르 흔들리고 있었다.

"꽃도 이쁜 꽃을 먼첨 꺾어간다더이, 얼골 이쁜 것이 그 아 불행일 줄은 상상도 하지 몬했소."

"……."

얼굴을 마주 보는 호한과 언직이었다.

"그 아가 석녀, 석녀라이?"

또다시 흐느낌이 섞여 나오는 용삼의 넋두리를 들으며 호한은 불현듯 억호의 두 아들을 떠올렸다. 동업과 재업이라 하던가.

호한도 기억한다. 둘째 아이는 설단이란 여종이 낳은 자식이란 것을. 그리고 그 풍문에 온 고을이 들썩거렸던 일을. 하지만 첫째 아이에 대해서는 여전히 아무것도 알지 못한다.

"강 행, 인자 고만하시오."

언직이 용삼의 등을 두드렸다.

"우짜든지 내가 호한이 저 친구하고 강 행 사이를 이전맹캐 좋거로 맨들어 볼라꼬 했던 긴데……."

그 난감한 상황에 처하자 기질이 고스란히 드러났다. 그는 자기감정에 겨운 나머지 천장에 닿을 정도로 목청을 높였다.

"낼로 실컷 욕하시오. 때리모 맞것소."

언직은 용삼에게 무릎이라도 꿇을 것같이 했다. 하지만 용삼은 그 말에는 대꾸하지 않고 호한을 바라보며 서늘한 목소리로 입을 열었다.

"김 행에게 실토할 끼 있소."

약간 멍한 듯 야릇한 낯빛을 짓는 호한의 귀에 이런 말이 떨어졌다.

"지난날 우리 내자가 그 무서븐 패뺑 걸리고, 또 우리 집이 모돌띠리 불탔을 적에, 뱅 곤치고 집 새로 지은 돈, 그 돈이……."

용삼은 임종 직전의 사람이 마지막 숨을 몰아쉬듯 했다.

"그 돈이 모도 억호한테서 나온 돈이란 거를, 내도 요 올마 전에 우리 내자한테 들어서 알았소. 그기 억호 돈이었던 기요."

"머요?"

호한은 졸지에 쇠뭉치로 뒤통수를 얻어맞은 모습이었다.

"아, 가, 강 행……."

언직도 엄청난 충격을 받은 듯 말을 잇지 못했다. 용삼 목소리만 방을 울렸다.

"딸내미가 지 옴마한테는 안 기시고 싹 다 이약했던 기요."

비감이 뚝뚝 묻어나는 목소리였다.

"그라고 그 일 땜에 억호하고 함께 살 멤을 뭇던 거 겉고……."

호한이 용삼 말을 거칠게 싹둑 잘랐다.

"그래서 강 행도 딸이 배봉이 맏며누리 되는 거를 그냥 놔둔 기요?"

그 서슬에 굴하지 않고 용삼 또한 전신으로 위험한 기운을 내뿜었다.

"시방 내한테서 무신 소리 듣고 싶은 기요?"

가까스로 약간 풀리는가 싶었던 분위기가 다시 경직되고 말았다. 언직이 무척 못마땅한 얼굴로 호한을 나무랐다.

"자네는 와 자꾸 강 행을 죄인 취급할라쿠노?"

"내가?"

호한은 언직을 매섭게 노려보았다. 그 눈빛에 질린 언직이 더듬거렸다.

"내, 내도 첨에는 가, 강 행을 오해해갖고 욕하고 그랬는데, 드, 듣고 본께 그런 기 아, 아이었거마는 머."

그러자 조금은 화를 삭인 기색으로 호한이 손아랫사람을 타이르듯 했다.

"오늘 자네가 상구 큰 실수했다 고마."

언직은 눈을 위로 치뜨고 반문했다.

"시, 실수?"

호한은 눈을 밑으로 내리깔며 비탄에 잠긴 목소리로 말했다.

"강 행하고 내하고는 안 만내는 기, 서로를 위해서 좋은 기라."

용삼의 고개도 아래로 숙여졌다.

"그래도 만내는 기 안 만내는 거보담은 낫다 아인가베."

언직이 변명처럼 나오자 호한은 깊은 한숨을 토했다.

"후우. 만내봤자 상처만 덧내기 되것제."

열매가 달려 있는 걸까? 창가에 서 있는 무화과나무에 새들이 날아드는 그림자가 비쳤다. 완전히 익기도 전에 따먹는 새들이지만 개의치 않는 호한이었다.

"그기 아이제."

언직은 자기 잘못만은 아니라고 했다.

"자고로 괴기는 씹어야 맛이고, 또 말은 해야……."

호한은 평소의 그답지 않게 옹졸한 사람처럼 굴었다.

"괴기도 괴기 나름이고, 말도 말 나름이라꼬 본다, 내는."

두 사람이 가벼운 실랑이를 벌이고 있을 때였다. 혼자서 무엇인가 골똘히 궁리하고 있던 용삼이 문득 뜻밖의 것을 물었다.

"그 두 사람, 안석록이라는 화공하고 원아라쿠는 각시는 혼래 치르기로 한 깁니꺼, 안 한 깁니꺼?"

"아, 그기 안 있심니꺼."

언직은 의외라고 생각했으나 분위기를 바꿀 좋은 기회라고 여겨졌다. 그래서 얼른 이렇게 말했다.

"남녀가 만내다 보모 정이 드는 모냥입니더."

그 말을 들은 용삼의 눈빛이 홀연 야릇해졌다. 그는 탐색하는 어조로 되뇌었다.

"정?"

그 소리가 호한의 귀에는 '적'이라고 들렸다.

"예, 첨에는 영 가망 없다 그리 싶었는데, 그기 아이고 조만간 떡국을 기대해도 될 거 겉심니더. 하하."

지금 그 자리에서는 도저히 어울리지 않는 웃음소리까지 억지로 지어가면서 언직은 슬쩍 호한과 용삼의 기색을 살폈다. 하지만 그 속내들을 짚어내기는 쉽지 않았다.

"남자고 여자고 간에 안 있심니꺼, 혼자 사는 거보담은 둘이 합치서 살아가는 기 행복 아이것심니꺼."

잠시 사이를 두었다가 이런 말도 했다.

"그기 또 시상 사람 살아가는 바른 이치고예."

언직의 그 말에는 용삼의 딸이 억호와 가정을 이룬 것을 은근히 옹호하는 의미도 담겨 있었다. 두 사람은 아무런 대꾸가 없었다.

언직은 자신이 용삼의 처지나 입장이 되면 어떨까 잠시 상상해보았다. 근동 최고 갑부와 사돈이 됐으니 당연히 자랑스러워하지 않을까 싶었다. 하지만 억호 상판대기와 해랑의 미모를 떠올리면 전혀 그게 아닐 것 같기도 했다. 언직은 또 머리통이 지끈지끈 아파져 오기 시작했다.

비화가 운영하는 나루터집에서 해랑을 본 적이 있다. 호한과 함께 비봉산에 올랐을 때도 만났었다. 그 밖에도 또 어디선가 마주쳤을 것이다.

아까 용삼이 한 얘기처럼 누구나 입을 다실 정도로 절세가인이었다. 그에 비하면 억호는 어떤가. 너무 큰 차이가 났다. 근동 최고 갑부 동업 직물 후계자라는 엄청난 배경이 그런 격차를 얼마나 줄여줄는지 모르겠지만.

"안 화공이 안 있심니꺼?"

용삼의 입이 먼저 열렸다. 언직은 탈출구를 찾은 사람처럼 퍼뜩 말했다.

"예, 안 화공이 와예?"

용삼 얼굴이 어쩐지 크게 긴장돼 보였다.

"내가 궁금하고 우려되는 기 있심니더."

그는 그저 지나가는 말처럼 이랬다.

"안 화공이, 그 여자가 옛날에 알고 지내던 남자가 있었다쿠는 사실을 알기 되모, 같이 살라쿠것심니꺼?"

"아, 그거요?"

용삼 물음에 언직이 상체까지 흔들어가면서 크게 웃었다.

"하하하!"

호한과 용삼이 동시에 언직을 바라보았다. 아무리 봐도 과장이 지나칠 만큼 많이 섞여 있었다. 언직은 웃음을 멈추고 또렷또렷한 목소리로 말해주었다.

"바로 그거 땜에 그 여자하고 혼래를 치르고 싶다고 하데요."

용삼은 도시 믿을 수 없다는 듯 다시 물었다.

"그기 무신 소리요? 그것도 흠이라모 큰 흠이 될 수 있지 않것소."

언직은 마치 자신의 사랑 이야기를 들려주는 사람처럼 비쳤다.

"안 화공이 내한테 이약하기를, 원아 각시가 사랑한 한화주라쿠는 그 사람을 전에 본 적이 있다는 깁니더."

용삼이 사뭇 걱정스러운 빛으로 말했다.

"그, 그라모 더 같이 안 살라쿨 낀데?"

호한도 속으로 그렇다고 생각했다. 언직은 웃음 머금은 얼굴로 말을 이어갔다.

"내 이약 더 들어보시오. 그래갖고, 농민군부대 맨 앞에 서서 죽창을 들고 진격하는 그 모습이 하도 눈길을 끌어, 그 모습을 기억해놨다가 집에 가서 그리기도 했다고요."

"내가 그 개통은 깜깜절벽이지만도, 내 듣기로……."

용삼은 그 계통에 어둡다고 하면서도, 옆에서 지켜보는 사람이 이해가 되지 않을 정도로 남의 혼례에 대해서 지나친 관심을 보였다.

"아까 쪼꼼 이야기가 내비쳤지만도, 화공 안석록은, 사람은 잘 안 그리고 내두룩 풍갱 하나만, 그것도 우리 고을 풍갱만 그린다 쿠던데, 알고 보모 진짜로 이전에는 인물화도 그릿다는 거 아인가요?"

언직도 고개를 갸우뚱했다. 그러고는 풀기 어려운 수수께끼를 접한 사람같이 말했다.

"그기 에나 묘하요."

용삼은 호기심 많은 아이 같아 보였다.

"우찌 말입니꺼?"

그러자 언직의 입에서 전혀 예상치 못한 답변이 나왔다.

"안 화공이 사람 그림을 안 그리거로 된 기, 한화주 땜이라꼬 안 합니꺼?"

듣고 있던 두 사람 입에서 동시에 놀라는 소리가 나왔다. 언직은 감격에 찬 얼굴이었다.

"기운차게 진군하던 사람이 행장(형장)의 이슬로 사라지는 그 장면을 본 다음부팀, 사람 그림은 가짜라꼬 생각했다쿠는 깁니더."

"사람 그림은 가짜…….."

그 말은 호한의 입에서 나온 것 같기도 하고, 용삼의 입에서 나온 것 같기도 했다. 언직 음성이 강풍에 나부끼는 무화과나무 가지를 떠올리게 했다.

"화공으로서의 자신을 뒤바꾸놓은 사람이 한화주였던 셈이라요."

용삼이 안도감이랄까 한숨을 내쉬며 고개를 끄덕였다.

"우짜모 안 화공이 원아 각시하고 살라쿠는 기 이해가 될 거도 겉심니더."

언직은 용삼의 말을 끝까지 듣기도 전에 달라붙듯 했다.

"그렇지예? 강 행도 이해가 되지예?"

용삼은 눈을 들어 허공 어딘가를 보며 대답했다.

"예, 완전히는 안 되지만요."

이어지는 두 사람 대화를 들으면서 호한은 비로소 깨달았다. 용삼이 왜 그들 남녀 혼례 문제에 그토록 지대한 관심을 보이는가를. 결국, 딸 옥진 때문이다. 용삼은 어떻게든 딸이 억호와 살게 된 어떤 명분을 얻어내고 싶은 것이리라.

호한은 문득 용삼에게 동정심이 생겼다. 그렇지만 그것은 좋아한다는 감정과는 한참이나 거리가 멀었다. 안됐다는 것과 좋아한다는 건 같을 수 없다.

그렇다. 용삼이 배봉과 사돈 간이란 것은 부인할 수 없는 엄연한 사실이다. 비록 해랑이 억호 씨를 낳지 않든, 용삼이 배봉과 한 번도 자리를 함께한 적이 없든, 그런 것은 별로 중요하지 않다.

황매화나무 줄기같이

이상 기온 현상이었다.

참 끈질긴 동장군이었다. 일찍이 없었던 한파였다. 엄동설한 때보다 더 매서운 2월이었다.

갈수록 사람들이 정상이 아니니 기후도 덩달아 기존의 궤도를 벗어나고 싶다는 충동에 빠져들고 있는지도 모르겠다.

어쨌거나 요 며칠째 하늘은 잔뜩 크게 찌푸린 얼굴이었고, 흙먼지를 가득 실은 칼바람이 사방팔방 미치광이같이 날뛰었다. 세상은 바로 앞이 보이지 않을 정도로 혼탁했다. 항상 푸른빛을 간직하고 있는 비봉산도 흐릿해 보이기만 했고, 고을을 감돌아 흘러가고 있는 남강도 우중충한 기운을 덜어내지 못했다.

근동에서 제일 으리으리한 임배봉 호화 저택도 그 을씨년스러운 날씨 속에 휩싸여 있다. 해랑이 사랑채 팔작지붕과 뒷벽만 바라보이는 안채에 틀어박혀 바깥출입을 하지 않은 날이 얼마나 되었는지 모른다. 새장에 갇혀 있는 새도 혀를 찰 형국이었다.

해랑도 그랬지만 억호가 새색시 출타를 무척 원치 않았다. 지극히 중요한 거래처 사람과 동부인해서 만나는 자리는 예외였다. 해랑은 바로 자신의 신상에 관한 것임에도 불구하고 아직도 잘 알지 못했다. 자신의 이름이 어떻게 기적妓籍에서 빠져나왔는지, 하판도 목사가 왜 자신을 풀어주었는지. 물론 알고 싶지도 않고, 또 알고 싶다고 해서 알 수가 있는 것도 아니지만, 아무튼 모든 게 오리무중 그 자체였다.

한 가지 짚을 수 있는 것은 있다.

보통 사람들로서는 상상도 할 수 없는 엄청난 돈을 쏟아부었을 것이다. 해랑이 억호 재취가 되어 거기 안방 차지를 하고 얼마 지나지 않아, 하 목사가 한양으로 올라갔다는 사실도 그것을 잘 입증해준다. 다시 말하자면 하 목사는 배봉 집안에서 상납한 거금을 뇌물로 바쳐 한양 고위직으로 자리를 옮겼다는 얘기다.

그게 아니라면, 하 목사는 자기가 전임되리란 것을 미리 알고 해랑을 기생의 적籍에서 빼주었는지도 모르겠다. 어차피 떠날 판이니 그전에 돈이나 왕창 챙기자는 엉큼한 속셈에서. 어쨌든 하 목사가 다른 곳으로 간 것은, 해랑이나 억호는 물론 온 고을 백성이 쌍수를 치켜들고 환영할 일이었다. 심지어 하늘로 치솟은 잡초들도 다 잘됐다고 만세를 부르고 있는 것으로 비칠 지경이었다.

그러나 단 한 사람, 배봉만은 몹시 서운하고 씁쓸했다. 하 목사 밑구멍에 쑤셔 넣은 돈이 얼마나 될지 그 자신도 명확하게 모른다. 더욱이 하 목사 이전에 있었던 홍우병 목사나 정석현 목사 같은 자가 새로 부임해온다면 정말 큰일이다. 제발 하 목사처럼 돈으로 구워삶을 수 있는 관리가 오기만을 빌었다.

그런데 배봉의 그런 간절한 염원이 효험을 보였음일까? 신임 강득룡 목사도 평판이 썩 좋지는 못했다. 소문은 날개를 달아 그러한 사실을 알게 된 고을 백성들은 한숨을 폭폭 내쉬었지만 배봉은 속으로 쾌재를 불렀다. 하늘이 나를 돕는다고 생각했다.

해랑은 안채 대청마루에 혼자 앉아 마당 가에 자라는 앙상한 황매화 나무줄기를 바라보고 있었다. 보통 잿빛이라든지 검정빛, 옅은 갈색을 띠는 다른 겨울나무 줄기들과는 다르게 황매화 나무줄기는 그래도 연녹색이어서 좋았다.

'아즉꺼정은 저 황매화 나모줄기매이로 푸른 내 청춘이 와 이리 돼삐릿으꼬? 내가 요런 꼬라지로 이런 데 앉아 있을 끼라고 오데 상상이나 했디가.'

아무리 이리저리 돌아봐도 여전히 현실로 받아들일 수 없는 게 그녀 자신이 억호 재취가 되었다는 사실이었다. 이 해랑이 억호 재취가 되다니.

그렇다면 어린 날에 겪었던 저 대사지 악몽은 오늘을 기약하기 위한 악마의 치밀한 사전 포석이었던가. 그날 이후로 검고 커다란 점의 환영에 쫓기며 살아온 날들이 얼마나 길었던가.

그런데 그녀 스스로 그 점과 평생을 함께할 길을 택했다니. 그 점이 나의 두 눈을 온통 캄캄하게 막아버렸다는 말인가? 제아무리 마귀가 씐어도 이럴 순 없다. 어릴 때 매구니 새끼 기생이니 하는 소리는 들었지만, 누구도 그녀를 악녀라고 하지는 않았다.

마당 왼쪽에 자리하고 있는 곳간이 눈으로 들어왔다. 저 큰 곳간 열쇠 꾸러미가 내 손 안에 있는데, 이 마음은 어째서 텅텅 비어만 가는 것일까?

곳간 붉은 외벽에 걸려 있는 대소쿠리며 채 등속마저도 서글픈 느낌을 자아낸다. 곳간 처마 밑에 말벌들이 만들어 놓은 둥근 벌집은 지금 거기 안채처럼 조용하다.

해랑의 희고 기다란 목이 이번에는 오른쪽으로 돌려진다. 거긴 언네

를 비롯한 여종들이 거처하는 곳이다. 쪽마루 위에는 그저 씽 찬바람만
맴을 돌고 여러 개나 되는 방문들도 하나같이 꼭꼭 닫혀 있다. 모두 모
두 어디로들 갔나?

문득, 지독한 외로움에 몸을 떤다. 섬뜩한 기분마저 든다.

사랑채에서 안채로 통하는 나무문 쪽을 살펴본다. 동업과 재업은 지
금 사랑채에 가 있다. 시아버지 배봉이 남편 억호 사랑채에 들르게 되면
꼭 손주들을 오게 한다. 그것은 좋고 나쁨을 떠나 반드시 거쳐야 할 통
과의례 같은 것이기도 했다.

"자아, 우리 잘생긴 되련님들 퍼뜩 가보이시더."

그럴 때 아이들을 데리고 가는 건 언제나 언네 몫이다. 단 한 번도 그
녀 아닌 남의 손에 의해서 행해진 적이 없다.

'언네 저게 사람이까?'

해랑은 조금도 머뭇거리지 아니하고 두 아이를 앞장세워 배봉에게로
가는 언네가 너무나 무섭다. 무서움을 넘어 존경스럽기까지 하다. 상전
이 종년을 존경하다니.

하지만 사실이 그러했다. 질투심에 눈먼 운산녀에게 차마 입에 담지
도 못할 일을 당한 언네였다. 그 언네가 모든 괴담들을 만들어내게끔 원
인 제공을 한 사내 배봉에게 가면서 어쩌면 그렇게 아무렇지도 않은 표
정을 할 수가 있을까? 사람이 아니다.

해랑은 그 태연자약한 얼굴 뒤에 꼭 감춰진 언네의 처절한 한과 불타
는 복수심을 미처 발견하지 못했다. 그 기나긴 세월의 더께만큼이나 켜
켜이 쌓여 있는 미천한 한 여인의 깊은 절망과 높은 증오심을.

'아, 시방 봄은 오데쯤이나 오고 있는 기까?'

어서 날이 풀렸으면 했다. 언네 말에 의하면, 봄이 오면 안채 뒤꼍에
있는 텃밭에 나가 시간을 때울 수 있다고 했다. 거기 갖가지 나물과 채

소를 가꾸다 보면 나른한 봄이나 긴긴 여름 해도 금방 서산에 꼴깍한다는 것이다. 그리고 '시간을 죽인다'는 소리를 할 때 해랑은 언네의 등 뒤를 지나가는 죽음의 그림자를 보았다.

하판도 목사를 떠올리면 지옥도 그런 생지옥이 없을 만큼 너무나도 지긋지긋한 곳이지만 그래도 때때로 교방이 그리워질 때가 있었다. 함께 웃고 떠들고 눈물짓던 관기들. 교방 행사에 동원되어 모두가 몸은 파김치가 되었어도, 마음은 그저 꽃이 되고 나비가 되던 날들이 까마득한 옛날인 양 느껴졌다. 전설 속 시간 같았던 그날로 돌아가고 싶다.

꼭 야반도주하는 사람처럼 그렇게 그들을 떠나왔다. 그간의 정분을 봐서라도 어찌 그럴 수 있냐고 욕할지도 알 수 없다. 그런 여자이니 저마다 손가락질하는 악덕 부자 임배봉 집안에 들어갔지, 하고 비웃을지도 모른다.

특히 효원이 제일 많이 생각났다. 그녀를 친언니같이 따르던 새끼 기생. 그 어린 것이 어쩌다가 관기의 길로 들어서게 되었는지. 가끔씩 떠오르는 게 효원이 나루터집 우정댁 아들 얼이와 흰 바위에 나란히 앉아 있던 모습이다. 그래선 안 되는데. 주제넘은 짓이라 할지라도 자꾸만 그래선 안 되는데, 안 되는데 싶어진다.

촉석문 앞의 그 사주 관상쟁이 노인은 아직 그대로 있을까? 놀랍게도 효원에게 천 씨 성을 가진 사내가 나타날 것이라고 예언했다. 만약 그날 그가 자꾸 권하는 대로 내 운명도 점쳐보았다면, 내가 억호 재취로 들어갈 팔자라는 괘가 나왔을까?

그 크고 넓은 집에 혼자 있자니 별의별 상념들이 한정 없이 꼬리에 꼬리를 문다. 그녀가 성가셔하기만 했던 사람이 그립다. 세상에서 혼자 동떨어져 나온 것처럼 너무나 적적한 집안이었다.

언네와 동업, 재업은 물론이고, 운산녀 부름을 받고 간 여종들도 돌아올 기미가 보이지 않는다. 갈수록 운산녀가 두렵기만 하다. 비화에게 하는 만큼이나 해랑 자신을 싫어하는 시어미였다. 제가 거느리는 여종들도 적지 않은데 해랑을 모시는 여종들을 전부 데리고 가서는, 하루 종일 무슨 일을 시키는지 밤이 한참 이슥해진 후에야 돌려보내곤 했다. 그 억하심정에는 여종들도 머리를 내젓고 혀를 찼다.

억호가 혹 그 사실을 알게 되면, 펄펄 뛰며 당장 계모 운산녀에게 달려가 난장판을 벌일 것이다. 세상에 굿도 그런 야단 굿이 없을 것이다. 해랑은 시끄러운 것이 싫었다. 운산녀 구박 정도야 못 견디랴. 시아버지가 낡고 헌 버선 짝같이 내팽개치고 있는 시어머니라고 생각하면 원망을 떠나서 가엾기도 했다. 참 우습지도 않은 감정이었다.

그때 사랑채와 연결되는 문짝이 '삐걱' 소리를 내었다. 아까 갈 때처럼 동업과 재업을 앞장세운 언네가 안채 마당으로 들어서는 게 보였다. 꼭 개선장군처럼 아주 의기양양한 모습이었다. 둥글고 아담한 해랑 엉덩이가 저절로 들려졌다.

동업은 키가 클 모양이고, 재업은 키가 작을 모양이다. 그렇지만 둘 다 얼굴 가득 매우 반가운 빛을 띠고 해랑에게 쪼르르 달려온다. 얼핏 작은 새 같다.

"되련님들이 새 마님을 이리 좋아하실 줄 몰랐어예."

"……."

"할아부지, 아부지하고 같이 있을 때는, 똑 끌어다 논 보리짝매이로 가마이 계시더이, 새 마님한테는 우찌 이리 어리광을 피고 싶어들 하시는고……."

"……."

"에나 가가이 아입니꺼, 가가이예. 아, 참. 그라고 또 있심니더."

그렇게 끝도 없이 주절주절 늘어놓는 언네는 해랑 앞에서는 언제나

수다쟁이로 변했다. 그런 언네라도 있기에 망정이지 언네마저 없다면, 그 숨 막히는 시집살이를 단 하루도 배겨내지 못할 거로 생각하는 해랑이다.

그 많은 집안 종들 눈치도 보지 않고 매일같이 안채로 건너와서 새 부인을 탐하는 남편보다도 이런저런 소리를 흥허물없이 주고받을 수 있는 언네가 더 좋았다. 이 좋은 관계가 무너지지 않기를 바라 마지않았다.

언네 가슴팍에 품은 시퍼런 비수를 전혀 모른 채. 해랑 자신도 그 무서운 칼끝에서 결코 자유로울 수 없다는 사실은 꿈에도 알지 못한 채였다.

"아버님은 돌아가싯는가베?"

해랑이 묻자 언네는 시큰둥한 얼굴로 대답했다.

"손주들 데꼬 오라쿠는 말은, 머 땜새 장 하고 모리것심니더."

해랑은 눈을 크게 떴다.

"와?"

언네는 몸이 몹시 가려운 사람처럼 이리저리 전신을 뒤틀어가면서 입으로 구시렁구시렁했다.

"손주들 얼골은 생전 보지도 안 하고, 맨날맨날 억호 서방님하고 둘이서 무신 역적모의 하듯기 그눔의 사업 이약만 하고 갈라모……."

"아, 그거 땜새?"

해랑이 입가에 엷은 미소를 띠며 말했다.

"남자들은 그기 더 중요한 일인께 그라것제."

언네는 모르는 소릴랑 하지 말라는 투였다.

"시상 사내라는 것들이 에나 중요하기 여기는 기 머신고 잘 모리심서로……."

"그래도 내사 사업에 관심 쓰는 남자들이 싫지는 안 하고 괘안더마."

그러는 해랑의 얼굴이 꼭 아침이슬 듬뿍 머금은 하얀 안개꽃 같다는 생각을 했다. 같은 여자지만 볼수록 한번 껴안아 보고 싶은 미모였다.
하지만 언네 입에서는 여전히 퉁명스러운 소리가 나왔다.

"흥! 멋도 모리는 말씀 마이소."

해랑이 아무것도 모르는 어린아이처럼 물었다.

"멋도 모리다이?"

"시방도 동업직물 임배봉이 아이모, 기생집 모도 망한다쿠는 말이 있
는데……."

그러던 언네는 퍼뜩 입을 다물고 말았다. 해랑 낯빛이 싹 바뀐 탓이
다. 언네 가슴이 '쿵' 했다. 해랑이 관기 출신이란 사실을 깜빡 잊었다.
요 망할 놈의 주둥아리.

"어머이예."

그때 마침 재업이 해랑을 불렀다.

"으응, 그래. 우리 재업이가 와?"

더없이 자상한 목소리로 묻는 해랑에게 재업은 어리광 부리는 소리로
말했다.

"상구 꿀쫌해예."

그러자 해랑은 얼른 재업을 끌어당겨 품에 안고 등을 토닥거려주며
말했다.

"아, 머가 잡숫고 싶다고예?"

그러고 나서 해랑은 고개를 끄덕이는 재업과 동업에게도 동시에 눈길
을 주면서 말했다.

"말씀들만 하이소, 이 에미가 다 드릴 낀께."

듣고 있던 동업 얼굴에도 조용한 웃음꽃이 피어났다. 웅숭깊은 아이
였다.

그런 모자를 무연히 지켜보는 언네 심정이 더할 나위 없이 복잡했다.

갑자기 귀를 틀어막은 듯이 그들 소리가 잘 들리지 않았다. 그러나 그렇게 먹먹한 모습을 하는 언네지만 신경은 시퍼런 작두날처럼 곤두서 있었다. 그녀는 다른 사람은 들을 수 없게 혼자 속으로 이렇게 중얼거렸다.

'내가 죽매이로 이리 물리지모 안 되제. 차돌삐이겉이 야물고 단단해져야 하는 기라. 꼭 해야 할 일이 올매나 쌔뺏는데 말이다.'

해랑이 하루가 다르게 저토록 정을 붙여가고 있는 동업과 재업을 언젠가는 반드시 제 손으로 해쳐야 한다. 아직 눈만 붙은 그 어린것들이 무슨 죄가 있겠냐만 배봉가家에 복수하기 위해서는 어쩔 도리가 없다. 젊은 날 배봉의 총애를 받지 않았더라면 그녀 인생이 이토록 망가지지는 않았을 것이다.

맞았다. 하다못해 늙은 홀아비 머슴하고라도 짝을 지어 살 것이다. 그렇지만 언감생심 모두가 낙동강 오리알이다. 배봉 씨를 여러 차례나 지웠다는 사실이 알려지고 말아 평생 혼자 살아야 할 신세가 되고 말았다. 되씹어볼수록 원통 절통, 피를 동이째 내쏟고 팍 거꾸러져 죽을 노릇이었다.

'그래도 내한테는……'

설단의 남편 꺽돌을 떠올렸다. 언네가 나이 먹어가는 연약해 빠진 여자 몸으로 감히 배봉 가문에 대한 복수를 꿈꿀 수 있는 건, 믿음직한 꺽돌이 뒤에 있기 때문이란 사실을 아는 사람은 아무도 없다. 언네와 꺽돌 사이에는 오래전부터 귀신도 모를 질긴 인연의 끈이 맺어져 있다.

'가마이 있거라, 그때가 운제였더라?'

꺽돌이 저 멀리 지리산 쪽 마을 어디에선가 온 황 할아범 손에 이끌려 배봉네 머슴으로 들어온 것은, 꺽돌이 고작 재업 정도의 나이밖에 되지 않았을 때였다. 그 당시 언네는 배봉과 불이 날 정도로 한창 열이 붙고 있었는데, 항상 제 부모가 보고 싶어 우는 어린 꺽돌이 가여워 남다른 정을 주었었다. 당연히 꺽돌도 언네를 친모같이 따랐다.

그 뒤 언네가 배봉에게서 버림받고 힘들어할 때는 꺽돌이 친아들처럼 위로하고 보살펴 주었다. 억호 아이를 밴 설단과 꺽돌이 강제 혼례를 치르고 부부가 된 이후에도, 언네는 설단은 미웠지만 꺽돌까지 미워할 순 없었다.

특히 억호를 겨냥한 꺽돌의 크나큰 적개심은, 배봉을 향한 언네의 그것에 결코, 뒤지지 않았다. 한과 복수의 화신이 된 둘 사이는 예전보다 더욱 돈독해졌다. 모자 같은 사이일 뿐만 아니라 혈맹의 동지로까지 발전되었다. 그것은 아주 든든한 일이지만 또 다른 한편으로는 대단히 위험하고 조심해야 할 일이기도 했다.

"아모리 각시라도 절대 비밀로 해야 하는 기라. 알것제, 내 이약?"

언네는 수십 번도 더 다짐받았다. 그럴 때마다 꺽돌은 이런 말을 했다.

"설단이가 시방은 내 아내지만도, 이전에는 억호 아를 논 여잡니더."

그러면 언네는 얼른 주위를 살펴보며 만류했다.

"그런 소리 벌로 입 밖에 내모 안 된다. 설단이가 들으모 섭하거로 생각할 기다."

꺽돌은 진심 어린 얼굴로 말했다.

"내 정은 어머이한테 더 깊심니더. 지는 절대 안 잊아삡니더. 내 에릴 때 에나 올매나 잘 대해주싯심니꺼."

"니가 억호 씨를 밴 설단의 서방이 된다쿠는 그 엄청시런 소리 듣고, 내사 고마 간이 쿵 널찌고 하도 억울해갖고 잠 한숨도 몬 잤다."

언네도 거짓이 아니었다.

"그기 종눔 신세 아입니꺼."

꺽돌이 굵고 짙은 눈물을 보였다.

"하지만도 살다 보모 꼭 좋은 날이 있을 낍니더. 우리라꼬 노상 개밥 그릇에 담긴 찬밥 신세 몬 면할 거 겉심니꺼?"

언네도 눈물 그렁그렁한 얼굴로 소망 빌 듯했다.

"그렇것제? 그리 되것제?"

꺽돌은 손등으로 눈가를 쓱 닦았다.

"하모예. 겨울이 가모 봄이 안 옵니꺼."

꺽돌과 설단이 따로 살림 내서 나가고, 비화에게서 거의 무상으로 소작 부쳐 먹을 땅을 얻었다는 말을 들었을 때, 언네는 걷잡을 수 없는 감회에 젖어 말했다.

"꺽돌이 너거 부부가 안 있나, 내가 그리키나 싫어해쌌는 양반집 여자 비화한테서 그런 도움을 받을 줄 몰랐는 기라."

그러자 꺽돌은 눈을 희번덕이며 이렇게 말했다.

"내가 비화 그 여자 도움을 마이 받고는 있지만서도, 어머이가 비화를 싫다쿠시모 내도 비화를 안 좋아합니더."

"아, 에나가?"

"하모예."

"니 내 아들 맞다, 내 아들!"

"아주머이는 지 어머이 맞심니더, 지 어머이!"

"우리 둘이가 모자, 모자지간……."

세월에 짓물러가는 언네 눈가가 붉어오기 시작했다.

"어머이가 죽이라쿠모 죽일 수도 있심니더."

꺽돌이 한 그 말을 언네는 지금도 잊지 않고 살아간다.

"하이고, 그래서?"

"그래갖고예……."

"아, 잘했다. 에나 잘했다."

해랑이 언네를 시켜 먹을 것을 넘치도록 가져오게 하여 아이들에게 주고 아주 다정스레 이야기를 나누는 동안에도 언네 마음속 궁리는 계속 이어졌다.

'동업이한테 억호가 지 친애비가 아이라쿠는 거를 운제 말해줘야 하까?'

시간이 흘러가는 것이 강물처럼 눈앞에 보이는 듯했다.

'우떤 식으로 이약해줄 건지도 신갱 쓸 일이지만도, 그에 못지않거로 그 시기를 딱 잘 맞추는 기 젤 중요한 기라.'

해랑이 무어라 말했는지 몰라도 동업이 천진난만한 얼굴로 더할 수 없이 즐겁게 웃었다. 세상 근심걱정과는 완전히 거리가 먼 모습이었다. 그 웃음소리 끝을 물고 언네 악심은 독버섯처럼 자라났다.

'내 멤 겉어서는 시방이라도 팍 그것을 폭로해삐고 싶지만도, 아즉은 동업이 상구 에린 나이 아인가베.'

힘차게 끄집어냈던 무기를 다시 품속에 감추는 심정으로 다짐했다.

'벌로 해쌌다가는 조 동업이는 고사하고, 이 언네하고 꺽돌이도 날포리(하루살이) 목심인 기라. 만사 조심 우에 조심 아인가베. 그리만 하모 안 될 기 없제.'

문제는, 언네 자신의 나이였다. 하루가 다르게 몸도 마음도 늙어가고 있다. 기력이 예전 같지 못했다. 정말이지 이렇게 만사 안전제일주의로만 나가다간 제대로 복수의 칼 한번 휘둘러보지도 못하고 모든 게 무위無爲로 끝날 것이다.

'안 되것다. 시상 없어도 오늘은…….'

그러나 막상 칼집에서 칼을 뽑으려고 하면 적은 무쇠 산처럼 우뚝 서 있다. 그것은 천만 번 당연했다. 상대는 재력이든 세도든 완력이든 근동 최고 실력자들이 아닌가 말이다. 조선천지를 놓고 볼 때도 그들을 상대할 수 있는 자는 흔치 않을 것이다.

그것은 망진산 아래 백정촌에 있는 '섭천 쇠'가 웃을 일이다. 다 늙어 빠진 종년과 겨우 입에 풀칠하는 소작인 사내, 그 둘의 힘으로, 한 고을 목사까지 잡아 흔드는 막강한 동업직물과 겨루려 하다니.

결국, 언네가 기대를 걸 수 있는 사람은 너무너무 역설적이게도 비화일 수밖에 없었다. 언네도 잘 알고 있다. 배봉이 그녀에게 흠뻑 빠져 있을 당시 술에 취해 해대는 소리가 있었다.

"비화 고년이 지 애비 호한이 웬수 갚을 끼라꼬 눈깔이 빨갛담서?"

그럴 때면 언네는 두 손을 양쪽 귓가에 붙여 세로로 길게 세우고는 농을 걸었다.

"토까이 새낀가베예? 눈깔이 빨갛커로. 호호호."

하늘같은 상전과 놀아나고 있는 언네 눈알이야말로 시뻘게져 있었다.

"흐응! 천하의 이 임배봉이한테 감히 앵기들라 캐?"

언네는 코맹맹이 소리를 냈다.

"아이! 그런께 그깟 에린 년 와 자꾸 생각합니꺼? 무담시 성만 나거로."

"그런 기제? 생각 안 해야 되제?"

어리광 피듯 하는 배봉은 혼자 보기 아까웠다.

"하모예. 우리가…… 시간이 텍도 없이 모지라는데…….."

양반의 시간이 한 바퀴 돌 때 상놈의 시간은 열 바퀴를 돈다고 하는, 바로 그 시간.

"그래, 좋다, 비화 요년아!"

배봉은 뜬금없이 언네더러 비화라 했다.

"사랑 사랑 내 사랑. 요리 봐도 내 사랑, 조리 봐도 내 사랑."

언네는 그들 수준에 걸맞은 노래까지 흥얼거렸다. 둘이 나비 되고 꽃되어 놀았다.

"봄꽃, 여름꽃……."

"흰나비, 노랑나비……."

그랬다. 그땐 언네도 덩달아 비화를 조롱하며 배봉 비위를 살살 맞추었을 뿐 금방 전부 잊어버렸다. 아직 새파란 계집아이 하나를 계속해서 입에 올리는 그가 우습고 도저히 이해가 안 되었다.

'배봉이 요 인간, 시상 사람들이 잘몬 알고 있는 거는 아이까? 진짜는 간이 콩알만 한데 무담시 소문만 거창하거로 나갖고 말이제.'

그런데 지금 와서 곰곰이 되짚어보니 그 당시부터 배봉은 역시 예사로운 놈이 아니었다. 그는 비화의 싹수를 진작 알았던 것이다.

비화가 남강 상촌나루터에서 큰 콩나물국밥집을 경영하여 땅 부자로 자리를 굳혀간다는 소문을 들을 때면, 언네는 옛날 남강에서 빨래하다가 실수로 돌멩이를 날려 언네 자신에게 호되게 당하던 윤 씨와 비화 모녀가 떠오르곤 했다. 양반 가문의 사람들이라고 보기에는 너무나 허접한 구석이 있었지 않나 싶기도 했다.

그런저런 회상을 하다 언네는 문득 해랑을 다시 보았다. 해랑이 비화와 친자매같이 지냈다는 사실이 새삼 기억난 것이다.

'가마이 있거라.'

언네는 머릿속이 혼란스러워지기 시작했다.

'그라모 인자 우찌 되는 기고?'

이번에는 재업이 웃는다. 언네도 그만 덩달아 웃고 싶어진다.

'비화하고 해랑이가 웬수가 되는 거 아인가베.'

이럴 수가? 귀신이 비명을 지를 판이다. 아니, 사람 배꼽이 빠질 노릇이지. 어찌 그렇지 않겠는가 말이다. 비화와 해랑 사이가 어떻다는 건 온 고을이 다 알고 있는데 만일 그렇게 된다면…….

거기까지 생각을 굴리다가, 자신의 처지마저 깡그리 잊은 듯이 그저 아이들과 정신없이 웃고 떠들고 있는 해랑을 훔쳐보는 언네 눈빛이 홀연 매서워지기 시작했다. 그녀 속에서 악마가 이빨 가는 것 같은 소리가 울렸다.

'내가 깜빡 잊을 뿐 안 했디가. 해랑이 조것도 천분 만분 갱개해야 할 대상인 기라. 지 서방이나 시애비하고 가찹지, 내하고 더 가찹것나.'

그러고 보니 역시 언네 자신이 믿을 사람은 오직 꺽돌밖에 없었다. 그리고 억지로 갖다 붙인다면 비화였다. 비화 힘이 배봉 힘을 더 능가할 날을 기다릴밖에. 하지만 아까도 생각했지만, 자신은 자꾸자꾸 나이만 먹어가는 판인데, 그게 어느 천년 세월에 가능할 수 있을지 짚어볼수록 막막했다.

그때 해랑의 말이 들려와 언네는 소스라치게 놀라고 말았다.

"어멈, 머를 그리 깊이 생각하는 긴고 모리것네?"

언네는 살이 붙어 있지 못한 목을 가로저었다.

"아, 아입니더. 생각은 무신 생각예?"

해랑이 의혹에 찬 목소리로 계속 물었다.

"그라모 와 그리 중신을 빼놓고 앉아 있는 기고?"

"예, 그거는⋯⋯."

언네는 동업과 재업을 둘러보며 대답했다.

"우리 마님하고 되련님들이 그리 정답거로 이약을 나누시는 모습들이 에나 에나 보기가 좋아서예."

그러나 해랑은 거짓말인 줄 다 안다는 듯 이렇게 말했다.

"오늘만 그런 기 아이제."

"⋯⋯."

"내는 어멈이 그런 모습 비일 때모, 에나 이상하다쿠는 멤이 드는 기라."

언네 얼굴에서 그만 핏기가 싹 가셨다. 하지만 거기서 그친 게 아니었다. 해랑 입에서는 그야말로 언네가 기절초풍할 소리가 나왔다.

"사람들이 모리는 무신 비밀을 갖고 있는 기 맞제, 어멈?"

동업과 재업은 자기들 딴에도 뭔가 이상한 게 느껴지는지 해랑과 언네의 얼굴을 번갈아 쳐다보고 있었다.

"아, 마, 마님. 그, 그기 무신 말씀이라예?"

언네는 간담이 있는 대로 다 떨어져 내리는 중에도 마음을 다잡기 위해 안간힘을 다하지 않으면 안 되었다.

'내가 증신 똑바로 안 채리모…….'

교방 관기 신분으로 남다른 삶을 살아온 해랑은 나이에 비해 산전수전 모두 겪었을 거란 자각이 든 것이다.

'내가 이날 이때꺼정 살아 있어도 똑 죽은 거맹캐 지냄시로, 생식기도 없는 여자라쿠는, 여자로서는 최고로 수치시럽고 한시러븐 소리꺼정 다 들어감서, 모진 목심 고마 탁 몬 끊어삐고 참아온 기 머 때문이것노.'

그런 생각을 하니 설움이 목구멍까지 차올랐다.

'이노무 집구석 인간들 죽어나는 고 꼬라지 볼라꼬 살았던 기 아이가. 그란데 누 하나도 몰쌍하이(만만하게) 볼 상대가 없으이.'

언네 눈길이 해랑에게서 다시 동업과 재업에게 차례로 꽂혔다. 역시 제일 손쉬운 상대가 그들이다. 뒤꼍 우물에 빠져 비명 한 번 제대로 지르지 못한 채 죽어가는 그들 모습을 그려봤다. 그런 그녀의 주름진 입언저리에 야릇한 웃음기가 번져났다.

"비밀!"

더더욱 알 수 없다는 해랑 목소리가 언네 귀를 후려쳤다.

"봐라, 에나 이상타 아이가?"

"참, 마님도."

언네는 부러 헷갈린다는 표정으로 가장했다.

"쉰네 눈에는 자꾸 글 썼는 마님이 더 이상 안 합니꺼?"

"아인 기라."

해랑은 코스모스같이 가늘고 긴 목을 흔들었다. 그러자 어디선가 가을바람이 불어오는 느낌이 들었다.

"어멈은 볼수록 비밀에 싸인 사람 겉애."

"……."

동업이 재업의 귀에 대고 무슨 소리를 했는지 재업이 까르르 웃었다.

"우떨 때는 아모 일도 아인데, 깜짝깜짝 놀래기도 해쌌던데?"

잠시 할 말을 찾고 있던 언네는 억지로 아무렇지도 않은 척 꾸미느라 애를 썼다.

"새 마님이 유산하시고 나서, 신갱이 날카로버져서 그리 비이시는 깁니더."

해랑은 반신반의하는 얼굴이었다.

"그러까? 그래서 그런 기까?"

언네는 계속 수세에 밀리다가 어느 순간에 빈틈을 잡은 사람같이 했다.

"지매이로 늙은 종년이 무신 비밀이 있것심니꺼? 우리 마님맹캐 젊고 이뿌고 지체도 높으신 분이라모 몰라도예."

"그거는 어멈이 모리는 소리제. 늙든 젊든, 종년이든 종년 아이든 간에, 사람은 가리방상하제. 안 그런 척 해싸도 말인 기라."

유심한 듯 무심한 듯 두 아이를 한 번 바라보고 나서 말을 계속했다.

"그라고 사람한테는 모도가 넘들 모리는 비밀이 반다시 있기 마련인 기라. 이거는 내 말이 맞다."

"비밀, 좋지예."

언네가 꿈꾸는 모습을 지어 보였다.

"이년한테도, 이 천해빠진 종년한테도, 넘들이 모리는 비밀이라도 한 개 있으모 참말로 좋것다 아입니꺼."

그러고 나서는 소리 내어 웃었다.

"호홋."

그게 웃음인지 울음인지는 당사자 말고는 아무도 알지 못할 것 같았다. 그러자 해랑은 뜻밖에도 아름다운 두 눈에 눈물을 글썽거리기 시작했다. 그러고는 눅진한 음성으로 말했다.

"우리 언네 어멈 이약은 하매 듣고 있었제."

"지 이약을예?"

언네가 움찔했다. 해랑이 젖은 목소리로 말했다.

"그래서 우쨌든 내는 어멈한테 잘해주고 싶은 기라."

"……."

언네는 이제 약간 처져 보이는 눈을 크게 뜨고 말없이 해랑을 바라보았다.

"그 나이에 넘들 모도 가는 시집도 몬 가고 혼자서 쓸쓸하거로 늙어 갈라이, 그 심사가 오죽하것노 해서……."

그러면서 흘리는 해랑의 눈물에 감염이라도 된 것일까? 언네 두 눈에도 그만 눈물방울이 맺혔다.

"고, 고맙심니더, 마님."

"고맙기는?"

"이 천한 년을 그리 생각해주시다이. 흐흑."

"어멈, 고마 울어."

"예. 흐……."

뒤뜰에서 새우는 소리가 들려왔다. 물을 먹으려고 거기 우물가로 날아드는 새 중에는 흔히 볼 수 없는 희귀종도 가끔 있었다.

"내도 자꾸 눈물이 더 날라쿤다 아이가."

"마님."

"어멈하고 내하고는 전생에 똑겉이 새였는가도 모리제."

"새……."

아무 영문을 모르는 동업과 재업은 저마다 입에 음식을 문 채로, 별안간 눈물을 보이는 어른들을 멍한 눈으로 바라보았다. 그 모습들이 너무나 순수하기만 하여 해랑은 더한층 눈물이 솟았다.

'아, 내 애기.'

유산한 아이 생각이 줄곧 뇌리에서 지워지질 않았다. 비록 원치 않았던, 아니 저주까지 퍼붓던 억호 씨였지만, 그래도 그녀 뱃속에서 무려 열 달이나 키워왔던 귀한 생명이었다. 더욱이 첫아기가 아니었던가? 그게 그만 크게 잘못된 탓인지, 그 이후로는 임신 기미가 전혀 비치지를 않는 것이다. 그래서 내 친자식으로 여기고 거두려는 두 아이였다.

'오데 하늘이 맺어준 부모 자슥만 부모 자슥이것나?'

한편, 다른 것은 몰라도 그런 측면에서는 언네도 해랑과 크게 다를 바가 없었다. 언네는 지금도 아이들만 보면 어쩔 수 없이 지워야만 했던 뱃속 씨들이 새록새록 되살아나 미칠 것만 같았다. 그 아이들이 죽지 않고 내 옆에 있다면 얼마나 좋을까 하는 생각과 함께, 자기만 살아 있다는 게 죄책감을 넘어 크나큰 죄악처럼 느껴졌다. 차라리 아이를 낳고 내가 죽을 생각은 왜 하지 못했던가 말이다.

'그런 내가 와 이라까?'

그런데 언네 자신이 돌아봐도 진정 두렵고 섬뜩한 것은, 처음에는 애정의 눈으로 보았던 그 아이들이 점점 저주와 공격의 대상물로 바뀌어 버린다는 사실이었다. 당장 죽여 버리고 싶다, 그러한 무서운 감정이 뱀처럼 그녀를 휘감았다. 그 피비린내 풍기는 섬뜩한 살인 욕구는 너무나 강렬하여 스스로도 다스리기 힘들었다.

'무서버라. 내는 내가 무서버서 죽것다.'

동업은 몰라도 설단의 자식 재업만은 잘 돌봐 주리라 다짐한 적도 있었지만, 유아 살해 욕망은 재업마저 피해가지를 못했다. 언네가 눈물을 흩뿌리면서도 악심을 품는 이중적 인간이 되는 것은, 그런 복잡하고 아픈 과거들이 뒤죽박죽된 결과였다.

또한, 무척이나 서운한 게 있었다. 너무너무 괘씸하다. 배봉과 만호 부부 밀담을 엿듣고 억호에게 고해바쳤을 때, 억호는 당장이라도 언네 자신을 종 신분에서 풀어 양민이 되게 해줄 것처럼 했었다. 그런데 젊고 아름다운 아내를 맞아들이더니 그 일은 까마득히 잊어버린 듯했다. 내 가슴을 찧고 싶었다. 그나마 언네가 자위하는 건, 그로 인해 억호와 만 호 형제 둘 사이가 누구 눈에도 금방 띌 정도로 금이 가고 있다는 사실이었다. 그리고 그 금은 이름난 땜장이라도 쉽게 때울 수가 없으리라는 확신이 섰다.

'점벅이 자슥들은 두고두고 웬수지간이 되고 만 기라. 억호가 지 친아부지가 아이라쿠는 거를 동업이 알거로 되는 그날 이노무 집구석에 우떤 바람이 불어닥칠랑고, 내사 오즉 그거만 기다림서 살아가모 되는 기다.'

그새 좀 더 거세진 바람이 무언가를 일깨워주듯 중문을 흔들어대고 있었다. 중문은 금방 열릴 것 같기도 하고 영원히 열리지 않을 것 같기도 한 '비밀의 문' 같았다.

나의 것은 없어라

비화는 연방 눈을 비볐다.

준서를 데리고 성문 밖 동리에 있는 친정집에 가다가 막 대사지 못 가를 지날 때였다. 연꽃에서 환생했다는 심청을 보아도 그렇게 놀라진 않았을 것이다.

해랑이다. 옆에는 동업과 재업 그리고 언네가 있다. 해랑이 대사지에 나타나다니. 그것도 아이들과 여종을 거느리고 산보 나온 모습으로.

해랑은 죽을 때까지 절대 그곳을 찾지 않으리라 여겼었다. 죽은 혼이라도 피해 갈 거라 믿었다. 자기를 관기의 길로 들어서게 한 지옥의 현장. 그런데 바로 그 장소에, 그것도 다른 사람도 아닌 억호 자식들과 함께 오다니.

비화를 한층 놀라게 한 것은, 지금 해랑 얼굴이 매우 밝고 평온해 보인다는 사실이었다. 임술년 농민군 사태에 대한 문책으로 먼 섬에 귀양 간 홍우병 목사와 애정을 꽃피울 때보다도 더 행복해하는 것 같았다.

아이들도 그런 해랑의 양쪽에 하나씩 붙어 서서 무척 상기된 얼굴로 귀여운 참새 새끼같이 조잘거렸다. 언네 또한 딸과 손자들을 바라보듯 흐뭇한 표정이었다. 그 모습은 저 괴담 속의 여자와는 한참이나 거리가 멀었다.

비화는 해랑이 과거의 악몽을 모두 잊고 억호에게 마음을 주고 있음을 가슴 서늘하게 깨달았다. 당사자인 해랑은 벌써 세월의 물살에 다 떠내려 보내버린 저 대사지 검은 역사를, 비화 자신만 기억의 독에 담아 놓고 계속 꺼내 보고 있었던 것이다.

그러나 둘이 처음 딱 마주치는 순간, 비화도 해랑도 바보 같은 얼굴이 되었음은 어쩔 수 없었다. 또한, 못처럼 고정된 해랑의 눈동자에 가득 서리는 난삽한 빛만은 비화도 놓치지 않았다. 해랑도 비화에게 똑같은 빛을 읽었을 것이다. 아무것도 알지 못하는 아이들은 그 나들이가 즐거운지 변함없이 조잘거렸으며, 언네는 늙은 도둑고양이처럼 힐끔힐끔 두 사람 눈치를 보았다.

"비화 언, 가, 아들이 거, 마?"

해랑 입술 새로 맨 먼저 흘러나온 말이다. 비화 가슴이 칼로 긋듯 저릿했다. '언가'라는 말이 그렇게도 꺼내기 힘들었을까? 지난날에는 항상 입에 달고 살던 그 소리가 목에 걸려 나오지 않는 것 같은 느낌을 비화는 받았다.

하지만 해랑이 돼버린 옥진이 아직도 자기를 '언가'라고 불러준다는 사실이 비화를 그만 감격케 했다. 그녀 머릿속에는 그 어떤 것도 떠오르지 않았으며 자신도 모르게 떨리는 목소리로 불렀다.

"옥진 아."

한데, 바로 다음 순간이다. 해랑이 홀연 광녀처럼 깔깔대기 시작한 것이다.

"호호호. 아즉도 낼로 보고 옥지이라꼬 불러주는 사람이 다 있네? 하이고, 재밌다. 호호, 호호호."

여우 둔갑하는 듯한 그 모습에 언네 두 눈도 휘둥그레졌다. 해랑은 비화 옆에 선 준서를 한참이나 내려다보더니 말했다.

"몸이 김비화 안 닮고, 박재영 닮았네. 영 약해 비인다 아이가."

비화는 당장 '욱' 하고 목을 향해 뜨거운 것이 치밀었다. 약간 장난기 섞인 그 말 속에는 분명 우월감 비슷한 기운이 서렸다.

비화가 더욱 그런 느낌을 받은 건, 그 말을 끝낸 해랑이 이번에는 동업과 재업을 번갈아 바라보았는데, 그런 그녀 눈에는 대단히 뽐내고 자랑스러워하는 빛이 노골적으로 내비쳤던 것이다. 꼭 두 아이 모두 자기 배로 낳은 여자 같았다.

비화는 눈물이 솟아 나올 만큼 마음이 상했다. 평소 준서가 약골인 줄은 알지만, 저쪽 두 아이와 나란히 세워놓고 보니 한층 그랬다. 재영 체질을 받은 동업도 별로 건강한 편이 아니었는데, 그동안 해랑이 잘 돌보아 온 덕인지 살이 통통하게 올랐다. 그리고 얼굴이 억호 판박이인 재업은 키는 작지만 아주 튼튼해 보였다.

그때 언네가 비화 속을 그야말로 발칵 뒤집어 놓는 말을 휙 던진 것이다.

"예전에 남강에서 빨래하다가 내한테 돌삐이 튀거로 해갖고 상구 시껍한 일, 안주 안 잊아삐것제?"

"……."

그 찰나, 비화 두 눈에 대장간의 그것보다도 시퍼런 불꽃이 튀면서 분위기가 험악해지기 시작했다. 비수를 수천 개나 꽂은 것 같은 소리가 언네를 향해 날아갔다.

"그날 거창 댁이 불러쌌던 노래도 아즉 기억하고 있거마는."

그 소리에 흠칫하던 언네가 질세라 또 씨부렁거렸다.

"양반 집구석도 망한께 벨 볼일 없데?"

비화 입가에 야릇한 웃음이 배어났다.

"상것들 망한 거보담은 몇 배 낫제."

언네는 뱀처럼 혓바닥을 날름하고 나서 내뱉었다.

"우리 겉은 종년들하고 남강 빨래터에 앉아갖고, 얼음 깨서 빨래하던 고 꼬라지가 눈에 서언하다 아인가베. 그거뿐이가, 또……."

"고마해라."

듣고 있던 해랑이 언네 말을 끊었다.

"그거는 호래이 담배 피던 쌍팔년도 이약이고, 시방은 상촌나루터 바닥 돈을 싹쓸이하는 나루터집 주인마님이라쿠는 소리 몬 들었나?"

"마님?"

언네는 제 역성 안 들어줘 부아가 난다는 듯 낯을 붉혔다.

"돈이라모 동업직물 아입니꺼?"

해랑이 시어미같이 엄한 목소리로 명했다.

"딱 그치라 캐도?"

그래도 언네는 멈추지 않았다.

"콩나물국밥 팔아서 돈 모아봤자……."

입꼬리를 말아 올리며 해랑이 말했다.

"돈도 새끼 친다쿠는 거 모리나?"

언네는 비화 귀에 잘 들리도록 목소리를 높였다.

"우리 마님 댁 비단은 바다 건너 일본꺼지 팔리나간다 아입니꺼."

해랑 눈길이 대사지 어딘가를 향했다. 그러고는 혼잣말처럼 이렇게 중얼거렸다.

"질고(길고) 짜린(짧은) 거는 대봐야 안다 캤제."

언네가 성난 암돼지같이 씨근덕거렸다.

"마님! 서로 대볼 만한 거를 대봐야지예."

해랑은 고개를 내젓고 나서 진담인지 조롱인지 모르겠는 말을 했다.

"비화라쿠는 여자가 올매나 당차고 겁이 나는 여잔고, 잘 알지도 모리는 사람들이사 마, 그런 소리 벌로 하것지만도, 그거는 잘몬된 기다."

"마님!"

언네가 불렀지만 해랑은 앞서 했던 것과 같은 말을 또 했고, 그 말을 통해서 비화는 확연히 깨달을 수 있었다. 오늘의 해랑은 지난날의 옥진이 아니며, 근동 최고 대갓집 맏며느리답게 말 한마디 행동 하나에도 기품이 넘친다는 것이다.

그랬다. 이제 해랑은 천한 관기 신분이 아니다. 동업직물 후계자의 안방마님으로서 고을 목사도 함부로 대하지 못할 고귀한 몸으로 변신했다. 대사지도 경악할 것이다.

비화 마음을 어지럽게 뒤얽힌 삼 가닥처럼 몰아가는 것은, 해랑이 동업의 출생 비밀을 다 알았을 때 어떻게 할 것인가 하는 곤혹스러움이었다. 남편이 바람을 피워서 낳은 자식이 철천지원수 집안에서 장손으로 자라고 있는 사실이 드러날 경우 일으키는 파문은 실로 엄청날 것이다.

어디 해랑뿐이겠는가. 온 세상 사람들이 모두 이 비화를 어떤 눈으로 볼 것인가? 차라리 증발해버리고 싶은 심정이었다. 그리고 더욱 두렵고 무서운 건 그녀 혼자서만 그러는 게 아니고 아들 준서도 그 길에 동행시킬 거라는 자각이었다. 부모 손으로 자식을……. 아, 더 이상 이런 망상은 접자. 그러면 동업이란 저 아이 운명은? 그리고 그를 낳은 친모는 또 어떤……

남편과 애정 도피 행각을 벌인 것도 모자라 아들 준서까지 유괴하려 했던 허나연을 절대 용서할 수 없다. 지옥 끝까지 따라가서라도 빚을 갚을 것이다. 그렇지만 막상 남편 얼굴을 떠올리면, 비화 자신 또한 동업 문제에서 결코 자유로울 수가 없는 것이다.

- 기심 없이 말해봐라.

비화는 스스로를 향해 수없이 물었다.

- 니는 동업이 저 아를 미워만 할 자신이 있는 기가? 따지고 보모, 배봉이 집안과는 아모 상관도 없는 아다. 그것들한테 업둥이로 안 주고 집에 데꼬 왔다모, 니는 우짤 수 없이 거두어 키워야 했을 끼 아이가. 니 친자슥매이로 말이다.

그러고는 스스로를 향해 수없이 답했다.

- 그기 무신 소리고? 중요한 거는 핸실인 기라. 저 아 동업은 동업직 물 장손이란 말이다! 앞으로 우리 준서가 나루터집 대표가 된다쿠모, 반대로 저 아는 동업직물 대표가 되는 기다. 웬수로서 칼을 꼬내야(겨눠야) 할 운맹이다. 니 아들을 해칠 장본인한테 우찌 다른 생각을 할 수 있노 말이다!

"옴마!"

끊임없이 몽개몽개 피어오르는 비화 상념을 깨뜨린 건 해랑을 부르는 재업의 목소리였다. 그 아이의 말이 이어졌다.

"다리 아파예."

해랑이 얼른 물었다.

"다리 아파?"

재업이 어리광 부리듯 말했다.

"예, 앉고 싶어예, 옴마."

언네 입에서 탄식인지 비웃음인지 모를 애매한 소리가 짧게 나왔다. 비화는 그만 한없이 멍해졌다. '옴마'라는 그 말을 듣는 해랑이 갑자기 너무나 낯설었다. 비화 마음에 해랑은 아직도 처녀로 새겨져 있다. 비화는 난생처음 들어보는 말처럼 입속으로 되뇌었다.

"옴마."

사실 해랑은 누구 눈에도 시집간 여자로 비치지 않았다. 근본 태생부터 워낙 곱게 생긴 데다 화려한 비단옷을 전신에 감은 그녀는 나이를 거꾸로 먹는 듯, 차라리 어린 공주에 더 가까운 자태였다. 어쨌거나 해랑은 비화가 지켜보는 앞에서 재업에게 배꽃같이 하얀 손을 내밀며 말했다.

"우리 재업이, 온. 일루 온."

어서 그렇게 하라는 듯 바람이 재업의 등을 밀었다.

'옥지이가!'

그런데 해랑이 재업에게 하는 그 행동을 본 비화는 또다시 걷잡을 수 없는 혼란에 빠져버렸다. 어머니로서의 그 모습은 비화 자신보다 오히려 더 어른스럽고 자상해 보여 아찔한 현기증마저 일었다. 언제 저렇게 되었을까?

비화는 몸서리치며 실감하지 않을 수 없었다. 어쩌면 임배봉 집안에서 가장 경계해야만 할 무섭고 강한 존재가, 배봉이나 점박이 형제가 아니라 해랑이 될 날이 올 수도 있다는 것이다.

비화는 그곳을 빨리 벗어나고 싶어졌다. 해랑이 재업 손을 잡고 어디 앉을 만한 마땅한 장소가 없을까 계속해서 주위를 두리번거리는 동안, 비화도 준서 손을 꼭 잡고 이끌었다. 친정에 들른 다음 비어사에 가야겠다고 작정한 건 그 순간이다.

친정집 쪽을 향해 걸어가면서 비화는 등 뒤에 와 꽂히는 뜨거운 시선을 느꼈다. 그리고 왜일까? 해괴하게도 그건 해랑이나 언네 시선이 아니라 동업의 시선이란 기분이 든 것이다. 아니다. 그건 남편 재영의 시선이었다.

친정집에 도착했다. 그런데 부모님은 모두 출타 중이고 정원수들만 반겨주었다. 어디로 가셨을까? 혹시라도 또 무슨 좋잖은 일이 생긴 것은 아니겠지. 이제 제발 나쁜 쪽으로만 생각이 기울어지려는 버릇은 버려야지. 부정적 환상보다 더 금물인 건 없어. 스스로에게 마춰 걸듯 했다.

가지고 간 아버지 의복과 어머니 화장품을 그냥 마루 위에 얹어 놓고 그대로 돌아 나왔다. 여느 때 같으면 무척이나 섭섭했겠지만, 이날은 진무 스님을 빨리 만나 보라는 부처님 뜻인가 싶어 돌아서는 발걸음이 크게 무겁지는 않았다.

고을 북쪽 산골짝에 있는 비어사에 당도했다.

진무 스님은 요사채 방에서, 이곳 출신으로 한양에서 관직 생활을 하는 불제자와 환담을 나누고 있었다. 옷차림이 아주 깨끗하고 단아한 용모의 관리였다. 거동이 불편해 절간에서 칩거한다기에 굉장히 걱정했던 진무 스님은, 예상했던 것보다는 정정해 보여 비화는 다소 마음이 놓였다. 무엇보다 아직도 그의 정신이 나이에 비해 무척 맑은 것 같다는 사실이 다행스러웠다.

금방 진돗개 '보리'와 친해진 준서는 절 마당에서 개와 놀게 하고, 비화는 그들과 자리를 같이했다. 진무 스님이 자꾸 동석하라고 권했던 것이다. 그리고 그들 대화를 들으면서 비화는 진무 스님이 왜 그랬는지 그 이유를 알았다. 그것은 비화뿐만 아니라 조선 백성이면 누구나 들어야할 현 시국에 관한 중요한 내용이었다.

비화가 귀담아들어 보니 그때까지 두 사람은, 조선의 개항을 전후하여 개화사상에 관심이 부쩍 높아지면서 보수 유생들을 중심으로 더욱 활발해진, 소위 저 위정척사 운동 이야기를 나누고 있었던 듯싶었다. 비화는 거국적인 이야기를 아주 진지하게 주고받는 그들을 보면서, 고작 해랑과의 갈등과 고통에 대한 일신상의 사소한 문제를 들고 찾아온 자신이 심히 부끄러웠다.

나는 여전히 치마 두른 한갓 아낙네 작은 그릇밖에 되지를 못하는가?

진무 스님이 '숨은 꽃'이니 '거부巨富'니 하시면서 그렇게 큰 그릇이 될 것을 당부하셨는데도 말이다. 그들 대화는 비화 머리에서 잠시나마 해랑 생각을 몰아내 주었다.

"위정척사가 무엇입니까, 스님."

"흠."

"저 성리학을 정학正學이라고 하면서, 그것만을 지키고 나머지 다른 사상이며 종교는 모두 배격해야 한다는 것 아닙니까?"

"그야……."

"지금 이런 상황에서 우리는 무엇을 어떻게 해야 하는지요."

그 관리는 얌전한 생김새와는 달리 흥분을 억누르지 못하는 빛이었다. 그에 비하면 진무 스님은 침착해 보이는 모습과 목소리를 유지했다.

"문제는 또 있습니다."

비화도 그 관리 못지않게 긴장감에 휩싸였다. 자꾸 입안이 말라오고 팔다리가 저려서 손가락과 발가락을 꼼지락거리기도 했다.

"비록 지금은 뒷전으로 물러나 앉았지만……."

진무 스님은 신중한 어조로 말했다.

"저 흥선 대원군의 통상 수교 거부 정책을 뒷받침했다는 데도 있지요."

비화는 생경하게 들리는 '통상 수교 거부 정책'이란 말을 속으로 되뇌었다.

"척화주전론을 강경하게 주장하면서 말입니다."

이어지는 진무 스님 말에 관리는 고개를 끄덕였다.

"그렇군요, 스님."

"음."

"스님 말씀대로……."

이야기 중심은 어떤 세력 집단에서 한 개인으로 좁혀지기도 했다.

"최익현이 일본과의 통상을 반대한 일은 어떻게 보십니까, 스님."

진무 스님 음성이 이제까지와는 약간 달라졌다.

"아, 최익현 그는, '도끼를 지고 궁궐 앞에 엎드려 올리는 상소'라고 하면서 상감께 글을 올렸다고요. 허, 도끼를 지고 라니요?"

방문 틈으로 향냄새가 스며들고 있었다.

"저는 사적으로 유생 최익현과 아무런 관계도 없습니다만, 그가 올렸다는 그 상소문에 대해서는 관심이 높습니다."

관리의 목소리는 어떤 기대로 떨리는 듯했고 진무 스님 눈이 비상하게 빛났다.

"어디 말씀을 해보시지요."

골짝 어디에선가 들꿩 우는 소리가 은은하게 들려오고 있었다.

"그러니까 그게……."

관리는 그것에 관해 꽤 소상하게 이야기를 늘어놓았다. 비화는 귀를 바싹 세우고 들었다. 일본과의 통상이란 말에서 당장 배봉이 떠올랐다.

'아, 우짜모!'

비화는 그 상소가 무조건 좋았다. 조정에서 그 상소대로만 하면, 저 일본을 상대로 하는 배봉의 비단사업은 중지될 수밖에 없으리란 판단에서였다. 하지만 그건 남방 작은 고을 한 아낙의 극히 어설프고 소박한 꿈일 따름이었다. 무릇 꿈과 실현과의 차이는 실개천과 대양만큼이나 많이 나는 것이다. 그것은 세상을 오래 살아본 사람일수록 더 실감이 나는 진리라고 보아 마땅할 터였다.

어쨌든 '도끼를 지고 궁궐 앞에 엎드려 올리는 상소'는, 비화뿐만 아니라 여간해선 쉽게 흔들리지 않는 진무 스님에게도 적잖은 충격을 주는 것으로 보였다. 그 관리의 단아한 입을 통해 나오는 상소문 내용은 대략 이러했다.

― 일본의 욕심은 오직 물화物貨를 교역交易하는 데 있다. 그런데 그 물화라는 것에 조선과 일본은 큰 차이를 보인다. 저들 물화는 지나치게 사치스럽고 기이한 노리개로서 공산품이고 그 양이 무궁하다. 그러나 우리 물화는 그렇지를 아니하다. 그것은 모두가 땅에서 나는 것으로 한정되어 있을뿐더러, 특히 백성의 생명이 달린 것들이다.

"조선 백성의 생명이 달린 것들이라."
진무 스님이 염불 외듯 하는 말이었다.
"그렇습니다, 스님."
그 말을 하면서 관리는 허리를 꼿꼿하게 세웠다.
"듣고 보니 공감이 갑니다."
그런데 비화 귀에 딱 못박이는 건 '땅'이란 말이었다. 콩나물국밥 한 그릇 팔면 곧바로 흙 한줌을 사들이는 그녀였다. 조선 물화는 땅에서 나는 것으로 한정되어 있다…….
비화 눈앞에 또 '땅'과 '비단'이 싸우는 광경이 나타났다.
"오늘따라 꿩의 울음소리가 여느 때보다도 더 피맺힌 소리로 들리는 듯하오. 최익현의 상소문처럼 말이오. 허허."
그러던 진무 스님이 서두르지 않는 목소리로 관리를 독촉했다.
"말씀 계속해보시구려."
"예, 스님."
문득 깊은 생각에서 깨난 듯 관리는 다시 한번 더 자세를 바로잡았다.
"결국 최익현이 그 상소문에서 우려하는 것은……."
그때 '땡그랑' 하고 들리는 풍경소리에, 절집 처마 끝에 달린 작은 종

모양의 저 경쇠가 내는 소리보다 더 그윽한 게 또 있을까? 하고 비화는 생각했다.

"백성의 피와 살 같은 유한한 물화를 가지고, 사치하고 기이하며 심성을 좀먹고 풍속을 무너뜨리는 일본 물화와 교역을 한다면……."

관리는 숨이 가쁜 듯하면서도 빠르게 말을 이어갔다.

"그 양은 한 해에만도 수만에 이를 것이고, 그렇게 되면 몇 해도 지나지 않아 조선의 모든 땅과 집은 황폐해져 다시는 보존치 못하게 될 것이며……."

그러곤 결론처럼 하는 말이 이랬다.

"마침내는 나라가 망하고 말 것이라는 겁니다."

갑자기 들꿩이 울음을 뚝 그쳤다. 향냄새도 서둘러 방 밖으로 빠져나가려 하는 것처럼 느껴졌다.

"허, 참으로 무서운 소리로고! 무서운 소리로고!"

같은 말을 되풀이하는 진무 스님 음성이 가늘게 떨렸다. 비화도 그만 온몸에 소름이 쫙 끼쳤다. 방바닥이 쩍 갈라지고 사방 벽이 무너지는 것 같았다. 조선 땅과 집이 모두 황폐해진다니.

그 상소에서 두려운 건 그뿐만이 아니었다.

─ 저들은 비록 왜인이라고 하나 실인즉슨 양적洋賊, 곧 서양 적이다. 일단 강화가 한번 맺어지고 나면, 사학邪學 서적이며 천주의 초상화가 교역하는 가운데 마구 들어올 것이다. 그렇게 되면 또 얼마 아니 가서 선교사와 신자의 전수를 거쳐 사학이 온 나라 안에 퍼지고 말 것이니…….

최익현의 나중 말을 듣자 비화 생각이 조금 전과는 또 달라지기 시작했다.

－ 천주의 초상화. 선교사와 신자.

그랬다. 저 병인년의 전창무와 우 씨. 그들 부부 모습이 또렷이 되살아났다. 그리고 그들의 어린 자식.

전창무가 묻힌 무두묘는 지금 어떻게 되어 있을까? 무두묘를 떠올리자 비화는 가슴이 서늘했다. 머리 없는 무덤. 성 밖 공터 높은 장대에 내걸려 있던 그의 목.

'일본과의 물화 교역이 이루어지모, 조선 땅에 천주학이 자유롭기 퍼질 수 있으까?'

솔직히 그다음부터는 관리의 말이 비화 귀에 제대로 들어오지 않았다. 위정척사 운동은 조정에서 미국과 통상 조약을 맺으려고 하자 절정에 이르렀다느니, 또한 그 운동은 '조선은 곧 작은 중국'이라는 자부심과 전통 성리학에서 벗어나지 않으려는 그런 한계가 있다느니, 그 밖에도 진무 스님과 관리는 쉼 없이 숱한 이야기들을 주고받았지만, 비화 뇌리에는 오로지 땅과 천주학만 감돌았다.

"그러니까……."

"결국 앞으로는……."

이윽고 그들 대화가 전부 끝이 났다. 관리는 비화를 흘낏 보더니만 진무 스님에게, 자기는 법당 부처님께 한 번 더 기도드리러 가겠다고 했다. 비화가 진무 스님과 이야기 나눌 시간을 주기 위해서인 듯했다. 그는 사려 깊은 사람 같다는 생각을 또다시 했다.

"그럼 저는 이만……."

"예, 모두에게 부처님의 가호가 있으시기를!"

관리가 밖으로 나가자 비화는 대뜸 해랑 이야기부터 끄집어내기 시작했다.

"해랑이가 인자 완전히 배봉이 집구석 사람이 다 돼삐린 거 겉심니더, 스님. 이, 이 일을 우짜모 좋것심니꺼?"

그런데 진무 스님은 그것에 대한 응답은 없고 이런 소릴 했다.

"준서가 지난번 봤을 때보다 많이 건강해진 것 같아서 좋구나. 역시 사람은 아이고 어른이고 간에 몸이 우선인 게야."

비화는 연방 궁색해지려는 자신을 의식하며 더듬거렸다.

"스님! 시방 지 멤은……."

하지만 갈수록 진무 스님 입에서는 비화가 기대했던 말과는 동떨어진 엉뚱한 이야기들만 나왔다.

"출가외인이라 했거늘, 그것은 예견했던 당연한 일이 아니겠느냐."

그럼에도 비화는 심한 배신감을 지우지 못하는 얼굴로 고개를 절레절레 저으며 말했다.

"그래도 옥지이만은 안 그랄 줄 알았심니더."

"안 그럴 줄 알았으면?"

"옥지이가 그리하모 안 되지예."

"쯧쯧. 비화답지 않구나."

"……."

하산下山이라도 해버린 걸까? 꿩이 소리를 내는 기척은 그 어디서고 전해지지 않고 있었다. 꿩 잡는 것이 매라는 말이 비화 머리를 세게 후려쳤다. 실지로 제구실을 해야 명실상부하다는 뜻일진대, 나는 과연 그렇게 하고 있을까?

"남의 인생을 어찌 네 마음대로 하려드는고?"

"……."

나뭇가지 사이로 산바람 스치는 소리가 들려왔다. 나무와 바람이 하나로 되는 순간이 거기 있었다.

"네 몸도 영원히 네 것이 아닐진대…….."

목탁 치는 소리가 비화의 귓전을 서럽게 물들였다. 그 소리에 섞여 절집을 찾은 신도들 말소리도 끊겼다가 이어지곤 하였다.

"네 마음 또한 안 그러할까?"

그때 마당에서 보리 짖는 소리가 들려왔다. 그건 낯선 사람에게 이빨을 드러낸 채 으르렁거림이 아니라 친근감을 느낀 준서에게 건네는 다정한 말 같았다.

"오히려 잘된 일이야."

"예?"

"내 생각에…….."

진무 스님은 보리 짖는 소리에 문득 깨친 사람처럼 보였다. 그런데 잠시 후에 그에게서 나오는 말이었다.

"옥진이가 두 집안 악연을 풀어줄지도 모르겠구나!"

비화는 참을 수 없었다.

"스님!"

"왜?"

비화는 와르르 무너진 공양탑의 잔해를 딛고 선 심정으로 고했다.

"그 말씀만은 수긍할 수 없심더."

그러나 진무 스님은 그 말은 아예 들은 척도 하지 않고 천천히 몸을 일으켰다. 안타까운 눈빛으로 그를 올려다보던 비화도 어쩔 수 없이 그를 따라 밖으로 나왔다.

저만큼 대웅전으로 오르는 계단 밑에 우두커니 서 있는 사층인가 오층인가 되는 회색 석탑이 왠지 우울해 보였다. 오래되고 빛이 바랜 탓만은 아닐 것이다.

'어, 오데로 갔노?'

조금 전까지만 해도 들뜬 준서 목소리와 보리 짖는 소리가 함께 들렸는데, 그새 어디로 가버렸는지 아이도 개도 보이지 않는다. 어쩌면 절 뒤쪽으로 나 있는 산길로 갔는지도 모르겠다.

"저쪽으로 가보자."

"예, 스님."

진무 스님은 한창 새로 짓고 있는 법당 쪽으로 걸음을 옮겨 놓았다. 그런데 목재 더미와 기왓장 같은 건축 자재가 쌓여 있는 곳으로 갔을 때였다. 비화는 전혀 예상치도 못한 사람을 만났다.

"스님, 오랜만에 밖으로 나오셨심니더. 몸은 좀 우떻심니꺼?"

서까래로 올릴 목재에 열심히 대패질을 하던 목수 하나가 손등으로 이마의 땀을 닦으며 인사를 했다. 진무 스님은 고개를 끄덕여 인사를 대신한 후에 비화를 돌아보면서 말했다.

"이번 우리 절 공사에 큰 노력을 하고 계신 서 목수님이니라. 인사 나누도록 해라."

서 목수라는 말에 비화는 놀라 물었다.

"아, 그라모 저분이 서봉우 도목수님입니꺼?"

"이쪽은······."

진무 스님이 그에게 비화를 소개하자 서 목수는 아예 손에 들었던 연장들을 놓고 가까이 다가왔다.

"잘 압니더, 스님."

"허허, 그렇소?"

크게 흡족해하는 진무 스님에게 서 목수가 말했다.

"예, 나루터집에 가서 콩나물국밥을 사묵은 적도 있심니더. 아마 저분은 지를 잘 기억 몬 하시것지만······."

"아입니더."

비화가 얼른 말했다.

"지도 말씀 한거석 들었심니더. 우리 얼이가 서 목수님 아드님 문대 총각하고 같은 서당에 안 댕김니꺼. 얼이 입을 통해서 이약 짜다라 들었……."

그러다가 비화는 서둘러 입을 다물고 말았다. 서 목수가 운산녀, 민치목의 목재상회와 거래를 하고 있다는 사실이 막 떠오른 것이다. 그런 서 목수가 비어사 공사를 할 줄은 몰랐다. 어쩌면 저 목재 중에는 운산녀와 치목에게서 구입한 것도 섞여 있을 것이다. 그런 생각을 하니 갑자기 지금 떠 있는 하늘의 해가 두 개로 보였다.

'우쨌든 이거도 인연이라모 인연인 기라.'

자신에게 닥친 일을 항상 좋은 쪽으로 보려는 비화의 그 긍정적인 생활철학이 이번에도 작용했다. 이런 생각이 번개같이 그녀의 뇌리를 스쳤다.

'서 목수를 통해 운산녀나 치목 문제를 풀 수 있는 무신 방도를 얻을지도 안 모리나.'

서 목수가 얼이 이야기를 했다.

"얼이가 에나 억수로 사내답고 똑똑하지예. 그 마이 있는 우리 문대 벗들 가온데서 고마 확 눈에 띕니더."

"그리 봐주시이 고맙심니더."

비록 아프고 슬픈 과거사이기는 해도 이야기는 좀 더 심도 있는 쪽으로 흐르기도 했다.

"아부지가 농민군 천필구라쿠는 사실도 압니더."

"예."

검은 기왓장에 부딪는 노란 햇살이 비화의 눈을 못 뜨게 했다.

"그래 내는 얼이가 안돼갖고……."

"……."

산비둘기 한 쌍이 그들 머리 위를 가로질러 날아가고 있었다. 목에 둘린 검은 띠무늬가 회갈색 몸빛과 잘 어울렸다.

"친자슥맹캐 잘해주고 싶고요."

비화가 그렇게 보아서일까? 서 목수가 한 그 말에 진무 스님 눈길이 대웅전 저 뒤편을 향하는 듯한 것은. 그렇다면 명주 끈으로 거기 고목에 목을 매달아 죽은 안골 백 부잣집 염 부인을 떠올렸을 것이다.

'아이다. 아인 기라.'

비화는 자신도 모르게 고개를 흔들면서 내심 다짐했다. 해랑이 억호 처가 되었다곤 해도 배봉 집안을 용서할 수 없다고. 아버지 호한과 염 부인 한을 어쩔 것인가? 어디선가 진무 스님 꿈에 보였다는 염 부인 목소리가 들려왔다.

─ 비화, 비화를 불러주이소.

콩 꽃이 필 때까지

맹쭐이 상촌나루터에 모습을 드러냈다. 하나같이 매우 우락부락해 보이는 사내들과 함께 밤골집을 찾은 것이다.

아버지 민치목이 내연 관계에 있는 운산녀에게서 추잡하기 그지없는 방법을 써서 우려낸 돈으로 소위 건설업계에 뛰어든 맹쭐은, 그 사업 성격상 때로는 공사판 현장에서 일하는 인부들과도 곧잘 어울리곤 했는데, 이날도 그런 부류 사람들을 여럿이나 이끌고 술판을 벌이려고 온 길이었다.

반드시 그런 건 아니지만 때에 따라서는 거친 언어와 심한 힘겨룸이 오가기도 하는 그 일이 맹쭐의 적성에는 딱 맞았다. 그들은 밤골집에서 제일 큰 저쪽 방으로 들어가시라는 밤골 댁과 순산집 권유에 인상부터 팍 그렸다. 그러고는 좁은 방 안은 갑갑하다면서 마당 한가운데 놓인 커다란 평상을 차지하고 앉았다.

"요 집에서 젤 비싼 매운탕거리가 머꼬? 엉, 머냐꼬?"

맹쭐은 좋게 이야기해도 될 것을 괜히 씩씩거리듯 말했다.

"그거 있는 대로 싹 다 내보라꼬."

처음부터 분위기가 살벌했다. 밤골집 지붕 위에 있던 구름 몇 장도 서둘러 다른 곳으로 달아나는 것같이 보였다. 그리고 구름이 사라지고 드러난 파란 하늘빛도 어쩐지 겁을 집어먹은 느낌을 던져주고 있었다.

"오늘 이 술집은 우리가 모돌띠리 전세 냈다 고마."

저들 딴에는 최고 상석이랍시고 저마다 권하는 상머리에 펑퍼짐한 엉덩이를 거칠게 내려놓자마자 맹쭐은 커다란 주먹으로 상을 '쾅' 내려치며 아주 호기롭게 외쳤다.

"이거 퍼뜩 술부텀 안 내오고 머하노, 쌩!"

주방 문을 통해 그 목불인견의 장면들을 내다보고 있던 순산집이 몹시 걱정스러운 얼굴로 입을 열었다.

"아, 저거를 우째예? 오데서 천하 불한당 겉은 것들이 상걸베이 떼맹커로 한꺼분에 우우 몰리왔다 아입니꺼."

주인이 들으면 적잖게 언짢을 소리까지 했다.

"저런 것들은 아모리 한거석 팔아줘도 하나도 안 반가븐데⋯⋯."

사내들이 함부로 쏟아내는 거친 소리가 주방 문을 흔들었다.

"손님이모 까치만 반가버할 끼 아이고, 까마구도 반가버해야 안 하요."

술을 가득 채운 주전자 몇 개를 약간 신경질적으로 소리 나게 상에 올려놓으며 밤골 댁이 말했다.

"그라고 우리가 여태꺼정 이 애니꼬븐 물장사함서 저런 손님들 오데 하나둘 받았소? 안 그렇소?"

"그래도 시방 저것들은 너모 아입니더."

순산집은 여전히 잔뜩 겁먹은 표정을 떨치지 못했다.

'후우.'

밤골 댁은 속으로 한숨을 쉬었다. 그녀도 마음이 썩 편치 못하기는 마찬가지였다. 어쩌면 주인인 그녀가 한층 더 불안했다. 그렇지만 자신마저 종업원 앞에서 그런 눈치를 보여선 안 되었다. 그녀는 사기를 잃은 부하 군사들을 격려하는 수성장守城將처럼 했다.

"내가 다 알아 할 낀께, 순산집은 무담시 걱정해쌌지 말고 째이 매운탕이나 푹푹 끓이소. 수챗구녕 겉은 조것들 주디이가 모돌띠리 타들어가거로 우리 집에서 젤 매븐 꼬치 팍팍 넣어갖고 말이제."

흰자위가 크게 드러날 정도로 마당 쪽을 노려보며 말했다.

"저것들 더 띵깡 부리기 전에 술부팀 갖다주고 올 낀께."

순산집은 밤골 댁이 나갈 수 있도록 옆으로 비켜주면서 주의를 주었다.

"조, 조심하이소."

겉으로는 대범한 척해도 사실 그녀 또한 어찌 두려움이 없겠는가? 밤골 댁은 술상을 들고 나가며 스스로를 안심시키듯 이렇게 말했다.

"알것소. 우쨌거나 여게가 우리 집인데 괘안을 끼요."

순산집은 이렇게 사는 것이 개가 사는 것과 비등하다고 보고 있는지 이런 소리도 했다.

"하기사 개도 지 동네서는, 반은 묵고 들간다는 이약도 있지예."

안주가 나오기도 전에 주전자 여남은 개는 더 바닥낼 거라 생각했다. 십중팔구 저따위 인간들은 전생에 술과 무슨 원수를 진 듯했다. 장사꾼 무엇은 개도 먹지 않는다는 그 장사 가운데서도 술장사가 그중 힘들고 더럽다는 것을 익히 아는 밤골 댁이다.

"하하, 조오타! 내가 요런 맛에 사는 기라."

가장 눈 돌릴 인간은 역시 맹쭐이었다. 다른 사내들은 그래도 잔에 부어서나 마시는데, 그는 애당초 주전자 부리를 제 주둥이에 처박았다. 본디 술자리에서는 술을 최고로 잘 마시는 술꾼이 단연 왕인 법이다.

"술, 수~울!"

"손까락 빨아 무우까?"

술이며 온갖 안주가 끝도 한도 없이 날라졌다. 그 술자리에서 연방 사방으로 튀어나오는 건 그냥 욕설과 고함소리뿐이었다.

"성님요!"

"와, 동상?"

제일 고급스러운 말이 그런 호칭이었다. 사업과 관련된 공사 이야기는 귀를 씻고 들어도 나오지를 않고 그저 계집 이야기, 싸움 이야기 일색이었다. 만화경 같은 이런 세상에 할 이야기도 그리 없는가 싶었다.

"야! 야!"

게다가 하나같이 목청들이 어찌나 높고 큰지 상촌나루터가 들썩들썩할 정도였다. 남강 물고기들도 당장 멀리 달아날 판국이다.

"허, 저기 무신 짓고?"

밤골집 바로 옆에 붙어 있는 나루터집 식구들이 바쁜 와중에도 예사롭지 않다는 듯 서로 얘기를 나누었다.

"대체 밤골집에 또 우떤 손님들이 왔는데, 저리키 온 동리가 시끄럽거로 하노? 각설이나 광대 패도 저리는 안 하것다."

"밤골 댁 또 한거석 골치 아푸거로 됐거마는. 머리가 허옇거로 세것다. 우리가 술집 안 하고 밥집하기 참 잘했제."

"지발하고 무작하거로 막 때리부시는 횡포는 없어야 할 낀데 우짜노?"

모두 한창 그런 걱정들을 나누고 있을 때였다. 그날 서당 공부를 마치고 돌아온 얼이가 무언가에 쫓기는 사람처럼 헐레벌떡 주방 안으로 뛰어 들어왔다.

"얼이, 니!"

그러잖아도 신경이 송곳처럼 곤두세워져 있던 우정 댁이 못마땅한 얼굴로 훈계하는 말을 했다.

"사내대장부가 정지(부엌) 출입하모 큰사람 몬 된다꼬 몇 분 말하데? 에미가 씹어묵도록 이약 안 하더나?"

그러나 얼이는 우정댁 나무람은 아랑곳하지 않고 숨을 헐떡이며 묻기부터 했다.

"시방 밤골집에 누가 왔는고 압니꺼?"

"……."

그 말에 모두들 얼이를 바라보았다. 그의 얼굴이 크나큰 분노와 증오심에 불타고 있다. 경련이 이는 그의 입술 사이로 너무나 놀라운 소리가 나왔다.

"맹쭐이 그눔입니더, 맹쭐이!"

그러자 모두는 하나같이 자지러지듯 했다.

"머? 매, 맹쭐이?"

"그, 그눔이 밤골집에?"

너나없이 더할 수 없이 긴장되는 표정들로 바뀌었다. 한순간 그곳은 손님들로 북적이는 음식점이 아니라 공동묘지가 있는 저 선학산만큼이나 정적이 깔리는 듯했다.

"저 도둑눔하고 바까갖고 때리죽일 새끼를 우째삐릴꼬!"

얼이는 화가 돋칠 대로 돋친 멧돼지처럼 씩씩거렸다.

"촉석루에서 지 애비 치목이하고 둘이 같이 있는 거를 지가 이 두 눈으로 똑똑히 봤다 아입니꺼."

그러다가 자신을 주체하지 못하고 냅다 그쪽으로 달려갈 것처럼 했다.

"당장 저눔을?"

그때 누군가가 아주 급한 목소리로 불렀다.

"어, 얼아!"

비화 심장이 덜컥 내려앉았다. 지금 얼이가 그렇게도 흥분하는 이유는 충분했다. 자기를 남강에 밀어 넣어 죽이려고 한 놈이다. 하늘의 보살핌이 있어 손 서방이 그걸 발견하고 황급하게 꼽추 달보 영감한테 알렸기에 망정이지 하마터면 그대로 수중고혼이 될 뻔했다.

"얼아, 얼아, 침착해라이."

비화가 얼이를 진정시키려 애썼다.

"이럴 때일수록 흥분하모 안 되는 기라. 지는 기다."

"이 손 놓으소."

하지만 얼이는 제 팔을 꽉 붙든 비화 손을 탁 뿌리치고 곧바로 달려갈 기세로 외쳤다.

"저놈이 우리 집 옆에 와 있는데, 그냥 놔 놔라 말입니꺼?"

얼이가 지르는 고함소리는 저 임술년에 농민군들이 죽창과 농기구 등을 흔들며 내지르던 그 함성과 맞먹을 만하였다.

"어, 얼아."

비화는 오싹 몸서리를 쳐야 했다.

'저 눈!'

얼이 눈빛 때문이다. 꽃대와 짐승 모가지를 확 비틀 때의 그 눈빛. 무쇠라도 순식간에 베어버릴 것 같은 무서운 살기가 시퍼렇게 뻗치는…….

그때 막 나간 손님들 빈 그릇을 거두어 주방으로 들어온 원아가 얼이에게 물었다.

"니 방금 본께, 호떡집에 불난 거매이로 막 달리오던데 와 그라노?"

우정 댁이 원아더러 응원군 청하듯 했다.

"동상아, 지발 우리 얼이 좀 말리라. 준서 옴마 말도 안 들을라쿤다."

원아는 그만 어리둥절한 얼굴이 되었다. 그녀는 얼이와 우정 댁을 번갈아 보면서 물었다.

"와예, 성님. 얼이가 우짜는데예?"

우정댁 목소리가 거기 살강이며 선반을 타고 가파르게 높아졌다.

"시방 밤골집에 맹쭐이 눔이 와 있는 거 보고, 저 발광해쌌는다 아이가!"

일순, 심약한 원아는 자칫했으면 그때까지 손에 들고 있던 빈 그릇을 그만 주방 바닥에 그대로 떨어뜨릴 뻔했다.

"매, 맹쭐이라모?"

그렇게 비명 지르듯 하는 원아는 제정신이 아닌 것 같았다.

"그, 그, 살인마 치, 치목이 자슥 눔 아, 아입니꺼, 성님?"

이번에는 비화에게 달려들 것처럼 했다.

"조카, 맞제? 그, 그눔 안 맞나? 응, 준서 옴마?"

비화는 잠자코 고개를 끄덕이며 낮은 소리로 천천히 입을 열었다.

"작은이모마저 흥분하시모 안 됩니더. 먼첨 흥분하는 쪽이 지는 깁니더. 안 이기고 지는 기 좋심니꺼?"

그러고 나서 다시 얼이에게 말했다.

"농민군은 이까짓 일 갖고 흥분 안 한다. 더한 일이 있어도 꿈쩍 안 한다."

"……."

주방 안의 그릇들이 움직이지 않고 각기 주어진 자리들을 잘 지키고 있는 것같이 보였다.

"농민군 대장할라쿠는 얼이 아이가?"

비화의 그 말이 효과를 보였다. 미친 말처럼 날뛰던 얼이가 온순한 양으로 바뀌었다.

"알것심니더, 누야. 그라이 고마 이 폴 놔주이소."

비화가 다짐받았다.

"안 가 끼제?"

우정 댁과 원아의 눈이 마주쳤다.

"예, 누야."

얼이는 존댓말을 쓰면서도 비화를 부를 때 '누님'이 아니고 '누야'였다. 그 소리를 들을 때마다 비화는 옥진의 '언가'가 떠오르곤 했다. 비화는 언가와 누야 소리를 둘 다 똑같이 좋아했다. 그 두 호칭에서는 깊고 강한 애정이 느껴졌다.

"니 방에 들가라. 절대 밖으로 나오모 안 된다. 알것제?"

그렇게 아들을 다독이는 우정댁 음성에는 금방이라도 터질 것 같은 울음기가 배여 있었다.

"퍼뜩 안 들가나? 쨰이 몬 들어가?"

얼이가 움직이지 않자 채근했다.

"그래도야?"

그곳 살강 위에 얹혀 있는 그릇이나 아궁이 옆에 놓여 있는 부지깽이를 집어 들어 던질 것같이 했다.

"에나 이 쌔끼가?"

그래도 말이 없는 얼이였다. 비화와의 약속 때문에 그대로 있기는 해도 지금 그의 속은 속이 아닐 것이다. 우정 댁은 피를 토하듯 했다.

"시방 니가 이 에미 뒤로 발랑 나자빠져서 콱 죽는 꼴 볼라꼬 이리쌌는 것가, 으응?"

비화 가슴이 저릿했다. 남편을 비명에 보내고 오로지 자식 하나만을 보며 이제까지 살아온 우정 댁이다. 살아도 산 게 아니고 죽은 것같이 지내온 그녀의 시간들.

그녀가 얼마나 얼이를 사랑하고 걱정하는가를 누구보다도 잘 알고 있다. 얼이에게 무슨 불상사가 생기면 그녀는 미치거나 죽어버릴 것이다.

"큰이모, 너모 걱정하지 마이소."

비화는 정이 듬뿍 묻어나는 눈길로 그들 모자를 번갈아 바라보며 말했다.

"아즉꺼지 얼이가 큰이모 말 안 듣는 거 한 분도 몬 봤심니더."

일단 우정 댁부터 안심시킨 다음 비화는 가만히 있는 얼이의 넓은 등짝을 토닥거려주면서 말했다.

"얼이 니 멤 누야는 다 안다. 이 누야가 아이모 누가 알 끼고? 올매나 억울하고 또 성이 나것노? 내라도 그라것다."

비화 목소리는 갈수록 눅눅해졌다. 어쩌면 그녀 스스로 자기감정에 겨워 그러는 건지도 몰랐다.

"하지만도 심을 더 길러야 하는 기라. 심, 심 말이다."

여러 가지 빛깔의 감정이 복잡하게 엇갈리는 표정으로 말했다.

"이 시상은 심이 약한 사람은 단 하로도 몬 사는 곳 아이가."

"……."

콩 꽃을 보고 어떤 꽃보다 아름답다고 하던 효원의 얼굴이 불현듯 떠오르는 비화였다.

"니도 그거 알제?"

얼이는 아무 말도 없이 돌아섰다. 그 뒷모습이 그렇게 애잔하고 처량해 보일 수 없었다. 속으로 울고 있을 거라고 비화는 짐작했다. 얼이가 주방에서 돌아나가자 우정 댁은 급기야 울음을 보였다.

"고마 진정하이소."

"그래도 얼이가 착하다 아입니꺼?"

"하모예. 그라모 됐지 머가 또 더 아쉬버서 이래예?"

나루터집 식구들이 모두 달라붙어 아무리 위로해도 우정댁 울음은 좀

체 멈춰지지 않았다. 원래 강 가까이서 살아가는 사람들은 강물처럼 눈물도 많아지고 우는 소리도 강물 소리를 닮는다던가. 지금 우정 댁이 그러했다.

자기 방으로 들어온 얼이는 바람벽에 등을 붙이고 앉았다가 고개를 가슴에 쿡 처박고 흐느끼기 시작했다. 바로 눈앞에서 맹쭐 그놈을 빤히 보면서도 어쩌지 못하는 그 자신이 너무나 슬프고 한심했다. 밤골집 앞을 막 지나올 때 그 안이 하도 시끄러워 무심결에 고개를 돌려 들여다보다가 하필 맹쭐을 발견할 줄이야.

'이 개노무 쌔끼!'

이것저것 돌아볼 것도 없이 그대로 달려 들어가 짐승 모가지 잡아 비틀듯 놈의 모가지를 콱 분질러 놓고 싶었다. 하지만 그렇게 하지 못한 것이 놈의 일행들 때문이었다. 하나같이 덩치가 커다랗고 거칠어 보이는 사내들이 얼른 봐도 예닐곱은 족히 되었다. 혼자 힘으로 상대하기에는 버겁다는 정도가 아니라 그냥 맞아 죽기 십상이었다. 저승으로 올라가서 아버지와 원아 이모 연인을 데리고 올 수만 있다면.

동문수학하는 벗들을 데려올까도 생각해봤지만, 문대는 잘하면 어떻게 그자들 하나를 대적할 수 있을까, 그 나머지 학동들은 도저히 그자들 상대가 아니게 나약하다는 판단이 섰던 것이다. 얼이는 피가 밸 정도로 입술을 질끈 깨물었다.

'부전자전이라더이, 치목이나 맹쭐이나 간이 덕석이다 아이가.'

비화 누이가 했던 말을 떠올리며 억지로 정신을 가다듬고 헤아려볼수록 정말 예사 놈이 아닌 성싶었다.

'지가 쥑일라쿠다가 실패한 사람이 두 눈 빤히 뜨고 사는 집 바로 옆에 저리 겁도 없이 올 수 있으까?'

맹쭐과 그의 일행들 웃음소리가 그곳까지 들리는 성싶었다. 껌껌한 땅

속에 작은 벌레처럼 잔뜩 옹크리고 있는 자신을 실컷 비웃기라도 하듯.

그런데 그로부터 얼마 지나지 않아서였다. 나루터집 식구들에게 며칠 전 그 일보다 훨씬 더 신경 쓰일 사건이 터진 것이다.

발단이 된 건 화공 안석록이 그린 그림이다. 예술의 혼을 뛰어넘은 사랑의 힘 덕분일까? 그러잖아도 모두가 알아주던 안 화공 그림은, 원아를 만난 이후로는 그야말로 귀신이 조화를 부리듯 하루가 다르게 발전했다. 돌아앉았던 돌부처도 '여기 안석록 화공이 그린 그림이 있소' 하면 얼른 뒤로 고개를 돌린다는 소리까지 나도는 실정이었다.

화공으로서의 그의 명성은 끝을 모르게 높아졌으며, 그의 그림을 사려는 이들이 앞을 다퉈가며 찾아들었다. 담뱃대깨나 '툭툭' 두드리는 명문가 양반들은 더 말할 것도 없고, 상것 졸부 중에도 안 화공 그림을 사지 못해 안달복달하는 자들이 많았다.

하루는 하판도 목사 후임으로 온 강득룡 목사가 배봉을 불렀다. 그때쯤 배봉은 강 목사 또한 하 목사 못지않게 구워삶아 놓았다. 돈 앞에서는 성인군자가 따로 없었다. 돈만큼 인간관계를 돈독하게 해주는 것도 없었다. 요물이요, 마왕이었다.

"본관이 근자에 들으니……."

코가 남달리 빨개서 마치 얼굴에 큰 딸기 하나를 딱 붙여놓은 듯한 강 목사는 배봉을 보자마자 이렇게 말했다.

"우리 고을에 그림 그리는 솜씨가 귀신도 탄복할 만큼 뛰어난 환쟁이가 있다고 하던데, 그 소문이 진실이오?"

그것은 몰라서 묻는 어투가 아니라 너무나 잘 알고 있다는 것을 에둘러 이야기하고 있는 느낌을 주었다.

'머? 니기미!'

그 순간, 배봉 입에서 그만 욕설이 튀어나오려 했다. 강 목사 마음을 이미 읽은 것이다. 그 밑에 깔려 숨도 못 쉴 그 정도의 돈다발을 갖다 안긴 게 불과 며칠 전이다. 그때는 그림의 '그' 자도 내비치지 않았다.

"그, 그기······."

배봉이 머뭇거리는 눈치를 보이자 당장 강 목사 음성에 날이 섰다.

"그러면 그게 헛말들이었소?"

그 소리가 꼭 배봉 귀에는, '네가 그것을 나에게 상납하지 못하겠단 말이지?' 하는 말로 들렸다. 강 목사는 코처럼 눈알마저 뻘겋게 되며 자신의 '특허'와도 같은 위세를 부리기 시작했다.

"혹세무민하는 그런 엉터리 소리나 함부로 흘리고 다니는 놈들은 즉시 잡아들여 주리를 있는 대로 틀고 말 것이야. 에잉."

배봉은 고개를 쳐드는 감정을 꾹꾹 누르며 덕석 같은 머리통을 깊숙이 조아렸다.

"지, 진실이옵니더, 목사 영감."

강 목사는, 진작 그럴 것이지, 하는 얼굴로 명했다.

"그렇다면 그 진실에 대해서 말해보시오. 흐음."

배봉은 더 이상 피해 갈 수 없음을 깨닫고 자기가 아는 대로 고하기 시작했다.

"그 환재이 이름은 안석록이라 하옵는데, 우찌 된 판국인고 똑 여게 우리 고을 풍갱만 고집하는 이상한 자이옵니더."

강 목사는 신기한 소리도 다 들어본다는 투로 뇌까렸다.

"우리 고을 풍경만 고집한다?"

"소인이 듣기로는 그렇다꼬 하옵니더."

"허허, 그것 참 재미있구먼."

재미? 눈깔 빠지것다. 재미가 아이고 니기미, 지기미다, 하고 혼자 속으로 빈정거리는 배봉의 귀에 떨어지는 말이었다.

"이거 잘됐어. 요즘 들어와서 내가 재미있는 일이 도무지 없었는데 말이야. 아, 사람이 세상에 태어났으면 살맛이 있어야지."

강 목사가 풍년 두부처럼 허옇게 살찐 손가락으로 약간 얽은 딸기 콧잔등을 어루만졌다. 그게 그가 흡족해할 때 나오는 습성이라는 것을 배봉은 이제 알고 있다.

"그래서 하는 말인데, 임자도 한번 생각을 해보시오."

그 말에 배봉은 부글거리는 속으로, '젠장, 생각을 해보나 마나 뻔한데 머를 생각해봐란 기야?' 하면서도 입에는 꿀을 물렸다.

"하맹(하명)하시이소."

강 목사는 그게 대의명분이기라도 하다는 식으로 나왔다.

"본관이 그래도 명색 이 고을 목산데, 아, 자기가 다스리는 고을에 사는 환쟁이 그림 한 점 없어서야 어디 말이나 되겠소이까?"

"……."

알아서 기어야 할 배봉이 얼른 반응을 나타내지 않자 강 목사는 더 목청을 돋우었다.

"경우가 아니라니까?"

"예……."

어쩔 수 없이 안으로 기어드는 소리로 응하는 배봉 낯바대기가 떫은 감을 한 접은 씹은 성싶었다. 그러거나 말거나 강 목사는 생뚱맞게 '에'라는 소리를 섞어가면서 거드름 피는 어투로 일관했다.

"에, 그러니까 다시 말하자면 에, 그것은 진정으로 향토를 사랑하는 에, 목민관으로서의 올바른 자세가 에, 결코 아닐 뿐만 아니라 더욱이……."

끝까지 듣고 있다간 생트집 잡힐 것을 훤히 잘 알고 있는 배봉은, 이쯤에서 입을 열어야 한다는 것을 터득하고 있었다.

"지당하신 말씀이옵니더, 영감."

"알고 있구먼?"

배봉은 즉각 자리에서 일어날 자세를 취했다.

"소인 당장 달리가서 그림을 구해오것사옵니더."

강 목사 입귀가 쪼개졌다.

"그렇게 해주겠소? 고맙구려."

그 낯짝에 대고 침이라도 뱉고 싶을 정도로 더더욱 밉살스럽게 굴었다.

"본관이 직접 환쟁이한테 가서 그림을 고르고 싶기는 하지만, 목사 체통도 있는데다가 워낙 공무에 쫓기는 몸이다 보니 어쩌겠소. 우리 임 사장이 이해해주시구려."

그곳이 관아인지 사저인지 구분도 못 하는 얼뜨기 관리였다.

"와 안 그렇것사옵니꺼?"

배봉은 그런 소리가 술술 잘도 나오는 제 주둥이를 까뭉개버리고 싶었다. 몸에 익어버린 천한 상것의 습관이었다.

"내 이미 짐작했지. 임 사장 정도 되는 위치에 있는 사람은 알아줄 거라고 말이오."

권력보다 금력이 더 센 소리까지 내비쳤다.

"내 이래서 임자를 존경한다니까?"

배봉은 더럭 겁부터 났다. 그렇게 무서운 소리도 없었다.

"어이쿠, 백골난망이옵니더."

주정뱅이 발길에 걸어 채여 '깽, 깨앵' 하고 비명을 지르는 개처럼 해가면서 머리통을 조아리는 배봉을 향해 강 목사는 점잖게 말했다.

"허허. 그림들은 임자가 알아서 가져다주시오."

"예, 예, 그라모 소인은……."

강 목사 앞을 돌아 나오면서 배봉은 또다시 터지려는 욕지거리를 가까스로 참았다. 분명 '그림'이 아니라 '그림들'이라고 했다. 들, 들이라니?

어쨌거나 길 위로 나선 배봉은 발을 재게 옮겨 놓았다. 풍문에 따르자면, 안석록이란 그 환쟁이는 자기 그림에 대해 원체 자존심이 센 깐깐한 성품이라, 그의 그림을 구하려는 사람이 제 마음에 맞으면 그냥 헐값으로 넘기면서도 한 번 틀어졌다 하면 제아무리 많은 돈을 준다 해도 절대 그림을 팔지 않는 괴짜라고 했다.

그런 환쟁이에게서 하나도 아니고 여러 장을 사야 할 형편이었다. 그림값도 장난이 아닐 것이다. 그뿐만 아니라 혹시 어디 무엇이 잘못되어 그림을 팔지 않으려 든다면 그 역시 예사로운 일이 아니다. 이상하게 꼭 그런 일이 벌어질 것만 같은 방정맞은 예감이 드는 배봉이었다.

일단 집으로 간 배봉은 궁리 끝에 억호를 불렀다. 이야기를 다 듣고 난 억호는 주먹으로 제 얼굴에 박힌 점을 쥐어박듯 문지르며 불만부터 터뜨렸다.

"우리 고을에 오는 목사는 우째서 그리 하나걸이 몬된 것들만 옵니꺼? 우리 고을 물이 안 좋은 깁니꺼, 아이모 머가 나빠서예?"

배봉이 고개를 내저으며 억호 말을 제지했다.

"니가 모리는 소리다, 그거는."

"모리는 소리예?"

억호는 아버지 말뜻을 모르겠다는 표정이었다. 그더러 모른다고 하니 자존심이 상하기도 하는 눈치가 엿보이기도 했다.

"홍우병 목사나 정석현 목사 생각 안 나나?"

배봉의 그 물음에 억호는 졸음이 오는 눈빛으로 대답했다.

"와 생각 안 나예?"

배봉은 그들 이름만 들먹여도 부아가 치민다는 기색이었다.

"지 혼자 칼끗한 척함서, 찾아간 내를 올매나 호통 쳐서 후차냈노? 잔 칫집에 들간 개를 구박해도 그리는 안 할 끼다."

억호도 괘씸하다는 얼굴을 했다.

"흥, 저거가 베름빡에 머할 때꺼정 우리 고을에서 목사 해묵을 줄로 알았던 모냥이지예?"

그러면서 그가 바라보는 배봉의 사랑방 벽은 천박해 보일 정도로 온 갖 장식물들로 치장되어 있었다.

"하매 노망이 들었던 기라."

"노망예?"

"하모, 내는 그리 본다."

"아즉 그랄 나이는 아인데예."

"똑 늙어야만 노망드는 줄 아는가베? 아즉 에린 아아들도 증신 없는 것들이 올매나 천지삐까린 줄 모리나?"

억지로 갖다 붙이는 그런 말을 하고 나서 배봉은 무슨 선심이라도 쓰 듯 했다.

"우쨌든 그 생각하모, 하판도 목사나 강득룡 목사는 하늘매이로 뫼시 고 시푸다."

그러고 나서 뜬금없이 물었다.

"니 좋은 사람이 우떤 사람인고 모리제?"

억호는 멍한 낯빛이 되었다. 배봉이 스스로 답했다.

"내한테 잘해주는 사람이 좋은 사람인 기라."

"에이 참, 아부지도. 우쨌든 모든 일에는 선후가 있은께……."

억호는 우선 이번 일부터 먼저 해결해놓고 다른 것은 나중에 가서 차 차 해도 된다는 듯 물었다.

"그림은 몇 장이나 사오까예, 아부지?"

배봉은 그러잖아도 작은 실눈을 한층 가느스름하게 뜨고 잠시 궁리한 끝에 말했다.

"이왕 돈 쓰는 거, 한 시물(스무) 장 사모 우떻것노?"

억호는 즉각 반대했다.

"고마 열 장만 하입시더."

배봉이 떨떠름한 표정을 지으며 반문했다.

"열 장?"

그 방 창문 가까이 놓여 있는 분숑 속의 난초는 그 촉이 어림잡아 열 개쯤 돼 보였다. 변이종이라고 해서 달라는 대로 주고 구입한 난이었다.

"예, 그 값만 해도 에나 장난이 아일 낍니더."

억호는 너무 과하다고 했지만 배봉은 이미 마음을 굳힌 듯했다.

"시물 장 해삐라 고마."

"많심니더. 쪼꼼 줄이시더."

"그깟 그림값 비싸모 지가 올매나 비쌀 끼고?"

"그래도 애낄 수 있으모 애끼야지예."

"애끼모 머 된다 캤다."

"그 돈이모 비단을 올매나 마련할 수 있을지 생각 안 해봤심니꺼?"

"그 비싼 춘화 책도 하 목사한테 갖다 바칫다."

한참 실랑이를 벌이다가 자신도 모르게 춘화 말이 나온 배봉은 그만 아주 머쓱한 표정을 지었다.

'아, 그 좋은 그림책을?'

억호는 아버지 몰래 만호와 그것을 훔쳐보던 기억이 나고, 그 아까운 춘화가 남의 손에 넘어갔다는 사실이 못내 아쉬웠다. 눈물이 찔끔 날 지경이었다.

'하지만도 내한테는 그 춘화에 나오는 여자들 전부하고도 절대 안 바꿀 해랑이가 안 있나? 해랑이, 우리 해랑이 말인 기라.'

억호는 속으로 그렇게 자위한 후에 그래도 한 번 더 재고해보라고 했다.

"고 콧김 세기로 소문난 환재이 그림 한 장 값이, 어중재비 춘화 책보담 여러 배나 더 비쌀지도 모리는데예. 그라모 우짤랍니꺼?"

배봉이 잠깐 주저하는 빛을 보였다.

"하기사 첨에 욕심이 나서 살 때는 몰랐는데, 가마이 놔놓고 보모 돈이 너모 아깝다쿠는 생각이 안 드는 거는 아이지만도……."

주위의 장식품들을 둘러보며 그런 후회하는 말을 하더니 결정을 내렸다.

"하기사! 시물 장을 사고 싶어도 그리 없어서 몬 살지도 모리것다. 니 말마따나 열 장만 사삐라."

창문을 통해 들어오는 햇살을 비스듬히 받는 변이종 난초가 어쩐지 좀 시들시들해 보였다. 쥐뿔도 모르는 주인을 잘못 만난 탓에 자칫하면 생명을 잃을 날이 얼마 남지도 않은지 모르겠다.

"우짜모 열 장도 안 남아 있을랑가 모리지예. 사람들이 에나 마이 사 간다쿤께네예."

시샘과 우려 섞인 억호 말을 들은 배봉은 입을 삐쭉거리며 지금 눈앞에 보이지도 않는 세상 사람들을 향해 연방 빈정거렸다.

"헤, 거씬하모 모도 돈 없다, 돈 없어 몬 살것다, 노다지 죽는 소리 해 싸도, 하나도 안 그런 모냥이제?"

억호는 그게 아니라는 듯 말대꾸했다.

"우리 겉은 몇몇 졸부들이나 사 가지, 우선 당장 입에 풀칠할 거 하나도 없는 가난배이 서민들이사 오데 살 꿈이나 꾸것심니꺼?"

그러자 배봉이 벌컥 화를 냈다.

"우리 겉은 졸부? 이눔이 애비 앞에서 몬 하는 소리가 없다 아이가!"

하지만 억호는 더욱 뻔뻔해져 있었다.

"지한테 핸 소리지 아부지 보고 핸 소리 아입니더. 그라이 무담시 신갱 쓰지 마이소."

"시간 없다. 강 목사 성질 모리나?"

"와 몰라예? 안께네 시방 아부지하고 지하고 이리 생 골머리를 꿍꿍 앓고 있는 거 아이라예?"

"쌔이 가서 그림이나 사 오이라. 인자 다린 소리 더 해쌌지 마라."

갈수록 아버지와 사사건건 부딪힐 일이 왜 자꾸만 생기는지 모르겠다고 생각한 억호는 심드렁한 얼굴로 말했다.

"알것심니다. 기다리시소."

벽면에 붙어 있는 커다란 장식용 부채의 현란한 색채가 억호의 눈과 마음을 어지럽게 만들었다. 왠지 안정이 되질 않는다.

"목사 지가 머시고? 지가 높으모 올매나 높은데? 지리산만치 높나, 양귀비 콧대만치 높으나? 고노무 딸기코! 꾸정물을 한 바가치 퍼갖고 확 퍼부어삘라."

배봉의 입에 담지도 못할 그런 욕지거리를 뒤로 하고 자기 처소로 돌아온 억호는, 잠시 후 그가 가장 신뢰하는 심복 양득을 불러 명했다.

"급하다. 니 이 길로 금방 나가갖고 그자 그림 열 장 구해라, 얼릉."

양득도 약간 놀라는 얼굴로 확인했다.

"열 장이나예?"

억호는, 이눔아, 그것도 절반으로 딱 잘라서 그런 기다, 하는 소리가 나오려는 걸 참으며 양득의 말은 들은 척도 하지 않고 물었다.

"그란데 그 잘난 환재이 만낼라모, 오데로 가모 되는고 아나?"

억호 입안의 혀처럼 양득이 곧바로 대답했다.

"요새 그 환재이가 성 밖에 있는 우떤 데서 그림 전시횐가 머신가를 한다쿠는 이약을 들었심니더."

억호는 무척 생경한 말이라는 듯 곱씹었다.

"그림 전시회?"

양득은 비염 증세라도 있는지 코를 벌름거리며 말했다.

"예, 그러이 거 가모 안 되것심니꺼, 서방님."

해는 억호가 배봉의 사랑방에 있을 때보다 좀 더 길어져서 방바닥에 길게 드러누워 있었다.

"넘들 모리거로 해라."

억호가 당부했다.

"그라고 촌늠이 장에 가서 물건을 모리것으모, 무조건 비싼 거만 사라 캤다."

종놈을 촌놈으로까지 만들었다.

"무신 소린고 알것제?"

"예, 서방님."

양득은 억호가 준 돈을 얼른 받아 허리 전대에 집어넣고 바람같이 사랑방을 나갔다. 그 뒷모습을 물끄러미 바라보고 있던 억호는 생각했다.

'번갯불에 콩 구우묵을 늠 아이가. 대갈빼이도 핑핑 잘 돌아가고. 종 늠으로 썩기는 에나 아깝다 아인가베?'

문득 비화 아버지 호한이 떠올랐다.

'장수가 됐으모 천하를 호령할 끼거마는.'

중요한 용무에서부터 자질구레한 일까지 늘 억호 심부름을 다니는 양득은 곧 그 장소를 알아냈다. 그 고을을 제 손바닥 안같이 들여다보는 양득이었다.

불밭의 전시장

그림 전시장에 들어간 양득은 당장 기부터 죽었다.

그가 눈만 뜨면 보는 고을 풍경 그림이 벽마다 돌아가며 죽 걸렸는데, 꼭 실제 풍경을 고스란히 그대로 떠다가 옮겨놓은 것만 같았다. 그 안은 저잣거리처럼 인파로 넘쳤다.

'가마이 있자, 누한테 이약한다?'

그는 한참 이리저리 두리번거리다가 입구 가까운 곳에 놓여 있는 큰 탁자 쪽으로 갔다. 그곳에는 몇 사람이 의자에 앉아 무언가 진지하게 얘기를 나누는 중이었다.

'아, 저 여자는?'

무심코 그 속에 섞여 있는 어떤 여자를 본 양득은 깜짝 놀랐다. 그날 하루 임시휴업을 하고 온 나루터집 식구들이었는데, 당연히 비화도 그 자리에 와 있었던 것이다.

'우짠다?'

상전 집과 비화 집 사이의 일을 조금 알고 있는 양득은 잠시 머뭇거렸다. 주인과 원수라면 당연히 그 자신과도 원수인 것이다. 그런 자각이 일자 그는 경계하는 마음이 되면서 긴장감에도 싸였다.

그런데 양득 입장에서는 다행스럽게 비화가 그를 잘 알아보지 못했다. 임배봉 집안에서 부리는 그 많은 남녀 종들을 비화가 다 알 리는 없었다. 비화가 아는 얼굴은 고작 설단과 꺽돌 그리고 언네 정도였다.

'우쨌든 사 가야 된께네.'

양득은 전의를 다지듯 두 손으로 바지춤을 끌어올렸다. 그런 다음 마음을 가다듬은 후에 천천히 다가가서 물었다.

"그림을 살라모 오데 가서 말하모 됩니꺼?"

그러자 모두의 눈길이 양득을 향했다.

비화는 이상하다는 느낌부터 받았다. 매일같이 여러 직종의 사람들을 상대하면서 살아가는 그녀였다. 그는 얼핏 봐도 그림을 구입할 만한 신분이 아니었던 것이다. 물론 인간을 차별하는 것은 아니지만 그래도 말 갈 데 있고 소 갈 데가 있는 게 세상이다.

"좀 알리주이소."

행색도 그렇거니와 말투 또한 그랬다. 모든 면에서 아귀가 들어맞지 않는다고 해야 마땅했다.

'아, 그렇다모?'

비화는 이내 깨달았다. 그는 상전 심부름으로 온 종이 틀림없다고. 하지만 그 생각 끝에 비화는 또다시 고개를 갸우뚱했다.

'딴 물건 겉으모 모리지만, 그림을 사 갈라쿤다 아이가?'

비화는 직감적으로 그 젊은 사내에게서 위험한 빛을 읽었다. 왠지 몰라도 경계해야 할 인물로 다가왔다.

'그라모 상전이 직접 와서 보고 그림을 골라야제, 아랫것을 시키갖고 사 오라쿠는 거는 말이 안 되는 기라.'

비화가 계속 수상쩍다는 의심을 풀지 못하고 있는데 그 사내가 또 말했다.

"열 장 사 갈라쿱니더. 값이 우찌 됩니꺼?"

이번에는 비화는 물론이고 우정댁, 원아, 얼이, 송이 엄마 할 것 없이 하나같이 놀란 얼굴이 되었다. 그건 잠시 어디 다니러 간 안 화공이 들었어도 마찬가지였을 것이다. 저 고가의 그림을 열 장이나?

"열 장이라 캤는데……."

원아가 잔뜩 탐색하는 얼굴로 그에게 되물었다.

"우떤 그림들을 원하시는고 함 말씀해보이소."

그러자 그의 입에서 나오는 소리였다.

"최고 비싼 거로 해서 열 장 주이소."

"……."

서로의 얼굴을 바라보는 나루터집 식구들이었다.

"몬 들은 깁니꺼, 열 장예."

그가 재촉했다. 모두 입이 쩍 벌어지고 말았다. 도대체 허깨비가 와서 장난치고 있는 것인가? 그자 말은 처음부터 끝까지 말이 안 되는 소리였다. 그러나 말이 안 되는 그런 소리가 나오게 된 내막을 알게 되면, 그것은 말이 될 소리가 될 수도 있었다.

그건 배봉에게서 비롯되었다고 할 수 있다. 그는 억호에게도 속내를 감추었지만, 강득룡 목사로부터 그런 압력을 받고 나서 돈보다도 더 큰 걱정이, 어떤 그림을 사서 상납해야 할 것인가 하는 거였다. 다른 것도 그런 쪽이지만 특히 전문적인 안목을 요하는 그림에 관해서는 완전 무식쟁이인 배봉이었다.

그래 엣다, 내사 모리것다! 하고 무작정 억호한테 팍 떠맡긴 것이었는데, 그 나물에 그 비빔밥이라고, 억호 또한 그 방면에는 문외한이었다. 그리하여 억호가 기껏 궁리해낸 게 '촌놈이 장 보러 가서 물건 살 줄 모르면, 무조건 값이 비싼 것만 사면 된다'는 그런 억지논리였다. 세상 모든 물건, 심지어 사람도 비싸면 장땡이니, 제까짓 그림이라고 어디 다르겠느냐 멋대로 여겼던 것이다.

상전들이 그따위 난장판이니 그 밑에 있는 종들이야 오죽하겠는가? '가장 비싼 그림 열 장' 이야기는 그래서 나온 것인데, 나루터집 식구들로서는 꿈에서도 상상을 할 수 없는 일일 수밖에 없었다.

"아, 마침 저 오시네."

"쌔이 이리 함 와보이소."

안 화공이 나타난 건 그런 이상야릇한 분위기 속에서였다.

"……."

원아에게서 그 이야기를 전해 들은 안 화공은 아무 말도 하지 않고 양득 얼굴만 유심히 바라보았다.

'오데 사람을 첨 보나? 보기는 와 저리 봐쌌노?'

양득은 그 눈길이 몹시 기분 나쁘기도 하고 좀 께름칙하기도 했다. 그냥 그림이나 팔면 그만이지 모두 왜 저렇게 썩은 인상들인가 말이다.

석록 입에서 그런 말이 나올 줄은, 아무도 몰랐다.

"고마 가이소."

양득은 그만 얼떨떨한 표정이 되었다.

"예?"

그곳에 전시해 놓은 그림들이 놀라 바라볼 소리가 이어졌다.

"당신 겉은 사람한테는 내 그림 한 점도 팔 수 없십니더."

양득이 표독스럽게 돌변한 것은 순간적이다.

"머라꼬?"

"……."

"한 장도 안 판다꼬?"

"그렇소."

"흐."

"안 파요."

"……."

"몬 파요."

석록은 단호했다.

"시방 말 다 했나?"

양득은 한참 무엇을 먹는 중에 가까이 오는 사람을 발견하고 괴상망측한 소리를 내지르는 야생 수고양이처럼 으르렁거리기 시작했다.

"요것들이 내가 우떤 어른 맹넝을 받고 온 줄 알고 벌로 까부는 기가, 으잉?"

정해진 수순인 양 곧장 한바탕 소동이 벌어지기 시작했다.

"어?"

"각중애 와들 저리쌌노?"

"그, 글씨다."

그 당시만 해도 결코, 흔치 않은 그림 전시회인지라 빙 둘러서서 열심히 그림을 구경하던 이들이 모두 약속이나 있은 듯이 이쪽을 보았다. 그렇지만 사람들 시선을 의식할 양득이 아니었다. 상전 위상에 따라 하인들 세도도 달랐다.

남강 건너편 망진산 아래 '섭천 쇠'가 크게 웃을 소리지만, 그 고을 종들은 배봉 집안 종들에게 슬슬 기었다. 배봉이 부리는 종들은 다른 집의 종들 앞에서 제 딴은 주인 행세를 하려 들었다. 찬물만 아래위가 있는 게 아니라 종들도 아래위가 있는 모양이었다. 물은 낮은 곳을 모두 채우고야 흐른다는 말의 의미를 아는 이가 세상에는 몇이나 될는지.

그리고 무엇보다도 지금 양득은 이러고 있을 시간이 없었다. 우물에

불밭의 전시장 137

서 숭늉 찾는 억호는 벌써부터 이놈이 빨리 오지 않는다고 야단일 것이다. 어쩌면 아버지 독촉을 받고 방방 뛰고 있을지도 모른다. 억호는 단단히 타일렀었다.

"내가 니놈한테는 요만치도 안 기신다."

"예, 예."

자기 앞에서는 습관적으로 온몸을 굽실거리는 양득을 보면서 억호는 세상 최고의 비밀 정보를 알려주듯 했다.

"고을 목사한테 바칠 선물인 기라."

"헉! 목사……."

숨도 제대로 쉬지 못하는 종놈더러 한 번 더 명했다.

"그러이 돈은 달라쿠는 대로 주고, 퍼뜩 그림을 가지오란 말이다!"

양득은 더욱 떠받들어 모신다는 징표인 양 큰 소리로 말했다.

"잘 알것심니더, 서방님."

그곳으로 오면서 양득은 은근히 그 자신이 자랑스러웠다. 비록 하찮은 종놈 신세이기는 해도 억호 후광을 입고 어지간한 서민들이 부러워할 만큼 호의호식하며 살아가고 있다. 억호 명을 받고 왔다고 하면, 모두가 말을 높일 뿐만 아니라 머리까지 숙여 보일 때도 있다. 그런 융숭한 대접에 익숙해 있는 양득인지라, 한갓 천한 환쟁이 따위가 감히 자기 말을 거절하는 것을 결코 참을 수 없었던 것이다.

"요 행핀없는 것들아!"

그는 탄탄하고 두꺼운 가슴을 쑥 내밀고 입에서 침방울이 튀어나올 정도로 소리쳤다.

"그림을 사 갈라쿠는 가문이 우떤 가문인고는 내 말 안 하것다!"

"……."

전시회장 안은 물을 뿌린 듯이 조용해졌다. 그림 속에 나오는 그 고

138

을이 전부 침묵의 세계로 빠져드는 것 같았다.

"그라고 그 그림이 누 손에 들갈 낀고 알모, 너거들은 고마 모도 뒤로 발랑 나자빠질 끼다."

안하무인도 그런 안하무인이 없었다. 나이가 자기보다 위인 사람이 있는데도 그는 말을 높일 줄 몰랐다. 거기다가 공갈에다 협박까지 서슴지 않았다.

"잘몬하모 큰 갱(경)을 칠 수도 있은께네, 후딱 그림이나 내놔라."

멍석을 엮는 데 쓰는 마른 짚처럼 굵고 거친 양쪽 손가락을 활짝 펼쳐 보이기도 했다.

"최고 비싼 거 요리 열 장이다, 열 장! 알것제?"

비화는 혼자 이부자리 속에서 개헤엄 치는 식으로 노는 그자를 좀 더 찬찬히 훑어보았다. 제 행색에는 결코, 어울리지 않게 큰소리를 치고 있지만 이제까지 하는 짓이나 말투로 미뤄보아, 그녀가 처음에 판단했던 대로 양반은 아니고 중인과 평민보다 밑인 상것임이 틀림없었다.

'아, 해나 저눔이 해랑이한테 갖다 줘라꼬 효원이에게 패물을 준 바로 그 종눔 아일까? 억호가 지 수족매이로 부린다쿠는……'

비화 눈은 아주 정확하게 읽어내고 있었다. 대단한 가문인 양 마구 떠벌리는 그 가문은 필시 임배봉 가문을 말하고, 또 그림을 손에 넣으려고 하는 자는 강득룡 목사일 것이다. 배봉이나 억호가 이번에는 현금이 아니라 그림을 뇌물로 바치려 하는 것이다.

'그라모 이거는 더 큰 문제 아이가.'

비화가 그런 생각을 하고 있을 때 안 화공이 사내에게 말했다.

"내보담 나이도 더 에리 비이는데, 해쌌는 행동하고 말이 상구 엉망진창이거마는."

남을 배려하는 평소의 안 화공답지 않게 상대가 무어라 입을 열기도 전에 쏘아붙였다.

"입이 수챗구녕인 기라."

그 소리를 들은 양득은 그야말로 뜨거운 불에 덴 사람 같았다.

"머, 머시라? 수, 수챗구녕?"

석록은 잔뜩 업신여기듯 상대를 똑바로 바라보지도 않고 말했다. 멋
모르고 깽깽거리는 개를 쫓는 행동을 방불케 했다.

"내 당신하고 시비 안 하고 싶은께 고만 가소."

양득이 소금 끼얹은 미꾸라지처럼 날뛰었다.

"요것들이 간디이(간덩이)가 부어도 한거석 부었구마!"

그러자 그때까지 어른들 뒤편에 서서 주먹을 꽉 쥐고 얼굴이 붉으락
푸르락하던 얼이가 앞으로 나섰다.

"보자보자 한께, 에나 너모한다 아이가? 오데서 굴리묵던 개뼉다구
고?"

그 소리를 들은 양득은 그야말로 살인이라도 칠 품새였다.

"개뼉다구? 이, 이 개째끼들이야? 너거들 오늘 내한테 다 죽었다! 제
삿날이다!"

"오데서 미친개가 한 마리 기들어 왔거마는. 개 치는 사람 불러와야
것다."

"미, 미, 미친개?"

양득은 한 번 쐬면 무엇이든 즉시 고꾸라질 것 같은 독기를 내뿜듯
했다.

"조오타! 너거가 여서 그림 팔 수 있는가 보자. 벽에 붙어 있는 저것
들 모도 확 떼 내서 불살라삘 끼다."

이번에는 듣다듣다 못 한 원아가 합세했다.

"사람이 입이 붙어 있다꼬 지 하고 싶은 대로 싹 다 말하모 그거는 안

되제. 저기 우떤 그림인데 불살라뻰다이?"

같잖게 본 남자와 여자에게서 협공을 당한 양득은 허공에 대고 주먹을 휘두르며 심한 상소리를 제멋대로 퍼붓기 시작했다.

"니년이 콱 뒤지고 싶어 환장한 기가? 내가 누 지시를 받고 왔는고 아나, 으잉? 허, 요, 요, 요년이야?"

우정 댁이 원아를 밀치고 나섰다.

"니는 손우사람도 없나? 시방 누한테 니년 요년이고, 니년 요년이?"

양득은 보통 아랫것이 아니었다. 그 많은 상대를 맞아서도 기가 죽지 않았다.

"손봐줄 인간이 또 있었구마. 안 심심하것다."

그런데 바로 그때였다. 뜻밖에도 꺽돌과 설단이 모습을 드러낸 것은. 이날 그들 부부가 그곳까지 온 것은, 안 화공이 그린, 가매못을 전면에 내세운 그네들 초가집 그림을 보기 위해서였다.

"어?"

그들을 본 양득이 놀라 물었다.

"성님하고 행수 아이요? 요는 우찌 온 기요?"

설단의 눈이 화등잔만 해지고 꺽돌도 의외란 듯 되물었다.

"양득이 자네사말고 우짠 일고?"

꺽돌이나 양득이나 이해가 안 되기는 마찬가지였다. 지금 그 전시장에는 많은 사람이 있었지만, 그들 같은 종 출신은 없을 것이다.

"내 오늘 이대로 몬 가요."

양득이 이쪽 사람들을 집어삼킬 듯이 노려보며 말했다.

"내가 안 있소, 우리 억호 서방님 심부름으로 그림 사로 왔는데, 저것들이 몬 팔것다 안 쿠요."

일순, 모두의 얼굴에 경악의 빛이 확 번졌다.

'역시나 내 짐작이 딱 맞았다 아이가. 배봉이 집구석 종눔 아이모, 저리할 종눔이 오데 있것노? 에나 같잖다.'

그런데 비화가 생각을 오래 할 틈이 없었다. 홀연 꺽돌이 그 안이 쩌렁쩌렁 울릴 정도로 이렇게 고함친 것이다.

"억호? 그라모 양득이 니는, 억호 그눔이 시키서 그림 사로 왔다, 그 말이가?"

그러자 갑자기 뒤통수를 얻어맞고 잠깐 아찔함을 느끼는 것 같던 양득이 꺽돌 보다도 더 큰소리로 응수했다.

"억호 그눔이라이?"

성님이라고 부르는 꺽돌에게 욕지거리도 마다하지 않았다.

"씨팔! 내가 전번에 머라 쿠데? 누라도 우리 억호 서방님 욕하모 가마이 안 둔다 글 안 쿠더나? 성님 니라도 내 그냥 몬 있다."

사람뿐만 아니라 그림도 으스스함을 느낄 분위기였다. 하지만 꺽돌도 결코, 뒤로 물러설 기세가 아니었다.

"동상 니라도, 내도 그냥 몬 있다. 억호 그눔을 두둔할라쿠는 인간은 말이다."

"또 그눔?"

"내가 마이 봐줘서 그눔이다. 내 멤 겉애서는, 아, 고만두자, 내 입만 더럽거로 돼삔다."

"마이 봐줘서?"

"하모."

사태가 별안간 너무 이상한 방향으로 흘러가 버렸다. 양득도 환쟁이와의 싸움이 꺽돌과의 싸움으로 바뀔 줄은 상상도 하지 못했다. 꼬여버린 것부터 풀어야 한다.

그러나 지금은 그럴 여유가 없었다. 그때 그곳에서 가장 다급한 사람은 바로 양득이었다. 시간은 거기 그림 속 남강 물처럼 자꾸만 흘러가고 있다. 양득은 주먹으로 제 복장을 탕탕 치면서 말했다.

"성님 니하고는 담에 이약하자. 시방은 내가 엄청시리 바뿌다."

그러던 양득 시선이 꺽돌에게서 다시 안 화공 쪽으로 급하게 옮아갔다. 그는 활시위를 당기듯 했다.

"내 딱 한 분만 더 말하것다. 마즈막 갱고다."

그렇지만 안 화공은, 지금 남풍이 부나 북풍이 부나? 하는 투였다.

"들을 멤 없다."

양득은 소름이 끼칠 정도로 목소리를 잔뜩 밑으로 내리깔았다.

"그림 열 장 얼릉 싸라."

"억호라모 내는 더 몬 판다."

"니눔도 억호?"

"억만금을 싸들고 와도 안 팔 끼다."

"그라모 죽어도?"

"억호한테 넘길 그림 있으모, 지내가는 개가 물고 가거로 던지주것다."

급기야 양득의 분노는 극에 달했다. 벽에 걸린 그림들이 놀라 와르르 밑으로 떨어져 내릴 만큼 고함을 질렀다.

"이, 이, 이노무 쌔끼가? 니눔 심통을 팍 끊어놀 끼다!"

그러면서 화가 잔뜩 돋친 불곰처럼 안 화공에게 달려들려는 찰나였다. 누구도 예상치 못한 상황이 펼쳐졌다. 꺽돌이 번개같이 양득 앞을 가로막아 선 것이다.

"꼭 싸울라모 내하고 싸우자, 동상."

양득이 흠칫했다. 그러다가 그는 곧 화톳불을 연상시키는 시뻘건 얼굴로 외쳤다.

"에나 이랄 끼가?"

꺽돌이 낮게 응수했다.

"에나다."

"성님 니 내 손에 죽을라쿠나?"

"니나 더 살고 싶으모 이리쌌지 마라!"

그림 보러 온 사람들이 꺽돌과 양득의 주변을 겹으로 에워쌌다. 양득은 그 와중에도 참 알 수 없다는 빛이었다.

"성님 니가 와 나서갖고 이리쌌는 기고?"

흰자위 드러낸 눈으로 나루터집 식구들을 휙 돌아보며 물었다.

"저것들하고 우떤 사이고?"

꺽돌 눈이 얼른 비화 얼굴을 스치고 지나갔다.

"그랄 만한 이유가 있은께."

"그랄 만한 이유가?"

들어오는 사람은 보이는데 나가는 사람은 하나도 없었다. 꺽돌은 반문하는 양득 마음에 꼭꼭 심어주듯 말했다.

"내하고 아모 상관없는 사람들이모, 내가 비싼 밥 묵고 와 무담시 이런 짓 해쌌것노? 안 그렇나?"

양득은 뜨거운 철판 위에 선 사람처럼 팔짝팔짝 뛰었다.

"하! 미치것다! 미치것다!"

그 모습을 가만히 지켜보던 꺽돌이 자기 가슴을 칠 것같이 하며 말했다.

"내도 미치것다, 시방 니가 하는 거 본께."

양득은 함부로 날뛰다가 제풀에 몹시 숨이 가쁜지 고개를 숙인 채 한참 있다가 이윽고 다시 말했다.

"우쨌든 내는 얼릉 그림 사갖고 가야 된다 아이가. 그라이 퍼뜩 비키라.”

“몬 비킨다.”

꺽돌은 양득 앞을 더 막아섰다.

“안 비킨다.”

“머?”

관람객들이 한층 웅성거렸다.

“에나 자꾸 이리 해싸모…….”

“해싸모?”

누군가 천식이라도 걸린 것처럼 기침을 자지러지게 했다. 아마 지금 그곳 공기가 그만큼 숨 막힌다는 증거인지도 모른다.

“내 손으로 그림 떼서 가지갈 끼다.”

한데, 양득의 그 말이 미처 떨어지기도 전이었다. 그야말로 오싹 소름 끼치는 징그러운 웃음소리와 함께 이런 소리가 전시장 안을 왕왕 울린 것이다.

“그랄 필요 없다, 양득아. 내 손으로 하것다. 니도 비키라.”

모든 사람이 깜짝 놀라 소리 나는 곳으로 고개를 돌렸다. 그 순간, 비화의 숨이 턱, 막혔다. 비화뿐만 아니라 나루터집 식구들 얼굴이 하나같이 하얗게 변했다.

억호다!

그가 직접 그림 전시장에 모습을 드러낸 것이다. 억호는 지금 거기 있는 다른 사람들은 애당초 안중에도 없는 듯 양득에게만 다시 말했다.

“니눔 성깔도 한거석 죽어삣다.”

“예?”

“여 들옴서 니눔 하는 거 보고 실망이 컸다 고마.”

“서, 서방님…….”

양득 얼굴도 나루터집 식구들 못지않게 사색이 되었다. 평소 억호가 얼마나 모질고 독한 상전인가를 여실히 보여주는 증거였다.

"우쨌든 이런 소리는 난주 하고, 우선에 그림부텀 가지가야것다."

억호는 싸움에 나서기 전에 늘 하는 버릇대로 왼손등으로 오른쪽 눈 밑에 박힌 큰 점을 쓱 문질렀다. 그 동작은 보는 이들에게 위압감을 느끼도록 만들기에 모자람이 없었다.

"기다리다가 기다리다가 이몸께서 직접 행차하시거로 맨든 고 시건방진 그림들이 우떤 그림들인고, 오데 기경 한분 해보까?"

그러면서 억호는 힘이 넘쳐 보이도록 홱 몸을 돌려 그림이 붙어 있는 벽 쪽으로 가려고 했다.

"안 된다!"

그러자 거의 동시에 그렇게 말하며 억호 앞을 얼른 막아선 사람이 비화와 안 화공이었다. 두 사람 모두 그림을 지키기 위해 사생결단을 벌이려는 빛이 역력했다.

"내 하매 너것들이⋯⋯."

그러나 억호는 예상하고 있었다는 듯 조금도 흔들리지 않는 모습이었다. 그는 또렷한 목소리로 경고했다.

"그림이 목심보담도 소중하모 이래라."

비화와 안 화공을 번갈아 노려보며 최후의 통첩을 보내듯 했다.

"안 그렇다 싶으모 이리쌌지 말고."

또다시 관람객들 사이에 큰 소요가 일었다.

"줄초상 안 칠라모⋯⋯."

그 음성이 너무나 낮고 차분하여 듣는 사람 가슴이 흡사 퍼런 칼날에 대인 듯 서늘해질 지경이었다. 싸움판에서의 여유는 상대를 제압하는 기본이다. 그 순간에는 그러잖아도 거구인 억호 몸이 상촌나루터 흰 바위보다 커 보였다.

'이라모 안 된다.'

그 분위기에 절대로 압도당하면 안 된다고 스스로를 채찍질하며 비화가 입을 열려는데 안 화공이 먼저 말했다.

"내는 시방꺼지 살아옴서, 그림을 목심보담도 중하기 여겨왔소. 당신한테는 내 그림 한 점도 내놓을 수 없소."

"그으래에?"

"사람 말귀도 몬 알아묵것나?"

"몬 알아묵것다. 알아묵거로 해줘라."

비화는 금방이라도 억호 주먹과 발이 안 화공 몸에 창이나 화살처럼 사정없이 꽂힐 것 같아 정신이 없었다. 키만 장대같이 컸지 몸은 약한 안 화공은, 쇳덩이로 내려치는 듯한 놈의 일격에 당장 거꾸러지고 말 것이다.

그런데 억호는 비화가 예상하는 것보다도 훨씬 더 무서운 놈이 되어 있었다. 한층 능글능글해진 듯 안 화공 그 말에도 결코, 섣부른 짓부터 하지 않았다. 그는 전혀 높낮이 없는 어조로 말했다.

"니 목심이 열 개라모 자꾸 그리해라."

이번에는 안 화공이 즉시 무어라고 대꾸하지 못했다. 지금까지 살아오면서 남들과 싸운 경험이 없는 그로서는, 말이나 행동으로 상대와의 대결을 더 이어갈 재료가 동이 나버린 것 같아 보였다.

"그림 열 장 갖고 갈 끼라는 소리는 들었것제?"

억호는 얼핏 오래된 벗과 경치 좋은 곳을 나란히 거닐면서 정담이라도 나누고 있는 사람 같았다. 그가 짓고 있는 몸짓은 물론 목소리에서도 공격적인 기운은 조금도 전해지지 않았다.

"그림 한 장에 목심 하나, 우떻노?"

그러더니 날을 세운 눈빛으로 그곳 사람들을 매섭게 째려보며 스스로 탄복하듯 했다.

"에나 멋진 말 아이가. <u>으흐흐흐.</u>"

그림 속 봄날의 비봉산이 어쩐지 춥고 을씨년스러워 보였다. 분홍빛 꽃봉오리와 녹색 나뭇가지가 잿빛으로 퇴색되는 느낌마저 일었다.

"내, 내는……."

무어라 대거리하려는 안 화공을 말리며 비화가 나섰다. 뒤이어 소매를 걷어붙일 것같이 하면서 던지는 첫마디였다.

"예전에 내는 니한테 국밥도 안 팔라 캤다. 기억하제?"

"국밥……."

비화 말을 곱씹는 억호 눈빛이 이제까지와는 확연히 달라졌다.

"하모, 콩나물국밥."

비화 음성은 그대로였다. 그러자 비봉산의 꽃봉오리와 나뭇가지도 원래의 제 색깔들을 회복하고 있는 것처럼 보였다.

"그라이 그림은 더더욱 안 판다 안 쿠것나?"

운집한 사람들 사이에서 꿀꺽하고 마른침 삼키는 소리가 새 나왔다. 그런대로 바른말을 하면서 살 만한 위치에 있는 이들이었지만 억호의 악명에 주춤거리고 있을 것이다.

"그래서?"

억호 목소리가 건조했다. 비화는 여유롭게 거기 벽에 걸려 있는 그림들을 둘러보며 입을 열었다.

"특히나 여 있는 그림들은, 그냥 예사 그림들이 아이라서 더 그렇제."

"내도 그냥 보통 손님이 아이제."

"그라고 안 화공 이분은, 고관대작이 지 애첩 초상화 그리 달라 부탁해도 거절했다쿠는 소문도 몬 들은 기가?"

벽이 직각으로 꺾이는 구석 쪽에 걸려 있는 그 고을 옥봉리 향교 그림에서 금방이라도 글을 읽는 소리가 흘러나올 것 같았다.

"소문이고 대문이고, 이 억호한테는 안 통하는 이약이다. 딴 데 가서 알아봐라."

억호 목소리는 가뭄 때의 논밭처럼 여전히 메말랐다.

"내가, 천하의 이 억호가, 몬 들가는 문은 이 시상에 한 개도 없제."

그러더니 보기에 너무나도 경망스럽다고 여겨질 정도로 주먹과 발로 무엇을 세게 때리고 차서 무너뜨리는 시늉을 하며 겁을 먹였다.

"대궐문도 가리방상하다. 안 되모 뿌사뻐고(부숴버리고) 들간다."

그렇지만 억호와 맞서고 있는 비화 몸은 철옹성을 방불케 했다. 그녀는 수성군守城軍이 적군을 향해 화살을 날리듯 억호에게 말을 날렸다.

"한분 안 판다모 하늘 두 쪼가리 나도 절대 안 파실 분인께, 고만 돌아가갖고 니들이 지 에미보담도 더 귀하거로 여기쌌는 비단에나 폭 파묻히는 기 좋을 끼다."

"지 에미보담도?"

마침내 점잖은 양반인 척 행세하던 억호 안색이 돌연 바뀌더니 드디어 둘러썼던 가면을 벗어던지고 민낯을 드러내기 시작했다.

"온냐, 살인친다!"

억호 머릿속에 그가 아주 어릴 적에 세상을 뜬 친모가 떠올랐다. 그는 다른 어떤 소리보다도 죽은 친모를 들고 나오면 도저히 참지를 못했다. 천하가 혀를 휘휘 내두르는 개망나니인 그도 어머니에 대해서만은 효자였다. 그는 야수로 변했다.

"오늘 니년 에나 잘 만냈다!"

"사둔이 할 소리 한다!"

어느새 싸움은 비화와 억호 두 사람 몫으로 돌아가 있었다. 나머지 사람들은 너나없이 구경꾼 같았다. 나루터집 식구들도 마찬가지였다. 무려 수십 점이나 되는 벽의 그림들도 인간들의 다툼에는 더 관심이 없다는 듯 무연히 지켜보고 있는 것 같았다.

"내가 가지갈 그림 열 장만 냉기고, 그 남어치 그림들하고 니년을 함께 불태워서 없애삘 끼다. 흐흐."

그러면서 억호는 갈고리 같은 손으로 비화 어깻죽지를 맹금이 먹잇감 채듯 낚아채려고 했다. 비화는 황급히 몸을 피한다고 피했지만 이어지는 억호의 두 번째 공격에도 무사할 수는 없었다. 난폭한 억호 손이 어깨를 스친다 싶은 그 순간, 비화는 자신도 모르게 그만 두 눈이 감기고 말았다.

억호가 천하 개망나니라곤 해도 그 숱한 눈들이 모두 지켜보는 곳에서 여자에게 폭력을 휘두를 줄은 몰랐다. 무지막지한 사내 완력 앞에서는 아무리 대가 찬 여자라도 속수무책 당할 수밖에 없는 절박한 정황이 아닐 수 없었다. 그 순간만은 여걸이라고 알려진 나루터집 여주인도 없었다.

바로 그때다. 위기에 빠진 비화를 지켜주려는 수호신이 있었다. 어떤 무언가가 강렬하게 내뿜는 기운이 전해지는 것 같아 비화는 반사적으로 다시 눈을 떴다.

그것은 비화 자신과 억호 사이에 큰 바윗덩이 하나가 굴러드는 느낌으로 다가왔다. 곧이어 경사 급한 비탈을 굴러 내리는 바위가 내는 것 같은 소리가 뒤를 이었다.

"그 손목때기 몬 치우것나?"

귀에 익은 목소리, 얼이다.

"오데서 남자가 여자를 때릴라쿠노?"

비록 아직은 억호 덩치를 따라가지 못해도, 웬만한 장정들보다는 부쩍 체구가 커진 얼이다.

'아, 얼이가!'

처음에 비화는 얼이가 아니라 꺽돌인 줄 알았다. 아까 억호가 오기 전에는 억호를 두고 양득과 둘이 사생결단이라도 할 것처럼 하던 꺽돌이었다. 그렇지만 꺽돌은 억호를 매우 두려워한다는 사실을, 비화는 꺽돌의 행동을 통해 가슴 서늘하게 깨닫지 않으면 안 되었다.

'아즉도 상전하고 종이라쿠는 관계가 남아 있는 기까?'

그러자 얼이가 한층 더 대견하고 믿음직스러웠다. 하지만 얼이를 다치게 할 수는 없었다. 비록 억호보다 젊다고 할지라도 그의 맞수는 될 수 없을 것이다. 노상 싸움판을 휘젓고 돌아다니던 억호였다.

'그란데 큰이모는 또?'

그 와중에도 비화는 강한 의문에 사로잡혔다. 그렇게 자식을 애지중지하는 우정 댁이 그 위험한 처지에 놓인 얼이를 그냥 지켜보기만 하고 있었다. 그녀는 너무나 겁을 집어먹은 나머지 그 어떤 행동이나 말도 하지 못하는 지경에 이르고 만 것일까?

그러다 또 이런 생각도 들었다. 어쩌면 그 절박함을 감수하면서도 아들을 단련시키려는 깊고도 눈물겨운 뜻이 숨어 있는지도 모른다. 비화는 가슴이 뭉클해지면서 말했다.

"얼아, 옆으로 몬 비키것나? 니가 나설 자리가 아이다."

그러나 얼이는 비화 만류는 아랑곳하지 않고 억호와 겨룰 태세를 갖추면서 제법 굵직한 목소리로 말했다.

"남자끼리 함 붙어보자. 퍼뜩 뎀비라."

"머라? 남자끼리 함 붙어보자꼬?"

"와 겁나나?"

"으하하핫!"

"고마 웃어라. 웃어갖고 그냥 넘어갈라쿠는 기가? 텍도 없다 고마."

"대갈빼이 쇠똥도 안 마린 눔이 대배지기는(되바라지기는)."

그들이 그러고 있는 사이에도 전시장 안으로 사람들이 계속해서 들어오고 있었다.

"니 대갈빼이에는 말똥이 말라붙은 모냥이네?"

쇠똥에 바로 말똥이다.

"머라?"

"그기 아이모, 개똥!"

"개쌔끼가?"

"니는 개애비가?"

"쥑이삔다!"

"살리삔다!"

이제 얼이 입담도 여간이 아니구나 싶은 비화였다. 그만큼 장성했다는 증거일 것이다. 다시 억호의 일갈이 터져 나왔다.

"니눔 대갈빼이 쏙 뽑아갖고 남강 백사장에 던지삐야것다!"

그런데 그러던 억호가 갑자기 정색을 하더니 음성도 야릇하게 바뀌었다.

"가마이 있거라."

"……."

얼이가 약간 멀뚱멀뚱 하고 있는데 억호는 새로운 사실을 알고 흥분하는 빛이었다.

"그라고 본께, 니가 예전에 농민군 하던 고 천필구 새끼 아이가?"

그림들도 놀라 일제히 얼이를 바라보는 것 같았다. 억호는 믿어지지 않는다는 얼굴로 확인하려 들었다.

"맞제?"

얼이가 가슴팍을 쑥 내밀며 말했다.

"새끼지 범인지 오늘 한분 겪어봐라!"

"맞는갑다, 천필구 새끼."

억호는 적지 않은 충격을 받은 모양이었다. 눈 밑의 점이 파르르 떨리는 성싶었다. 그는 혼잣말로 중얼거렸다.

"지 애비 똑 빼박았다."

빙 둘러서 있는 사람들 눈에 그 싸움은 잠시 소강상태로 들어간 것처럼 비쳤다. 억호는 얼이 몸을 가늠해보듯이 하며 말했다.

"지 애비 닮아 덩발 하나 좋다."

"시방 머하는 기고? 머 밟았나? 혼자 구시렁구시렁 하거로."

"……."

얼이 말에는 아무 대꾸도 하지 않고 혼자 무언가를 골똘하게 생각하고 있던 억호 입에서 겨울 골짜기를 스치는 바람 같은 음산한 웃음소리가 새 나왔다.

"흐흐흐."

얼이는 상대가 꼼수를 부리기 위해 연막을 친다고 보고 좀 더 경계하는 태세를 취했다.

"우째서 구신 잡밥 묵는 소리 하고 있노? 더럽거로 기분 나쁘게 웃는다. 생긴 거도 기분 나쁘거로 생기갖고 말이제."

얼이가 그런 소리까지 했지만 억호는 쉽게 말려들지 않았다. 역시 보통내기는 아니었다. 그뿐만 아니라 도리어 목소리가 한결 착 가라앉았다.

"아즉 새끼라서 사람 말귀를 몬 알아묵는갑다."

"니는 늙어서 귀가 가삣는가베?"

"싸울 기분이 난다, 그 말인 기라, 요 피래미 쌔끼야!"

또다시 분위기가 일촉즉발, 사람들은 침을 삼켰다.

"말귀고 쇠귀고 한판 붙자!"

그런 말과 함께 크고 두꺼운 두 손을 억호 쪽을 향해 치켜들고 목을 잔뜩 노려보는 품이, 얼이는 짐승 모가지를 확 잡아 비틀려는 몸짓이었다. 그런데 그에 비하면 억호는 적어도 겉보기에는 전혀 싸울 품새가 아니었다. 공격 자세도 방어 자세도 취하지 않았다. 어찌 보면 허술하기 그지없는 모습이었다.

그러나 그건 상대를 유인하기 위한 야비하고 계산적인 술책이었다. 일부러 허점을 보이는 척 가장하여 상대가 달려들면 잽싸게 피한 다음에 곧바로 역공격을 가하는 게 억호의 놀라운 싸움 기술이었다. 지금까지 그 음흉한 술수에 속아 넘어가 당한 사람들이 하나둘이 아니었다. 내로라하는 쌈꾼들이 제대로 손 한번 써보지 못한 채 형편없이 픽 나가떨어졌다.

그런데 꺽돌도 억호의 그런 위장전술을 알고 얼이의 위험을 감지한 것일까? 뒤쪽에 숨듯 서 있던 그가 급하게 앞으로 나서며 외쳤던 것이다.

"얼이 총각! 잘몬하모 죽는 기라. 고만두는 기 좋것다!"

그러자 대뜸 따라나선 게 양득이다. 그도 상전 앞이어서 그런지 조금 전까지와는 완전히 다르게 꺽돌을 대했다.

"물러나라, 꺽돌이. 니는 내가 상대해주것다!"

양득의 그 말을 들은 억호는 마치 그제야 처음 발견한 것처럼 두 눈을 가느다랗게 뜨고 꺽돌을 한참 동안 바라보았다. 그러고는 누가 듣기에도 매우 과장된 목소리로 말을 걸었다.

"어, 꺽돌이 아이가. 꺽돌이가 이런 데 오다이?"

그런 후에 그의 시선은 우정 댁과 원아 사이에서 몸을 떨고 서 있는 설단을 향했다. 한층 끈적끈적한 소리가 억호 입에서 나왔다.

154

"그라고 본께 설단이도 와 있었거마는. 우리 설단이, 잘 사나?"

사람들 눈길이 일제히 설단에게 가 꽂혔다. 웅성거리는 소리가 뒤를 이었다. 설단은 그만 얼굴이 불타는 것같이 새빨개지면서 어찌할 바를 몰라 했다.

꺽돌은 솟구치는 분기를 이기지 못해 부르르 몸을 떨었다. 당장 억호가 상전의 권한으로 종인 설단을 희롱하는 장면이 나타나 보였다. 설단이 낳은 재업이가 제 아버지라고 억호 앞에서 꼼짝 못 하는 광경도 그려졌다.

"에잇!"

꺽돌은 그런 기합소리를 내며 자신도 모르게 억호를 겨냥해 바로 주먹이 나갔다. 억호는 피하지 않았다. 어느새 양득이 몸을 던져 꺽돌의 공격을 막아내고 있었다.

"비키라, 니는!"

억호가 꺽돌과 대결하려는 양득에게 소리쳤다.

"종눔 버르장머리는 상전이 곤치야 되는 기다!"

그래도 양득이 옆으로 비키기는커녕 곧바로 꺽돌을 공격하려는 빛을 거두지 않자 억호가 다시 명했다.

"니는 얼인가 하는 얼빠진 저 애송이나 손봐줘라!"

그림 전시장은 불밭처럼 뜨겁게 달아올랐다. 모두가 숨을 죽였다. 꿀꺽 마른침을 삼키는 소리가 여기저기서 났다.

억호와 꺽돌, 얼이와 양득의 이중경기가 막 펼쳐지려는 찰나였다. 거구의 네 사나이가 온몸으로 뿜어내는 섬뜩한 살기가 그 안을 매섭고 차가운 서리처럼 온통 뒤덮었다. 벽에 붙은 그림들도 얼어붙는 듯했다.

그런데 금방 벌어질 것 같던 그 싸움은 두 여자에 의해 잠시 늦추어졌다. 우정 댁이 얼이 앞을 막아서고, 설단이 꺽돌의 팔을 붙들며 소리 지른 것이다.

"이눔아, 내하고 싸우자!"

"지발 싸우지 마이소, 예에?"

우정 댁은 삿대질까지 해가며 양득에게 바락바락 악을 써댔고, 설단은 꺽돌에게 울면서 애원했다.

'안 되것다.'

비화는 어서 관아에 알려야겠다고 작정했다. 얼이와 꺽돌이 꼼짝없이 당할 것이다. 저들 적수가 되기에는 아직도 한참 부족했다.

'쌔이 관졸들을 불러와야것다. 큰일이 나것다.'

그곳에 모여 있는 관람객 중에서 싸움을 말려줄 만한 사람은 아무도 없었다. 그리하여 비화가 전시장 출입문 쪽을 향해 막 몸을 돌려세웠을 때였다.

"아!"

문득 그녀 앞을 막아서는 무수한 그림자들이 있었다. 일순, 비화는 그야말로 소스라치게 놀랐다.

'저, 저눔도?'

비화는 비명조차 제대로 지를 수 없었다. 몸과 마음이 그대로 굳어버렸다. 건장한 사내들을 좌우에 거느린 채 태산같이 떡 버티고 서서 무섭게 비화를 노려보고 있는 사람은 틀림없는 임배봉이었다.

'저눔꺼지 오다이?'

배봉도 억호가 강 목사에게 갖다 바칠 그림들을 빨리 가지고 오지 않자 그곳으로 달려온 모양이었다. 어쩌면 성급한 강 목사 독촉을 받았을 공산도 컸다.

'그라모 저것들은!'

삼엄한 공기를 불러일으키며 배봉을 호위하고 있는 자들은 그의 종들

과 가마꾼들 같았다. 나루터집 식구들 얼굴은 더없는 공포심과 당혹감
이 감돌았다.

"아부지가?"

억호도 아버지가 그곳까지 올 줄은 몰랐다는 눈치였다. 배봉이 잔뜩
못마땅한 표정으로 아들을 향해 크게 질책하는 어조로 입을 열었다.

"새로 그림을 그리서 갖고 와도, 열 분은 더 갖고 왔것다."

얽힌 일을 풀어서 해결해주는 해결사로 자임하듯 했다.

"머가 문제고?"

억호가 몹시 난감한 표정을 지으며 더듬거렸다.

"그, 그기예……."

배봉이 머리끝까지 화난 목소리로 다그쳤다.

"그기고 저기고 머시 문젠고, 얼릉 말해봐라!"

그러자 양득이 손가락으로 안 화공을 가리키며 억호 대신 고했다.

"저 환재이가 그림을 안 팔라 캐서……."

그 말이 다 끝나기도 전이었다.

"머라? 그림을 안 팔아?"

배봉의 눈꼬리가 험악하게 치켜세워졌다. 보는 사람 심장이 '뚝' 멎어
버릴 정도로 무서운 상판이었다. 나이를 먹어갈수록 악마성이 짙어가는
듯했다. 그에게서 풍기는 아슬아슬한 기운은 다른 사람들을 불안하게
만들었다.

그런데 배봉은 그때 당장은 그림보다도 비화가 더 눈에 들어오는 모
양이었다. 그는 힐끔 비화를 보면서 능글능글하게 내뱉었다.

"참말로 오랜만이다, 비화야."

"……."

배봉은 비화 쪽으로 한 발을 더 내디뎠다.

"와 아모 말이 없노? 히히히. 국밥집 때리치우고 환재이가 될라쿠는 기가?"

안 화공 안색이 싹 바뀌었다. 비화가 배봉을 상대로 처음으로 입을 열었다.

"사둔 넘 말 한다더이, 비단장사 때리치우고 싶은가베?"

그때쯤 사람들 시선은 하나같이 배봉에게 못 박혀 있었다. 배봉은 공포과 질시의 대상인 동시에 동경과 부러움의 표적물이기도 했다.

"비단장사가 부럽기는 한갑다."

그렇게 대거리하고 나서 배봉은 작은 눈을 끔벅끔벅하면서 옆에서 공손히 모시고 서 있는 자들을 돌아보며 물었다.

"우리 조선국에 여자 환재이도 있나, 없나?"

호위꾼들이 우물쭈물했다. 관람객들도 서로 얼굴을 마주 보았다.

"무식한 소리는 골라감서 하고 있거마."

비화는 배봉을 깔보는 눈초리로 노려보며 좀 더 조롱조로 나갔다.

"하 목사는 돈을 좋아하더이, 강 목사는 그림을 좋아하는가베?"

"하하하. 머 그리 가를 거 없다."

배봉이 너털웃음을 터뜨리며 응수했다.

"두 목사 모도 여자를 더 좋아한다, 와?"

지금 그 안에 모여 있는 사람들을 조금도 개의치 않고 그냥 제 하고 싶은 대로 나불대는 배봉이었다.

"이것 보소."

그때 안 화공이 앞으로 나서며 배봉에게 단언했다.

"내 누차 이약하지만도, 당신들한테는 그림 몬 파요."

"몬 팔아?"

배봉 낯빛이 확 달라지면서 와락 소름 끼치는 소리로 협박했다.

"그라모 니 목심을 팔아야 할 끼다."

"내 그림, 내 목심이오. 넘이 벌로 몬 하요."

어깨에 잔뜩 힘을 넣은 채 듣고 있던 억호와 양득이 안 되겠다는 듯 거의 동시에 입을 열었다.

"그림을 떼 내까예, 아부지?"

"맹넝만 내리시소. 저 그림들 모도 집으로 가져가것심니더."

비화는 눈앞이 캄캄해져 왔다. 그들이 벽에서 그림을 뜯어내는 건 한순간의 일일 것이다. 그것도 함부로 떼 내는 통에 제대로 성해 날 그림 한 점 없을 것이다. 저 그림들이 어떤 그림들인데.

'무담시 내 땜새 저 귀한 안 화공 그림들이 수난을 당하기 생깃다.'

그런데 이게 웬일인가? 실로 믿기 어려운 뜻밖의 경악스러운 일이 다음 순간에 벌어졌다. 억호와 양득의 말을 들은 배봉이 고개를 살래살래 흔들며 이렇게 말했다.

"아이다. 고마 놔 뚀라."

이쪽 사람들이고 저쪽 사람들이고 구별 없이 그곳에 있는 모두가 어리둥절해하고 있는데 말도 안 되는 소리가 이어졌다.

"방금 내한테 기똥차거로 좋은 생각이 딱 떠올랐다. 저것들이 저 그림들 모도 들고 지 발로 우리한테로 오기 될 끼다. 킬킬."

그러고는 배봉은 그대로 돌아서서 전시장을 걸어 나가기 시작하는 게 아닌가?

"......"

너나없이 믿어지지 않는 그 광경에 혼을 빼앗긴 모습들이었다. 배봉이란 인간을 놓고 볼 때 도무지 있을 수 없는 상황이 바로 눈앞에서 일어나고 있는 것이다. 그림들도 위기를 넘겼다는 듯 안도의 한숨을 내쉬고 있는 것 같아 보였다.

"아부지!"

"나리!"

억호와 양득이 배봉 뒤를 따라가면서 놀란 목소리로 불렀다. 그러자 배봉이 거느리고 온 다른 사내들도 모두 쭈뼛쭈뼛 그 뒤를 따른다. 배봉은 더는 아무런 말이 없이 계속해서 바깥쪽으로만 발을 옮겼다.

비화는 지금 눈앞에서 벌어지고 있는 그 사태를 도저히 믿을 수 없었다. 배봉이 저렇게 순순히 물러나다니? 이게 꿈인가 현실인가? 꿈이라도 있을 수 없는 일이다.

'시상 살다 보이…….'

비화는 너무나 혼란스러운 와중에도 돈을 주고도 살 수 없는 새로운 경험 하나를 쌓은 느낌이었다.

'이래서 옛날부텀 오래 살아온 어른 말 잘 들으모 자다가도 떡 얻어묵는다 캤으까?'

어쨌거나 이보다 다행한 일은 없었다. 모두가 멍한 가운데서도 참 잘됐다는 빛을 보였다. 그림들이 무사한 게 기적이었다고, 돌아들 가서 후일담으로 삼을 것이다.

그러나 그게 아니었다. 비가 온 후에 햇살이 나기도 하지만, 햇살이 비친 후에 비가 올 수도 있는 게 세상이었다.

적은 눈에 보이는데

무려 여남은이나 되는 그 고을 관아 포졸들이 나루터집으로 우 한꺼번에 들이닥친 것은 하루 중 손님이 가장 많은 점심때였다. 아닌 밤중에 홍두깨라더니, 그야말로 이건 아닌 대낮에 육모방망이였다.

"누가 이집 주인이냐? 썩 앞으로 나서거라!"

그들 가운데 우두머리로 보이는 자가 나루터집 안이 흔들릴 정도로 소리쳤다. 체구는 보통인데 목에 쇠 방울이라도 달았는지 목소리가 여간 우렁차지 않았다. 어쩌면 목소리 덕분에 그만큼 높은 자리까지 올라갈 수 있었지 않았나 싶을 지경이었다.

"흐, 이기 뭔 일고?"

"그, 그런께 말입니더, 성님."

경악한 나루터집 식구 중에서도 가장 덜덜 떠는 사람이 우정 댁과 송원아였다. 그날의 절박하고 무서운 기억이 고스란히 되살아났던 것이다.

임술년 그해, 천필구와 한화주가 은신해 있는 곳을 대라며, 눈알 시뻘겋게 치뜨고 죽일 듯이 매섭게 을러대던 우병영 군사들. 원아는 인질로 잡혔고, 우정댁 모자는 필구 대신 붙들려가기도 했었다. 아직도 그네들을 악몽에 시달리게 하는 그 공포의 시간들을 어찌 잊을 수 있겠는가?

"음."

포장捕將의 매같이 날카로운 눈이 가게 입구 계산대에 앉아 있다가 소스라치며 급하게 일어나는 재영을 집어삼킬 듯이 쏘아보았다. 재영은 그만 사색이 돼버렸다. 심약한 그의 천성이 되살아나는 듯했다.

"잠깐만예."

비화가 앞으로 나섰다. 치마폭에서 '씽' 하고 바람 소리가 났다.

"무신 일입니꺼?"

그 돌발 사태에도 전혀 흔들림이 묻어나지 않는 담담한 어조로 물었다.

"저희 집에 포졸님들이 오실 이유가 하나도 없을 낀데……."

한양 말씨를 쓰는 포장이 약간 놀랍다는 얼굴로 말했다.

"허, 여자가 쥔인 모양이군."

아마 그는 그곳에 부임해온 지 얼마 지나지 않은 듯싶었다. 좀 오래 있은 사람 같으면 근동에서 유명한 나루터집 주인 비화를 모를 리 없었다.

"잘들 듣거라."

포장은 무슨 일인가 하고 호기심과 놀람이 섞인 눈길로 이쪽을 보고 있는 손님들을 쭉 둘러보고 나서 말을 계속했다.

"투서가 접수됐느니라."

많은 손님들로 북적거리는 밥집 안을 눈여겨보며 통보했다.

"이집이 세금을 포탈했다는 투서다."

너무나 천만뜻밖의 말이 아닐 수 없었다. 누군가 드러나지 않은 사실이나 잘못을 적어서 몰래 요로要路에 보냈다는 게 아니냐?

"예에?"

나루터집 식구들이 깜짝 놀라 서로의 얼굴을 마주 보았다. 심장이 얼어붙은 그들 속에서 이번에도 그나마 입을 열 수 있는 사람은 비화였다.

"우리가 세금을 포탈했다쿠는 투서가 접수됐다, 그런 말입니꺼?"

포장은 튼실해 보이는 두 다리로 땅을 굳게 딛고 서서 똑똑한 어조로 통보했다.

"그렇다. 지금부터 바로 특별세무조사에 들어갈 것이니 그리 알라!"

우정 댁이 억울함을 이기지 못하겠다는 듯 몸을 크게 떨며 간신히 말했다.

"마, 말도 안 되는 소립니더. 우, 우리는 이 장사 시작하고 나서, 내, 내야 할 세금을 안 낸 적이 한 분도 없심니더. 그, 그란데 무, 무신?"

원아도 울먹이며 가까스로 우정 댁을 거들었다.

"맞아예. 꼬빡꼬빡 다 냈어예. 이거는 누가 우리를 모함한 기라예."

마당 가 대추나무에서 참새 떼들이 시끄럽게 조잘거리고 있었다. 얼굴이 말대가리 형상을 한 포졸이 매몰차게 말했다.

"요 여자들이야? 무신 잔말들이 그리키나 짜다라 늘어졌노? 그라지 말고 이집 장부부텀 내놔봐라꼬."

비화가 포장에게 말했다.

"좋심니더. 필요한 장부가 머신고 요구하시모 다 비이드리것심니더."

그런 다음 비화는 천천히 식구들을 돌아보며 침착한 목소리로 안심시켰다.

"모도 장사들 하이소. 이 일은 내가 알아서 할 낀께네예."

힘꼴깨나 쓰게 생긴 다부진 체격의 포졸이 혼자 중얼거렸다.

"여자가 당차거마는. 하지만도 죄상이 드러나모 이집은 끝장인 기라. 문을 닫아야 한다, 그거제."

'그눔이다.'

비화는 바로 알았다. 배봉의 짓이란 것을. 며칠 전 그가 그림 전시장에서 그냥 얌전하게 물러갔을 때부터, 벌써 무슨 사태가 닥쳐오리란 것을 알고서 마음의 준비를 단단히 하고 있던 참이었다. 하지만 이런 식으로 걸고 들다니.

'강 목사가 올매나 받아 처묵고, 밑엣것들한테 이 짓 해라꼬 지시했으꼬?'

곱씹어볼수록 한층 분하고 불안한 마음이 일었다. 여기저기서 손님들이 낮게 수군거리는 소리가 비화의 신경을 더욱 날카롭게 했다.

'하지만도 꼬투리가 있어야 잡아내제.'

평소에 법을 지키며 산다는 것이 얼마나 중요한 일인가를 실감케 하는 순간이었다. 어느 스님의 말씀처럼, '평상심이 곧 도道'라고 하듯이.

'모돌띠리 탈탈 털어 봐도 우리걸이 미금(먼지) 하나 안 나거로 양심적으로 장사한 집도 조선팔도에는 없을 끼다.'

비화는 자신이 있었다. 나루터집의 모든 명예를 걸고 대응할 것이다. 다만 한 가지 적잖게 마음에 걸리는 것은, 이날 소동을 지켜본 손님들이 상세한 내막도 잘 모르면서 엉뚱한 헛소문이나 함부로 흘리고 다니지 않을까 하는 거였다. 한 사람 입이 얼마나 무서운지 비화는 알고 있었다.

'그것도 그렇고……'

그뿐만이 아니다. 긴장되는 게 또 있다.

'준서 아부지가 했던 일도 문제다. 허나연이 그 여자한테 줄라꼬 빼돌린 돈……'

조금 전에 포졸들 있는 데서 크게 울먹거리며 아내를 부르던 남편 목소리가 되살아났다. 무척이나 두려움과 걱정에 싸인 음성이었다.

'우리를 쥑일라꼬 작심한 배봉이 손아귀에서 무사할 수 있으까?'

한 번 콱 물었다 하면 여간해선 놓아주지 않는 투견처럼 너무 지독하고도 끈질긴 인간이 배봉이었다. 오죽하면 사람들이 배봉더러 전생에 독사였을 거라고 하겠는가 말이다.

'해나 요분 특밸세무조사에서 머가 쪼꼼이라도 잘몬되모 우짜노.'

악마의 검은 그림자가 눈앞에 막 일렁거렸다. 참새들 눈에도 그것이 보이기라도 했을까? 거기서 도망치기라도 하듯 한꺼번에 대추나무에서 떠나 우우 날아가고 있었다. 강 쪽에서 들리는 물새 울음소리도 무언가에 쫓기는 것처럼 느껴졌다.

'시방꺼정 애터지거로 쌓아온 모든 기 싹 다 무너져삔다 아이가. 회생할 방도가 없제. 끝인 기라.'

포장의 명령을 받은 포졸들이 이곳저곳으로 분주하게 움직이는 발걸음 소리가, 비화 가슴에는 사나운 말무리가 어지러이 치닫는 말발굽 자국으로 찍히고 있었다.

'야옹, 야옹.'

이웃한 밤골집에서 키우는 '나비'가 언제부터인가 나루터집 지붕 위에 올라앉아 눈 아래 포졸들을 내려다보면서 비웃는 듯 나무라는 듯한 소리를 내고 있었다.

그날 밤은 달빛이 유난히 흐리멍덩했다. 쌀뜨물을 허공중에 이리저리 흩뿌려 놓은 것 같았다.

남강이 검푸른 눈을 뜨고 쉴 새 없이 뿜어내고 있는 물이끼 냄새도 무척 독하게 스쳐왔다. 강가에 사는 사람들의 후각을 모조리 마비시켜버리려고 벼르고 있는 게 아닐까 싶을 지경이었다.

"……."

어수선한 가운데 하루 장사를 마치고 비화가 아무 말 없이 장롱 속에 든 가족들 옷가지를 정리하고 있을 때였다. 준서와 나란히 누워 있기에 잠든 줄 알았던 재영이 부스스 일어나 앉더니 밤빛만큼이나 어두운 음색의 목소리로 말했다.

"내 만약을 생각해서 당신한테 기억시켜 놓을 끼 있소."

비화는 손으로는 옷을 챙기면서 고개만 돌린 채 물었다.

"만약이라쿠는 거는, 저 특별세무조사로 일어날 수도 있는, 그 우떤 만약을 말씀하시는 깁니꺼?"

방문 문풍지가 파르르 떨리고 있었다. 그것은 얼핏 사람의 흰옷 자락이 바람에 조금 날리는 것 같은 인상을 던져주고 있었다.

"그렇소."

그 짤막한 대답을 하는데도 숨이 가빠 보이는 재영 또한 여간 마음이 조급하고 초조하지 않은 모양이었다. 할 수 없을 것 같은 말을 꺼낸 것이다.

"이거는 당신이 이약해도 내가 피해 갈 부끄런 과거사인데……."

밤 물새 우는 소리가 방문에 와서 부딪쳤다. 새들도 불면증에 걸리는 걸까? 극히 짧은 순간 비화의 머릿속을 훑으며 지나는 생각이었다. 재영의 고개가 자꾸만 아래로 처져 내리고 있었다. 그런 남편 모습을 그저 지켜보아야만 하는 비화 심정이 더없이 착잡하고 참담했다.

"장사해서 번 돈을……."

천장이 갑자기 높아졌다가 갑자기 낮아지는 것 같았다. 비화의 그 환각에 사방 바람벽도 문득 다가왔다가 멀어지는 듯했다.

"그 돈을, 내가 여러 차례나 빼돌린 적 안 있소."

"……."

재영이 말했다. 비화는 아무런 말도 하지 않았다. 그의 말마따나 정말이지 두 번 다시는 떠올리기 싫은 기억이다. 돌아서면 부부도 남이라지만, 지금 두 사람은 그런 처지까지는 아닌데도 그렇게 서먹할 수가 없었다. 재영 음성은 갈수록 떨렸고, 얼마 전에 비화가 새로 갈아 놓은 호롱 심지의 불도 덩달아 흔들렸다.

"만에 하나, 해나 그 돈 땜에······."

재영은 말끝을 맺지 못했다. 비화는 한숨을 삼키며 입에 칼을 무는 심정으로 솔직히 말했다.

"예, 그거는 그랄 수도 있을지 모립니더."

재영이 확인하듯 반문했다.

"그랄 수도?"

"예."

재영이 움찔하는 것이 비화 눈에 똑똑히 잡혔다. 그렇다고 현실을 거부하고 부정할 수도 없었다. 피할 수 없는 일이라면 차라리 과감히 부딪쳐야 한다. 뒤나 옆에 이미 나 있는 길이 없다면 앞으로 길을 새로 내지 않으면 안 되는 것이다.

"수입금하고 지출금을 대조해나가다 보모······."

그렇지만 각오와는 다르게 비화 말끝도 끊어지고 흐려지기만 했다. 하늘에 떠 있는 해나 달처럼 명확하게 기록해 놓은 수입금과 지출금이었다.

"내가 저 베름빡에 대가리를 탁 부딪쳐서 죽을 늪이오."

재영의 목소리는 캄캄한 동굴만큼이나 깊고 어두웠다. 비화는 지금 그들이 있는 그곳이 방이 아니라 동굴, 아니 더 솔직하게 털어놓자면 저 뇌옥 같다는 생각에서 벗어날 수가 없었다. 남편이 죄인이라면 아내인 그녀 역시 죄인인 것이다.

"아이라예."

재영이 눈을 들어 비화를 보려다 말고 한층 고개를 수그렸다.

"시방 그 말씀, 잘해주싯심니더."

비화 그 말에 재영은 더 몸 둘 곳을 모르겠는 기색이었다. 비화는 그 말이 되레 고맙다고 했다.

"지는 고마 그 사실을 깜빡하고 있었지예. 그보담도……."

비화는 거짓말을 했다. 그러고는 자신도 모르게 튀어나올 뻔했던 나중 말을 얼른 도로 집어삼켰다. 상황만 더욱 나쁘게 몰아갈 뿐이지 아무런 득도 될 게 없다.

'아모리 안 좋고 다급한 행핀에 처해지더라도 절대 판단이 흐리지모 안 되는 기라. 무신 화를 자초할라꼬 이라노.'

그녀 입에서 하마터면 '동업'이란 이름이 나올 뻔했던 것이다. 비화 마음속에 항상 녹슨 대못같이 깊숙이 박혀 도무지 빼버릴 수 없는 게 그 아이 문제였다. 제아무리 뇌리에서 내몰려고 갖은 애를 써도 생각하지 않을 수 없는 일이었다.

한 하늘 아래 결코 같이 머리를 둘 수 없는 저 철천지원수 집안에 업둥이로 들어간 남편의 아이, 동업.

아직은 배봉이나 점박이 형제 그늘에 가리어져 없는 듯 숨어 있는 존재지만, 장차 더 장성하여 동업직물 후계자 자리에 오르게 되는 날, 그 아이는 절대로 치워버릴 수 없는 엄청난 바윗덩이로 앞을 막아설 것이다.

'그뿐이모 괘안커로?'

허나연도 매한가지였다. 혹 한때 불륜을 맺었어도 그 밑에 딸린 자식이 없다면야, 세월 가면 한순간의 미친바람이었다고 그냥 넘길 수도 있다. 어쩌면 부부지간에 애정보다도 더 소중하고 필요한 게 이해와 포용일 수도 있으리라.

그렇지만 그 남녀가 만들어 놓은 핏줄이 있을 때, 그 핏줄은 영원히 끊어버릴 수가 없는 밧줄이 되어 남녀를 꽁꽁 묶는다. 세상이 그 무어라고 하든, 그 아이 입장에서는 아버지이고 어머니가 아닌가. 자식이라면 그에게 피와 살을 물려준 부모를 함께 모시며 천년만년 살고 싶을 것이다.

'아!'

그런 생각 끝에 비화는 화들짝 놀랐다. 만약, 만약에, 동업이 재영과 나연을 그의 부모로 모시고자 하는 날이 온다면 어떻게 할 것인가?

'그라모 세 식구, 세 식구로……'

그렇게 된다면? 아, 이번 특별세무조사라는, 배봉의 칼날과는 비교가 되지 않을 섬뜩한 무기가 커다란 덫처럼 노리고 있다.

"여보."

"……."

불러도 비화가 대답이 없자 재영은 한층 기어들어 가는 소리로 말했다.

"당신이 말은 그래도……"

방안 세간들이 숨을 죽인 채 듣고 있는 것 같았다.

"그 돈이 상구 염려되는갑소."

희미한 호롱 불빛 아래서 봐도 여간 창백해 보이지 않는 비화에게 재영이 그저 용서 빌듯 아니면 자책하듯 말했다.

"인자 내는 두엄 썩는 내미보담도 돈 내미가 더 맡기 싫소."

비화는 그 어떤 소리도 듣지 못한 것처럼 하고 있었지만 속으로 한없이 울부짖었다.

'그 돈 땜에만 우리가 이리하모 증말 올매나 좋것심니꺼? 하지만도 그런 기 아인께 문제 아입니꺼? 먼 훗날에 벌어질지도 모를 그 일을 떠올리모, 내사 살아갈 멤이 모돌띠리 없어지삐는 거, 당신이 우찌 알것심니꺼?'

비화는 피를 삼키듯 울분과 고통을 삼켜야 했다.

'당신이 우짜다가 고만 맹글어 논 동업이 그 아하고 우리 준서는 또

우짭니꺼? 행재간, 배다린 행재간 아입니꺼? 그 둘이 웬수가 될 운맹이
니 우짜모 좋십니꺼, 예에?'

그때 재영이 등 뒤에서 비화를 부르며 두 손으로 그녀 몸을 안아왔다.

"여보."

비화는 경악했다. 남편의 숨결 속에서 그대로 그녀의 숨이 끊어질
만큼.

'내가, 내가…….'

그게 언제부터일까? 남편 손길에서 아무런 감정도 느낄 수 없게 된
것은. 준서 아래로는 다시 아이가 들어서지 않는 것은, 그녀 몸의 이런
반응이 몰아온 결과일지도 모른다는 아찔한 생각이 들었다. 그렇다면,
그것이 사실로 맞아떨어진다면, 참으로 비극이면서도 무서운 일이 아닐
수 없었다.

재영이 슬그머니 비화의 몸을 도로 풀어 놓았다. 그리고 때를 같이하
여 그들은 아뜩한 거리감을 맛보아야 했다. 멀고도 먼, 타인들 같았다.

'우짜모 내라쿠는 여자는…….'

비화는 부르르 몸을 떨었다. 어쩌면 자식 못 낳는 석녀보다 한층 더
불행한 여자가 남편 앞에서 이런 반응을 보이는 여자이리라. 아아, 이
비화는 정녕 불감증이 돼버린 것인가? 그렇다면 억호 재취가 된 해랑
은?

비화는 재영이 경악한 눈으로 자신을 바라보고 있는 것도 모른 채 광
녀같이 함부로 목을 흔들어댔다. 머릿속이 울렁울렁했다. 머리털이 뭉
텅뭉텅 빠져나가는 듯했다.

해랑은, 자신의 모든 것을 산산조각이 나게 한 사내를 지아비로까지
받아들인 그녀는, 무슨 여인인가? 이 비화가 통나무 여인이라면, 해랑
은 불꽃의 여인인가?

170

통나무와 불꽃이 만나면 어떻게 되나? 타서 없어지는 것은 통나무. 그 통나무를 재물로 삼아 더한층 활활 그 기세를 높이는 불꽃일 것이다.

천만 번 다행한 일이었다. 길 가는 아무나 붙들고 서서 고맙다고, 너무나 고맙다고, 그저 감사 인사를 하고 싶을 정도였다.

특별세무조사에서는 어떠한 탈세 행위도 잡히지 않았다. 지옥문 앞에까지 갔다가 돌아온 기분이 그럴 것이다.

'이 좋은 기회를 놓치다이? 흐, 미치것다.'

아무런 비리도 밝혀내지 못한 것을 안 배봉은 더없이 억울해할 것이다. 그렇지만 절대로 포기하진 않을 것이다.

'두고 봐라, 요것들아!'

새로운 칼을 준비하고 있을 수도 있다. 피를 보아야 직성이 풀릴 인간 말짜가 배봉이다. 그의 눈에는 세상이 자기 안방으로 비칠지도 모른다.

"아, 하느님하고 부처님께서 도우신 기요."

"예."

"그기 아이모, 남강 물속 용왕님이나 우리들 조상님 덕이고요."

"맞심니더."

재영은 어쩌면 그 돈으로 말미암아 일어날지도 몰랐던 그 '만약'이 기우로 끝나자 여간 안도하고 좋아하는 빛이 아니었다. 그 모습이 하도 어린아이와도 같아서, 그를 지켜보고 있는 사람들 눈에는 대체 저런 사람이 어떻게 바람을 피우고 돈을 훔치고 다녔을까 싶을 정도였다.

그러나 비화는 달랐다. 아무리 그게 아니라고 부정하고 싶어도 배봉의 세도에 기가 죽고 말았다. 관아에서 특별세무조사를 나오게 할 정도로 막강한 그의 힘을 잘 확인시켜준 이번 사건이었다. 결론은, 나루터집은 동업직물의 상대가 아니었다. 그렇다. 비단과 콩나물국밥은 그 차원부터 같을 수가 없는 것이다.

'그라모 모든 싸움은 인자 모돌띠리 끝나삣다쿠는 기까? 애당초 첨 시작할 때부텀 끝이 빤했던 싸움.'

하지만 비화는 마음을 다잡았다. 원한의 불길을 더더욱 크고 높게 지폈다.

'돈, 돈, 돈. 돈아, 돈아, 돈아……'

돈에 환장한 여자로 바뀌어버렸다. 그야말로 돈 때문에 돌아버렸다. 남편도 자식도 도시 안중에 없어 보였다. 돈, 돈이 그녀의 종교요 철학이요 삶이었다. 심지어 동업마저도 돈 앞에서는 슬슬 뒤로 물러서고 있는 게 비화의 마음속 그림이었다.

나루터집은 어찌 용케 피해 갔지만 안 화공 그림은 결코 무사하지 못했다. 뒤에 들으니, 배봉은 강득룡 목사를 앞세우고 그림 전시장에 다시 나타났다고 한다. 그것도 전쟁터에 출전하는 군사처럼 온갖 무기로 중무장까지 시킨 부하들을 이끌고서였다.

이번만은 안 화공으로서도 어쩔 수 없었다. 어쨌든 간에 한 고을 목사가 직접 행차하여 사려고 하는데, 한갓 환쟁이 신분으로서 그것을 거절할 명분이나 힘을 어디로 가서 얻겠는가? 하지만 그러지 못한 대신에 안 화공은 철저한 사기꾼이 되는 것으로 분을 반은 풀었다고 했다.

"배봉이 고 인간, 안 화공이 한 점 한 점 그림값을 부를 때마당, 우거지 씹은 상판은 고마 저리 가라데?"

원아는 자기가 짐작했던 만큼 좋아하지 않는 비화를 보자 약간 의아해하는 표정으로 이런 말도 슬쩍 흘렸다.

"준서 옴마가 그리해쌌는 배봉이 고 꼬라지를 꼭 봤어야 했는데 아깝다."

비화는 그러는 원아가 어쩐지 낯설게만 여겨졌다. 어지간해선 남을

172

험담하지 않는 원아도, 안 화공 그림과 관련된 그 일에 대해서만은 달랐다. 여하튼 그 소리를 듣자 비화 마음도 조금은 풀렸다. 그리하여 두 번 다시는 이런 불상사가 생기지 않기를 바라는 심정으로 말했다.

"앞으로 모든 일이 다 잘 안 되까이예."

그러나 비화는 그 시각에 해랑의 신상에 벌어지고 있는 일은 까마득히 몰랐다. 불을 붙인 사람은 이번에도 도둑고양이같이 온 집 안을 구석구석 숨어 다니며 배봉과 그 식솔들의 일거수일투족을 감시하다시피 하는 언네였다.

"마님도 모리고 계싯지예?"

하루는 둘만 있는 자리에서 그녀가 해랑에게 나루터집 특별세무조사 사건에 대해서 넌지시 귀띔해 주었다.

"우찌 그런 일을!"

해랑은 낯을 붉힌 채 그 말만을 되풀이했다. 그러던 해랑은 그날 훤한 대낮부터 안방을 찾아든 억호에게 그 이야기를 꺼냈다. 그런데 그건 누가 듣기에도 가시가 돋쳐 있는 소리였다.

"앞으로는 그런 일 안 하모 안 돼예?"

거울에 비친 해랑의 얼굴은 일그러져 보였다.

"그런 일 안 하모?"

그러고 나서 억호는 대단히 의외란 듯 한참이나 해랑을 물끄러미 바라보고 있더니 무슨 약점이라도 잡은 것처럼 말했다.

"해랑과 비화가 친자매 겉은 사이였다쿠는 거는 삼척동자도 알제."

"……."

말이 없는 해랑에게 억호는 몹시 서운하다는 낯빛을 지어 보였다.

"하지만도 인자는 그기 아일 끼라 딱 믿고 있었던 기라. 당연히 비화보담도 남편인 내를 더……."

그러자 해랑은 끝까지 듣지도 않고 약간 짜증 섞인 목소리로 말했다.

"그거하고 이거하고는 다린 문제라예."

"다린 문제?"

"예."

"우찌 다린 문젠데?"

억호 말투도 썩 곱지는 못했다.

"내 말은……."

해랑 입에서 위험한 소리가 나오고 있었다. 그것은 예쁜 꽃잎 속에서 날카로운 비수가 튀어나오는 양상이었다.

"동업직물 채통을 지키라, 그런……."

"머?"

억호 안색이 순식간에 싹 바뀌었다. 체통을 지키라고? 그의 말에도 날이 섰다.

"그라모 우리가 채통을 안 지키고 있다, 그 말인가베?"

해랑도 물러서지 않았다.

"억살(억지) 부리지 마예."

"억살?"

"그렇다 아입니꺼."

"음."

억호 얼굴에 차츰 분노의 빛이 짙어지기 시작했다. 그러거나 말거나 해랑은 자기 할 소리를 멈추지 않았다.

"누가 들어봐도 그거는 비겁한 짓인데……."

그 말을 끝까지 듣지도 않았다.

"머라? 비겁?"

억호 얼굴이 벌겋게 물들었다. 낮술을 들이켠 사람을 방불케 했다.

그러자 그 방 장식품들이 일제히 몸을 옹송그리는 것처럼 보였다.

"함 들어보이소."

해랑도 낯을 붉혔다.

"당신 아부지나 행재들은 연약한 여자들한테……."

그 순간, 억호 입에서 사람을 잡아먹을 듯한 큰소리가 터져 나왔다.

"옛날 대사지 일 꺼내는 기가, 머꼬?"

그것은 안방이 대사지로 바뀌는 것과 같은 굉장한 충격을 주었다.

"대사지 일……."

억호의 말을 그대로 따라 하는 해랑의 커다란 두 눈 가득 증오와 반감의 빛이 일렁거렸다. 얼핏 악녀의 혼에 점령당한 여자 같았다.

"대사지……."

한 번 더 대사지라는 말을 뇌까리는 그녀 목소리가 더할 수 없이 날카로워졌다. 칼이나 창이 내는 듯한 쇳소리마저 섞여 있었다.

"그 이약은 와 해예?"

암고양이가 사정없이 물어뜯으려고 덤비는 형세였다.

"와 해예에?"

해랑이 했던 것처럼 상대 말을 그대로 받아 꼬리를 높이며 억호도 맹수가 으르렁거리듯 응수했다.

"시방 그 이약을 하자꼬 하는 거 겉은데?"

거울 속 억호는 당장 와장창 유리를 부수고 거울 밖으로 뛰쳐나오려는 사람처럼 험악해 보이기 짝이 없었다.

"내 앞에서 우찌 그랄 수 있지예?"

억호의 기세에도 조금도 기가 죽지 않고 나오는 해랑의 그 다그침에 급기야 억호 눈 밑의 크고 검은 점이 크게 흔들리는 것같이 비쳤다. 그는 껄렁패가 시비 걸듯 했다.

"그라모 이 억호 앞에서는 해도 괘안코?"

그 소리에 잠시 말문이 막힌 해랑이 퍼붓듯 짧게 쏘아댔다.

"에나 뻔뻔하거마예."

방 안 공기가 그 흐름을 딱 멈추는 듯했다.

"머? 뻔뻔?"

억호 두 눈에 핏발이 곤두섰다. 그러자 영락없는 악마 형상이었다.

"하늘 겉은 서방한테 하는 말이……."

해랑 눈에 꽁꽁 얼어붙은 남강 얼음장 같은 차가운 기운이 서렸다.

"이 집 안에 있는 사람들 하는 짓들이 다 그런께 하는 소리지예."

순간, '찰싹' 하는 소리가 안방 안을 크게 울렸다. 솥뚜껑 같은 억호 손바닥이 작은 꽃봉오리만 한 해랑 얼굴을 사정없이 후려갈긴 것이다.

"허~억!"

해랑은 짧은 비명소리를 내며 그대로 방바닥에 맥없이 폭 꼬꾸라졌다. 맞은 뺨이 금방 시퍼렇게 부풀어 오르기 시작했다.

"흑, 흑흑."

방바닥에 배를 깐 채 고개만 빳빳이 치켜들고 이빨을 악물고서 원한에 가득 찬 눈빛으로 억호를 째려보던 해랑이 울음을 터뜨렸다.

"해, 해랑! 내, 내가 증신이 나갔소!"

억호는 정말 정신 나간 사람처럼 보였다.

"내, 내 손으로 다, 당신을 때리다이?"

억호는 어느 틈엔가 쓰러진 해랑 앞에 무릎을 꿇은 자세가 돼 있었다. 그것은 실로 웃지 못할 광경이 아닐 수 없었다.

개구리처럼 납작 엎어져 있는 조그만 체구의 여자, 그리고 그 앞에 사죄하는 모습으로 꿇어앉아 있는 곰같이 커다란 덩치의 남자.

"요, 용서해주시오! 해랑! 용서를……."

급기야 억호는 손바닥을 싹싹 소리 나게 비벼댔다.

"이거는 내 진심이 아이란 거, 해랑도 잘 알 끼요. 아니, 해랑이 아이 모 누가 알것소?"

그러나 억호가 무슨 소리를 쏟아내도 해랑은 금방 울음을 그칠 품이 아니었다. 지금까지 그녀 몸속에 켜켜이 쌓였던 숱한 한과 설움이 한꺼번에 폭발하는 것인지 모른다.

그런데 방에서 시나브로 그런 일들이 일어나고 있는 바로 그때다. 방문 밖에 그림자같이 소리 없이 서서 안에서 벌어지고 있는 소동을 아무도 모르게 엿듣는 한 여자가 있었다. 언제부터 그 자리에 서 있었는지 알 수가 없었다.

언네다! 그녀 입가에 회심의 미소가 감돌았다. 두 눈에서 나오는 빛이 야릇했다. 그녀가 혼자 속으로 중얼거리는 소리도 예사롭지 않았다.

'내 말 듣고 저리하는 해랑이한테는 쪼매 미안한 일이지만도 우짜것노. 하늘도 언네를 이해해줄 끼거마.'

이건 고양이가 쥐 생각해주는 격이었다. 아니다. 지금 거기 안방에서 고양이는 억호고 쥐는 해랑이었다. 그것도 아니다. 어쩌면 그 반대인지도 알 수 없다. 그러다가 언네는 문득 가느다란 고개를 갸웃했다.

'그란데 옛날 대사지 일이란 기 머시꼬? 대사지 일…….'

거기까지 헤아려보던 언네는 어느 순간 홀연 소스라치게 놀라며 부리나케 대청 네모기둥 뒤로 몸을 숨겼다. 그녀는 손으로 제 입을 틀어막았다. 자칫 비명이 튀어나올 뻔했다.

'헉! 각중애 와 저라노?'

억호가 부서져 나가라 방문을 박차고 마루로 뛰쳐나온 것이다. 그리고는 신발도 제대로 꿰차지 않고 엎어질 듯 마당으로 내려서서 사랑채로 통하는 중문을 벌컥 열어젖히고 달려나가는 억호는, 영락없는 한 마리 미친개거나 큰 부상을 입은 불곰 같았다.

'뭔 일이 벌어져도 상구 크거로 벌어질랑갑다.'

언네 가슴이 더없이 벌름거렸다. 불을 지핀 사람은 그녀 자신이면서도 그랬다.

'우찌 될 낀고 오데 용한 점재이나 찾아가보까?'

그런데 예로부터 한 동네에 굿이 나면 한꺼번에 벌어진다고 하던가.

효원이 해랑을 찾아온 것은 그 소란이 미처 가시기도 전이었다. 만약 그때 효원이 오지 않았다면 어쩌면 해랑도 무작정 집을 뛰쳐나갔을지도 모른다.

"에나 재조도 좋다. 우찌 여꺼지 올 수 있었노?"

하도 많이 울어 퉁퉁 부은 해랑 눈가에 반가운 빛이 피어났다. 효원은 대번에 무슨 일이 있다는 것을 알았지만 모른 척 시치미를 똑 땄다.

"이 효원이가 눕니꺼? 몰라예?"

효원은 온갖 종류의 비싼 가구며 장식품들로 가득히 채워져 있는, 그야말로 비까번쩍한 거기 안방을 빙 둘러보며 말했다.

"언니가 대궐 안에 있어 보이소, 내가 몬 찾아가는가."

해랑은 억지웃음 띤 얼굴로 말했다.

"큰소리 하나는 잘 친다?"

그런 후에 언네를 불러 다과를 내오라고 일렀다.

"저 여종이 그 끔찍시런 괴담의?"

언네가 부엌에 나간 사이 효원이 질린 얼굴로 낮게 물었다.

"잘은 모리것지만, 신체를 훼손했다쿠는 소문은 안 맞는갑더라."

해랑은 그렇게 건성으로 답하고 나서 효원의 손을 세게 거머쥐었다.

"그보담도 그동안 우찌 살았노? 모도 잘 있제? 곁에 없으이 에나 에나 한거석 보고 싶다 아이가."

"우리사 머 맨날 그대로지예."

효원이 힘없는 목소리로 말했다. 얼굴도 생기가 없어 보였다.

"관기가 행사에 나가 노래하고 춤추고 그런 기지, 머 배낄 끼 있어
예?"

해랑이 아리송한 소리를 했다.

"안 변하는 기 좋다."

효원은 잠시 그 말뜻을 헤아려보는 눈치더니 말했다.

"언니가 우찌 사는고 모도 그거를 궁금해 하고 있지예."

방안에 흐르는 은은한 향수 냄새가 그 궁금증을 풀어주고 있는 것 같
기도 했다.

"내사 팔자에 없는 호의호식하제. 묵고 싶은 거 몬 묵는 기 없고, 입
고 싶은 거 몬 입는 기 없다."

해랑의 자랑스레 하는 말에 효원이 대뜸 하는 소리였다.

"와 팔자에 없어예? 팔자에 있은께 그리 되지예."

효원이 자기 뺨에 나 있는 멍을 바라보는 듯해 해랑은 서둘러 말머리
를 돌려버렸다.

"나루터집 얼이 총각하고는 관계 끊은 기제?"

그 말이 끝나기 무섭게 효원이 금방 토라진 얼굴을 했다.

"언니는 그새 우리 기생들 사이에 하는 말도 다 잊아삤어예? 시간이
쪼매 지내갔지만도 그라모 안 되지예."

해랑은 멍든 뺨이 잘 보이지 않도록 약간 고개를 옆으로 꺾은 자세로
물었다.

"우떤 말?"

효원은 마치 노래 부르듯 들려주었다.

"돈도 맹애도 권세도 다 싫고, 내 하나만 쳐다보는 남정네 사랑⋯⋯."

해랑 눈에는 그러고 있는 효원이 새끼 기생이 아니라 세상 풍파 다 겪어낸 노기老妓에 더 가깝게 보이는 바람에 마음이 짠했다.

"내도 얼이 총각이 농민군 될라쿠는 거만 아이모⋯⋯."

그러나 해랑의 말은 거기서 끊어져야 했다. 차와 과자, 과일 등이 푸짐하게 담긴 상을 든 언네가 방으로 들어섰던 것이다.

"우리 새 마님만 선년 줄로 알았더이, 여 또 있었네예?"

언네가 호들갑을 떨었다. 괜히 의도적으로 그렇게 하는 것은 아닌 성싶었다.

"내 이약 함 들어보이소."

효원이 그런 소릴랑 하지 말라는 듯 이렇게 비유했다.

"내사 우리 언니한테 비하모, 모란하고 호박꽃이지예. 아니, 잡초가 더 맞지예."

언네는 효원 몸을 껴안을 사람같이 굴었다.

"하이고! 얼골만 이쁜 줄 알았더이, 멤씨는 더 곱네예."

효원은 좀 성가셔하는 목소리가 되었다.

"아이라 캐도예?"

언네는 밉지 않게 우겼다.

"기다 캐도예?"

두 사람의 실랑이를 보고 있는 해랑의 얼굴에 잔잔한 미소가 보일락 말락 피어올랐다. 잠시나마 조금 전의 일을 잊은 듯한 모습이었다.

"우짜모 저리 공손할 수가⋯⋯."

효원은 별별 소리까지 다 한다 싶은 언네 손길을 피하며 말했다.

"내한테는 그런 말 안 해도 된께, 우리 해랑 언니나 부탁해예."

그러자 언네는 큰일 날 소리를 들은 사람처럼 했다.

"하이고, 지가 잘 뫼시야제, 마님이 우찌 지 겉은 종년을예?"

두 사람이 나누는 이야기를 잠자코 듣고 있던 해랑이 별안간 더없이 퉁명스러운 어조로 내뱉었다.

"내 사는 기 잡초 사는 거하고 가리방상하다."

그 순간, 효원이 그 특유의 선머슴 같은 동작으로 자리에서 벌떡 일어서서 방을 나가며 말했다.

"내는 고마 갈랍니더."

"어?"

해랑과 언네가 동시에 효원을 쳐다보았다.

"운제 또 언니 얼골 볼랑가 모리것네예."

너무나도 졸지에 벌어진 사태가 아닐 수 없었다.

"효, 효원아!"

그렇게 큰 소리로 부르는 해랑은 물론이고 언네도 매우 당황한 얼굴로 급하게 효원 뒤를 따랐다. 하지만 효원은 뒤도 한 번 돌아보지 않고 마치 자기 집처럼 익숙하게 휑하니 밖으로 내달렸다.

'아, 우리 효원이가…….'

해랑은 솟을대문 앞에 서서 저만치 길 위로 가뭇없이 멀어져 가는 효원을 바라보고 있었을 뿐이다.

그런데 둘 다 멍하니 섰다가 막 집 안으로 들어가려는 그때였다. 갑자기 언네가 나이가 무색하게 그야말로 날쌔게 휙 몸을 돌려세우더니 담장 모퉁이 쪽을 무섭게 노려보았다. 보는 이의 가슴을 철렁 내려앉게 할 만큼 노랗게 번득이는 눈빛이었다. 그것은 사람의 눈이 아니라 고양이의 눈이라고 해야 마땅했다.

영문도 모른 채 해랑도 반사적으로 그쪽에 눈이 갔다. 그러고는 다음 찰나, 해랑은 그만 심장이 '쿵' 소리를 내었다. 이게 무슨 일인가?

"저, 저!"

해랑의 입에서 비명에 가까운 소리가 새 나왔다. 지금까지 거기 숨어 있던 누군가가 부리나케 도망을 치고 있다. 해랑이 마구 뛰는 가슴을 가라앉히기도 전에 언네는 벌써 그 그림자를 뒤쫓는다. 방금 효원이 갔던 곳과는 반대 방향이다. 어쨌든 그 모든 일이 다 해랑의 마음에는 현실 속에서 벌어지고 있는 것이 아닌 듯싶었다.

'언네가!'

해랑은 그 기절초풍할 경황 중에도 언네가 예사 종이 아니라는 사실을 깨달았다. 절에 가서도 젓국을 얻어먹을 만큼 눈치가 빠를뿐더러 나이가 믿어지지 않을 정도로 몸동작도 잽쌌다. 해랑은 감탄을 넘어 두려움을 느꼈다. 그녀는 도저히 언네의 적수가 될 수 없을 것 같았다.

그렇지만 열 사람이 도둑 하나 못 잡는다고 했다. 언네가 너무 억울하다는 얼굴로 마구 씩씩대며 돌아왔다. 그러고는 가쁘게 숨을 몰아쉬면서 한다는 소리가 예상 밖이었다.

"기집 년이 우째 그리키나 빠르노? 생쥐 겉은 년이거마는. 내 고년을 꽉 붙잡아야 하는 긴데……."

해랑이 또 크게 놀라 물었다.

"그, 그라모 여자였던 기라?"

그 소리는 크고 높은 솟을대문 위로 흩어져갔다.

"그런께 말입니더."

언네도 알 수 없다는 기색을 지우지 못했다. 거짓이 아님을 강조하듯 한 번 더 말했다.

"여자라예, 여자."

해랑의 얼굴을 힐끗 쳐다보면서 혼잣말을 했다.

"시상에, 남자가 그래도 머할 낀데?"

높다란 담장 너머로 정원수들이 고개를 길게 빼서 밖을 내다보는 것처럼 보였다.

"여자가……."

해랑은 거기 숨어 있던 사람이 여자라는 말에 한층 무섬증을 느꼈다. 언네는 그 여자가 도망친 쪽을 한참이나 바라보다 자기 머리로는 도저히 짚을 수 없다는 투로 해랑에게 물었다.

"그란데 고 생쥐 겉은 년이 머 째비로(훔치러) 왔으까예?"

해랑이 힘겹게 고개를 내저었다. 그러고는 의구심에 사로잡힌 목소리로 말했다.

"도독 겉으모 한밤중에 오지, 아즉도 날이 이리 훤한데……."

언네는 주름이 가기 시작하는 목을 끄덕였다.

"마님 말씀 듣고 보이 그것도 그렇네예."

해랑은 눈을 땅바닥에 둔 채 말이 없다.

"그렇다모 우떤 년이까예, 마님."

언네도 마음에 크게 걸리는지 사뭇 흔들리는 목소리로 물었고, 해랑 얼굴에는 핏기가 완전히 가셨다. 그런 해랑의 얼굴은 흡사 밀랍으로 만들어진 것 같았다.

"차라리 도독 겉으모 괘안컷다."

해랑은 고개를 들어 한길 쪽을 바라보면서 몸서리를 쳤다.

"그기 아인 거 겉은께 더 무서븐 기라."

언네가 다시 그 여자가 숨어 있던 모퉁이를 노려보며 충직한 몸종처럼 말했다.

"너모 겁내시지 마이소."

저만큼 지나다니고 있는 행인들을 향해 눈을 부릅뜨며 다짐해 보였다.

"이년이 단디 지키컷심더."

"어멈."

"예, 마님."

해랑은 어지럼증을 느끼는지 손으로 이마를 짚으며 물었다.

"어멈은 해나 으심 가는 사람이 없는가 모리것네?"

"으심 가는 사람예?"

"하모."

"글씨예."

"잘 생각해보모 기억이 날랑가도 모리는데…….'"

"시방은 기억이 안 나예."

"내중에는 나것제."

근처 어느 집에선가 낮닭 우는 소리가 들려왔다. 해랑의 지금 심정에는 닭보다도 개가 짖는 소리가 더 절실했다.

'닭하고 거위 겉은 동물은 마이 키움시로 우째서 개는 안 키우는고?'

해랑은 고개를 돌려 넓은 집 안을 들여다보면서 그런 생각을 했다.

'내가 들으이 이전에는 개도 키웠다 쿠더라마는.'

그랬다. 해랑이 억호 재취로 들어오기 전에는 배봉 집안에서도 개를 여러 마리나 키웠다는 이야기를 우연히 들었다. 해랑은 집안에서 부리고 있는 남녀 종들 몇몇이 주인 모르게 저네들끼리 한참이나 쑥덕거리며 나누는 이런 소리를 몰래 엿들었던 것이다.

— 에나 이상 안 하나, 그자?

— 하모, 하모. 그라고 본께 개들이 머를 아는 모냥인 기라.

— 에이, 그랄 리는 없는데, 우쨌든 알 수가 없는 일은 맞거마는.

— 우째서 이집에만 들오모 개들은 모도 버부리개(벙어리개)가 돼삐는 기까?

— 그뿌이모 쾌안커로? 넘은 보고 안 짖는 것들이 쥔들만 보모 물어쥑

일 듯기 짖어댄께네 그기 문제였디제.

－ 그러이 내 겉애도 개는 안 키우기는 하것다. 기분이 파이라서 오데 키우것나.

－ 동리 사람들이…….

그런데 거기서부터 그들 말소리는 한층 더 낮아지기 시작했다.

－ 넘들이 그리쌌는 거를 우리 주인들도 안 들었으까이.

－ 하모, 귀가 있으이.

－ 내는 젤 우스븐 소리가 안 있나, 개들이 서로 해쌌는 소리라쿠는 그기 말이제.

－ 아, 내도 그 소리가 진짜 내 멤에 쏙 든다 아이가.

－ 흐흐흐. 개들이 지네들끼리 장 늘어놓는 이약들이, 도독눔은 우리 쥔들인데 눌로 보고 짖으라 쿠는데, 그리 한담시로?

－ 그라고 본께 도독눔은 개도 몬 키우는 기 안됐다 고마.

－ 후우, 집에서 개는 몬 키워도 내사 우리 쥔들이 너모너모 부러븐 기라. 개가 없어도 저 마이 있는 사뱅(사병私兵)들하고, 또오, 여게 모이서 지들 욕해쌌는 우리 종들도 이리 넘치고 하이.

－ 하기사 이런 집이니 개가 무신 필요 있것노. 멋도 모리고 벌로 침입했다가 사뱅들한테 들키모 살아남지 몬할 낀데.

종들 이야기는 거기서 끝이 났다. 그 기억을 떠올리고 있는 해랑의 귀에 언네의 말이 들렸다.

"우쨌든 거리가 상구 멀어갖고 쇤네가 자세히는 몬 봤지만도, 뒷자태가 안주 젊은 거 겉데예."

그러고 나서 언네는 오른손을 들어 제 머리 한참 위쪽에서 손바닥이 밑을 향하게 만들며 이렇게 덧붙였다.

"키도 이만큼 훌쩍 크고……."

솟을대문과 정원수가 서로 누구 키가 더 큰지 내기라도 해보잔 듯 발돋움을 하고 있는 것 같아 보였다.

"키 큰 젊은 여자?"

해랑이 확인하듯 되뇌었다. 하지만 언네는 크게 자신은 없다는 투였다.

"하여튼 얼핏 그런 거 겉기는 겉았는데, 지도 하도 놀래고 증신이 없어갖고 우짜모 잘몬 봤을란지도 모리지예."

아이들이 큰 소리로 떠들며 길 위를 질주하고 있었다. 좋아라고 꼬리를 흔들어가며 그 뒤를 따라가고 있는 누렁이도 보였다.

"어멈."

"예."

"당장 오늘밤부텀 무서버서 우짜노?"

"……."

언네는 날이 갈수록 아래로 처져 내리려는 눈을 크게 뜨고 해랑을 물끄러미 바라보았다. 그럴 땐 해랑이 서슬 퍼런 대갓집 배봉가의 작은마님이 아니라 솔개에 쫓기는 어린 새 같았다. 게다가 해랑은 공포에 떨리는 입술로 이런 소리도 했다.

"우짜모 시퍼런 칼을 들고……."

언네가 주름진 손가락으로 담장을 가리켜 보이며 말했다.

"지년이 날개를 안 다는 이상 저 높은 베름빡을 넘어오지는 몬할 끼라예. 그러이 그런 걱정은 안 하시도 됩니더."

해랑은 코스모스같이 길고 가느다란 고개를 치켜들고 언네의 손가락이 가리키는 담장을 올려다보면서 말했다.

"그 여자가 오데 사는 눈고, 그거를 쌔이 알아야 할 낀데."

언네가 고개를 주억거렸다.

"그거는 마님 말씀이 맞심니더. 우떤 년이고 알아야 우리도……."

"그렇것제?"

"예, 마님."

해랑과 언네가 그런 걱정과 궁금증에 휩싸여 있을 때, 배봉 저택으로부터 아주 멀리까지 달아난 그림자는, 길가 가로수에 등을 기대고 서서 아직도 함부로 헐떡거리는 가슴을 두 손바닥으로 꾹 누르고 있었다.

"헉헉."

언네가 해랑에게 고한 그대로 키가 크고 젊은 여자였다. 여자는 방금막 도망쳐온 쪽을 바라보며 무슨 저주를 퍼붓듯 중얼거렸다.

"모도 함 두고 봐라. 내 운젠가는 꼭 온 시상에 알리고 말 끼다. 동업이가 내 자슥이란 거를."

여자는 황급히 달아나느라 바싹 마른 입술을 연방 혀로 축이면서도 보기 섬뜩할 정도로 기이하고 야릇한 웃음을 지었다.

"그날이 되모 온 고을이 난리 난 거맹캐 되것제."

허나연은 끝없이 아들 주변을 맴돌고 있었다. 바늘 훔치다가 소 훔친다는 말이 있듯이, 날이 갈수록 간담도 커져서 처음에는 멀리서만 지켜보다가 이제는 담 모퉁이에까지 진출했다. 이런 식으로 가다가는 나중에는 어디까지가 될지 몰랐다. 그건 달리 생각하면 크게 엇나간 모성애의 발로였다. 자칫 자기 자식에게 큰 해를 입힐 수도 있다는 것을 그녀는 생각지 못했다.

'내 아들아이.'

재영 아내 비화가 낳은 준서를 떠올리면, 나연은 재영과의 사이에서 얻은 동업이 너무나 소중했고 보고 싶어 미칠 지경이었다. 하긴 재영과 헤어진 이후에도 재영보다 아들이 더 그리워 눈물로 지샌 밤이 적지 않았다.

'흐웅! 지들이 잘사나 오데 두고 보자.'

또한 재영과 비화 부부를 향한 질투심과 증오감에 눈깔이 뒤집혀 있었다. 그야말로 물불 가리지 못하고 설쳐대는 천둥벌거숭이에 지나지 않았다.

'내가 무신 수를 쓰는가 함 봐라.'

그러나 자신의 그런 못되고 분별없는 행동들이 얼마나 위험하고도 어리석은가를 그녀는 미처 깨닫지 못하고 있었다.

비화는 읍내장터를 다녀오는 길에 뜻하지 않게도 저 멀리서 민치목과 맹쭐 부자를 보게 되었다.

'저 인간들이!'

그러자 비어사에서 서봉우 도목수를 만나기 얼마 전에 얼이가 전해주었던 그 놀라운 이야기가 떠올라 한참을 벅수같이 서 있어야 했다.

"그기 뭔 소리고? 함 더 말해봐라."

그날 새로 바른 문풍지가 파르르 떨리고 있었다. 그뿐만 아니라 가다가 창문과 방문 전체가 덜컹거리기도 했다. 혹시 지진이라도 일어날 조짐이 아닐까 하고 크게 염려가 될 정도였다.

"서당 동무 문대 집에 가서 알았심더."

얼이 목소리도 사뭇 흔들렸다. 비화는 침착해지려고 애쓰면서 물었다.

"문대라모 바로 그……."

지붕을 때리며 지나가는 바람 소리가 공연히 사람 목을 움츠리게 했다.

"예, 문대 아부지가 이름 있는 도목수라쿠는 거는 알지예?"

얼이도 아주 흥분된 빛이었다.

"하모, 알제."

비화가 고개를 끄덕이자 얼이는 세상 많이 살아온 늙은이처럼 말했다.

"참, 시상은……."

잠시 침묵이 깔렸다. 그 틈을 비집고 이웃한 밤골집에서 술꾼들 떠드는 소리가 날아들고 있었다.

"그런께 서 목수가 치목이 하는 목재상하고 거래해왔다, 그 말 아이가?"

비화는 아무래도 믿을 수가 없었다. 아니, 믿기 싫다는 소리가 더 맞을지도 몰랐다. 암만 세상은 제멋대로 굴러가는 수레바퀴나 굴렁쇠 같다고는 해도 어떻게 그런 일이?

"그것도 한거석 됐다데예."

얼이 말에 비화는 더욱 신경이 거슬리는 빛이었다.

"한거석 됐어?"

얼이는 스스로도 확신이 서지 않는 모습을 보였다.

"그람서 그 목재상회가 여 상촌나루터에 있다꼬……."

"머, 머라꼬? 그들 목재상회가 오데 있다꼬?"

비화는 너무나 충격적이면서도 한편으로는 참 어이없다는 표정을 지었다.

"등잔 밑이 어둡다쿠는 말이 있기는 하지만서도, 우리가 우찌 그리키나 까맣커로 모리고 있었노 말이다."

얼이가 큰 주먹을 불끈 쥐며 아주 억울하다는 듯 말했다.

"진즉 알았다쿠모 당장에 고것들을……."

얼이 말을 듣고 있는 비화 얼굴이 무척이나 심각했다. 그녀는 하늘에다 대고 묻고 싶은 사람처럼 했다.

"대체 그 목재상회가 오데 있으꼬?"

그 말을 듣기라도 한 것처럼 손님들도 입을 다물고 잠깐 조용해졌다.

"그런께 말입니더. 에린 아아들 코 묻은 돈 보고 하는 쪼꼬만 구멍가게도 아일 낀데, 대체 오데 콕 처박히 있는고 모리겄심니더."

생각에 잠기는 얼이 말에 비화가 탐색하는 눈빛으로 고개를 갸우뚱했다.

"그란데 이상한 기 있다."

"예?"

비화 목소리가 심상치 않아 얼이도 한층 긴장된 얼굴로 변했다. 잠시 멈췄던 손님들 말소리가 한꺼번에 터져 나오고 있었다.

"상식적으로 생각을 해보자."

언제나 영리해 보이는 비화 눈이 그 순간에는 대단히 바보스러웠다.

"우리가 몰라도 그리 모릴 수 있는 기가?"

"모릴 수 없지예."

그러는 얼이도 한참이나 멍청한 기색이었다. 비화는 너무너무 답답하다는 듯 손바닥으로 가슴을 여러 번 문지르기까지 했다.

"서 목수가 거짓말을 할 리는 없다 아이가."

그러자 얼이가 그제야 떠올렸다는 듯 알려주었다.

"문대 아부지도 이상하다쿠는 말씀을 하시데예."

비화 음성이 가파르게 높아졌다.

"머라꼬?"

"문대 아부지가……."

"이상하다꼬?"

"예."

"머가 이상타 글 쿠시던데?"

그렇게 캐묻는 비화 표정이 하도 매서워 얼이 가슴이 덜컹거렸다. 얼이는 기억을 되살려 대답했다.

"그 목재상 진짜 갱영주는 치목이 아이고……."

"아이고?"

"누군가 뒤에 있는 거 겉다고예."

"누가 뒤에?"

"예."

"가만……."

비화 두 눈이 대장간에서 나오는 빛살처럼 번쩍, 했다.

"그라모 누가 치목이 그자를 시키서 한다는 이약이 아이가?"

"그거는 잘 모리것심니더."

중간 전달자는 전해주는 사람의 말에 충실해야 한다는 듯 얼이가 말했다.

"하여튼 문대 아부지가 그리 말씀하시데예."

얼이 말 한마디 한마디도 여간 조심스럽고 신중하지 않았다. 듣고 있던 비화가 사내처럼 제 무릎을 탁, 치며 소리쳤다.

"아, 인자 알것다."

"알것어예?"

놀람과 기대에 찬 표정이 되는 얼이더러 비화는 확신이 넘치는 목소리로 말했다.

"운산녀다, 운산녀!"

얼이 눈이 아이들이 불면서 노는 꽈리 열매처럼 휘둥그레졌다.

"우, 운산녀예?"

"하모."

비화는 아버지 호한을 닮아 강단 있게 생긴 입술을 꾹 깨물었다.

"내 짐작이 맞을 끼다."

"운산녀, 운산녀."

얼이가 되뇌자 비화는 한 번 더 확인시켜주듯 했다.

"안 틀릴 끼다."

"그 둘이서 말이지예?"

잠시 숨 막힐 듯한 공기가 감돌았다. 손님들 떠드는 소리도 전혀 귀에 들어오지 않았다. 비화가 그 침묵을 깼다.

"그라고 치목이 또한 지가 직접 앞에 나서지는 안 하고, 다린 사람을 부리고 있는 기 틀림없다."

"그라모 그기 우떻다 말입니꺼?"

얼이는 머리가 혼란스럽다 못 해 지끈지끈 아파왔다. 그는 짙은 눈썹을 그러모으며 범죄 수사를 펴는 관원인 양 말했다.

"그런께네 운산녀는 치목이를 시키고, 또 치목이는 딴 사람을 시키고, 그런 식으로 지들 사업을 해왔기 땜에 우리가 몰랐다, 그런?"

"⋯⋯."

얼이는 흡사 똑같은 말만을 되풀이하도록 만들어진 인형처럼 보였다.

"시키고, 시키고, 시키고⋯⋯."

비화는 더 말이 없었다. 얼이가 고개를 갸웃거리며 물었다.

"와 그리 요상한 방법으로 사업을 하까예?"

"음."

"와예? 우째서 그라지예?"

비화 입이 돌문같이 무겁게 열렸다.

"배봉이를 기실라꼬 그라것제."

얼이는 뜬금없다는 듯 또 물었다.

"배봉이를 기실라꼬예?"

"하모."

"그기 무신 소린데예?"

"말하자모 운산녀하고 치목은 단순한 불륜 관계일 뿐만 아이라, 머랄꼬, 사업 동지로서 살아왔던 기라."

192

"사업 동지예?"

"치목이가 소긍복 그 사람을 살해한 사실을 가마이 놓고 앞뒤 재볼 때, 그거는 상구 더 분맹해진다 아이가."

"소긍복, 동지……."

얼이는 오른손등을 코 밑에 대며 깊은 상념에 잠기는 모습이었다. 그러다가 아하, 하는 목소리로 말했다.

"그런께 배봉이도 우리맹캐 감쪽겉이 속고 있다, 그런 말이지예?"

"그거꺼지는 모리것다."

"예."

"시방쯤 눈치챘을 수도 있고……."

그러던 비화는 다시 말을 이렇게 바꾸었다.

"하기사 우리가 이리 알았는데 배봉이가 아즉꺼정 그 사실을 모리고 있을 끼라는 거는 좀……."

하지만 얼이는 그게 아닐 거라는 판단을 하는 듯했다.

"그라모 배봉이가 그 개 겉은 성깔에 그냥 가마이 있으까예? 당장 때리죽일라 안 하까예?"

강에서 물새들 우는 소리가 간헐적으로 들려오고 있었다. 아주 짧은 울음도 있고 굉장히 긴 울음도 있었다. 아마 그 미물들도 각기 그들 나름의 여러 사연을 안고 살아가고 있는 것인지도 모른다.

"아즉 확실한 정그를 몬 잡았것제."

비화는 자신의 그 말을 다시 헤아려보듯 잠깐 눈을 감았다가 다시 떴다.

"꼬랑대이 잡을 끼라고, 눈이 벌게갖고 온 사방팔방 막 설치고 댕길 지도 모리고, 그거도 모지라서……."

그때 얼핏 남강에서 나룻배를 젓는 뱃사공이 부르는 것 같은 노랫소리가 희미하게 나는 듯했다. 어쩌면 밤골집을 찾은 술꾼이 내는 소리인지도 모르겠다.

"내사 너모너모 복잡해갖고 하나도 모리것심니더."

얼이는 큰 주먹으로 제 머리통을 서너 번 쥐어박고 나서 벌써 몇 번인지 모르게 또 물었다.

"그라모 배봉이, 운산녀, 치목이, 고것들 관계가 우찌 되는 기라예?"

비화는 조금씩 의문이 풀린다는 기색이었다.

"쪼꼼만 잘 헤아리보모, 그리키 복잡할 것도 없다."

세상사 그런 게 많다는 것을 깨치고 있는 비화였다.

"우쨌든 요거맹커로……."

얼이는 왼쪽 손바닥과 오른쪽 주먹으로 무엇을 가루 내는 시늉을 해 보였다.

"배봉이 집구석이 콩가루집구석이 돼삣다 아입니꺼."

비화는 눈도 깜빡이지 않고 얼이가 하는 소리를 들었다.

"그라모 우리한테 짜다라 유리하지 않것심니꺼?"

기대에 찬 얼이 말에 비화가 고개를 가로저으며 침통한 목소리로 말했다.

"모리는 소리다."

"예?"

비화 표정이 밝지 못했다.

"각자 심을 키워가고 있은께, 난주 가갖고 그 심들을 모도 다 합치기 되모, 증말 우리가 상대하기 에려븐 적이 될 끼다."

얼이는 그것까지는 미처 계산하지 못했다는 얼굴이었다.

"아, 그랄 수도?"

비화는 한숨을 내쉬었다.

"내는 그기 젤 걱정이다."

"……."

"눈에 빤히 비이는데, 비이는데."

이번에는 밤골집 쪽에서 술꾼들 싸우는 소리가 크게 들려왔다. 돌재
와 밤골 댁은 또 골치 아프게 생겼다.

'싸우지 않으모 안 되는 시상.'

그게 비화 귀에는 나루터집과 동업직물 간의 투쟁으로 다가왔다.

일본 군의관

얼마 후, 상촌나루터에는 비화가 예상했던 그대로의 상황이 벌어지기 시작했다.

매우 이상하고 살벌한 공기가 은밀히 감돌았다. 남강 새들도 날갯짓을 조심스럽게 하고 물풀들도 사뭇 흔들리고 있는 것 같았다.

점박이 형제가 배봉의 명을 받고 서로가 아버지에게 신망을 얻어내기 위하여 운산녀 사업장을 알아내려고 온 상촌나루터를 이 잡듯이 샅샅이 뒤지고 있었던 것이다. 강 속에 용궁이 있다면 그곳마저도 조사할 것 같은 기세였다.

"억호 니……."

"예, 아부지."

"만호 니도……."

"압니더."

배봉은 어떤 기회만 있으면 지금처럼 아들들을 경쟁시켜 제 위상을 높이려 들었다. 일단 '동업직물 후계자' 하면, 자식들은 사족을 못 썼다. 자연히 형제의 우애는 사라지고 서로 주도권을 잡기 위해 혈안이 되었다.

억호는 심복 양득을 대동했고, 만호는 아내 상녀와 함께 나섰다. 그 야말로 어사御史의 암행暗行이었다. 그건 집안 남녀 종들도 모르게 행해 져야 할 극비 중의 극비였다. 자칫 운산녀 귓속에 들어가 버리면 모든 게 뒤틀려버릴 것이다.

"상촌나루터가 참 크고 너리다쿠는 거는 알고 있었지만도, 이 정도일 줄은 에나 몰랐는 기라. 인자 다리가 아파서 누가 때리줴인다 캐도 내사 더 몬 댕기것다."

억호는 맨 땅바닥에 그대로 털썩 주저앉을 것같이 하며 연방 한숨을 폭폭 내쉬었다.

"그런께 지 혼자 하것다꼬 말씀 안 드릿심니꺼?"

양득은 은근히 배봉을 원망하는 투로 말했다.

"우리 서방님겉이 곱거로 자라신 분이 우찌 이런 심든 일을 하실 끼 라꼬……."

그러면서도 양득의 두 눈은 먹잇감을 노리는 매처럼 계속해서 이곳저 곳을 훑고 있었다. 하지만 넘치는 인파 속에서 표적물을 찾아내기는 여 간 힘든 일이 아닐 것이다.

"이눔아! 니만 시키고 내는 가마이 앉아 있어 봐라."

"예?"

"아부지가 우짜실랑고 눈에 뻬언하다 아이가?"

"……."

억호는 노골적으로 너같이 무식한 놈 잡고는 이야기를 못 하겠다는 눈치였다. 그런데도 충직하기만 한 양득은 조금도 개의치 않고 주인을 염려하는 말만 늘어놓았다. 물론 종놈 신세로 제까짓 게 어찌하랴 싶긴 하지만 그래도 명색 사내가 배알이 없어도 저렇게 없을 수가 있을까 싶 을 정도였다.

"그거는 그렇심니더마는, 서방님이 하도 심들어하신께 드리는 말씀입니더."

그러나 양득의 위로와 걱정이 오히려 불만의 쏘시개가 되는 듯, 억호는 갈수록 부아가 더 치미는 모습을 보였다.

"이기 모돌띠리 운산녀 때문인 기라, 운산녀."

"……."

양득은 가만히 듣기만 했지만, 그의 머릿속에는 너무나 천박하고 소갈머리 하나도 없는 운산녀가 그려지고 있었다.

"여자가 집구석에 딱 처박히서……."

억호는 두 손으로 무엇을 어디로 몰아넣는 시늉을 했다.

"남자가 벌어주는 돈이나 받아갖고 살림이나 잘하모 되지 머시 모지라서?"

그러자 양득은 그 정도는 무식한 나도 다 안다는 듯, 상전 마음에 일어나는 횃불에 대고 풀무질하듯 했다.

"더 물어볼 것도 없지예. 서방님들을 하나도 몬 믿것다, 그런 거 아이것심니꺼. 지가 논 친자석들이 아이라꼬 말입니더."

"흥! 사람이 지 분수를 알고 살아야제, 지 분수를! 재취로 들온 주제에?"

억호가 어둠 속에서 오물이라도 잘못 밟은 사람같이 씨부렁거렸다. 그걸 본 양득 뇌리에 얼핏 자리 잡는 생각이었다.

'저런 소리가 새 마님 귀에 들가모……'

어쨌거나 그들이 그런저런 소리들을 원망과 푸념 섞어가며 늘어놓고 있는 중에도, 그들 곁으로는 무수한 인파와 가마, 소달구지, 마차 등이 쉴 새 없이 오갔다. 남강에는 수많은 나룻배가 떠 있고, 나루턱은 배를 타고내리는 사람들로 정신없이 붐볐다.

한편 그 시각, 만호와 상녀도 비슷한 장소에서 비슷한 이야기를 하고 있었다.

"이리 넓어빠진 천지 오데 가서 찾노?"

"그래도 찾아야지예."

"언청이 아이모 째보라 쿠나?"

"시아주버님이 우리보담 먼첨 찾아보이소."

"방충맞은 소리 하끼가?"

"안 그래도 새 동서 들오고 나서, 아버님이 지한테 올매나 서분커로 하시는고."

"치아라 고마!"

만호는 애먼 상녀에게 화풀이를 해댔다.

"시아주버님은 머 말라비틀어진 기 시아주버님이고, 새 동서? 허, 새 동서는 또 오데서 굴리묵던 개뻑다구 겉은 새 동서고?"

"와 저리 넘들 보고 있는 데서 소리 지리고 난리라예?"

상녀 역시 다리도 몹시 아프고 부쩍 신경질이 나는 모양이었다. 나오는 말이 영 곱지 못했다.

"누는 예뻐서 그리 불러예?"

"그라모?"

하나같이 반격하는 어투들이다.

"마땅하거로 부릴 이름이 생각 안 나서 그라는 기지."

"됐다 고마!"

상녀의 말꼬리는 낮고, 만호의 말꼬리는 높았다. 언제나 그런 식이었다.

"안 되모 큰소리는!"

"요 에펜네가야?"

하늘에는 구름이 흘러가고, 땅에는 물이 흘러간다. 그것처럼 지극히 평범하고 일상적인 것이 때로는 인간들에 의해 여지없이 허물어지기도 한다.

"그놈의 에핀네, 에핀네…….."

"그라모 에핀네가 에핀네지, 오데 남핀네가?"

만호 머릿속에 새벼리가 그려졌다. 형 억호와 해랑이 거기 나무숲에서 벌이던 그 낯 뜨겁던 장면은 날이 지날수록 희미해지기는 고사하고 더욱 또렷해지기만 했다. 지난날 형과 함께 아버지 방에 몰래 숨어 들어가서 장롱 밑에 감춰 둔 춘화를 살짝 끄집어내어 시시덕거리며 훔쳐보던 기억과 맞물려 그것은 사람을 놓아줄 줄 몰랐다.

그런가 하면, 새 형수가 들어온 후로 만호는 그의 아내가 그렇게 못나 보일 수가 없었다. 형에 대한 질투심이 그전보다도 열 배는 더 커졌다. 형은 갈수록 많이 누리고 자기는 갈수록 형편없어진다는 강박감에서 헤어나질 못했다.

죽은 형수 분녀와 비교하면 아내 상녀는 제법 미녀 축에 들었다. 얼굴도 그렇고 몸매도 그렇고 음성도 그렇고, 하여튼 모든 면에서 그런대로 흡족했다. 성격 또한 손윗동서에 비하면 수더분한 편이어서 옆에 두고 볼만했다.

그런데 분녀에서 해랑으로 바뀌면서 정황은 반전했다. 만호가 더 화가 치솟고 불안감을 떨치지 못하는 것은 완전히 달라진 억호 태도였다. 돈으로 하판도 목사를 구워삶아 관기 출신 해랑을 새 아내로 맞아들이는 데 결정적인 역할을 해준 배봉을 억호는 무슨 교주敎主처럼 떠받들었다. 적어도 겉으로 보기에는 그러했다. 하지만 때로는 속보다도 겉이 더 신망을 얻고 더 나아가 힘을 갖기도 하는 것이다.

그러나 점박이 형제 누구도 알아차리지 못했다. 어떤 여자 하나가 그들을 발견하고 부리나케 운산녀와 민치목에게 달려가 자신들의 출현을 알렸다는 사실이다.

"시, 시방 아, 안 있어예?"

허나연이었다. 그녀는 적의 동향을 보고하는 척후병을 방불케 했다.

"우짜노? 우짜노?"

치목은 지금 당장이라도 점박이 형제가 그곳 사업장 밀실로 확 들이닥칠 것처럼 어쩔 줄 몰라 했다. 발까지 동동 굴릴 태세였다.

"이, 이 일을 우짜모 조, 좋것소?"

하지만 운산녀는 보기 얄미울 정도로 침착했다.

"고 개코겉은 인간이 하매 무신 내미 맡았다쿠는 거는, 우리가 진즉부텀 싹 다 알고 안 있었소."

치목은 덩칫값을 못 했다.

"아, 그거하고 이거하고는……."

나연은 그들 중 누가 하는 행동이 더 맞는지 모르겠다. 그곳 밀실에 있는 물건들도 눈을 멀뚱거리며 듣고 있는 것 같았다.

"우선에는 큰일이 없을 끼요."

그러고 나서 운산녀는 눈으로 나연을 가리키며 말을 계속했다.

"그라고 또 한 가지, 나연이 색시가 본 사람은, 억호하고 양득이, 만호하고 상녀, 그 네 인간들뿐인 기라."

그 말을 들은 치목이 알 수 없다는 얼굴을 했다.

"집 안에 넘치고 넘치쌌는 기 종들인데, 우째서 그것들은 하나도 동원 안 시키고 있는지 모리것소."

운산녀가 가소롭다는 표정을 지었다.

"넘들 모리거로 염탐해야 하는 일인께, 종들이고 또 다린 사람들이고 간에 지들 멤대로 부리지는 몬할 끼요."

겨우 공기만 약간 통할 만큼 창문이 아주 조그맣게 나 있는 밀실 안은 언제 와 봐도 나연을 답답하고 숨 막히게 했다.

"허, 듣고 본께 그렇거마는."

긴장감에 잔뜩 굳어져 있던 치목 낯빛도 조금은 풀어졌다. 그러자 그는 어쩐지 바보를 연상시켰다.

"함 들어보소."

운산녀는 다른 사람에게 말한다기보다 스스로에게 환기시키듯 했다.

"그러이까네 이 넓어빠진 상촌나루터서 고것들이 우리를 찾아낼라모 시간이 짜다라 안 걸리것소."

"아, 그것도……."

밀실 저 안쪽에 처져 있는 진홍빛 휘장이 왠지 피 냄새를 풍기는 것 같아서 나연은 어서 그곳에서 나와 버리고 싶었다.

"시간 싸움에서 우리가 유리하다, 그런 이약인 기라요."

"그렇다면야 머."

치목은 다소 안심이 되는 중에도 운산녀가 두렵다는 생각을 떨쳐버릴 수 없었다. 여자란 잠자리에서 볼 때와 그렇지 않은 곳에서 볼 때 꼭 다른 사람처럼 엄청난 차이가 있다는 사실도 새삼스레 깨달았다.

"그란께 우리는 그전에 쪼꼼 더 안전한 데로 피신해 있으모 아모 걱정할 끼 없소."

그 안은 전체적으로 어두운 분위기인 탓에 사람들이 내는 말소리도 어쩐지 좀 침침하고 바닥을 구르는 것처럼 느껴졌다.

"그, 그런 방법이!"

역시 사람은 무식하게 완력으로 살아갈 게 아니고 머리로 살아가야 한다는 게 실감 나는 치목이었다. 운산녀가 더할 나위 없이 든든한 동업자로 여겨졌다. 하지만 그래도 완전히 마음이 놓이지는 못했다.

"똑 네 사람만 우리 사업장을 찾으로 댕긴다쿠는 보장도 없고, 또 재수 없으모 오늘이라도 발각될 이험도 안 있능가베요?"

그렇게 말해놓고 치목은 또 운산녀에게 핀잔을 받지 않을까 내심 후회하고 있는데, 이번에는 운산녀도 매우 심각한 표정으로 고개를 끄덕였다.

"앞으로는 겨울잠 자는 곰맹캐 꼭꼭 숨어 지내야 할 거는 맞소. 머 그리 한 분 살아보는 거도 똑 나쁘지는 안 할 거 겉거마는."

치목은 손으로 제 뒷목에 목침 받치듯 하며 말했다.

"봄하고 여름에도 잠자는 곰맹커로 하는 기 좋것소."

나연은 그만 속으로 '큭' 웃음을 터뜨렸다. 큰 덩치에 전혀 어울리지 않게 간덩이가 어린애 주먹만 한 것 같았다.

'내가 머리에 털 나고부텀, 겨울잠 자는 곰 이약은 들어봐도, 봄잠하고 여름잠 자는 곰 이약은 들어본 적이 없다 아이가.'

그렇지만 배봉이나 점박이 형제가 그만큼 두렵고 버겁다는 증거일 것이라고 받아들이니, 나연도 치목을 겁쟁이라고 그저 비웃을 수만은 없었다. 그도 그럴 것이, 운산녀는 이런 부담스러운 소리까지 했다.

"앞으로 나연이 색시 역할이 더 커짓는 기라."

"……."

그 말을 듣고 말없이 뚫어지게 나연을 바라보는 치목 낯빛이 복잡다단했다. 나연은 그게 몹시 마음에 걸리고 침이라도 뱉어주고 싶을 만큼 싫었다.

'오데 낼로 첨 보나? 징그럽거로.'

그런데 그들뿐만 아니라 조선팔도 백성이 꼭꼭 칩거해야 할 너무나도 좋지 못한 사태가 벌어지고 있었다. 그것은 누구도 예상치 못한 참 반갑잖은 불청객이었다.

그리하여 그곳 남방 고을도 그 우산 속에서 벗어나지를 못했다. 사람들은 땅밑에 죽치고 있는 벌레같이 바깥출입을 금하지 않으면 안 되었다. 당연히 두 눈 벌겋게 켜고 운산녀 비밀 사업장을 찾아다니던 점박이 형제도 당분간 그 짓을 멈추어야 했다.

도대체 무슨 일이 생겼는가? 바로 굉장히 무서운 놈이 사람들을 노리기 시작한 것이다. 원흉은 천연두였다. 마마, 역신, 두창이니 하는 등 여러 가지 이름으로 불리는 전염병이 온 나라 안에 실핏줄같이 퍼져 나갔다. 그 병에 걸린 사람은 열이 나고 머리가 아프고 온몸에 좁쌀만 한 종기가 돋아났다. 그뿐만 아니라 자칫하면 얼굴이 얽게 되기까지 했으니 참으로 꺼림칙하고 증오스럽고 두려운 놈이었다.

"동상아, 우리가 여게 가게 문 열고 나서, 에나 요새겉이 장사가 안 되는 때도 없었다 아이가?"

우려가 가득 찬 우정댁 말에 원아도 얼굴에 걱정스러운 빛을 띠었다.

"그런께 말입니더, 성님. 한창 기반이 잽히가고 있는데, 타격이 클 거 겉어예."

"하느님도 무심하시제."

"용왕님도 그렇고예."

"비어사에 함 가보모 우떨꼬?"

"부처님을예."

"진무 스님도 한분 뵈고, 우쨌든 갬사갬사해갖고 말이제."

"그랄라모 우리 준서 옴마가 더……."

"하기사 더 속이 타는 사람은……."

그것은 단지 나루터집만 그런 게 아니었다. 바로 옆에 나란히 붙은 밤골집을 찾아드는 손님들 발길도 눈에 띄게 줄어들었다.

"야단이 나삣소, 야단이 나."

"……."

"이라다가 가게 문 닫아야 하는 기 아인가 모리것다 아이요?"

"……."

돌재가 밤골 댁보다 더 안달 나 했다. 그러면 한동안 듣고만 있던 밤골 댁이 한다는 말이 이랬다.

"그래도 남강 물괴기들은 좋아 안 하것소."

돌재는 어이없다는 눈으로 밤골 댁을 빤히 바라보며 투덜거렸다.

"우리가 도로 영영 패업(폐업)을 해삐리모 우떻것소?"

두 팔을 어깨 위로 들어 올리며 말했다.

"그것들이 만세 부리거로."

그러자 밤골 댁이 아랫사람 타이르는 투로 말했다.

"머 오래는 안 갈 끼요."

"에나 그리 되까?"

밤골 댁은 거울을 보지도 않고 아주 익숙한 솜씨로 머리에서 비녀를 고쳐 꽂았다.

"예, 그라이 함 기다리보입시더."

강물 소리가 유별나게 시끄러웠다. 몇 시간 동안이나 어디를 어떻게 쏘다녔는지도 모를 저 '나비'란 놈이, 그래도 제집이라고 잊지 않고 찾아들었는지 주방 쪽에서 우는 소리를 내었다.

'야옹, 야오옹.'

동업직물 점포도 개업 이래로 가장 매출이 낮았다. 역시 신은 공평하다는 데서 위안을 받아야 하는 것일까?

"난장칠! 비단에 포리가 오줌 싸것다."

배봉이 신경질 난다는 듯 툴툴거렸다.

"아부지, 고정하시이소."

억호와 만호도 그럴 땐 한입이 되었다.

"사람 목심이 막 왔다 갔다 해쌌는 판국에, 몸에 걸치는 옷이야 비단이모 우떻고 삼베모 우떻것심니꺼?"

"홀랑 벗고 살아도, 누가 머라 쿨 사람도 없을 낍니더."

사람들은 멋모르고 까불던 인간의 힘이 얼마나 나약한가를 절실히 깨달았다. 저마다 집 안에만 틀어박혀 마마신이 물러가기만을 기다릴 수밖에 없었다. 가로수도 몸을 웅크리는 것 같은 한산한 거리에는 바람만 제 세상을 만난 듯 쏘다녔다. 아무 걸리적거릴 것이 없는 점령군을 연상케 했다.

비화는 장사를 떠나서 보다 큰 다른 근심에 휩싸였다. 몸이 허약해 항상 병을 몸에 달고 있는 준서 때문이다. 아무리 떨쳐버리려고 애써도 자꾸만 불길한 예감이 들었다. 악령의 그림자가 끝없이 눈앞에 어른거리는 듯했다.

"지발 우리 준서가 아모 일이 없어야 할 낀데."

재영도 내내 머리에 감도는 업둥이 아들 생각에서 잠시 벗어나 준서 건강을 더 염려했다. 업둥이 아들이야 어쨌거나 배봉 집에서 알아서 하겠지 하고 자위도 했다.

"스승님께서 낼부텀 당분간 서당에 나오지 마라 쿠시네예."

책을 싼 보퉁이를 방 한쪽에 팽개치듯이 내던지면서 얼이는 무척이나 시무룩한 표정을 지었다. 평소에는 운동을 훨씬 더 좋아하고 공부에는 그렇게 열정적이지 않은 얼이지만, 그래도 날마다 다니던 서당이 임시 휴업에 들어간다니 또 마음이 좀 그런 모양이었다. 무엇보다도 문대를 비롯한 여러 정든 벗들과도 기약도 없이 떨어져 있어야 한다는 것이 퍽 아쉽고 서운한 얼이였다.

"제엔장! 이라다가 모돌띠리 굶어 죽것다."

"그래도 마마신한테 죽는 거보담은, 그리 죽는 기 도로 더 낫을 끼거마는. 안 그런 것가? 내 생각은 그렇거마는. 저눔의 마마신인가 머머신인가 하는 거를 우째삐릴꼬!"

"밤골집에 가서 술 한잔 얼큰하게 걸치고, 나루터집에 가서 속 푸는 고런 즐거움도 인자 없어져삤다 아인가베."

"우리만 그런 기 아이고 장삿집들도 문제것다야."

"그나저나 담배 살 돈도 다 떨어져 가는데……."

"내 참. 그라모 양식하고 땔감 살 돈은 있다, 그 소리가?"

"시방 사람 말을 우찌 알아듣고 하는 소리고?"

"저찌 알아듣고 하는 소리다, 와?"

"소리개가 와서 탁 채갈 소리나 하고 자빠졌다."

"인자 고만하자, 고만해."

뱃사공들도 강가에 빈 배를 묶어 놓고 한숨 섞은 푸른 담배 연기를 훅훅 내뿜으며 머무는 듯 흘러가는 구름과 강물만 하염없이 바라보았다. 천재지변이든 인재人災든 간에 가장 먼저 타격을 입는 쪽은 언제나 가진 것 없는 자들이었다.

비화와 재영이 나루터집을 떠나 준서를 데리고 새덕리 저택에 머무는 날들이 잦아졌다. 아무래도 사람들 왕래가 완전히 끊어질 수는 없는 상촌나루터는 불안해서였다. 집 담장 근처에 선 큰 느티나무가 마마신을 쫓는 수호신같이 믿음직스러웠다.

그러나 마마신의 위력은 실로 대단했다. 어떤 집 누가 열이 나고 머리가 아프며, 또 어떤 집 누구는 종기가 돋기 시작했다는 소문이 들렸다. 가장 무서운 것은 누구 얼굴이 얽어버렸다는 얘기였다.

'내가 아즉 시상 모리고 살았거마는.'

비화는 깊이 깨달았다. 돈보다 힘이 센 것이 세상에 존재하며, 권력보다 두려운 게 세상에 있다는 것이다.

"또 안 있소. 요분에는……."

"아, 우찌 그런?"

마마 할 때 온몸에 불긋불긋 돋아나는 마마꽃 이야기를 들으며 전율했다.

"마마신에는?"

"마마떡!"

마마떡을 생각하면서 조금이나마 용기와 위안도 가져 보았다. 마마꽃이 잘 돋으라고 먹는 마마떡. 백설기에 소금을 치지 않고 붉은 팥을 넣어 만든 그 떡은, 저 비난과 저주의 마마신을 쫓을 유일한 처방이라 했다.

그런데 세상 사람들이 두 손 꼭꼭 맺은 채로 마마신에게 속절없이 당하고만 있는 그 무렵에, 비단사업으로 크게 성공한 배봉은 아주 놀라운 의학적 사실을 접하고 있었다. 이제 누구도 그를 보고 조선 최하위층인 종놈 출신이었다고 얕보거나 업신여길 수는 없을 것이다.

조선 천지가 마마신에게 덜덜 떨고 있을 때, 배봉은 부산포에 내려가 일본 상인 사토와 무라마치를 만나고 있었다. 그 자리 분위기는 내내 화기애애했다. 무릇, 금전을 추구하는 사업은 국적도 민족도 초월하는 힘을 가진 듯했다.

"자, 이제는……."

"그렇지예? 우리가 사업상으로 할 이약은 모도 끝났지예?"

그런데 동업직물 비단 일본 수출 계약이 어느 정도 마무리가 되자, 화제는 자연스럽게 그즈음 조선을 경악과 공포의 도가니로 몰아가고 있는 마마신 이야기로 이어졌다.

"내가 이날 이때꺼정 살아옴서 요분 꺼만치 지독한 거는 본 적이 없심니더.”

배봉은 혀를 내둘렀다.

“저희 일본국에서도 그렇스무니다.”

그러던 중 사토가 뜬금없이 배봉에게 물었다.

“혹시 지석영이라는 이름 들어보셨스무니까?”

“지석영…….”

세상에는 오직 돈과 비단, 여자만 있는 줄 알고 살아온 배봉에게는 전혀 낯선 이름이 아닐 수 없었다. 하긴 다른 사람들도 마찬가지였을 것이다. 그렇지만, 모른다고 할 수는 없어 배봉은 그냥 약간 고개를 끄덕여 대답을 대신했다.

“조선 땅에 그렇게 놀라운 인물이 있는 줄 몰랐스무니다.”

사토는 자못 감탄하는 빛이었다. 마치 지석영이 눈앞에 있으면 넙죽 큰절이라도 올릴 사람 같았다.

“에나 대단하지예.”

배봉은 쪽발이(일본인)도 알고 있는 것을 조선인이 모른다고 하면 그것은 크나큰 수치요, 무식이라고 받아들였다. 그래 지석영이 뛰어난 인물이라고 여긴다는 기색을 과장되게 지어 보였다.

“그런데 말씀이무니다.”

사토 입에서 놀라운 소리가 나왔다.

“그 지석영이 지금 여기 부산포에 와 있다고 들었스무니다.”

배봉은 앞에 놓여 있는 음식상이 들썩거릴 만큼 소리를 질렀다.

“예? 지석영이 여 부산포에 말입니꺼?”

그런 훌륭한 인물이라면 당연히 한양에 있을 거라고 제멋대로 판단한 배봉이었다. 그는 흡사 지석영과는 절친한 사이이기라도 한 것처럼 물었다.

"우찌 왔다꼬 하듭니꺼?"

그런데 사토 답변이 무척 마음에 들지 않았다. 아니, 기분이 나빴다.

"우리 일본국 군의관에게 종두법을 배우러 왔다고 하무니다."

배봉은 떨떠름한 표정을 지었다.

"일본국 군이관한테 배울라꼬예?"

사토는 물론 옆에서 같이 듣고 있는 무라마치도 은근히 뻐기는 눈치였다.

"그렇스무니다. 천연두를 이기려면 종두법밖에 없다고 들었스무니다."

"허, 종두법밖에 없다……."

배봉은 그 종두법 이야기 또한 금시초문이었으며 와락 짜증이 솟았다.

'와 내는 이리 모리는 기 천지삐까리고? 그라모 내가 아는 거는 머꼬?'

그런데 배봉의 괜한 자격지심이었다. 그것은 무라마치도 마찬가지인 듯 사토에게 이렇게 물었던 것이다.

"종두법이란 무엇을 말하는 것이무니까, 장인어른."

"에, 그것은……."

사토는 상체를 약간 뒤로 빼며 대답했다.

"천연두 예방약이라는 것 외에는, 나도 자세한 것은 모르겠네."

"저……."

배봉이 무어라 입을 열려는데 무마라치가 먼저 말했다.

"아무리 천연두라는 게 무섭다고 해도, 예방약만 잘 쓰면 문제가 있겠스무니까?"

사토는 배봉이 보기에 좀 위생적이지 못하게 손가락으로 코를 만지작거리고 있었다.

210

"그렇지. 사업이든 병이든 미리 준비하는 게 최고야."

그들 대화를 듣자 배봉은 더 알고 싶어졌다.

"종두법이라쿠는 기 대체 머를 말하는 거람니꺼?"

그러자 사토는 오른쪽 집게손가락으로 제 왼쪽 팔뚝 부위를 쿡쿡 찔러대는 동작을 해 보이면서 입을 열었다.

"소 몸에서 뽑아낸 무슨 면역 물질을 사람 몸에 접종하는 것이라고 들었는데……."

"예에? 소 몸에서 뽑아낸 거를 사람 몸에 우짠다꼬예?"

배봉이 펄쩍 뛰는 시늉을 했다. 꼬리에 불이 붙은 소 같았다.

"허, 살다 본께 벨 희한빠꼼한 소리도 다 들어보거마."

사토와 무라마치도 비슷한 감정이란 듯 동시에 고개를 끄덕거렸다.

"우리도 그것은 좀 이상하다고 생각하고 있스무니다마는……."

"기분도 께름칙하고……."

배봉은 말끄트머리를 흐리는 그들에게 단언했다.

"아, 쪼매 이상하고 께림칙하다쿠는 그 정도가 아이지예."

사토와 눈빛을 주고받은 무라마치가 손해 없이 상대방의 흥정에 응하듯 했다.

"예, 좀은 아닌 것 같스무니다."

배봉은 순순히 자기 말을 따라주는 게 흡족했다.

"하모, 그렇지예."

그들 앞에 거창하게 차려진 상 위에서는 그 쇠고기 냄새가 코를 찔렀다. 그런데 배봉이 느끼기에는, 그 냄새 속에 무슨 약 냄새 같은 것도 섞여 있는 게 아닌가 싶었다.

"암만 머가 우떻다 캐도 우찌 소하고 사람을?"

그렇게 소득 될 것도 없으면서 고집 피우듯이 하는 배봉의 눈앞에 드

넓은 남강 백사장이 쫙 펼쳐져 보였다. 그곳에서 투우들이 침을 줄줄 흘리며 기진맥진 쓰러질 때까지 싸우는 광경이 눈에 선했다. 너무나도 한심할 정도로 참 아둔하고 미련스럽기 짝이 없는 짐승이었다.

그런 게 소인데, 그런 소 몸에서 무엇을 뽑아서 사람 몸속에 집어넣는다니 그게 말이나 될 소리냐? 아무리 지금 세상이 개판이 다 되었다고 해도 이건 아니다 싶었다. 그러면, 하찮은 짐승 따위가 감히 인간과 같이 놀려고 하다니.

'글씨, 백정들 겉으모 또 모리것다.'

천민 출신이면서도 배봉은 백정을 헐뜯는 못된 습성을 버리지 못하고 있었다. 그런데 사토는 그것에 대해 배봉과는 다소 다르게 받아들인다는 반응이었다.

"어쨌든 저 몸서리쳐지는 천연두를 예방시켜 준다고 하니, 그런 측면에서 굉장한 의술이 아니겠스무니까?"

그러면서 젓가락으로 쇠고기 한 점을 찍어 먹는 사토였다.

"가가이네예. 소 몸에 있는 거를 사람 몸에 집어넣는다이?"

배봉은 여전히 못마땅하다는 기색을 얼른 지우려 들지 않았다. 무엇보다 일본 군의관에게 배우려고 한다는 의술이니 더 싫지 않으냐고 생각했다.

'그라고 본께 이 배봉이가 에나 애국자 아인가베. 내만치 조선을 생각하는 사람도 없을 끼다. 왜눔들 돈도 벌어들이고 말이제.'

그렇게 스스로를 치켜세우며, 이런 임배봉을 욕하는 것들은 모조리 바닷속으로 싹 쓸어 넣어버려야 한다고 다짐하고 있는 그의 귀에, 사토의 말이 들렸다.

"아, 그래도 곰보가 되는 것보다는 낫지 않겠스무니까?"

무라마치가 들었던 술잔을 상 위에 내려놓으며 고개를 끄덕끄덕했다.

어지간해선 속내를 잘 드러내지 않는 그는 상대를 불편하게 하는 존재였는데, 그때까지만 해도 그자가 그런 엄청난 일을 저지를 것이라고는 조금도 내다보지 못했다.

"머 그기사……."

배봉은 말끝을 흐지부지 말아 올렸다. 공연히 사토와 더는 실랑이를 벌이고 싶지 않았다. 그의 비위를 거슬러봤댔자 특별히 이득 될 게 하나도 없다는 판단이 섰던 것이다. 사토도 지석영에 대해 더는 아는 것이 없는 듯했다.

그랬다. 그 당시까지만 해도 지석영은 세상에 잘 알려져 있지 않았다. 배봉도 나중에야 안 사실이지만, 그는 일찍이 남들이 쉬 접하기 어려웠던 서양 의학서를 읽은 사람이었다. 그가 세인들의 관심을 끌어내기 시작한 것은, 조선에 최초로 종두법을 도입하면서부터였다.

한동안 말없이 서로 음식만 먹고 있을 때 문득 사토가 음침하고 내숭스러운 표정을 짓더니 느닷없이 배봉을 불렀다. 그러고는 불온함이 묻어나는 끈적끈적한 목소리로 물었다.

"언제 우리를 임 사장님 사시는 고을에 초대해주실 수 있겠스무니까?"

배봉 가슴이 뜨거운 인두 끝에 덴 듯 크게 뜨끔해졌다. 지난번 만났을 때 우선 거래를 성사시킬 욕심으로 미끼 삼아 던졌던 말을 생생히 기억하고 있었다. 배봉은 속으로, 에잉, 잇아삘 꺼는 좀 잇아삐라, 하고 욕을 퍼부었다.

"평양 기생보다도 거기 기생이 더 유명하다고 자랑하시지 않았스무니까?"

무라마치도 은근히 강요하는 어투였다.

"그, 그야 그렇지만서도……."

배봉이 그만 꼬리를 사리는 눈치를 엿보이자 사토가 대단히 섭섭하다는 빛을 노골적으로 드러냈다.

"큰 기대를 걸고 있었스무니다."

일반 서민들은 구경도 어려운 그 최고급 음식 맛이 떨어진다는 듯 손에 쥐고 있던 수저를 슬그머니 상머리에 내려놓았다.

"이번에는 그 기녀를 만날 수 있을까 하고 말이무니다."

"……."

배봉은 몹시 난감한 와중에도 경멸하는 마음이 소달구지 덜컹거리는 시골 길바닥에 먼지 나듯 폴폴 일었다. 아무리 섬나라 오랑캐 족속이곤 하지만, 명색 장인과 사위가 같이 앉아 있는 자리에서 이따위 소리라니. 배봉은 속으로 실컷 조롱을 퍼부었다.

'에이, 더러븐 눔들. 이런께네 쪽바리 소리 듣지.'

그러나 무라마치 입에서는 한층 배봉을 긴장시키는 맹랑한 말이 나왔다.

"해랑이라고 했스무니까, 임 사장님께서 말씀하신 그 기녀 이름이?"

배봉은 아찔했다. 그 기녀가 지금은 이 배봉이 맏며느리가 돼 있다는 사실을 알게 되면 저들은 뭐라고 할 것인가? 자신이 그들을 잔뜩 얕잡아보는 것 이상으로 그들 또한 자기를 형편없는 인간으로 볼 것이다. 그러면 당장 장사에도 예상하지 못한 무슨 문제가 생길지도 모른다.

'그라고 본께네 요것들이야.'

역시 그가 던진 미끼에 현혹되어 거래를 틔웠음이 분명하다. 꼴값들한다, 싶었다. 물론 그것 하나 때문만은 아니겠지만 상당한 작용을 했을 것이다. 배봉은 머리를 굴렸다. 이 일을 어떻게 무마한다?

"임 사장님!"

그때 다그치듯 하는 사토 목소리가 또 들렸다.

"해랑이라는 그 기녀는 아직 그대로 있겠지요?"

"아, 그, 그야……."

배봉은 이거 정말 야단났구나 싶었다. 그 또한 무의식적으로 수저를 내려놓았다.

"우리 사이니까 스스럼없이 드리는 말씀이무다."

사토란 놈은 진드기만큼이나 끈질긴 구석이 있었다. 배봉은 크게 허둥거리기 시작했다. 사토는 곧장 자리에서 몸을 일으킬 사람같이 했다.

"그렇게 아름답다는 그 기녀를 지금 당장이라도 한번 만나보고 싶스무다."

더없이 당혹스러워진 배봉은 무라마치의 입귀가 아주 기묘하게 말려 올라가는 것을 미처 발견하지 못했다.

"시, 시방 당장예?"

배봉이 매우 놀란 얼굴을 했지만 사토는 이참에 뿌리를 뽑을 사람처럼 굴었다.

"이제 사업 이야기는 거의 마무리된 단계니 특별히 급하게 할 다른 일도 없고, 그래서 드리는 말씀인데, 에, 어떻스무니까?"

일본인인 사토보다 조선인인 배봉이 더 조선말에 어눌한 것 같아 보였다.

"머, 머를 마, 말씀입니꺼?"

사토 입에서는 배봉 입장에서는 세상에서 가장 무서운 통첩과도 같은 소리가 나왔다.

"임 사장님께서 댁으로 돌아가실 때 우리도 동행했으면 하무다만……."

배봉은 음식상이 거꾸로 뒤집히는 것 같았다.

"허, 도, 동행을?"

배봉은 지난날 하판도 목사 앞에서 하던 버릇이 되살아나 연방 손으로 이마에 솟아나는 땀방울을 훔쳐내야만 했다. 다 된 죽에 코 빠뜨린다고, 해랑 때문에 그동안 온갖 공을 들여서 해놓은 일이 한순간에 폐가처럼 와르르 무너질 수도 있다.

'고 가시나가 부산포꺼지 따라와갖고…….'

그러나 곤경과 위기에 처하면 귀신도 놀랄 재치와 기지를 발휘하는 배봉이다. 사실 그런 게 없었다면 오늘날의 배봉도 존재하지 못할 것이다. 그는 너무너무 애석하다는 표정을 과장되게 지으며 말했다.

"안 그래도 내가 요분 길에는 반다시 두 분을 뫼셔가갖고, 그 기녀를 만내보시거로 할 작정으로 왔는데, 암만캐도 쪼매 곤란하지 않것심니꺼?"

그러자 두 일본인은 아주 못마땅하다는 듯 상을 크게 찡그리며 동시에 입을 열었다.

"그게 무슨 뜻이무니까?"

"하! 하! 참으로 섭섭한 말씀이무니다!"

배봉은 얼굴에 억지웃음을 실실 뿌리기 시작했다.

"시방 조선 천지를 마마가 막 설치고 댕기쌌는데, 머 그래도 괘안으시다모 지가 두 분을 뫼시것심니더."

이번에도 그들은 한꺼번에 반문했다. 여자 문제에는 장인이고 사위고 그 영역이 정해져 있지 않은 모양이었다.

"마마가 문제란 말씀이무니까?"

"그래도 괜찮다면 우리를 데리고 가시겠다, 그런?"

배봉은 고향 읍내장터에서 보아왔던 쥐약 장수처럼 나왔다. 세상에 그렇게 속 편하게 할 수 있는 장사라니?

"좋심니더. 두 분 모도 하시고들 싶은 대로 하시이소. 지야 머 이래도 덩더꿍, 저래도 덩더꿍이지예."

사토와 무라마치는 서로 얼굴을 마주 보았다. 그들 낯판에 짙은 아쉬움과 난감한 빛이 엇갈렸다. 그러다가 이윽고 하는 말이었다.

"드, 듣고 보니 그, 그렇긴 하무니다. 모두가 그 전염병 때문에 바깥 출입을 삼가고 있는 형편인데, 우리가 그곳까지 간다는 것은……."

"기회는 다음에 또 만들면 되지 않겠스무니까. 그때는 임 사장님께서 무슨 일이 있어도 우리를 데리고 가셔야 하무니다."

배봉은 우선 당장 발등에 떨어진 불은 껐구나! 싶었다. 그러자 말은 한층 일사천리로 쏟아져 나왔다.

"오데 여부가 있것심니꺼. 해랑이보담 상구 더 이쁜 기생들을 두 분 앞에 쫙 늘어서거로 해 드리지예. 하하."

젊은 무라마치보다 늙은 사토가 더 추잡했다.

"하! 그, 그렇게나?"

배봉은 판소리 사설 늘어놓듯 했다.

"평양에는 계월향이가 으뜸이요, 내 고장에는 논개가 으뜸이었심니더마는, 그 둘을 합친 거보담도 더 멋진 기생들을……."

"하! 하!"

장인 사위가 다 함께 배봉 손에 놀아나고 있었다. 아무리 사업에는 여자가 뒤따른다고는 하지만 참으로 눈꼴이 실 노릇이었다.

'흐흐흐. 니눔들이 암만 글싸도 내한테는 몬 당하제.'

배봉은 스스로 헤아려 봐도 내가 대단하다 싶었다. 앞에 닥친 위기를 넘겼을 뿐만 아니라 그다음 단계에 대해서도 미리 연막을 쳐놓은 셈이었다. 일이 되려면 이렇게 저절로 술술 풀린다니까?

이제는 이 자들 앞에 해랑을 데려가지 않아도 괜찮게 되었다. 결국, 깨지는 것은 돈이니, 해랑만 아니라면 다른 기생들이야 열 명이 아니라 백 명이라도 동원할 자신이 있다.

'운제 오데서 들었더라? 아모리 나쁜 태풍에도 덕 보는 사람이 있다 쿠디이, 마마가 내를 살리줬다 아인가베.'

남들의 지탄과 원성을 사는 마마신에게 큰절이라도 넙죽 올리고 싶은 심정이었다.

'넘들이사 빡보(곰보)딱지가 되든 말든 내하고는 무신 상관이고?'

배봉은 무언가 낮은 일본말로 서로 귓속말을 주고받는 사토와 무라마치를 흘낏 바라보며 또 생각했다.

'그런데 지석영이가 해필이모 일본눔 군이관한테서 종두법인가 두종법인가를 배울라꼬 부산포에 왔다쿠는 기 쪼매 그렇거마는.'

그러자 배봉은 더욱 자신이 조선에 다시없이 훌륭하고 위대한 애국자인 것같이 생각되어 사토나 무라마치보다 훨씬 더 흐뭇한 웃음을 띠었다.

내가 비단장사 진짜로 잘했지. 비화 요년아, 콩나물국밥장사 백날 천날 해봐라. 이 배봉이맹캐 될 수 있는가 말이제.

몸이 풍선처럼 공중으로 두둥실 날아오를 것만 같다. 저 마마 때문에 뭔가 꼭 좋은 일이 생길 듯한 예감이다.

미칠 일만 남았다

상촌나루터에 웬 미치광이 하나가 나타났다.

그런데 그의 나이를 제대로 짚어낼 수 없을 뿐만 아니라, 그동안 어디서 무엇을 하던 사람이며, 어떻게 해서 그곳까지 흘러들어오게 되었는지, 또 왜 미쳐버렸는지, 단 한 가지도 알려진 게 없었다. 그런데도 하루 수천 명이 드나드는 그곳에서 그 미치광이는 적잖은 파문을 일으키기 시작했다.

그렇게 된 이면에는 좀 특이한 연유가 있었다. 대체로 세상 미치광이들은 그들만이 갖는 공통점이 있으면서도 저마다 하는 짓들이 또 각기 조금씩 다르기 마련이다. 그 미치광이 소년이랄까 청년은, 사람만 보였다 하면 곧바로 뛰어가 그 얼굴을 한참 동안 가만히 들여다보는 기묘한 광기를 드러내었다. 사람들은 호기심 반 두려움 반 섞인 얼굴로 묻고 답했다.

"여자한테만 그란다쿠더나?"

"아이다, 남자한테도 그란다쿠던데. 나이도 상관없고."

"개나 닭한테는 우짜는고 모리제?"

"우뜰 때는 꽃모가지를 붙들고 서갖고 안 있나, 한참이나 그거를 이래 들이다보는 것도 본 사람이 있다데."

"낮에는 해 보고, 밤에는 달 보고, 눈이 빠지거로 그리 쳐다본다 안 쿠는가베."

"하이고, 에나 얄궂도 안 하거마는."

그러나 그 밖의 다른 행동은 없었기에 그와 처음 맞닥뜨린 사람들은 미치광이란 걸 얼른 깨닫지 못했다. 그저 어딘가 좀 이상하다, 아니면 자기가 아는 사람인가 싶어 확인하는 정도로 받아들였다.

말하자면 헤헤 웃거나 하늘을 손가락질하며 소리를 지르거나 광견병에 걸린 개같이 마구 뛰어다니는, 여느 광인들에게서 볼 수 있는 일반적인 광기 현상을 잘 발견할 수 없었다. 그러고 보면, 입이 심심한 사람들이 별것도 아닌 것을 갖고 공공연히 부풀려서 만들어낸 이야기인지도 모르겠다.

게다가 그는 남의 얼굴을 들여다보다간 그대로 휙 몸을 돌려세우곤 한다는데, 그럴 때 그의 얼굴은 그야말로 아무런 표정이 없다고 했다. 그래서 사람들은 그를 바보 얼간이로 보는 경우도 적지 않았다.

아무튼, 그게 끝이었다. 그는 한 번도 사람을 해치거나 피해를 준 적이 없었다. 하지만 그가 미치광이라는 것에는 거의 아무도 이의를 달지 않았다.

"시방 머라쿠고 있노? 해 댕기는 거 좀 봐라."

어쩌다 왜 괜한 생사람 잡으려 드느냐고 하는 사람이라도 나올라치면 그런 말부터 듣기 십상이었다. 그러면 그 사람은 뒤통수를 긁적이며 슬그머니 물러서면서 말했다.

"그리 말하모 내도 더 할 말이 없다."

우선 차림새부터가 그러했다. 전형적인 광인이었다. 때가 잔뜩 낀 옷은 떨어질 대로 다 떨어져 너덜너덜하고, 그 찢겨 나간 의복 사이로 태어나서 한 번도 씻은 적이 없는 듯한 시커먼 맨살이 속절없이 드러나 보였다. 머리칼은 꼭 까치집 같아서, 까치가 제 둥지인 줄 알고 날아들 것이란 소리도 심심찮게 나돌았다. 눈빛은 게슴츠레하게 풀려 언제나 졸리는 인상을 풍겼다. 어쩌면 그는 잠을 제대로 자지 못하고 있는지도 알 수 없다.

그런데 참으로 이상한 일이 다 있었다. 그 미치광이가 웬일인지 얼이만 보면 좋아라고 막 따라붙는 것이다. 마치 오랜 지기인 것처럼, 남들 앞에서는 무표정했던 얼굴 가득 웃음을 띠고, 얼이가 알아듣지 못할 무슨 말인가를 계속해서 입 밖으로 냈다.

얼이는 너무 께름칙하기도 하고 기분이 나쁘기도 했다. 하긴 '미친놈'이 그를 쫓아오는데 유쾌할 사람이 세상 어디에 있겠는가 말이다. 더욱이 언제 어디서 갑자기 무슨 해코지를 하려 들지, 그래 어떤 큰 변고를 당할지 모르는 것이다.

그러나 그런 일이 여러 차례나 되풀이되자 얼이는 점점 대수롭잖게 여겼고, 나중에는 그가 보이지 않으면 혹시 신상에 무슨 사고가 벌어진 게 아닐까 싶어 은근히 궁금해지기도 했다. 심지어는 죽마고우같이 보고 싶어지기까지 하였다. 이런 괴이하고도 두렵기 그지없는 풍문이 여름날의 나뭇잎처럼 무성해지기 시작한 것은 그런 와중에서였다.

− 임술년에 원통하거로 죽은 농민군 원혼이 씌인 미치개이가 확실타.

− 얼이 아부지 천필구 혼백이 그 미치개이 몸에 착 달라붙어 있는갑다.

− 요새 겉은 시상에 구신이 오데 있노? 사람들이 많아진께 모도 쫓기 갔삣다 안 쿠더나.

− 우짜모 장차 또 들고일어날 농민반란을 예고하라쿠는 임무를 띠고 나타난 미치개이가 아일까?

― 하여튼 얼이하고 그 미치개이하고는 반다시 우떤 연고가 있을 끼 거마는. 전생에 무신 인연이 있든지.

그 낭설에 대해 그 누구보다도 가장 싫어하고 신경을 곤두세우는 사람이 얼이 어머니 우정 댁이었다. 거기에는 충분한 사유가 있었다.

저 임술년 농민군 사건 당시 관군에게 체포되어 성문 밖 공터에서 시퍼런 망나니 칼에 의해 형장의 이슬로 사라진 농민군 유족들은, 그 일이 세상에 알려지는 것을 무척이나 꺼리고 있었다. 그 가장 큰 원인은 아직도 세상은 그때 활동했던 농민군부대를 반역으로 몰아붙였다. 그 사건을 두고 '임술민란', 혹은 '농민반란'이라고 불렀다. 그리하여 유족들은 자기 아버지나 형제, 혹은 친척이 농민군이었다는 사실을 꼭꼭 숨겼다. 역적 취급받기 싫었던 것이다. 심지어는 이런 어처구니없는 이야기까지 고삐 풀린 말처럼 나돌았다.

"농민군 핏줄들은 모돌띠리 씨를 말라삐거로 하고, 농민군 하던 집안 여자들은 겁탈해도 안 붙잡히간다 글 쿠데?"

"하모, 하모. 나라에서는 도로 그리하거로 부추긴다쿠는 말도 안 있는가베."

"내가 듣기로는 안 있나, 남자들이 농민군 하다가 죽어삔 그런 집안 여자들치고 안 있나, 진짜 처녀나 정조 잘 지키낸 과부는 한 사람도 없다쌌는 기라."

"에나로?"

"그뿌이모 괘안커로? 내 더 이약 안 하고 싶어도……."

"해봐라, 퍼뜩!"

당사자들로서는 참으로 원통 절통할 노릇이 아닐 수 없었다. 도대체 그때 어떻게 죽어간 농민군들인데, 그 식솔들마저도 그따위 갖은 수모와 고통을 당하게 몰아가는가 말이다. 어쨌든 한 많은 농민군 유족들은

222

아무 지은 죄도 없으면서, 단지 농민군 아내나 여동생이나 딸자식이었다는 그런 이유 하나만으로, 다른 여염집 여자들보다도 더욱 몸을 잘 지켜내지 않으면 안 되었다.

우정 댁이라고 해서 어디 다를까? 비록 남편 원수를 갚기 위해 외아들을 농민군으로 키울 결심은 다지고 있었지만, 이미 알고 있는 비화나 원아, 밤골댁 등 가까운 몇몇을 제외한 다른 이들에게는 그런 사실을 꼭 감추었다. 하긴 그런 속에서도 어찌어찌해서 알아버린 이들도 적지는 않았다.

그 속을 깊이 들여다보면, 아직도 관아 감시에서 완전히 벗어나지 못하고 있는 실정이었다. 그런 판에 근본도 알 길 없는 미치광이가 제 몸에 농민군 원혼을 묻혀 와서 얼이에게 접근하고 있다는 이야기는 실로 굉장히 위험천만한 것이었다.

"얼아, 니 우짜든지 그 미치개이 조심해라이."

"젊은 핼기(혈기)에 참기 에렵것지만도, 그냥 미친개다, 그리 생각해 삐고 상대도 안 하모 되는 기라."

"오데 머가 무서버서 피하나, 더러버서 피하제. 안 그렇나?"

"아, 피한다쿠모 얼이가 기분이 나쁠 끼고, 그거는 피하는 기 아이고⋯⋯."

나루터집 식구들은 얼이 그림자만 비쳐도 무시로 그렇게 걱정하고 타이르는 말들을 했다. 얼이가 무단히 해코지를 당해도 그랬고, 얼이가 홧김에 무슨 짓을 해버려도, 무사할 수 없는 처지였다. 이래저래 손실만 있지 득이 될 것은 없었다.

그런데 한층 더 참아내기 힘든 헛소문도 있었다. 그것이야말로 얼이 당사자나 나루터집 식구들은 말할 것도 없고 아무런 상관이 없는 사람들도, 그저 한쪽 귀로 듣고 한쪽 귀로 흘려버릴 수만은 없는 심각한 문제였다.

"그 미치개이 여동상이 얼이라쿠는 그 총각한테 당했다쿠는 기라."

"그기 아이라쿠던데?"

"머? 그기 아이모?"

"그 미치개이 여동상이 아이고 미치개이 누야하고, 서로 우찌우찌해 쌌는 사이라쿠는 그 말이 더 진실에 가차운 이약이 아이까?"

"여하튼 남자가 여자하고 얽힛다쿠모……."

원래 헛말일수록 날개를 더 빨리, 그리고 더 많이 달고 있는 법이다. 참말은 그렇게 되지를 못한다. 그것은 시간이 흐를수록 오히려 더욱 느려지고 더욱 줄어드는 것이 또한 세상 돌아가는 이치다. 급기야 사람 숨통을 누르는 이런 소리까지 나왔다.

"여동상이든 누야든 안 있나, 그 미치개이가 복수할라꼬 온 거는 분맹타."

"그렇제. 인자 두고 봐라꼬. 그 미치개이가 죽든 얼이라쿠는 총각이 죽든, 가부간에 무신 갤정이 날 낀께네."

"으, 무섭다 고마. 그런 소리 더 해쌌지 마라. 꿈에 들으까 겁난다."

참으로 터무니없이 허황하고 실상이 없는 일이 아닐 수 없었다. 시절이 너무나도 어렵고 어수선하니 하찮은 미치광이 하나가 평지풍파를 일으킬 수도 있는 세상이었다.

어쨌든 나루터가 있는 강가에서 콩나물국밥을 만들어 파는 일개 아녀자인 비화를 비롯한 나루터집 식구들로서는, 지금 굴렁쇠처럼 급박하게 돌아가는 국내외 사정을 속속들이 알 수는 없지만, 마마신이 창궐하는 중에도 드나드는 손님들 입을 통해 시대가 예사롭지 않다는 것쯤은 실감하고도 남았다.

"우리가 맨발 벗고, 시퍼런 칼날 우에 서 있는 기라."

"우떤 구신이 와서 잡아갈랑고, 아모도 안 모리나."

그러나 식자층이네 하는 남정네들이라면 그 정도가 아니라 제법 나라 사정을 꿰차고 있었다. 모든 건 공공연한 비밀로 드러나 있는 형편이었다.

언제나처럼 창가에 오래된 무화과나무 그림자가 드리워진 호한의 사랑방에서는 호한과 언직이 심각한 대화 속에 빠져 있었다. 세상을 짓누르는 공기가 여간 무거운 게 아니었다.

"김홍집이라쿠는 그 인물, 아즉 젊은 사람이 에나 보통을 상구 넘겨마는. 아, 넘는다는 정도가 아이고 획획 나는 기라, 날아."

호한의 감탄 섞인 말에 언직은 혀를 내두르는 시늉을 했다.

"내 요분에 한양 갔다가 말이제, 그 사람 이약 듣고……."

"우리 딸 비화하고 나이 차이도 올매 안 나는 젊은이가, 일본에 수신사로 파견됐다쿠는 거도 놀랠 일인데, 그런 무서운 짓을 저질다이?"

바로 옆에 땅불이 떨어져도 잘 놀라지 않는 호한이지만, 이번 그 일에는 보통 경악하는 빛이 아니었다. 심지어 이런 말까지 했다.

"허, 인자 우리 겉은 사람들은 뒷전으로 물러앉을 때가 된 거 겉거마는."

그러자 언직은 위로인지 나무람인지 모를 소리를 했다.

"아, 그런 이약 벌로 하지 마라꼬."

고개를 창가로 돌렸다가 다시 호한을 보며 말했다.

"자네가 지난분에 강용삼이 그 사람한테 하는 거 본께네, 시방도 뜨거븐 피가 펄펄 끓는 청년이던데 머."

"아, 그 사람?"

호한은 그의 천성대로 솔직하게 털어놓았다.

"그날은 내가 쪼매 너모했다 아인가베."

"쪼매 그랬으모 괘안커로?"

언직은 손을 들어 친구 등판이라도 후려칠 것같이 했다.

"쪼매가 아이다 고마, 이 친구야."

호한은 탁자 위에 얹혀 있는 문방사우를 그윽이 바라보았다.

"하지만도 우짜겟노."

언직도 호한을 똑바로 보지는 않고 거기 벽에 걸려 있는 액자 속 글씨들을 눈여겨보는 듯이 했다.

"우짜기는 머를 우째?"

호한이 무관 출신답게 아직은 튼실한 고개를 숙이며 말했다.

"우떤 자리든 누 입에서든 배봉이 그눔 이약만 나오모, 고마 내는……."

창문에 어리는 무화과나무 그림자가 여러 갈래로 뒤엉켜서 흐르고 있는 강줄기를 방불케 했다.

"친구야, 내도 인자 그 정도는 알고 있다 아인가베."

언직은 십분 이해된다는 듯 고개를 끄덕이고 나서 부럽다는 투로 아까 하던 그 이야기로 돌아갔다.

"김홍집이가 시물 여섯 살 때 문과에 급제한 이후로 안 있나, 상감 신뢰를 한거석 받았던 모냥이제."

다시 고개를 든 호한의 두 눈이 크게 빛났다. 그럴 때 보면 그의 여식 비화와 너무나도 닮은 모습이 아닐 수 없었다. 음성에도 힘이 실려 있었다.

"일본서 갖고 온 책이 머라캤제?"

언직이 되물었다.

"책?"

호한은 약간 머쓱한 표정을 지었다.

"으응, 방금 막 들었는데 기억이 안 난다."

아주 어릴 적 어느 여름날의 기억을 되살려주듯 동네 어떤 집에선가 낮닭이 긴 울음을 내고 있었다.

"참, 자네도 인자는……."

그러면서 언직은 호한이 잘 알아듣도록 천천히 일러주었다.

"청나라 외교관 황 쭌셴이 쓴 『조선책략』이라쿠는 책 아인가베."

호한은 다시는 잊어버리지 않고 기억해두려는 듯 여러 차례나 입안으로 되뇌었다.

"조선책략, 조선책략……."

그 소리는 긴 꼬리를 남긴 채 사라지고 적요함이 우 밀려들었다. 닭의 울음소리로 인해 그 분위기는 더해지는 것 같았다. 창밖 무화과나무가 무슨 일인가 하고 사랑 방안을 들여다보는 듯했다. 호한은 자못 두렵다는 얼굴로 또 물었다.

"그 책에, 아라사를 막는 기 우리 조선이 세워야 할 책략이다, 그리 써놨다꼬?"

언직 또한 무섬증을 느끼는 사람처럼 비쳤다.

"우리 조선 땅이 아시아 요충을 차지하고 있다쿠는 이약이제."

"아시아 요충……."

"열강들이 서로 잡아무울라꼬 할 끼다, 그리 말함서……."

"그래, 열강. 열강들."

잠시 상념에 잠기던 호한이 제 판단을 얘기했다.

"조선이 위태로우모 청국도 마찬가지라쿠는 거를 알았는갑네?"

"바로 맞혔거마는."

서안 위에 펼쳐져 있는 책자를 물끄러미 바라보며 언직이 말했다.

"호한이 자넨 역시 대단한 친구야. 황 쭌셴도 그 책자에서 똑겉은 말을 하고 있거마."

그가 거기 올 때마다 명필이라고 매우 감탄해 마지않는 벽면 액자 속 한자를 한 번 더 올려다보고 나서 말했다.

"그람시로 또 한다는 소리가, 아라사가 영토를 넓힐라쿠모 반다시 조선이 그 첫 번째 대상이 될 끼라고 했다데."

"허, 에나 무섭고 두렵기 짝이 없는 글이거마는."

"내도 그 소리 듣고, 고마 간이 싹 다 녹아 없어지는 줄 안 알았디가."

강용삼의 집이 있는 방향으로부터 또 닭 울음소리가 들려왔다. 하지만 용삼의 닭은 아닐 것이다. 그는 아직 한 번도 닭은 물론 다른 동물도 키우지 않는다는 걸 호한은 알고 있다. 왜인지는 모르겠다. 동물을 싫어하지는 않은 것 같은데, 어떻게 보면 무슨 부담감 비슷한 것을 품고 있는 게 아닌가 싶기도 했다. 아무튼, 그 이유 말고는 딱히 갖다 붙일 만한 무엇이 없었다.

"그라모 조선이 그런 아라사를 막는 책략이 머시라 쿠는데?"

"그거는……."

그렇게 물어오는 호한도, 그 말을 듣는 언직도, 똑같이 잔뜩 초조하고 긴장하는 빛들을 풀지 못했다. 조선이 아라사를 막는 책략…….

"그거는?"

"함 들어봐라꼬."

"듣고 있네."

"음."

평소 다혈질인 데다 약간 가벼운 편인 언직 입이 그 순간에는 커다란 돌문같이 무겁게 열렸다.

"우리 조선이 저 아라사를 막는 그 책략은, 청국하고 친하고……."

"청국이라."

"일본하고 맺고, 미국하고 이어짐으로써……."

"맺고 이어?"

"그래갖고 자강을 도모할 뿐이다, 그리 말하고 있다쿠는 기라."

"그리……."

"내사 머리가 핑비매이로 **뺑뺑** 돌라캐싸서……."

호한은 더는 가타부타 말이 없었다. 얼굴 가득 복잡한 빛만 서렸다. 이제는 비록 배봉과 죽은 소긍복의 간계, 그리고 직속 부하 황의 비리에 모든 책임을 지고 관직에서 물러난 호한이지만, 한때는 강직하고 사리에 밝기로 이름난 무관이었다.

'시상 사람들아, 저 친구 좀 보소.'

언직은 호한이 죽마고우라고는 하지만 그를 대할 때면 항상 조심스럽고 떠받드는 마음이 솟구치곤 했는데, 지금은 더한층 그가 거대한 성곽 같이 느껴졌다. 저만큼 문무를 겸비한 사람도 조선 땅에 흔치 않을 거란 생각을 또 했다.

'왕대밭에 왕대 난다꼬, 애비가 저러이 비화 겉은 그런 딸도 태어났것제.'

남강 최대 나루터인 상촌나루터에서 콩나물국밥집을 하여 근동에 돈 잘 버는 여걸로서 이름을 떨치고 있는 비화를 떠올리면, 언직은 비화가 비록 친구의 딸이지만 애정을 넘어 존경스럽기까지 했다. 그렇지만 저 동업직물 임배봉과 점박이 형제를 생각하면 그의 가슴도 그만 겨울날의 가매못처럼 꽁꽁 얼어붙어 버리는 듯싶었다.

'나루터집이 암만 번성한다 쿠더라도 우리 고을 최고 대갓집인 저 동업직물을 이기기는 불가능 안 하까?'

그 결과는 불 보듯 너무나도 **뻔해** 보였다.

'천만 분을 헤아리 봐도 첨부텀 상대가 아이었는데. 물론 그 내막을 완전히 모리지는 안 해도, 와 그리키나 어리석고 몬난 도전을 할라캤는지…….'

언직은 그런 좋잖은 마음들을 몰아내 버리기 위해 심호흡을 했다. 그러고는 호한 얼굴을 새삼스레 다시 쳐다보았다. 저 친구, 한때는 높고 푸른 산맥을 훨훨 날아 단숨에 넘는 커다란 새 같았는데.

'붕새가 세월을 몬 이기서 고마 참새가 돼삐릿나. 아이다. 대붕大鵬꺼지는 몬 되더라도 아즉 소붕小鵬은 될 끼다.'

언직은 호한이 보수 유생 등 위정척사파가 그랬던 것처럼 당장 큰 반발심을 보일 거라고 짐작했었다. 그게 무슨 망언이냐며 자리를 확 박차고 일어나지나 않을까 걱정이 되기도 했다. 사사건건 물고 와서 고해바치듯 하는 내가 혹 잘못하는 게 아닐까 반성도 해보았다. 그렇지만 호한은 역시 사려 깊은 침착한 벗이었다. 언직은 다시 한번 크고 높은 울타리로서의 호한을 재확인했다.

"아라사, 청국, 일본, 미국……."

"……."

묵묵히 듣고 있는 호한의 눈에 언직이 천자문을 외는 글방 학동처럼 비쳤다.

"허어, 에나 서글푸고 분통 팍 터질 일 아이것나."

"……."

이번에는 폭삭 쭈그러진 늙은이로 보이는 언직이었다.

"우리를 잡아무울라 해쌌는 것들이 와 이리 쌔삣노?"

갈수록 언직이 흥분하자 호한이 천천히 입을 열었다.

"동물도 가마이 보모, 한 마리가 약해지모 다린 것들이 그 약한 동물 하나를 서로 먼첨 잡아묵을라꼬 안 하더나."

늘 보는 사랑방 천장이 너무나 까마득하게 멀어 보이는 바람에, 호한은 눈에 이물질이라도 들어간 사람같이 연방 깜빡거리지 않으면 안 되었다. 그러자 양쪽 눈꼬리로 흘러내리는 끈끈한 기운은 눈물이었다.

"갤국 이 모든 기 우리한테 심이 없는 탓이라 생각하모……."

언직도 눈시울이 붉어졌다. 이럴 때 보면 그는 더욱 다혈질 같았다. 그는 지금 하루에도 몇 번이나 뜨거운 철판 위에 콩 볶듯 화공 안석록을 달달 볶아대고 있었다.

"그라다가 원아 그 각시, 횡 날라간 새맨치로 안 화공 눈앞에서 날라가삘 끼다. 그래도 괘안컷나? 머 괘안으모 그리하든지."

"……."

"그림 그릴 때 지키보모, 임금이 곁에 와도 돌아보지도 안 할 만치 지 일에 집착하는 사람인데, 요분 일은 와 이러키 물에 술 탄 듯, 술에 물 탄 듯, 흐리멍텅한고 참말로 모리것다."

"……."

"서로 만내기는 만내고 있는 것가?"

그럴 때면 석록은 언제나 말없이 그저 씩 웃는 것으로만 답을 하여 언직을 더욱더 흥분시키기 일쑤였다. 상대방 기분을 나쁘게 할 그 정도까지는 아니지만, 그래도 도대체 그 속내를 읽어내기 참 어려운 사내였다. 예술 하는 친구라서 그런가? 언직은 어쨌거나 좋은 방향으로 보려고 마음을 삭였다.

한편 배봉과 강득룡 목사에게 강제로 빼앗기다시피 그림들을 팔아넘긴 이후로, 석록은 그전보다도 더더욱 말수가 적어졌지만, 그나마 다행스러운 것은 한층 그림에 몰두하고 있다는 사실이었다. 어쩌면 그림으로 인해 입어야만 했던 마음의 상처를, 그림을 통해서 치유하려는 사람같아 보였다. 그 때문에 송원아에게 마음을 기울일 시간을 빼앗겼는지도 모르겠고, 또 다른 까닭이 있다고 한들 어쩔 도리가 없었다.

그러나 언직의 그러한 조바심은 한갓 기우였다. 그때쯤 원아와 석록의 사랑은 그런대로 싹을 틔워가고 있었다. 그리고 비화와 우정댁 등이 혼례 치를 날짜를 알아보기 시작했다. 하지만 아무도 알지 못했다. 그즈음 원아가 남몰래 혼자 살짝 어딘가를 다녀오고 있다는 사실이었다.

바로 지난날 그녀가 한화주와 애정의 꽃을 피우던 무명탑이 있는 그 야산이었다. 비명에 간 연인을 만날 수 있는 곳. 원아는 화주가 그림을 그리던 땅바닥에 엎드려 끝없이 울었다.

'화주 씨. 저 무맹탑 전설 속에 나오는 그 신라 공주하고 백제 무사는 비극적인 사랑을 맞았지만도, 시방 이 원아 멤만큼 아프고 괴롭지는 안 했을 기라예.'

울다가 지치면 하늘을 우러러 빌었다.

'지한테 천벌을 내리주이소. 그 미치개이맹캐 미치삐거로 해주이소.'

그러다가 거기 나뭇가지에 목을 매고 있는 한 여인의 모습을 보고 소스라쳐 도망치곤 했다. 여인은 뒤를 따라오며 거기 서라고 소리쳤다.

송원아와 안석록이 신랑 신부가 된 날, 온 산야에 신록이 그득했다.

원아 부모 송 씨와 모천댁 기쁨은 이루 헤아릴 수 없었다. 딸이 혼기를 한참이나 놓친 노처녀였기도 했거니와, 그보다도 죽은 한화주의 환영으로부터 벗어날 수가 있게 되었던 것이다.

천애고아로 부모 사랑을 전혀 받지 못하고 살아온 석록은 장인 장모에 대한 정이 남달라 보였다. 송 씨와 모천 댁도 사위라기보다 아들 하나를 새로 얻은 것만큼이나 흡족해했다. 그리고 이제는 단 하나, 손주볼 일만 남았다. 아들이면 석록같이 과묵한 아들을, 딸이면 원아같이 예쁜 딸이었으면 더욱 좋겠다.

나루터집 분위기도 원아 친정집 못지않았다. 너나없이 기뻐하며 새로운 출발을 하는 그 두 사람 앞날을 진심으로 빌어주었다. 나루터집 식구들이 더욱 좋아한 건, 그들이 따로 나가 살지 않고 나루터집에 신접살림을 차리기로 했다는 사실이었다. 그리고 나중에야 알았지만, 그렇게 하자고 먼저 제안한 사람은 원아가 아니라 석록이었다.

"내는 집 안에 사람들이 마이 북적거리쌌는 기 젤 좋다. 절간겉이 너무 썽그리하모 심이 다 안 맥히나. 무서븐 구신이라도 없는 거보담은 있는 기 더 낫은 기라."

우정댁 말이었다. 비화 마음에 그 소리가 너무나도 가슴 저리고 슬펐다. 그건 남편 없는 외로움에서 나온 말일 것이다. 비화 자신은 불과 몇 년 독수공방하면서도 그 고통과 절망을 견디기 힘들었는데, 영원토록 혼자서만 살아가야 할 우정 댁의 괴로운 심사는 더 말해 무엇하랴.

"지는예, 남자가 한 사람 더 생기서 더 좋아예."

얼이가 말했다. 그 소리도 비화 가슴 한복판에 굵은 가시로 박혔다. 억호와 만호, 그리고 민치목과 맹쭐을 겨냥해서 꺼낸 얘기일 것이다.

"우리가 집을 늘리기 에나 잘했거마는."

이번에는 재영이었다. 어쩌면 그는 임배봉의 대저택을 염두에 두고 내비친 말일지도 몰랐다.

어쨌거나 그때쯤 나루터집은 엄청 규모가 커져 있었다. 손님 맞는 방들은 앞쪽에 있고, 나루터집 식구들이 거처하는 곳은 뒤쪽에 있었다. 그 사이에는 널찍한 마당을 만들어 식구들 처소와 손님방을 멀찍이 떨어지도록 해놓았다. 그러니까 앞채는 손님을 받는 장삿집이지만 뒤채는 완전히 일반 살림집 모습을 갖추고 있는 이중적인 구조였다.

그런데 실상을 따지고 보면 그게 그거였다. 석록은 혼례를 올린 후에도 낮엔 집에 붙어 있는 일이 없었고, 원아는 원아대로 살림집보다 가게

쪽에 있는 시간이 훨씬 더 많았다. 따라서 나루터집 아닌 다른 곳에다 살림을 차렸다고 하더라도 지금과 별로 차이가 없을 것이다.

그리고 보면 재영과 석록은 철저히 다른 가장家長이었다. 한 사람은 집 안에만 머물고 한 사람은 집 밖으로만 나돌고. 그게 얼핏 어떤 면에서는 조화롭고 바람직한 구성원들이 아닌가 싶었다. 하지만 재영 하나만을 놓고 재볼 때 그것은 결코 좋은 징후가 될 수는 없는 것이었다.

석록이 그날 어디에 가 머물러 있었는지는 그의 그림을 보면 바로 알 수 있었다. 어제는 비봉산에 올랐고 오늘은 뒤벼리, 또 내일은 그림 속에 다 드러날 것이었다. 그 고을 온 풍경들이 어서 나에게 오라고 유혹의 손짓을 해대고 있을 것이다. 근동 최고 솜씨 있는 화공의 그림 붓끝에서 새로이 태어나는 꿈을 갈망하면서.

그렇지만 그의 모습은 혼례를 치르기 전과 별다른 차이를 보이지 않았다. 원아가 누차 그렇게 부탁해도, 그는 여전히 머리카락을 수북하게 길렀고, 턱수염을 잘 깎지 않았으며, 의복에도 거의 신경을 쓰지 않았다. 세인들이 추구하는 것에는 관심이 없는 전형적인 예술가 기질이었다.

그런 가운데 화공으로서의 그의 명성은 나날이 높아져 갔다. 제자가 되려는 이들이 문 앞에 줄을 섰다. 하지만 그는 지나치리만치 깐깐한 면모를 보였다. 웬만해서는 제자로 받아들이려 하지 않았다. 아무리 좋은 화구를 구입할 돈이 있어 보여도, 나름대로 그림 솜씨가 꽤 뛰어난 것 같아도, 자기 마음의 잣대에 맞지 않으면 두말하지 않고 그대로 돌려보냈다. 몰인정을 넘어 잔인하게 여겨질 지경이었다.

원아가 옆에서 쭉 지켜보기에, 그는 예술혼이 깃들어 있는 그림을 그릴 수 있는 제자를 원하는 것 같았다. 물론 그 고을 풍광에 애착과 관심을 가진 화공 지망생이어야 할 것은 당연했다. 그 밖에도 또 무언가가 더 있겠지만 그건 다른 사람은 알 수가 없고 석록만이 알 것이다.

그들이 기거하는 방 바로 옆에는 따로 작은 화실 하나가 마련되어 있었다. 비나 눈이 오거나 안개가 짙거나 바람이 심하거나 하여 야외에서의 작업이 어려우면 그 방이 곧 작업실이 되었다. 자기만의 공간을 가진 석록은 남의 부러움을 살 만하였다.

그곳에는 그동안 석록이 그린 그림들이 보관돼 있기도 했는데, 원아는 물론 석록도 제일 애착을 갖는 게 바로 혼례 전 석록이 원아에게 선물했던 원아 초상화였다.

"음."

석록은 그 초상화 얼굴과 현재의 실제 얼굴을 비교해보곤 하는 눈치였다.

'오늘은 마침…….'

원아도 어쩌다 드물게 시간이 비면 작은 손거울을 들고 그 화실로 들어갔다. 그러고는 석록이 그러는 것처럼 자기의 두 얼굴을 번갈아 바라보곤 했다. 확실히 거울 안에 있는 얼굴이 초상화보다도 많이 밝아 있었다. 머리가 좀 더 단정했으며 홀쭉했던 볼에도 약간 살이 붙었다.

하지만 눈빛에 서린 깊고 어두운 그늘만은 마찬가지였다. 특히 초상화에서 가장 마음을 무겁게 짓누르는 것은 다름 아니라 그녀의 시선이었다. 아무것도 채워져 있지 않고 또한 채울 수 없을 것 같은 공허한 눈동자였다.

"아, 그이……."

원아는 혼자 나직한 목소리로 중얼거렸다.

"저 눈길이 닿는 곳에는 화주 씨가 머무르고 있을까?"

그러다가 원아는 부르르 전신을 떨어야 했다. 이제 평생 한 지아비만 모셔야 할 처지가 아닌가? 그런데도 여전히 이따위 망상에 빠져 있다니. 누가 이런 자기 모습을 본다면 화류계 여자와 다를 게 뭐가 있겠느냐고 손가락질을 해댈 것이다.

그러자 어렵사리 석록과 이룬 가정에 큰 불행이 닥칠 것만 같은 불길한 예감이 파도처럼 밀려왔다. 원아는 그만 손에서 거울을 떨어뜨리고 말았다.

"작은이모! 또 그 안에 계시예?"

문득, 밖에서 들리는 소리에 원아는 화들짝 놀랐다.

"아, 조카가……."

비화다. 원아는 그때까지 하염없이 바라보고 있던 초상화 앞에서 서둘러 돌아서서 화실 문을 열었다. 문밖에는 일복 차림의 비화가 침통한 표정을 짓고 서 있었다. 비화는 안타깝고 애달파하는 목소리로 말했다.

"작은이모가 계속 이리하시모……."

"아, 아인 기라. 머 좀 찾을 끼 있어갖고……."

누가 들어도 거짓말이라고 알 수 있는 원아의 말끝에, 비화는 땅이 꺼지게 긴 한숨을 내쉬며 연민 어린 목소리로 말했다.

"작은이모 멤 다 알아예. 내가 이렇는데 작은이모는 우떻것심니꺼?"

원아의 가녀린 어깨가 절로 움츠러들었다. 말소리도 안으로 기어들어갔다. 세상이 아주 작은 화폭으로 변화하고 있었다.

"준서 옴마 생각이 그래서 그렇지, 내는 벨로……."

약간 열린 화실 문을 통해 그림물감 냄새가 물씬 풍겨 나오고 있었다. 그것은 얼핏 석록의 체취처럼 느껴지고 있었다. 때로는 그의 몸이 하나의 그림같이 생각되는 경험도 하는 나루터집 식구들이었다.

"그래도 이거는 아입니더. 작은이모부가 이런 사실을 아시모……."

둘 다 말끝을 맺지 못했다. 그만큼 모든 게 자신 없다는 징표였다.

"그 사람이……."

"입장을 바까놓고……."

원아는 퍼뜩 팔을 뒤로 돌리고는 화실 문을 닫았다.

두 사람은 누가 먼저랄 것도 없이 살림채 마당으로 내려섰다. 가게채 손님방과 평상에서 웃고 떠드는 소리가 쉴 새 없이 들려왔다. 언제나 똑같이 되풀이되는 하루지만, 이날은 왠지 모르게 그 소리들이 귀에 설었다. 예술과 생업, 그 두 가지 틈바구니에서 서성거리다가 나오기라도 한 것 같은 기분 때문일까?

"우 씨 아주머이 생각나시지예?"

비화가 신발 끝에 눈을 둔 채 감개 서린 목소리로 물었다.

"각중애 그 아주머이 이약은 와?"

원아는 비화가 그런 말을 꺼내는 의도를 모르겠는 표정이었다.

"천주학 하던 창무 아자씨가 그리 가시고 나서……."

비화는 그들 부부만 떠올리면 언제나 그러하듯 이번에도 목이 메어 잠시 쉬었다가 말을 계속했다.

"에린 아들 데꼬 사라지싯다가 운젠가 우리 나루터집에 오싯다 아입니꺼."

"……."

처녀 적이나 지금이나 여전히 아름다움을 잃지 않은 원아의 눈이 비화를 향했다. 지금 와서 그런 이야기는 왜 자꾸? 하는 빛이었다.

"지가 잘몬 알고 있는지는 몰라도 작은이모는 우 씨 아주머이보담은 낫다고 생각해예."

가게와 살림채 경계에 기다랗게 심어 놓은 나무들이 귀를 기울이는 것 같았다. 아직은 어린나무가 많았지만 얼마 안 가서 큰 나무가 될 것이다.

"우 씨 아주머이는 창무 아자씨하고 혼래도 올릿고, 자슥꺼정 있다 아입니꺼?"

"아, 그거!"

원아는 비로소 비화가 그 이야기를 끄집어내는 뜻을 깨닫고는 안색이 파리해졌다. 비화는 약간 주저주저하는 빛이면서도 말을 멈추지 않았다.

"그에 비하모, 작은이모는 그분하고는 혼래도 안 올릿고, 자슥도 없고……."

차마 '한화주'란 이름을 직접 거론하지는 못하고 '그분'이라고만 했다. 그러나 그 소리를 들은 원아 눈에 얼음장 같은 차가운 기운이 서렸다.

"인자 본께 준서 옴마도 에나 냉정하고 참 무서븐 사람이거마는."

가늘게 떨리는 원아 음성이었다. 차라리 잘못 들었기를 바라는 얼굴이었다.

"내한테 우찌 그런 이약을?"

그녀 얼굴에서는, 역시 남은 남이구나, 하는 기색마저 내비쳤다. 비화는 가슴이 무너지는 기분이 들면서도 단정 짓듯 말했다.

"지는 그보담 심한 소리 들어도 괘안아예. 두 분이 행복하거로 사실 수만 있다모예."

원아 표정이 좀 더 서운한 쪽으로 바뀌더니 자조하듯 물었다.

"조카 생각에는, 내가 화주 씨만 잊으모 행복할 거 겉나?"

비화 눈이 원아 눈을 향했다. 원아는 모든 것을 내려놓는 사람처럼 했다.

"역시 김비화는 김비화고, 송원아는 송원안갑다."

"……."

비화는 그만 입을 다물고 말았다. 여러 해를 함께 해왔지만, 원아 목소리가 그렇게 건조하게 들리기는 처음이었다.

"하기사 내도 조카 속에 안 들가봤은께, 조카 속을 내 속맹캐 알것나마는……."

238

참새들이 짹짹거리며 나무와 나무 사이를 분주히 오가고 있었다. 비화는 마음이 그 참새 낯짝만큼이나 작게 위축되는 느낌이었다.

"아, 지 이약은 그런 기 아입니더."

비화는 인간관계가 정말 서글프고 두렵다는 자각이 덤벼들었다. 다른 사람도 아닌 원아 이모에게서 이런 소리를 듣다니. 해랑한테서 느껴오고 있는 그런 감정을 이제 또 원아 이모에게서 똑같이 받아야 하는가?

'내한테 문제가 있는 기까?'

비화는 자책했고 전율했다. 온몸에 찬물을 쫙 끼얹힌 느낌이었다. 사람이 살아가다 보면 언제 어떻게 변할지 모른다는 생각이 새삼스레 가슴팍을 후려쳤다.

그렇다. 원아나 우정 댁과도 배봉 같은 원수 사이가 돼버릴지 뉘 알겠는가? 그렇게 되면 얼마나 안 화공도 이 비화에게 칼을 겨누게 되겠지.

'그런 날이 올란지도 모린다. 아, 겁나라. 산다는 기 와 이리 무섭노?'

그랬다. 이런 생각들은 한갓 망상이나 기우가 아닐지도 모른다. 왜? 해랑과의 관계를 돌아보면 더욱 그랬다.

그래, 해랑. 옥진이 아니라 해랑. 해랑과 비화가 서로 이렇게 극과 극으로 엇갈리는 삶을 살아가게 될 운명일 줄 천지신명이라도 아셨겠는가? 설혹 진무 스님이라 할지라도 치를 떠실 것이다. 그 자각 끝에 비화는 자칫 비명을 지를 뻔했다.

'아아, 내가 운제부텀 옥진이 아이라 해랑이라쿠는, 증말 떠올리기도 싫은 그 이름에 더 익숙해져삔 기까? 우짜다가 내가, 내가?'

관기가 되기 전의 옥진 모습은 아무리 기억해내려고 애써 봐도 전혀 그려지지 않았다. 그 대신에 기생 해랑의 모습은 너무나 또렷이 눈에 잡혀 들었다.

특히 동업직물 비단옷을 입고 거리를 활보하는 해랑의 모습은 죽어서도 잊어버리지 못할 것이다. 비화 자신을 거만하고도 무표정하게 바라보던 그 눈. 그것은 하늘의 해나 달보다도 훨씬 강렬하고 영원해 보였다. 언제부터인가 대사지 못물에 빠져 허우적거리는 사람은 해랑이 아니라 비화 그녀였다.

그리고 그 순간까지 비화는 또 몰랐다. 나루터집 식구들 가운데 누구도 전혀 알지 못했다. 비화가 지금까지 살아오면서 겪었던 그 어떤 고난이나 시련보다도 몇 곱절이나 더 힘들고 무서운 비극이 미치광이처럼 달려오고 있었다.

하늘이 갈가리 찢기고 땅이 쩍 갈라진다 한들 그보다 더한 저주가 내리랴. 인간이 피하기에는 이미 너무 늦어버린 신의 잔인한 심판이었다. 불에 벌겋게 달군 인두 끝으로 심장을 지지는 것보다도 심한 고통이었다.

부산포에 갔던 임배봉이 일본 상인 사토와 무라마치에게서 아주 조금 귀동냥한 종두법의 지석영. 그는 청나라 외교관 황 쭌센이 쓴 『조선책략』을 가지고 온 김홍집과 함께 수신사 일원으로 일본에 갔다.

조선에 들어와 있는 일본인 군의관에게서 배운 종두법 기술로는 턱없이 모자랐다. 그래서 일본으로 건너가서 직접 종두법을 익힌 후에 돌아와 본격적인 보급에 나서기 시작했다. 하지만 그것은 한양에서 천 리나 떨어진 남방 작은 고을에 사는 비화와는 너무나 거리가 먼 이야기였다.

'우찌 살꼬? 우찌 살꼬?'

비화는 제 주먹으로 제 가슴을 찧어댔다. 제 손으로 제 머리카락을 쥐어뜯고 발을 동동 굴렀다. 그것은 '저주의 신' 마저도 저주할 저주였다.

왜 우두牛痘를 맞히지 않았던가, 우두를.

아들 준서가 몸이 허약하다는 그 사실을 누구보다도 잘 알았으면서.

하늘을 탓하고 땅을 원망했다. 세상 사람들을 향해 비난의 화살을 날렸다. 그러나 결국 마지막에 남아 있는 과녁은 비화 자신이었다.

하늘 아래 땅 위에 단 하나밖에 없는 아들 준서, 그 준서가 마마에 걸리고 말았던 것이다.

처음에 준서가 몸에 열이 나면서 머리가 아프다고 할 때만 해도 설마 했었다. 평상시에 병치레가 잦은 아이여서 가벼운 감기몸살 정도로만 받아들였다. 그즈음 한창 환자들로 붐비는 의원 같은 데 데리고 갔다가 되레 더 큰 병이 옮을까 봐 주저하고 망설였던 것도 사실이었다. 그러면서 서너 날 지나면 전처럼 나아지겠지 했었다. 막상 당하려고 하니 금물이라는 방심에 노출된 꼴이었다.

"아, 요분에는 와 이리 오래가지예?"

"이거 안 되것소. 암만캐도 그냥 있을 일이 아인 거 겉소."

그런데 시간이 흐를수록 그게 아니라는 불안에 빠졌다. 그래서 부랴부랴 한의에게 보였을 땐 이미 때가 너무 늦었다.

"머, 머라꼬예?"

"마마요."

화색 좋은 얼굴이 둥그스름한 그 중년 한의는 원망 반 탄식 반 섞인 목소리로 짧게 끊어 몇 번을 말했다.

"마마요. 틀림없소. 마마요."

"마, 마, 마?"

비화는 그 소리만을 내다가 눈알이 허옇게 뒤집힌 채 그대로 절명해 버릴 여자처럼 보였다.

"이 일을 우짤라요? 우째서 진즉 예방 접종을 안 하고, 엉?"

그렇게 나무라면서도 그 한의는 이해는 된다는 얼굴이었다.

"하기사 엊그제 내가 댕기온 그 집도 마찬가지였지만도……."

그랬다. 단지 비화네만 아니라 다른 모든 집에서도 지석영의 종두법을 멀리하고 있던 추세였다. 마마신을 더없이 두려워하면서도 사람들은 이렇게들 얘기했다.

"일본을 통해서 우리나라에 전해진 종두법이람서?"

"하모, 내도 그리 들었다."

"허, 그라모 안 되것다."

"머가 안 된다 말고?"

"더러븐 기 있으모 '왜눔들 뭐 겉다', 모도 그리 이약하고 있는데, 그 것들한테서 온 긴께, 누가 우두를 맞을라쿠것노."

"맞다, 그렇네!"

"니나 내나 그러이……."

그 서양식 종두법에 관한 이야기는 거기서 그치는 게 아니었다. 일본을 겨냥한 조선인 민족감정을 떠나 이런 낭설도 떠돌았다.

─ 우두를 맞으면 소처럼 미련하게 되고 성질이 온순해진다.

그리하여 모두 우두 맞기를 무척 꺼려했던 것이다. 막상 일이 닥치면 누구든지 복장을 치면서 후회하기 십상인데, 당하기 전에는 그런 어정쩡한 태도를 취하는 게 바로 인간들의 어리석음이었다.

'소 몸에서 빼낸 기 아이라 그보담 더한 것이라 쿠더라도, 우리 준서한테 그 우두를 맞혔어야 했던 기라, 맞혔어야.'

비화는 고통스러워하는 준서를 보며 피눈물을 내쏟았다. 눈에서 쌍부처가 거꾸로 서고 있었다.

'내가 미친년이다. 내가 죽을 년이다.'

지금 와서 뒤돌아보면, 장사에만 정신없이 바빴던 것도 준서에게 등한시한 까닭이었고, 소작을 준 전답을 둘러보고 마름이나 소작인들을 관리하느라 시간을 빼앗긴 것도 적잖은 원인이었다. 아직도 매일같이 해랑의 생각에서 빠져나오지 못하는 것도 그랬고, 특히 배봉 집안에 복수할 일념으로 그놈의 돈에만 눈이 어두웠던 것도 그랬다. 대체 그 무엇이 가장 중요한 것인가 말이다.

준서 몸뚱어리를 점령한 마마신은 실로 잔인했다. 정녕 막강했다. 그 신에게 대적할 자 아무도 없었다. 마침내 준서 얼굴에서 곰보 흔적이 하나둘 나타나기 시작했다. 곰보 흔적이었다!

사람이 잘못된다는 게 그다지 어려운 일이 아니었다. 금방이었다. 비화는 돌아버렸다. 진무 스님 예언대로 '숨어 있는 꽃'이 아니라 '미친 꽃'이었다.

남편 재영도, 우정 댁과 얼이도, 원아와 안 화공도, 그리고 송이 엄마를 비롯한 주방 아주머니들도, 덩달아 미친 증세를 보이기 시작했다. 그것은 일종의 새로운 돌림병과도 같았다.

"어이쿠! 어이쿠!"

"우짜노, 응? 이, 이 일을 우짜노 말이다!"

비보를 접한 밤골 댁과 한돌재가 와서 준서를 보고는 통곡까지 했다. 미물도 무엇을 아는 것일까? 주인을 따라온 '나비'도 괜히 발톱을 곤두세우고는 눈앞에 보이는 모든 것을 막 할퀴려고 암팡지게 굴었다.

"……."

노를 놓은 꼽추 달보 영감도 언청이 할멈과 아들 원채를 데리고 병문안을 왔다가 무슨 말 한마디 제대로 꺼내지도 못하고 더없이 질린 얼굴을 한 채 그대로 돌아갔다. 꼽추보다도 언청이보다도 포로보다도 더 무섭고 고통스러운 것을 확인한 채였다.

"으아아아……."

이제 준서만 병자가 아니라 비화는 그보다 더 심한 병자가 돼 있었다. 그녀 인생은 모두 끝나버렸다. 미칠 일만 남았다.

– 마마신.

사람들이 마마에 왜 '신'을 붙이는지 알았다. 악신도 그런 악신이 다 시없었다. 핼쑥해진 준서 얼굴에 서서히 앉기 시작하는 곰보딱지는 그 악신의 토사물이었다.

비화는 준서 몸을 끌어안고 울면서 용서를 빌고 빌었다. 용서를 받고 싶은 마음도 없는 용서였다. 용서가 아무 소용도 없는 용서였다.

'이 에미가 잘몬했다. 돈보담도 귀한 기 자숙이란 거를 생각 몬 했다.'

그러나 돈보다도 귀하게 생각하는 그녀의 자식 준서는 시간이 갈수록 마마신의 자식으로 변해갔다. 바로 마마신의 업둥이었다.

'돈이 다 머 필요 있고, 복수하모 또 머할 끼고?'

모든 게 부질없고 허무하기만 했다. 남강 물새 울음소리가 장송곡 같 았다.

'그기 모도 이런 험한 꼴 안 당했을 때 해쌌는 소리제, 이런 일 닥친께 하나도 눈에 안 비이는 기라.'

나연과 눈이 맞은 재영이 집 나가고 살림이 찢어지게 곤궁했을 때, 비어사 대웅전 뒤꼍 고목 가지에 명주 끈으로 목을 매달고 죽은 안골 백 부잣집 염 부인이 하던 말이 이제야 제대로 이해되었다.

'새댁아, 이 시상에 태어나갖고 근심걱정 없다쿠모 그거는 사람이 아 이다. 누라도 목심이 붙어 있으모 반다시 근심걱정도 따르는 벱인 기라. 그란데 안 있나, 내가 살아본께네, 근심걱정 중에 젤 나은 기 돈 없는 근 심걱정 아인가베.'

비화는 속으로 고개를 저었었다.

'시방 무신 말씀을 하시는 것고?'

그때는 도저히 그 말을 납득할 수 없었다. 상전이 자기 배가 부르면 종의 배가 고픈 줄 모른다고, 염 부인은 돈 없는 설움과 고통을 직접 당해 보지 않아 그런 소리를 한다고만 치부하였다. 비화는 솔직히 털어놓았다.

"마님. 그래도 돈이 없으모 모든 기……."

염 부인은 비화 마음에 새겨주듯 했다.

"돈이사 있다가도 없고, 없다가도 있는 기라."

그래도 비화가 수긍하지 않자 염 부인은 답답하다는 목소리로 말했다.

"사람만 괘안으모 다 괘안타 캐도?"

그 소리가 백번 천번 지당했다. 사람만 괜찮으면. 하루에 보리 피죽 한 끼만 먹어도 사람만 괜찮으면…….

사람, 그래 사람.

비화는 뼈저리게 깨쳤다. 사람, 사람이라고. 온 세상천지와도 맞바꿀 수 없는 게 사람 하나인 것을.

그래, 내 아들 하나.

온 식구들이 장사는 고사하고 잠도 제대로 자지 못하면서 목에 물도 잘 넘기지 못하고 있는 어느 날, 우정 댁이 아무도 모르게 원아를 데리고 집 밖으로 살짝 나가고 있었다.

"와예, 성님?"

"……."

"오데로 갈라쿠는데예?"

"……."

원아가 물었지만, 우정 댁은 대답하지 않고 계속 원아의 옷자락만 끌어당겼다. 그러던 우정 댁이 처음으로 입을 연 것은 가게에서 좀 떨어진 강가에 서 있는 미루나무 밑에서였다. 그런데 그 말이 여간 예사롭지 않았다.

"동상, 동상은 그 소리 몬 들었나?"

"예?"

원아의 눈이 휘둥그레졌다.

"무신 소리예?"

우정 댁은 얼른 대답하지 않고 발밑을 내려다보면서 신발 앞부분으로 먼지가 일게 모래만 팠다.

"퍼뜩 말씀해보이소, 성님."

"……."

저만큼 넓고 푸른 남강 위에 있는 나룻배에서 사람들 웃음소리가 들려오고 있었다. 흰 물새 대여섯 마리가 그 배가 가고 있는 반대 방향을 향해 날갯짓하고 있었으며, 강 언저리에 자라는 수초들은 바람이 부는 대로 쏠리고 있었다. 모든 것은 그처럼 평상시와 변화가 없고 그저 평화로워 보이기만 했다.

"아모 말씀 안 하실라모 그냥 들가이시더."

그러면서 집 쪽으로 몸을 돌려세우려는 원아의 팔을 우정 댁이 황급히 붙들었다.

"마, 말하꺼마."

하지만 그렇게 해놓고도 우정 댁은 또 선뜻 입을 열지 못했다.

원아는 결코, 심상치 않은 우정 댁의 행동에 그만 가슴이 철렁 내려앉았다. 평소 그렇게 미루적거리는 성미가 아니었다.

"천천히 이약하이소."

"……."

"그때꺼정 안 가고 기다리께예."

원아는 미루나무로 다가가서 그 둥치에 등을 기대고 섰다. 사람과 나무가 똑같이 키가 컸다. 그러자 우정 댁은 마른침을 꿀꺽 삼키고 나서 다짐받았다.

"시방부텀 내가 하는 소리 듣고 너모 놀래지는 말고……."

그렇게 한 번 더 변죽을 울리고 나서야 하는 말이 놀라웠다.

"어짓밤에도 안 있나, 밤중에 잠이 깨이갖고 집 뒤안 통시에 가고 있
는데, 어둠침침한 공중에서 그 소리가 났던 기라."

"예?"

당장 원아 안색이 하얗게 질려버렸다. 그러잖아도 무척 심약한 그녀
였다. 연인 한화주를 비명에 보내고 난 후 그 정도가 한층 심해졌다.

"무, 무신 소리가예?"

"음."

우정댁 입술 사이로 신음 같은 소리가 흘러나왔다. 원아는 밤골집의
취객처럼 몸을 비틀거렸다.

"성님!"

낙동강과 합류하기 위해 부지런히 흘러가고 있는 남강 물도 문득 그
소리를 멈추는 것 같았다. 물새 울음소리도 뚝 그친 듯했다.

"그, 그기 마, 말이제……."

계속 말을 더듬거리는 우정댁 얼굴도 원아 못지않게 짙은 공포의 그
림자로 덮여 있었다. 미루나무가 지우는 그늘과는 또 다른 성질의 것이
었다.

"머라캐야 되노."

"……."

저 하류 쪽에서 뱃사공이 부르는 노랫소리가 흡사 다른 세상에서처럼
아주 멀고 낯설게 들리고 있었다.

"그런께네 상구 먼데서 들리오는 거맹캐 아득하고, 또 멀쿠꼬, 하여
튼 똑똑하지가 않은 거 있제."

"……."

미루나무 꼭대기에 걸린 흰 구름장이 오도 가도 못하는 듯했다.

"그런 소리가 들리는데……."

원아는 무서움과 두려움에 사로잡혀 입이 얼어붙은 것처럼 보였다. 우정 댁은 몸을 오싹 떨며 가까스로 말을 이어갔다.

"아, 암만캐도 그, 그기 사, 사람소리 거, 겉은 기라."

우정댁 말은 사람이 내는 소리가 아니라 고장 난 기계가 내는 소리 같았다.

"예에? 사, 사람소리예?"

거의 비명에 가까운 원아의 그 외침에 미루나무가 기우뚱 쓰러질 듯했다. 문득 상류 쪽에서 자지러지는 듯한 물새 울음소리가 났다.

"아, 아모도 없는 고, 공중에서 사, 사람소리가 나, 났다꼬예?"

비록 심한 말더듬이 같았지만, 원아로서는 최대한 자제력을 발휘한 데서 나오는 말이었다. 밤중에 사람이 있을 턱이 없는 컴컴한 공중에서 사람소리가 나다니, 그건 간담이 덕석 같은 사내가 들어도 기절초풍할 이야기가 아닐 수 없었다.

"해, 해나 성님이 자, 잘몬 들은 기 아, 아이라예?"

원아는 곧장 그 자리에 주저앉아버릴 사람 같아 보였다. 다리가 후들거리기는 우정 댁도 다르지 않았다.

"내, 내도 첨에는 그리 새, 생각했는데……."

"……."

모래톱을 스치는 물결이 거품을 일으키는가 싶더니 어느 순간 쏜살같이 내닫기 시작했다.

"확실히 사, 사람소리였던 기라."

"……."

조금 전 하얀 물새가 날아간 방향으로부터 이번에는 잿빛 물새 한 쌍이 나타나더니 강 위를 빙빙 돌기 시작했다.

"으."

원아는 한층 현기증이 일었고 속이 울컥거리면서 먹은 것들을 모조리 게워 내고 말 것만 같았다.

"내 그래서……."

우정 댁은 아무도 없는 주위를 둘러보고 나서 억지로 목소리를 가다듬어 말했다.

"동상하고 둘이 오데 좀 같이 가 봤으모 해서……."

이윽고 우정댁 입에서 서서히 본론이 나오고 있었다.

"오데예?"

원아가 손바닥을 가슴에 대고 있기는 마찬가지였지만 그래도 처음보다는 조금 덜 떨리는 목소리로 물었다.

"맹두한테."

우정댁 대답이 그랬다. 잘 듣지 못했다는 듯 원아가 또 물었다.

"누한테예?"

우정 댁은 더 짧게 답했다.

"맹두."

원아는 고개를 갸우뚱했다.

"맹두라모?"

우정 댁은 원아에게라기보다도 그녀 자신에게 좀 더 각인시켜주려는 사람처럼 보였다.

"점복占卜하는 사람 말인 기라."

원아는 무언가에 목이 억눌린 소리로 되뇌었다.

"점복……."

이제 세상은 다시 원래대로 돌아오기 시작하고 있는 걸까? 지금까지 텅 비어 있던 강 위에는 나룻배 수가 늘어났다가 줄어들었다가 하고 있었다.

"와 그런 사람한테 가예?"

잠시 후 원아가 던진 그 말에 대한 우정댁 답변이었다.

"마마하고 상관이 있어서 말인 기라."

"아, 마마하고예?"

원아는 여전히 이해가 되지 않는 표정이었다.

"우떤 상관예?"

용한 점쟁이를 '명도明圖, 혹은 명두明斗'라고 한다, 원아가 아는 상식은 그 정도였다.

"여서 그냥 이리쌌고 있을 끼 아이고, 우선에 맹두부텀 찾아보자꼬."

우정 댁은 급하면서 너무나 답답한지 후우, 하고 길게 한숨을 내쉬면서 말했다.

"거 가모 저절로 알기 될 끼라."

잠시 생각에 잠기던 원아가 또 물었다.

"오데 성님이 잘 아는 맹두가 있어예?"

자기가 말했음에도 불구하고 맹두라는 그 소리가 '앵두'라는 소리로 착각되는 원아였다. 그만치 익숙지 못한 대상이었다.

"머 그리 잘 아는 거는 아이지만도……."

우정 댁은 아까 모래밭을 파는 바람에 모래알이 몇 개 묻어 있는 신발을 한번 내려다보고 나서 말했다.

"있는 데는 안다."

"알아예?"

"하모."

이번에는 원아가 서둘렀다.

"그라모 쌔이 가보이시더."

우정 댁이 눈을 들어 가게 쪽을 보았다.

"우리를 찾기는 안 하것제?"

원아가 발을 옮겨놓으면서 말했다.

"찾아도 할 수 없지예."

우정 댁도 같이 걸음을 떼놓았다.

"하기사 이 증신없는 차판에 누가 찾을 리도 없을 끼거마."

그러면서도 약간 우려하는 빛을 보이는 우정 댁에게 원아가 말했다.

"주방 아주머이들이 있은께 손님들이 헛걸음질하거로는 안 할 깁니더. 요새 겉은 때 올 손님도 벨로 없을 기고예."

우정 댁이 그러면 됐다는 듯 재촉했다.

"가자."

"예."

두 사람은 부지런히 발길을 옮겼다. 거기 나루터에서 읍내에 있는 그곳까지는 꽤 거리가 멀었다. 나룻배와 물새가 잘 다녀오라는 듯 노와 날개를 흔들어 보이는 성싶었다.

"뱃사공들이 젓는 노하고 새들 날개하고가 우찌 저리 가리방상해 비이노?"

"그런께 말입니더."

"장마당 봐온 긴데 시방꺼지는 와 몬 느낏으꼬?"

"그런께 말입니더."

객귀客鬼 물리기

우정 댁과 원아가 당도한 곳은, 비봉산에서 훌쩍 날아가 버린 봉황새에게 다시 돌아와 알을 낳으라고 만들어 놓은 '봉 알자리'로 유명한 봉곡리에 있는 명도 집이었다.

"성님, 저 집."

"오데? 아, 저……."

그 집은 골목 맨 안쪽에 자리하고 있었는데, 전형적인 무당을 떠올리게 하는 그 명도는 우정 댁보다도 열 살은 더 나이 들어 보이는 여자였다. 뾰족한 턱이 얼핏 촉새를 연상케 했다.

"와 인자사 왔어, 인자사?"

주춤주춤 자기 앞에 앉은 두 사람을 보고 명도가 대뜸 하는 소리였다.

"이 사람들아, 으잉?"

그것은 환영하는 소리 같기도 하고 질책하는 소리 같기도 했다. 그 소리에 왠지 먼지가 폭삭 일어나는 느낌이 들었다. 그런대로 정갈해 보이는 집인데도 그러했다. 아마도 그건 아무래도 무척 어수선해 보이는 그곳 분위기 탓이 컸다.

"우리 겉은 사람들이 머 아는 기 있심니꺼?"

원아를 한번 보고 나서 우정 댁이 흡사 죄지은 사람처럼 머리까지 조아리며 말했다.

'성님이 와 저리?'

물론 상황이 다급하기는 하지만 그래도 그러는 우정 댁의 그 모습이 원아 눈에는 적잖게 거슬렸다. 그만큼 우정 댁을 친언니처럼 위하고 좋아하는 감정이 커서일 것이다.

"그래?"

"예."

강물이 위에서 아래로만 흐르듯이 거의 일방적인 대화였다.

"그런 거를 알모 됐어."

"예?"

"허어, 내 말뜻 모리것어?"

"아, 압니더."

"알았으이 인자 고만해."

"예."

"사람이……."

명도는 마치 큰 선심이라도 쓰듯 했다. 처음부터 하대下待하는 말투에 원아는 또 속이 약간 부글거렸지만 참아야 했다. 어쨌든 지금은 준서에게 들러붙은 마마를 쫓는 일이 더 시급했다.

"실은……."

우정 댁은 응원을 요청이라도 하듯 아까처럼 원아를 또 한 번 바라보고 난 다음에 말을 이었다.

"한밤중에 집 마당 우에서 해괴한 소리가 나서……."

그 명도에 대한 원아의 썩 좋지 못한 선입견이 확 바뀐 것은 그다음 순간이었다. 명도는 우정댁 말을 끝까지 듣지도 않고 당장 이렇게 말했다.

"사람소리 아이었어? 사람소리 맞았제?"

우정 댁이 크게 놀란 얼굴로 되물었다.

"그, 그거를 우찌 압니꺼?"

"음."

명도는 폐부 깊숙한 곳에서 나오는 성싶은 짧은 신음을 내더니만 별안간 발작하듯 외쳤다.

"잘 왔어, 잘 왔다꼬!"

그 고함에 귀가 먹먹해지는 두 사람이었다.

"제대로 찾아온 기야."

"……."

정신이 혼란스러울 만큼 괴상망측한 장식물들로 치장해놓은 그 방의 모든 것들이 일제히 그렇다고 고개를 끄덕이는 것 같았다. 특히 위에서 아래로 길게 늘어져 있는 갖가지 빛깔의 천들과, 화원의 생화를 방불케 하는 울긋불긋한 종이꽃들이 더 그러는 듯했다.

"그래 우짜모 좋겄는고……."

우정 댁은 명도 쪽으로 조금 더 다가앉았다.

"그 방도를 좀 알고 싶어갖고……."

그런데 우정 댁이 말을 끝내기도 전이었다.

"가마안!"

명도가 우정댁 말끝을 싹둑 잘랐다. 안하무인이었다. 게다가 한다는 소리가 원아 귀에는 꼭 귀신 잿밥 먹는 소리로 들렸다.

"내 한 가지 딱 갈카주지. 혼령이 내는 그런 말, 그런께네 구신말을 공창空唱이라쿠는 기라."

그 소리가 우정댁 귀에는 번복할 수 없는 선고처럼 전해져서 가만히 있었다.

"공창예?"

이번에는 원아가 우정댁 대신 나섰다.

"어허?"

명도는 자기가 한 말을 되묻는 원아가 그다지 마음에 들지 않았는지 별로 크지도 않은 눈까지 부라려 보였다.

"사람들이……."

처음부터 상대방 사람들 기부터 죽여 놓고 시작하려는 의도가 다분히 엿보였다.

"동상! 그냥 가마이 안 있고?"

우정 댁이 원아를 가볍게 나무라고 나서 명도를 향해 머리를 조아렸다.

"죄송합니더. 용서하시소. 지 동상이 아즉 아모것도 몰라갖고 저랍니더."

"저……."

원아는 입을 열려다가 그만두었다. 괜한 데 힘을 소모할 필요가 없었다. 이제는 세상에 대해 그 정도는 아는 원아였다.

"하기사 몰라서 그라는 거는, 죄가 아이기사 하제."

어쨌거나 우정댁 사과에 명도는 기분이 좀 풀렸는지 그때부터는 다소 곰살궂게 나오기 시작했다.

"혼령은 우리 겉은 점복자의 입을 빌리서 지 뜻을 전달해갖고 길흉화복을 내다보거로 하는 기라."

우정 댁이 이번에는 원아에게는 일별도 하지 않고 명도의 비위를 살살 맞추어 나갔다.

"하이고! 맹두님이 에나 대단하신 분이시거마예."

그곳 천들과 종이꽃들이 으스대는 것처럼 보였다. 생화보다 조화가 아름다운 게 아닌가 싶기도 했다. 하지만 향기가 없는 꽃은 곧 싫증이 날 것이다.

"오늘 우리가 에나 여게 잘 왔거마예."

우정댁 찬사가 이어졌다.

"아, 머 그 정도사……."

명도는 낮이 부신다는 듯 한쪽 눈을 감았다가 다시 떴다.

"그거는 그렇고……."

잠시 뜸을 들이더니 본론으로 접어들었다.

"밤에 당신들 집 마당 우에서 들린다쿠는 그 소리 말인 기라."

무언가에 잔뜩 귀를 기울이는 시늉을 하며 겁을 주었다.

"그거를 그냥 그대로 놔놓으모 증말 큰일이 날 끼라, 큰일이."

누가 봐도 과장이라고 여겨질 정도로 크게 몸을 떨면서 언성을 높였다.

"만약 오늘 낼로 찾아오지 않았다모 우짤 뿐했노, 이 사람들아!"

그때 우정 댁이 명도 입장에서 보면 '다 된 죽에 코 빠뜨리는' 짓을 했다.

"그란데 지가 이해가 안 되는 기 하나 있심니더."

"……."

두 눈을 멀뚱거리는 명도에게 말했다.

"지가 알기로는, 그런 소리는 신령이나 구신의 소리기는 한데, 그것들이 직접 내는 거는 아이고……."

명도에게서 옷자락 바스락거리는 소리가 났다. 우정 댁은 간이 조마조마했지만 미심쩍은 낯빛을 풀지 못했다.

"방금 막 맹두님 하신 말씀매이로 점복자나 무당이 대신 내주는 그런 기라 쿠더마예."

급기야 명도가 벌컥 화를 냈다.

"그기 머가 문젠데?"

"그, 그기……."

더듬거리는 우정댁 머리 위에 명도의 고함이 떨어져 내렸다.

"두 사람 다 무신 말이 그리카나 많아, 엉?"

괴상망측한 장식물들이 몸을 움찔하는 듯했다. 겉으로만 위세를 부리고 있을 뿐 실체는 아무런 힘도 없는지 모른다.

"말을 마이 하는 기 아입니더."

듣고 있던 원아가 얼굴을 붉히며 끼어들었다.

"우리 성님 말씀은, 그라모 우떤 점복자나 무당이 그런 소리가 나거로 했는고, 그거를 알 수가 없다, 그런 뜻이라예."

그러자 명도가 슬쩍 뒤로 한 발 빼는 말을 했다.

"정 그렇다쿠모, 그 소리는 신령이나 구신이 내는 기 맞것제."

우정 댁과 원아의 눈빛이 마주쳤다. 명도의 말에는 더 자신감이 엷어져 있었다.

"점복자나 무당한테 부탁 안 하고, 지 입으로 내는 소리 말인 기라."

우정 댁이 고개를 갸우뚱하며 확인하려 들었다.

"그리 보모 점복자하고 무당이 꼭 필요한 거도 아이지 않심니꺼?"

순간, 명도는 더 밀려서는 안 된다는 자각이 일었는지 펄쩍 뛸 사람같이 했다.

"이 사람들이야?"

"……."

생떼 쓰는 모양새였다.

"우째서 안 필요해, 우째서?"

"……."

우정 댁이 말없이 원아에게 한쪽 눈을 끔뻑했다. 아무래도 우리가 여기 잘못 왔다, 엉터리 명도에게 걸렸다, 그런 의미였다.

'그라모 고마 나가삐까예?'

원아가 눈으로 묻자 눈치 빠른 우정 댁은 금세 알아들었다.

'그래도 여꺼지 왔으이 쪼꼼 더 두고 보자꼬.'

그런 뜻의 표정을 지어 보였고, 원아도 그것을 모르지 않았다.

"시방부텀 내가 하는 이약 잘 들어."

그런데 잘못 찾아온 엉터리 명도는 아닌 모양이었다. 두 사람이 주고받는 눈빛을 훔쳐보고 있던 명도는 이런 놀라운 말을 했다.

"손님마마를 앓다가 죽어삔 에린 아의 영혼이 점복자한테 붙어갖고는 공창이 나거로 하는 수가 짜다라 있는데…….."

일순, 두 사람 입에서 거의 동시에 경악하는 소리가 튀어나왔다.

"예?"

"마마예?"

그동안의 많은 경험을 통해 명도는 퍼뜩 깨달았다. 그들 두 사람이 자기를 찾아온 것은 마마신 때문이라는 것이다.

'가마이 있거라, 그렇다모!'

그 기회를 놓칠 명도가 아니었다. 그는 대단히 노련한 명도였다. 그리하여 짐짓 아무렇게나 내뱉는 말처럼 했다.

"마마, 마마신이 문제라."

"…….."

우정 댁과 원아 얼굴에서 핏기가 가셨다.

"아, 마마신, 마마신이여…….."

주문을 외는 것처럼 하는 명도의 그 소리에 이번에는 종이꽃들이 바스락거리는 소리를 내는 듯했다.

"아아아."

명도는 깊은 탄식과도 같은 그런 소리와 함께 슬쩍 두 사람을 건너다보며 혼잣말을 했다.

"해필이모 와 에린 아이들한테 달라붙어갖고 괴롭히쌌는지……."

우정 댁이 사색이 된 얼굴로 물었다.

"방금 죽은 아 영혼이라 캤어예?"

원아도 새파랗게 질린 입술을 간신히 열었다.

"그라모 그기 죽은 아 소리라예?"

그런 두 사람을 한 번 더 흘낏 보며 명도가 단언하듯 말했다.

"그렇제, 죽은 아."

우정 댁이 머리뿐만 아니라 손까지 내저으며 부인했다.

"아이라예! 아이라예! 아즉 안 죽었어예!"

거의 단말마에 가까운 소리로 따졌다.

"살아 있다 아입니꺼?"

명도가 코웃음을 쳤다.

"흥! 살아 있다꼬?"

우정 댁은 목이 빠지게 마구 흔들어댔다.

"하모예, 하모예!"

명도 입에서 잔인하기 그지없는 소리가 흘러나왔다.

"올매 안 가서 죽것제 머."

인공으로 만든 꽃들은 반응이 없었다. 인간은 조물주가 아니기에 생명까지 불어넣을 수 없는 걸 꽃의 탓으로 돌릴 수는 없을 것이다.

"그 무, 무신?"

우정 댁이 벌겋게 달아오른 얼굴로 또 무어라 하려는 걸 가로막으며 원아가 더 참을 수 없다는 듯 쏘아붙였다.

"무신 말을 그리 해예? 똑 죽기를 바래는 거매이로."

명도는 두 눈을 스르르 감으며 말했다.

"내가 주는 부적符籍만 있으모……."

두 사람 눈빛이 허공에서 마주쳤다. 그들 눈앞에 지렁이가 기어가는 형상의 야릇한 붉은 글씨가 적혀 있는 종이가 어른거렸다.

"동상아."

원아는 자기를 부르는 우정 댁에게서 물에 빠진 사람이 지푸라기 잡는 심정을 읽었다. 그래서 말없이 고개를 끄덕이고 있는데 명도가 눈을 뜨며 말했다.

"내가 각밸히 신갱 써서 맹글어 줄 낀께네. 값도 상구 싸거로 해갖고."

흥정은 이쯤에서 끝내자는 식이었다.

"우뚷노? 됐제?"

종이꽃들이 좋아라고 웃어대는 그 숫자만큼의 사람 얼굴처럼 비쳤다.

"그라모 쪼꼼만 기다리라이."

"……."

천장에서 방바닥으로 드리워져 있는 각양각색의 천들이 우쭐거리는 느낌을 주었다.

"내가 안에 들가서……."

그런 말을 남기고 나서 명도는 그때까지 꼭꼭 닫혀 있던 벽면의 작은 문짝을 열고 그 속으로 모습을 감추었다. 마치 요술을 부리고 있는 것 같았다.

"성님."

그들 둘만 남았을 때 원아가 아주 낮은 소리로 말했다.

"준서 옴마한테는 부적을 비이주지 말고 비밀로 하이시더."

그러자 우정 댁은 명도가 사라진 곳을 응시하며 반문했다.

"비밀?"

원아 또한 같은 방향으로 눈길을 주면서 말했다.

"예."

우정 댁도 그럴 심산이었다는 빛이었다.

"조카는 미신을 안 믿는 쪽인께……."

볼수록 모조품이라는 게 실감나는 종이꽃들을 시큰둥한 표정으로 바라보면서 말했다.

"우리가 이리하고 있는 거를 안 좋아할 끼거마는."

원아는 썩 내키지 않아 하는 눈으로 그 안을 둘러보면서 말했다.

"성님이나 내도 좋아서 하는 거는 아이지예."

그 말을 끝으로 제법 오랜 시간이 흘렀지만 작은 쪽문 안으로 사라진 명도는 좀처럼 그 모습을 드러낼 낌새를 보이지 않았다.

두 사람 머릿속에는 똑같이 그 부적을 나루터집 다른 사람들이 모르게 집 안 어디에다가 붙여놓을 것인가 하는 그 한 가지 생각만으로 꽉 찼다.

해랑이 여종 하나를 나루터집에 보내온 것은 그런 풍파 속에서였다. 나루터집 식구들은 하나같이 의외란 듯 비화 눈치만 살폈다.

"저희 새 마님께서 이거를 전해드리라꼬 해서예."

그러면서 아직도 솜털 보송보송한 어린 여종이 조심스럽게 내민 것은 꽤 묵직해 보이는 큰 약봉지였다.

"……."

비화가 말없이 그것을 노려보고만 있자 원아가 얼른 받아 봉지를 열어보았다.

"아!"

그 순간, 모두가 경악하는 얼굴이었다. 그 속에 들어 있는 약재들은 얼핏 보기에도 쉽게 구할 수 없는 굉장히 귀한 것이었다. 어떤 것은 한 가지만 해도 엄청나게 값나 보여 한번 만져보기도 무서울 판이었다. 우정 댁이 믿기지 않는다는 듯 눈을 끔벅이며 말했다.

"우찌 이런 거를?"

한데, 그것을 본 비화 입에서 곧장 터져 나오는 소리가 놀라웠다.

"됐다 고마!"

그러더니 누가 더 뭐라고 할 틈도 주지 않고 엄명처럼 말했다.

"모돌띠리 필요 없은께 도로 갖다 줘라!"

모두 몸을 떨 정도로 서슬 퍼런 목소리였다.

"아."

나이 얼마 먹지 않은 여종은 몹시 벌게진 얼굴로 어쩔 줄 몰라 했다.

'그래, 그렇구마!'

비화는 가슴 아리도록 깨달았다. 지난날 해랑이 해 보였던 그 행동에 대해서.

'그날……'

그녀 딴에는 최고의 정성으로 마련해서 가져갔던 돈을 일언지하에 거절하던 해랑. 그 해랑이 이제야 이해가 되는 것이다.

'사람은 죽어봐야 저승을 안다더이.'

그것은 얄팍한 자존심이라든지 이성을 놓아버린 분노 따위와는 차원이 달랐다. 그렇다면 무엇인가? 비화는 두 손으로 머리를 감싸 쥐며 생각했다.

사람. 해랑도 나도 사람이기에 그렇다고.

그때 준서가 기운이 하나도 들어 있지 못한 목소리로 비화를 불렀다.

"옴마."

그 소리는 너무나도 작고 힘이 없어 문지방도 넘지 못할 정도였다.

"와?"

비화는 철저히도 정신을 놓아버린 여자였다.

"주, 준서야! 와? 와?"

"......."

하지만 빈 메아리 같은 준서의 반응이었다.

"옴마 여 있다."

그리고 그게 처음이자 마지막이었다. 준서는 그렇게 어머니를 한 번 부르고는 다시 눈을 감아버렸다. 그리고 입으로 흘러나오는 신음소리였다.

지독한 고통을 참아내느라 애쓰는 아이가 아이 같지 않고 비화 자신보다도 오히려 더 나이 먹은 어른 같아 보였다. 인간은 아픈 만큼 성숙해진다는 그 말이 우리 준서에게도 그대로 맞아떨어지는가?

'우리 준서 뱅이 낫을 수 있다모, 내 살이라도 베고 뼈라도 잘라서......'

비화는 해랑이 보낸 여종이 도망치듯 돌아가면서 방바닥에 그대로 놓고 간 그 커다란 약봉지를 멍하니 내려다보았다. 그 약봉지 위로 그날 해랑이 지니고 있던 억호의 패물이 악몽 속의 사물처럼 겹쳐 보였다.

'하나도 안 다리다.'

비화는 탈기하듯 했다.

'똑겉다. 약이나 패물이나 그기 그거 아이가.'

결국에는 똑같았다. 비화 자신이나 해랑이나 똑같은 사람이었다. 그렇지만 사람이면서도 사람이라는 그 사실이 사람을 미치게 이끄는 것이었다.

'여종이 가서 전하는 말 들으모, 해랑이도 그날 내 심정하고 가리방상

하것제.'

천장과 방바닥 사이가 천 길 높이는 더 되어 보였다.

"인자 우리 사이는 더 멀어지거로 돼삐릿다."

깊은 한숨을 쉬며 그렇게 혼자 중얼대던 비화는 별안간 다른 여자처럼 소리쳤다.

"하기사 무신 상관이고?"

곧이어 최후와도 같은 발악이었다.

"우리 준서가 저렇는데!"

천장 위 하늘을 향해 저주를 퍼부으며 방바닥을 데굴데굴 뒹굴었다.

"우리 준서가 저렇는데!"

해랑이 보낸 여종을 그런 식으로 돌려보낸 이튿날 오후.

남강 저 건너 산 능선에 살고 있는 언청이 할멈이 또 왔다. 지난번에는 남편 달보 영감과 아들 원채와 함께 왔었는데 이번에는 그녀 혼자였다.

"오늘 온 거는……."

그런데 언청이 할멈은 오자마자 나루터집 식구들 누구도 전혀 생각하지 못하고 있던 말을 꺼냈다.

"객구(객귀) 물리기 한분 해보자꼬 다시 온 기라."

"……."

그러자 탈진한 모습들을 하고 있던 모두는 멍한 얼굴로 언청이 할멈을 바라보았다. 객구 물리기라니?

"금방 머라꼬 하싯어예?"

원아가 기운 없는 목소리로 물었다. 우정 댁도 비화 얼굴을 한 번 보고 나서 시선을 다시 언청이 할멈에게로 돌렸다. 하지만 비화는 여전히 넋이 빠져나간 사람처럼 잠자코 있기만 했다.

“이 사람들아! 객구 물리기도 모리나, 객구 물리기도!”

언청이 할멈은 너무나도 답답하다는 듯 크게 나무라는 목소리를 내었다. 그것은 일찍이 한 번도 없었던 일이었다.

“시간이 없다 고마.”

“……”

살아 있을 날들이 살아온 날들보다 훨씬 더 짧은 노파의 말이기에 가슴을 적실 말이지만 그 순간에는 누구도 그런 감각이 없어 보였다.

“쌔이 시작해보자 쿤께네?”

언청이 할멈 혼자서 하는 굿판을 방불케 했다.

“아, 귓구녕에 말뚝들 박았나?”

“……”

죽음과도 같은 침묵이 한동안 더 흐른 후에 질책에 가까운 소리도 나왔다.

“그라모 모도 이리 두 손 딱 맺고 앉아만 있을 끼가?”

언청이 할멈은 살아생전 이승에서의 마지막 유언이기라도 남기려는 사람 같았다.

“무신 수라도 써봐야 할 끼 아이가, 으잉?”

“아, 할무이 말씀은……”

여느 나루터집 식구들과 마찬가지로 모든 감각이 죄다 막혀버린 것같이 하던 우정 댁이 그제야 약간 이해가 되는지 입을 열었다.

“그런께네, 준서 몸에 붙은 잡귀를 쫓아내 보자, 그런 말씀입니꺼?”

그런데 언청이 할멈은 그 말에는 대꾸도 없이 묻기부터 했다.

“해나 이집에서 객구 잘 물리는 사람 있나?”

식구들 모두 서로의 얼굴만 멀거니 마주 보았다. 마치 그 어떤 것도 할 수 없는 사람들 같았다.

"음."

그러자 언청이 할멈은 내 이미 그럴 줄 알았다는 듯 얕은 신음을 내더니 이번에는 또 이렇게 물었다.

"그라모 이웃에 사는 사람들 중에서, 그 일을 할 만한 사람은 없으까?"

원아가 조심스레 입을 열었다.

"안 알아봐서 잘 모리것지만도, 그리할 사람을 찾기가 오데 쉽것심니꺼?"

더없이 안타깝고 아쉬워하는 기운만이 감돌았다.

"하기사······."

언청이 할멈 얼굴에 남강 물결을 연상케 하는 주름이 더 깊게 가면서 몹시 실망하는 빛이 스쳤다.

"그라모, 그라모······."

그녀는 잠시 혼자서 토끼나 다람쥐같이 입을 오물오물하며 무언가를 한참이나 궁리하는 눈치더니 이윽고 힘든 결정을 내린 듯 말했다.

"우짤 수 없다."

갈라진 입술을 꾹 깨물었다.

"내라도 해야 되것다."

우정 댁이 반신반의하는 얼굴로 물었다.

"그 일을 하실 수 있것어예?"

언청이 할멈이 말했다.

"그라모 우짤 끼고? 할 사람이 하나도 없다쿠는데."

그러고는 호흡이 가쁜지 숨을 몰아쉰 후에 다시 말했다.

"이 쭈그렁 바가치 할마이가 그리 잘하지는 몬하지만도, 하는 방법은 쪼꼼 알고 있은게 우쨌든 함 해봐야제."

266

"할무이예!"

원아가 캄캄한 동굴 속에서 한 줄기 빛을 발견한 사람처럼 기쁜 목소리로 말했다.

"에나 잘됐네예! 부탁합니더!"

우정 댁도 원아와 비슷한 말을 했다.

"준서 옴마!"

언청이 할멈 눈이 고개를 푹 꺾은 채 맥없이 앉아 있는 비화에게 향했다. 사람 형상만 하고 있을 뿐이지 그 속에 생명이 들어 있지 않은 것 같은 한 여자가 거기 있었다.

"인자 고개 쪼꼼 들어봐라."

그래도 비화가 전혀 말도 움직임도 없자 언청이 할멈은 일깨워주는 목소리로 말했다.

"우리 준서 옴마가 원래 여장부 아이었디가? 그란데 여장부가 와 그라노?"

우정 댁과 원아도 동시에 입을 열었다.

"하모, 할무이 말씀이 따악 맞다. 그러이 고개 들고 머라꼬 말이라도 해봐라."

"객구 물리기 그거 함 해보자 고마. 해나 아나? 그라모 준서 몸띠에 붙어 있는 조 나쁜 구신이 물러갈랑가."

비화가 비로소 약간 얼굴을 들었다. 양쪽 눈언저리에 물기가 묻어 있다. 그녀는 오른쪽 손등으로 코를 누른 채 훌쩍이며 말했다.

"모도 고맙심니더. 이리 우리 준서한테 신갱을 써주신께……."

원아가 비화 말을 끊었다.

"우리가 그런 소리 들을라꼬 이리쌌는 기 아이다. 우선 당장 급한 기 준서 아이가. 할무이 말씀대로 하는 기 좋것다."

우정 댁이 서둘렀다.

"효과사 있든지 없든지 간에, 우리 당장 객구 물리기 한분 해보자꼬. 시상일이라는 거는 아모도 모린께 기대를 갖고 말이다."

언청이 할멈이 즉시 자리에서 몸을 일으킬 사람처럼 하면서 물었다.

"시방 준서가 오데 있노?"

그에 대한 대답을 듣고 있을 여유도 없다는 듯 또 금방 스스로 답했다.

"지 방에 누우 있것제."

비화가 억지로 기운을 차린 목소리로 대답했다.

"예, 바로 옆방에 있심니더. 쪼꿈 아까 막 잠이 드는 거 겉에서 잠 안 깨거로 문을 살짝 닫고 나왔어예."

언청이 할멈이 서두르는 가운데서도 차분한 목소리로 말했다.

"미리 준비나 해놓자."

주름진 고개를 치켜들고 가게채 쪽을 바라보았다.

"어차피 손님들이 다 나가야 할 수 안 있나."

우정 댁이 물었다.

"머를 준비하꼬예?"

"머 벨로 크기 준비해쌀 거도 없다."

정말 간단하고 평범한 준비물이었다.

"간장하고 꼬칫가리(고춧가루)하고 바가치하고, 또오, 물하고만 있으모 된께네."

그러더니 언청이 할멈은 깜빡 하나 잊었다는 듯 이랬다.

"아, 한 가지 더 있거마는."

우정 댁과 원아의 눈길이 언청이 할멈을 향했다. 만약 구하기 힘든 것이면 어쩌나? 하는 걱정과 우려가 뒤섞인 표정들이었다. 그런데 다행이었다.

"칼하고."

언청이 할멈은 그렇게 짧게 말하더니 머리가 아픈지 주름투성이인 주먹을 가볍게 쥐고서 검버섯 돋아난 이마를 탁탁 두드렸다.

"칼도 필요해예?"

"……."

언청이 할멈은 순간적으로 말을 잃어버린 노파 같았다.

"칼은 오데 쓰실라꼬예?"

그중 심약한 원아가 조금 질린 성싶은 얼굴로 칼의 쓰임에 관해서 계속 물었다. 하지만 언청이 할멈은 대답 대신에 갈라진 입술을 열어 입이 찢어지게 하품만 하더니 말했다.

"내 어짓밤에 이 생각 해낸다꼬 도통 잠이라꼬는 몬 잤더이만, 이리 챙피하거로 하품만 짜다라 나와쌌는다 아인가베."

그러더니 탄식과 설움이 밴 혼잣말을 했다.

"한창 시절에는 사나흘 밤낮을 눈 한 분 안 붙이도 끄떡없더마는. 역시나 늙어삔께 좋은 기 하나도 없는 기라."

원아가 또 말했다.

"연세도 연세신데 밤이 될 때꺼정 이 방에서 팬안하거로 좀 푹 주무시이소. 시간 되모 깨워드릴 낀께네예."

우정 댁이 아까부터 궁금했던 것을 물었다.

"달보 영감님께는 아모 말씀 안 드리도 상관없어예?"

원아도 그것까지는 미처 생각하지 못했다는 듯 고개를 끄덕였다. 우정 댁은 한 번 더 물었다.

"얼이를 보내서 일쪽 몬 들가신다꼬 말씀드리고 오라쿠까예?"

이번에는 언청이 할멈이 대답했다.

"하매 다 말해났다. 늙었다꼬 사람 무시하지 마라. 그리 생각도 없는 줄 아나."

그 정도 말로는 부아가 다 가라앉지를 않는지 또 말했다.

"사람 늙는 거, 그거 너거도 금방이다, 금방! 청춘이라쿠는 거 말이제, 올매나 급하거로 달아나삐는고 따라잡을 장사가 없다 아인가베."

우정 댁과 원아가 서로 마주 보면서 소리 없이 웃었다. 그렇지만 서글픔과 절망감만 잔뜩 묻어나는 웃음이었다. 남편과 연인을 형장의 이슬로 사라지게 한 슬프고 아픈 여인들의 지친 미소였다.

"할무이예……."

비화가 힘겹게 입을 열었다.

"이부자리 깔아드릴 낀께 푹 쉬시소. 넘의 집이라 생각하지 마시고예."

그 말이 다 끝나기도 전에 언청이 할멈은 막돼먹은 여자애같이 방바닥에 벌렁 드러누우며 말했다.

"넘의 집이 다 머꼬?"

시집간 딸들을 떠올리는 성싶은 얼굴이 되었다.

"내사 이집이 우리 집보담도 더 팬하더라. 딸 셋이 한꺼분에 모이서 사는 집 겉은 기라."

그새 집에 혼자 두고 온 영감도 보고 싶은지 이런 소리도 덧붙였다.

"우리 영감도 그렇다쿠데."

원아가 일어나 장롱에서 이부자리와 베개를 꺼내 아랫목에 펴주면서 말했다.

"맨바닥에 그냥 누우시모 우째예?"

언청이 할멈은 몸을 굴려 이부자리 위로 자리를 바꾸면서 말했다.

"그라모 시방부텀 내는 잔다."

그러더니 전의를 다지는 양 이렇게 말했다.

"구신하고 싸울라쿠모 심을 길러놔야 안 하나."

"……."

전부 긴장감을 느끼는 빛이 되면서 말들이 없었다. 언청이 할멈은 누운 채 딱딱하게 굳은 다른 사람들 얼굴을 올려다보며 다그치듯 했다.

"모도 퍼뜩 나가서 장사들이나 안 하고 머하노?"

그러고 나서 언청이 할멈은 눈을 감고 곧바로 코를 고는 시늉을 했다. 그렇지만 늙은이의 그 소리는 너무나 미약하여 간신히 들릴 정도였다.

"우리는 나가자."

우정 댁이 비화와 원아에게 말했다.

"끄응."

언청이 할멈은 용을 쓰는 소리를 내면서 벽을 향해 힘겹게 돌아눕고 있었다. 그녀의 등짝은 매우 얇고 쇠잔해 보이기만 했다.

마지막 손님이 나갔다.

원아가 언청이 할멈을 깨우려 그녀가 자는 방으로 들어갔을 때, 언청이 할멈은 이미 일어나 앉아 '객귀 물리기'를 하려고 몸과 마음을 가다듬고 있는 눈치였다.

'할무이가!'

원아가 느끼기에 비록 늙었지만, 그 패기만은 젊은이 못지않아 보였다. 그것은 어쩌면 평생을 꼽추 남편을 둔 언청이 아내로 살아오면서 깊이깊이 다져온 마지막 자산資産 같은 것인지도 모른다.

"아, 더 안 주무시고 하매 일나셨어예?"

언청이 할멈은 그렇게 말하는 원아에게 약간 흥분된 목소리로 물었다.

"내가 이약한 거는 모도 준비해놨것제?"

그 소리에 방 안의 가구들도 일제히 긴장하는 것처럼 보였다.

"예, 물도 상구 깔끗한 물을 떠났어예."

원아는 희고 고운 두 손으로 무엇을 열심히 씻는 시늉을 하며 말했다.

"바가치하고 칼도 새로 싹 씻었고예."

그런데 '칼'이라는 말을 할 때 원아는 또 어쩔 수 없이 떨리는 음성이 되고 말았다. 그녀 심장에 무수한 칼들이 날아와 박히는 느낌이었다. 저 임술년에 농민군들 목을 달아나게 했던 망나니들이 휘두르던 칼.

"하모, 그래야제. 잘했거마는."

언청이 할멈의 늙은 눈에 생기가 돌았다. 아직 흰 눈이 남아 있는 이른 봄 언덕배기에 쑥쑥 돋아나 있는 파란 쑥부쟁이를 떠올리게 했다.

"젤 중요한 기 증신 아인가베, 증신."

언청이 할멈은 스스로에게 다짐을 받듯 했다.

"그거 아나?"

원아는 최대한 목청을 높여 대답했다.

"예."

언청이 할멈은 얼굴 좀 펴라는 듯 이렇게 말했다.

"지성이모 감천이라 글 캤은께, 우리가 그리 정성을 다할 거 겉으모 반다시 좋은 성과가 안 나오까이."

원아는 칼에 대한 기억들을 가까스로 뿌리치며 소망을 담아 말했다.

"맞심니더, 할무이."

언청이 할멈은 원아의 표정에서 벌써 다 읽었다는 듯 우리 마음을 더 편하게 다지자는 표시처럼 말했다.

"아, 맞기는 개가 몽디이를 맞아?"

긴장감을 조금이라도 덜어줄 그런 농담을 툭 던지고 나서 기운차게 자리에서 일어나며 언청이 할멈이 말했다.

"쌔이 나가자."

손님들이 모두 가고 없는 껌껌한 가게 마당은 괴괴할 정도로 침묵이 가득 고여 있었다. 얼핏 남강 물속에 있는 듯한 착각마저 일어날 지경이었다.

"와 요서 이리하는가 하모……."

살림채가 아니라 가게 쪽에서 하는 까닭에 대해 언청이 할멈은 이렇게 말했다.

"객구가 다린 사람들 몸에 붙어갖고 들락거릴 공산이 더 크기 때문인 기라."

그 설명을 들은 나루터집 식구들은 저마다 알았다는 표정이었다. 아무래도 객귀라고 하는 그것은 '객사客死한 사람의 혼령'인 만큼 객지 손님들도 많이 출입하는 곳을 통해 잠입할 가능성이 높다는 얘기였다. 나루터집 식구들은 모두 전율을 금하지 못했다.

"으, 무시라."

"우짜다가 우리 준서한테?"

"잘돼야 할 낀데."

"인자 우리 할무이 손에 달리 있는 기라."

그날따라 달빛도 너무나 무거웠고 흐릿했다. 그건 꼭 기운 없는 준서 눈빛 같았다. 그 어둠 속에 서 있는 나루터집 식구들 모습이 검은 나무나 돌처럼 보였다.

"자아, 그라모 시방부텀 내가 시키는 대로 해라이."

그렇게 당부하고 나서 언청이 할멈은 먼저 아버지 재영 옆에 힘없이 서 있는 준서를 향해 입을 열었다.

"준서 니만 마당 한가온데 가서 앉거라이."

비화가 가까운 평상 위에 있는 방석을 집어 마당 중앙에 가져다 놓았다. 재영이 준서 손을 잡고 그쪽으로 가서 방석 위에 앉혔다. 그 모든 장면들은 하나의 무언극을 방불케 했다. 남강 물도 잠이 든 듯 조용하고 사람들은 모두가 말이 없었다. 단 한 사람 언청이 할멈만이 살아 움직이는 생물 같았다.

"준서만 거 냉기고 남어치 다린 사람들은 모도 옆으로 비키나라이."

그 일을 시작하면서부터 말끝마다 꼭꼭 '이'를 붙이는 언청이 할멈이었다. 어쩌면 그것은 매우 중요한 일을 하거나 몹시 긴장할 때 생기는 그녀만의 독특한 언어 습관이 아닐까 싶었다.

"……."

나루터집 식구들은 여전히 아무 말도 하지 않고 언청이 할멈이 시키는 대로 저마다 마당 가장자리로 물러나 섰다. 넓고 어두운 마당 한가운데 혼자서만 오도카니 앉아 있는 어린 준서 모습이 너무나 애처롭고 가련해 보여 비화 가슴이 갈가리 찢어지는 듯했다. 그건 나루터집 다른 식구들도 마찬가지여서 몹시 침통한 얼굴들로 코를 훌쩍였다.

'우리 준서야.'

얼이도 그만 두 눈에서 왈칵 눈물이 솟구쳐 커다란 주먹으로 쓱쓱 닦았다. 형제가 없는 얼이에게 준서는 친동생만큼이나 살갑고 애정 어린 대상이었다. 준서 또한 얼이를 진짜 형처럼 좋아하고 따라주었다.

"자아, 그라모……."

언청이 할멈 음성도 평소답잖게 아주 무겁고 착 가라앉아 있었다. 마치 그녀가 지금까지 살아온 그 숱한 세월의 더께가 켜켜이 쌓여 있는 듯한 느낌을 자아내었다.

"준비핸 거 이리 조라이."

그 말이 떨어지기 바쁘게 우정 댁과 원아가 얼른 바가지와 물, 간장과 고춧가루 등을 언청이 할멈에게 주었다.

"이거……."

칼은 얼이 손에 들려 있었다. 그것은 어쩔 수 없이 아슬아슬하고 위험한 시퍼런 빛살을 줄곧 뿜어내고 있었다.

언청이 할멈은 바가지에다 간장과 고춧가루 그리고 물을 들이부었다. 그것을 한쪽 손에 든 언청이 할멈은 근엄함이 느껴지는 목소리로 얼이더러 말했다.

"그 칼도 내한테 조라이."

어두운 공간을 뚫고 칼날이 한 번 더 번득이고 있었다.

"예, 할무이."

얼이는 언청이 할멈에게로 다가가서 그녀의 남은 손에다 칼을 쥐여 주었다. 그 순간부터 언청이 할멈은 갑자기 다른 사람이 된 듯 이제까지와는 전혀 다른 목소리로 변했다.

"모도 내한테서 멀찌감치 떨어져라이."

그러고 나서 마지막 경고처럼 말했다.

"이흠타이(위험하다)."

그 소리에 모두 몸을 크게 움찔하면서 언청이 할멈과 거리를 두었다. 그러자 온 세상과 언청이 할멈 사이에는 깊고 높은 골이 생기는 듯했다.

"후~우."

준서 가까이 다가간 언청이 할멈은 길고 깊게 숨을 고른 뒤 마침내 '객귀 물리기'를 시작했다. 모두 숨을 죽인 채 언청이 할멈을 지켜보았다.

한 손에는 간장과 고춧가루와 물이 담긴 바가지를 들고, 다른 한 손에는 칼을 들고 있는 그녀 모습은, 무척 신비스러우면서도 왠지 섬뜩하고 괴기스러워 보였다. 우정 댁과 원아 눈에는 얼마 전 그들이 부적을 얻어 온 저 봉곡리 명도보다 더 낯설고 무서워 보였다.

"구신아, 듣거라이."

이윽고 언청이 할멈은 당장이라도 준서를 찌를 것같이 무섭게 칼을 휘두르면서 서슬 퍼런 목소리로 소리치기 시작했다. 혹시 그녀의 몸속에는 다른 영혼이 들어가 있는 게 아닌가 착각될 지경이었다. 벌써 목이 쉬려는 언청이 할멈이었다.

"오늘 우리 준서가 마이 아푸다이."

그 광경을 보고 싶은지 문득 시커먼 하늘가에 푸른 별이 몇 개 나타났다. 그것은 얼핏 지상을 내려다보는 하늘의 눈 같았다.

"이름도 알고 성도 안다이."

언청이 할멈은 마치 다른 사람들 눈에는 보이지 않는 무엇인가가 그녀 앞에 있는 것처럼 말하고 행동했다. 그래서 자칫 실성한 노파같이 비칠 형국이었다. 실제로 허연 머리칼이 나부낄 때는 제멋대로 기른 광녀의 산발한 머리와 별반 다르지 않아 보였다.

"모린 거(마른 것)는 싸 가고, 추진 거(젖은 것)는 묵고 가고, 퍼뜩 쌔이 여서 돌아서서 나가라이."

그렇게 처음에는 점잖게 타이르는 듯하더니 어느 순간부터 홀연 사나운 일갈을 터뜨리기 시작하는 언청이 할멈이었다.

"안 나가모 칼로 찔러삘 끼다이!"

식구들 모두 저마다 잔뜩 가슴을 졸여가며 언청이 할멈이 하는 말과 행동을 바라보았다. 그 정체를 또렷하게 말해 보일 수 없는 막연한 두려움과 어서 준서 몸이 낫기를 바라는 간절한 소망이 뒤엉킨 얼굴들이었다.

"에잇!"

그런데 나가지 않으면 칼로 찔러버릴 것이라는 그 으름장의 여운이 채 사라지기도 전에, 언청이 할멈은 느닷없이 대문 바깥을 향해 손에 거머쥐고 있던 칼을 힘껏 내던졌다.

"아!"

"헉!"

모두 그녀의 돌연한 그 행동에 한층 아연실색하고 말았다. 그러고 있는 그들 머리 위에 이런 소리가 작두날처럼 떨어졌다.

"얼이야이, 니 얼릉 저 대문간에 가갓고, 칼이 우찌 돼 있는고 보고 오이라이."

나루터집 식구들은 갈수록 더욱 멍한 표정들로 바뀌었다. 그녀가 별안간 냅다 던진 칼이 어떻게 되어 있는지 보고 오라니?

"예? 예."

얼이 또한 영문을 몰라 무척 놀라고 당황한 얼굴을 하면서도, 언청이 할멈이 시키는 대로 칼이 날아간 대문 쪽을 향해 거의 뛰다시피 걸어갔다.

"비이나?"

그런 얼이의 넓은 등짝에 대고 언청이 할멈이 사뭇 떨리는 목소리로 물었다.

"시방 칼끝이 오데를 향하고 있노?"

"……."

얼이가 그것에 대해 알아보려고 하는 그 순간을 참지 못하고 또 급히 물었다.

"살팍(대문 밖)을 향하고 있나, 집 안을 향하고 있나?"

그러자 곧 이런 얼이 대답이 어두운 마당 가를 울렸다.

"집 안을 향하고 있심니더!"

그 말이 떨어지기 무서웠다.

"머?"

언청이 할멈 입에서 신음 같은 소리가 흘러나왔다.

"지, 집 안이라꼬?"

얼이는 자기가 지은 죄를 실토하는 죄인같이 목구멍으로 기어들어 가는 소리로 말했다.

"예……."

하늘에 뜬 별들이 잠깐 구름 사이로 몸을 감추는 것처럼 보였다. 달빛은 여전히 흐릿한 기운을 벗어나지 못하고 있었다.

"우짜노, 우짜노! 이, 이 일을?"

더없이 큰 실망과 좌절에 빠지는 언청이 할멈이었다. 당장이라도 그 자리에 픽 쓰러질 것 같았다.

"……."

나루터집 식구들 얼굴에도 지금까지보다 더욱 어두운 그늘이 짙게 졌다. 잘은 모르지만, 위험하고 날카로운 칼끝이 집 안쪽을 향하고 있다는 것은 결코 유쾌한 일이 아니었다.

"허, 객구가 상구 데기(심하게) 들었거마, 상구 데기 들었어이."

언청이 할멈은 더없이 탈기하는 모습을 보였다.

"모질거로 든 기라이, 모질거로이."

언청이 할멈의 혼잣말이 듣는 이들 가슴팍을 다듬잇돌처럼 짓눌렀다. 마당 가에 우두커니 서 있는 대추나무도 몸을 떨고 있는 듯했다.

"……."

준서는 여전히 힘없고 몹시 겁을 집어먹은 표정으로 식구들 얼굴을 멍하니 올려다보고 있었다. 나약한 그 어린 생명의 불꽃은 금방이라도 꺼져버릴 것처럼 매우 위태롭고 애잔해 보였다.

"안 되것다이."

언청이 할멈이 심하게 고개를 내젓더니 우정 댁과 원아를 보고 말했다.

"밥하고 나물을 더 갖고 오이라이."

"예."

서둘러 몸을 돌려세우는 두 사람 등에 대고 독촉했다.

"퍼뜩!"

"예."

두 사람이 급히 주방으로 들어간 사이에 언청이 할멈이 다시 얼이에게 말했다.

"그 칼!"

"예?"

"그 칼 도로 주우갖고 내한테 조라이."

"예, 할무이."

얼이가 칼을 언청이 할멈에게 다시 가져다주고 주문한 음식물이 나왔다.

"요분에는……."

언청이 할멈은 씩씩거리며 바가지에다 밥과 나물을 더 넣었다. 그 동작이 굉장히 기운차 보였다. 그러고는 다시 칼로 위협하기 시작했다. 이번에는 앞서보다도 훨씬 크고 맹렬한 목소리였다.

"후."

옆에서 듣고 있는 사람들 간담이 죄다 떨어질 지경이었다. 밤이 되면 더 세찬 소리를 내는 강물도 숨을 죽이는지 고요함이 감돌았다.

"에잇!"

또다시 그런 소리가 나면서 두 번째로 칼이 언청이 할멈 손을 떠났다. 그러자 얼이 또한 누가 시키지 않았는데도 부리나케 칼이 떨어져 있는 곳으로 달려갔다. 멧돼지처럼 날쌘 동작이었다.

"……."

누구도 말이 없었다. 언청이 할멈도 무척이나 긴장된 탓인지 칼끝의 방향을 묻지 않았다. 그런데 웬일인지 얼이 입에서는 아무 말도 얼른 나오지를 않았다. 그저 정물靜物처럼 서서 땅바닥에 떨어져 있는 칼만 우두커니 내려다볼 뿐이었다.

"아, 요분에도?"

우정 댁이 곧장 그 자리에 털썩 주저앉을 것같이 했다. 원아 얼굴도 더욱 사색이 되었다. 재영은 금세 울음을 터뜨릴 듯하고, 비화는 돌처럼 몸이 굳어버린 것 같았다.

준서는 그저 멍하니 앉아 있었다. 별똥별 한 개가 지상으로 떨어져 내렸다.

그때, 언청이 할멈의 갈라지고 합죽한 입에서 그야말로 온 세상이 그대로 폭삭 내려앉을 것 같은 엄청난 고함이 터져 나온 것이다.

"나가! 나가! 나가!"

도대체 노쇠한 당나귀와도 같이 늙고 야윈 그 몸뚱어리 어디에 그토록 엄청난 힘이 숨어 있었을까? 그것은 노인네 목소리라고는 믿을 수가 없었다. 어쨌거나 언청이 할멈은 큰소리로 계속해서 고함을 내질렀다. 저러다간 목청이 깡그리 나가버리지 않을까 우려가 될 지경이었다.

"좋다! 니가 안 나가모 내 이 칼로 니를 콱 찌릴 끼다!"

언제부터인가 그녀의 말끝에 딸려 나오던 '이'는 사라지고 없었다. 말끝은 짧게 끊어지고 맷돌 같은 힘을 매달았다.

"내 칼에 안 죽고 싶으모 째이 나가라 안 쿠나?"

확인도 했다.

"나갔나? 나갔제?"

얼마나 그런 호통이 있었는지 모르겠다. 급기야 언청이 할멈은 목이 쉬어 더 이상 말을 할 수 없는 지경에까지 이르렀다.

"혁혁."

그녀는 가쁜 숨을 심하게 몰아쉬며 왜소한 노구를 부들부들 떨어대고 있었다. 그건 객사한 혼령에 대한 두려움에서가 아니라 어떤 정의감까지 담은 엄청난 진노에서 온 것으로 보였다. 나루터집 식구들은 망연히 빙 둘러선 채로 준서와 언청이 할멈을 번갈아 바라보는 게 고작이었다.

언뜻 보면 그것은 흡사 준서와 언청이 할멈의 대결과도 같았다. 한쪽은 무섭게 을러대며 곧장 칼로 찌를 것 같은 모습이고, 다른 한쪽은 가만히 앉아서 노려보기만 하는 듯한 모습이었다.

"준서야."

얼마나 그런 비현실적이고 몽환적인 시간이 흘러갔을까? 언청이 할멈이 준서에게 이렇게 말했다.

"니 거서 일나갖고 마당에 춤 세 분만 탁 뱉고 방에 들가서 거꾸로 누우라."

그러자 준서는 마치 마법에 걸려 있는 아이처럼 자리에서 일어나더니 발밑에 침을 세 번 뱉었다. 그런 후 그는 방 쪽을 향해 비틀걸음으로 걸어가기 시작했다.

"주, 준서야."

"가, 같이……."

재영과 얼이가 얼른 준서 양쪽에 서서 따라갔다. 여자들은 그만 발이 땅에 들러붙어 버린 듯 움직일 줄 몰랐다.

비화 고개가 문득 깊고 어두운 하늘가를 향해 들려졌다. 그녀의 그윽한 두 눈에도 푸른 별빛이 은하수처럼 흐르고 있었다.

하늘은 물이 담긴 바가지인 듯싶었다. 마침 그때 굉장히 빠른 속도로 하강하는 또 다른 별똥별이 있었다. 그것은 언청이 할멈이 객귀를 상대로 하여 싸우던 칼의 날과도 같았다.

돌아온 천주학쟁이의 후손

비화가 매일같이 미칠 듯한 고통과 절망에 시달리고 있을 때였다.

마마신이 어느 정도 물러나고 다시 개학한 서당에서 집으로 돌아오던 얼이는, 또 성가신 짓을 당하고 있었다. 이번에도 그 미치광이였다.

'이 미치개이가!'

그런데 이날은 얼이가 평소 같지 않았다. 여느 때 같으면 그저 미친개 짖는다 생각하고 상대도 하지 않았을 테지만, 그때 얼이 마음은 그렇지 못했다.

그럴 수밖에 없었다. 준서가 마마에 걸려 앓고 있는 탓에 그의 신경은 날카로워질 대로 날카로워져 있었다. 아무나 붙들고 마구 시비라도 걸고 싶은 게 솔직한 심정이었다. 게다가 한창 혈기왕성한 젊은이인 만큼 누가 조금 흘겨만 봐도 곧바로 주먹이 나갈 판이었다.

'온냐, 함 두고 보자.'

얼이는 방앗공이로 절구 확 속에 든 물건을 내리찧듯 마음을 다지면서 보통 때와는 달리 나루터집으로 곧바로 가지 않고 흰 바위가 있는 지점으로 방향을 틀었다.

'저 쌔끼가?'

가면서 흘낏 뒤돌아보니 그 미치광이는 임배봉 집안에서 도둑을 지키기 위하여 많이 키운다는 거위란 놈이 기우뚱거리며 걷듯이 그렇게 그의 뒤를 쫄쫄 따라오고 있었다. 그 걸음걸이 자체부터가 심히 눈에 거슬리고 마냥 싫기만 했다. 스승 권학은 말했다. 바른 마음은 바른 자세에서 온다고.

'내 요분은 무신 일이 있어도 절대로 몬 참는다.'

귓전을 스치며 지나가는 바람 소리도 그렇게 하라고 그를 부추기는 것 같았다. 그렇지, 사람이 참는 것도 한계가 있다.

'미친눔 아이라 걸친눔이라도 가마이 안 둔다 고마.'

얼이는 걸어가면서도 내심 단단히 별렀다. 이번 기회에 두 번 다시는 이따위 짓거리를 하지 못하도록 못된 버르장머리를 고쳐놓기로 작심했다. 미친놈이 불쌍하다 싶어 그동안 화를 꾹꾹 눌러왔다. 하지만 이제 참을성이 수위를 한참 넘어버렸다. 강물에 빠져 익사 직전에까지 가버린 것이다.

'요대로 더 놔났다가는 안 되것다.'

사실 꼭 준서 불행이 아니더라도 한 번은 담판을 지어야 할 일이기는 했다. 그 미치광이 몸에는 저 임술년에 비명에 간 농민군 원혼이 붙어 있다는 세간의 쑥덕거림은, 얼이에게 위험한 사태를 몰아올 공산이 너무나도 컸다. 어쩌면 그 소문 이후 관아에서 몰래 나를 감시하고 있을지도 모른다는 불안감에 줄곧 쫓기기도 하는 얼이였다.

'아, 흰 바구다!'

그런데 저만치 흰 바위가 눈에 들어왔을 때, 얼이 마음속은 그 미치광이보다도 효원이 더 커다랗게 자리를 잡기 시작했다. 그녀가 아니었으면 꼼짝없이 저 살인마 민치목 마수에 목숨을 잃을 뻔했던 그날이 영원히 떨쳐버릴 수 없는 악몽처럼 되살아났다.

'가마이 돌이켜보이 내 생맹의 은인들도 에나 쌔삣다.'

새삼스럽게 그런 자각이 솟아났다. 그건 옳았다. 비단 효원뿐만 아니라 여기 상촌나루터 터줏대감인 꼽추 달보 영감도 그렇고, 그의 위기를 알려주었던 손 서방도 마찬가지였다. 어머니 우정 댁과 원아 이모는 비화 누이가 우리 생명의 은인이라고 언제나 입버릇처럼 얘기하고 있기도 했다.

'그란데 그 여자는 그날 와 그랬으꼬?'

그 여자, 해랑. 관기가 되기 전의 이름은 옥진이라 했던, 그 여자가 매몰차게 효원과 자기 사이를 떼놓으려고 하던 몹시 께름칙한 기억도 있다. 그와는 아무 원수진 일도 없는데 말이다.

'효원이를 그리 위해주는 거 겉기는 했지만도…….'

하지만 때가 때인 만큼 그런 생각은 이내 멀어지고 다시 미치광이 존재가 바늘 끝으로 찌르듯 신경을 날카롭게 했다.

'요기다.'

마침내 얼이가 바람이 일어날 정도로 홱 돌아섰다. 탄탄한 몸에서는 기운이 넘쳐 보였다. 그 서슬에 미치광이가 흠칫 놀라는 눈치를 보였다.

얼이가 약간 이상하다는 느낌이 든 것은 그때였다. 그것은 보통 미치광이들이 해 보이는 모습이 아니었다. 맞았다. 그 순간의 그는 조금도 미친 것 같지 않았다. 도리어 사려 깊은 사람처럼 비쳤다. 강물과 모래밭이 자리바꿈을 하는 것을 보는 기분이었다.

'해나 내가 잘몬 본 기까?'

일시적으로 그런 의혹도 일었지만 얼이는 지금까지의 그를 향한 모든 나쁜 감정을 실어 크게 화난 목소리로 물었다.

"니 와 이라는 기고?"

"……."

강물이 멈췄다가 다시 흐르는 것 같았다.

"내 이약 안 들리나?"

가타부타 말이 없다.

"우째서 내만 보모……."

얼이는 목젖이 울리도록 꿀꺽 침을 삼킨 후에 쏘아붙였다.

"강새이매이로 쫄랑쫄랑 따라오노 말이다!"

"……."

"사람 말이 말 겉잖은 기가?"

한데, 더욱 이상했다. 얼이는 또 한 번 내 눈이 잘못되지 않았나 싶었다. 속에서 비명 같은 소리가 터져 나왔다.

'아, 저 얼골!'

얼이는 보았다. 틀림없이, 확실히 보았다. 미치광이 얼굴을 언뜻 스쳐 가는 슬픔의 빛을. 아니다. 아니, 그건 단지 슬픔의 빛만이 아니었다. 온갖 고통과 회한, 안타까움이 뒤엉킨 빛이라고 할 수 있었다.

"니 안 있나……."

얼이 음성은 그만 자신도 모르게 낮아졌다. 누가 시킨다고 해도 그렇게까지 달라지지는 않았을 것이다. 얼이도 자신의 변화를 종잡을 수가 없을 판국이었다.

"함 말해봐라."

"……."

강물이 역류하고 있는 걸까? 물새가 뒤집어 날아가고 있는 것인가? 얼이는 그 자신이 미치광이 같고, 미치광이가 얼이 자신 같은 혼란과 착각에 빠져들고 있었다.

"이유가 있을 끼 아이가, 이유가?"

"……."

얼이가 낮도깨비에게 홀리는 듯한 너무나도 수상하고 희한한 일이 벌어지기 시작한 것은 바로 그 순간부터였다. 얼이 입에서는 자신도 모르게 이런 소리가 나왔다.

"어? 어?"

"흑."

미치광이가 운다. 때가 낀 두 뺨 위로 주르르 흘러내리는 것, 그건 분명 눈물이다. 투명한 물줄기였다.

'시방 내 눈이, 내 증신이!'

얼이는 소스라치며 놀라고 있는 자신을 본다.

'미, 미치개이가 울다이?'

그랬다. 적어도 얼이 자신이 오늘날까지 봐왔던 미치광이들은 왜 그런지 그 원인을 전혀 몰라도 잘 웃었다. 때로는 다른 사람을 가리키며 또, 하늘이나 제 몸을 가리키며, 짐승처럼 팔짝팔짝 뛰며, 그야말로 미친 인간 웃음소리를 내면서 웃었다. 웃을 수 있는 동물은 오직 사람뿐이라는데, 내가 웃으니 나도 사람이라고 시위라도 하듯 했다.

'그랬는데?'

그렇지만 아직 우는 미치광이는 없었다. 다른 사람들은 어떨지 몰라도 얼이가 만난 미치광이 중에서는 그랬다. 그런 사실을 자신 있게 말할 수 있는 것이다.

그런데, 지금 눈앞의 저 미치광이는 운다. 그것도 그렇게나 애잔하고 슬퍼 보일 수가 없는 울음을 운다. 어쩌면 그의 속마음이 고스란히 내비칠 그 정도로 투명한 눈물이다. 저렇게 투명한 유리거울이 있어 그 앞에 세운다면 세상 사람 누구도 거짓과 위선을 부리지는 못할 것이다.

'우짜노? 우짜노?'

얼이는 더할 수 없이 당황했다. 너무 난감했다. 내가 처음에 막 내지른 고함에 놀라 저러는 게 아닌가 싶기도 했다. 내가 잘못했다고, 내 실수라고 크게 후회했다. 어쨌거나 상대는 정신이 온전치 못한 사람이 아닌가 말이다. 그런 상대를 붙들고 이 무슨 변변치 못한 추태를 보이는지 모르겠다. 나도 이제는 장성할 만큼 장성했다고 과신해온 것이 이런 결과를 낳고 있는 것은 아닐는지.

'그거는 그란데?'

얼이는 새로운 사실 하나를 또 깨달았다. 가까이 서서 자세히 본 그는 아직 나이 얼마 안 되는 어린 청년이라는 것이다. 물론 크게 관심을 갖지 않은 탓도 있겠지만 그 정도 나이밖에 되지 않을 줄은 정말 몰랐다.

'아모리 봐도 내보담도 더 밑이다 아이가?'

그런가 하면, 촘촘한 이빨이 그처럼 하얀 것도 놀라운 노릇이 아닐 수 없었다. 그뿐만이 아니었다. 눈썹도 화장 붓으로 곱게 그린 여자 눈썹같이 보기 좋고, 거기에다 콧날도 오뚝하게 선 것이 아주 잘생긴 얼굴이었다. 저런 미남은 드물었다. 얼이가 느끼기에는 근동에서 인물이 좋다고 평판이 자자한 준서와 겨루어볼 만했다.

'대체 저 미치개이는 누란 말이고?'

그러나 그의 입에서 그들 이름이 흘러나올 줄이야. 그 미치광이 청년은 이렇게 말했다. 아니다. 얼이 마음에는 그가 말한 게 아니고 다른 누군가가 하는 소리 같았다.

"예전에 천주학 하던 전창무하고 우 씨라쿠는 사람들 기억하나?"

얼이는 귀를 의심했다. 하지만 잘못 들은 것은 결코 아니었다. 그 미치광이는 너무나도 또렷한 어조로 말했다. 전창무와 우 씨.

얼이는 죽은 전창무가 살아 돌아온 것만큼이나 까무러치게 놀랐다. 그의 입에서 자신도 모르게 비명 같은 외마디가 튀어나왔다.

"저, 저, 전창무? 우, 우 씨?"

"……."

미치광이는 잠자코 고개를 끄덕였다. 얼이는 그의 그 동작 하나도 빠뜨리지 않고 자신의 두 눈에 고스란히 담았다. 그때쯤 얼이는 확신했다. 온몸에 확 찬물을 둘러쓴 것처럼 '번쩍' 정신이 났다. 그리고 이런 소리가 그의 마음속에서 울려 퍼졌다.

그는 미치광이가 아니다!

'그, 그라모?'

얼이는 하마터면 비명을 지를 뻔했다. 지금까지와는 그 성질이 전혀 다른 새로운 공포가 엄습했다. 그것은 무슨 말로도 표현할 수 없는 극한적인 그 무엇이었다.

"으으."

얼이는 자신도 모르게 신음과 함께 뒤로 물러서며 떨리는 목소리로 물었다.

"니, 니는, 누, 누고?"

그것은 평소 얼이의 목소리가 아니었다. 그가 보이는 모습 또한 여느 때의 그와는 완전히 달랐다.

"……."

미치광이는, 금방 대답하지 않았다. 그 대신 한층 진한 눈물만 줄줄 흘렸을 뿐이다. 얼이는 그 눈물의 강에 빠져 한없이 허우적거리는 자신을 보았다.

"니 정체를 밝히라!"

입으로는 그렇게 큰소리를 치면서도 얼이는 전신에 소름이 오톨도톨 돋아나고 있었다. 그 숨이 넘어갈 듯한 엄청난 공포와 경계심에서 조금이라도 벗어나기 위해 그는 더욱더 큰소리로 물었다.

"그들 부부를 아는 니가 누고?"

얼이의 그 외침은 넓은 남강 건너편 산등성이에 부딪쳐 메아리가 되어 되돌아오고 있었다. 흰 바위 밑동을 때리는 물살이 흰 거품을 일으키는가 싶더니 어느 순간 와그르르 맴을 돌면서 급하게 하류로 내닫고 있었다.

"오데서 온 누고 말이다!"

미치광이는 귀마저 멀어버린 사람 같았다. 평소에도 상촌나루터에서 가장 인적이 드문 그곳은 아득한 태곳적으로 환원해버린 듯했다.

"말 몬 하것나?"

완전 일방적인 대화는 얼이를 환장하게 만들었다. 급기야 얼이는 미치광이에게 곧바로 달려들어 그의 목이라도 조를 사람 같아 보였다.

"그래도야?"

"……."

"내가 죽는 꼴, 아니 니가 죽는……."

"……."

드디어 강도 산도 더 참지를 못하고 몸을 들썩거리거나 고함이라도 질러댈 것처럼 보였다. 아니, 그보다 더 인내심의 한계를 빨리 드러내 보이는 것이 있었다. 바로 흰빛과 잿빛 물새들이었다. 그것들은 동시에 울어대기 시작했다.

'웩, 웩.'

'꾸루, 꾸루.'

물새들이 함부로 내지르는 그 시끄러운 소리는 세상을 들쑤셔 놓을 만했다. 그런데도 미치광이는 계속해서 벙어리가 돼버린 듯 여전히 입을 꼭꼭 다물었다. 하지만 행인지 불행인지 세상에 영원한 것은 없었다.

드디어 거기 흰 바위같이 미동도 하지 않고 있던 그는 문득 기묘한 행동을 보이기 시작했다. 그것을 본 얼이는 그만 눈을 있는 대로 치뜨고 말았다.

'어?'

그 미치광이는 한순간 몸을 돌려 흰 바위 위로 껑충 뛰어오르더니만 그대로 거기 퍼질러 앉는 것이다. 지금 그의 시선은 어디를 향하고 있는지 도무지 알 수 없다. 하도 깊어 그 끝 간 데를 짚어낼 수 없는 눈이다.

'헉!'

얼이는 순간적인 환영에 사로잡혔다. 자칫 이런 소리를 입 밖으로 낼 뻔했다.

'효, 효원!'

그가 효원으로 보인다. 죽을 만큼 보고 싶고 미치도록 보고 싶은 여자, 효원이다. 아아, 효원이가 저기 있다. 그런데 나는 그것도 모르고 있었다니?

"에잇!"

그러자 얼이가 그다음에 그런 기합 소리를 내지르면서 한 행동은 자기도 그 미치광이처럼 흰 바위로 올라간 것이었다. 그러고는 커다란 바람이 일어날 정도로 그의 바로 옆에 털썩 주저앉았다. 마치 효원 가까이 다가가 앉듯이.

"……."

바위 같은 침묵. 지금 그곳에는 바위 세 개만 있는 것 같다. 꽤 오랫동안 누구도 말이 없었다. 조금 전에 그토록 애가 터지게 울어대던 물새들은 갑자기 모두 어디로 사라져버린 걸까?

그것은 하나의 기적을 보는 느낌을 주었다. 그 순간은 그곳 남강에 그리도 흔한 왜가리나 물총새 한 마리도 보이지 않았다. 저물어 가는 강가에 흰 바위 발치를 때리는 물살 소리만 '찰싹찰싹' 처량했다. 그저 허허로웠다.

'으, 심이 멕히서 더 몬 있것다.'

끝내 더 참지 못한 얼이가 고개를 돌려 슬쩍 훔쳐보니 그는 언제부턴가 두 눈을 꼭 감고 있다. 얼이는 또다시 혼란스러워지기 시작했다. 수도자를 연상시키는 그는 중년을 넘긴 사내 같았다.

'대체 몇 살이나 묵었노?'

얼이는 힘이 들지만, 그가 다시 눈을 뜰 때까지 기다려보기로 작정했다. 머릿속은 어릴 적에 보았던 전창무와 우 씨 모습으로만 꼭 찼다. 아직도 젊은 부부였다.

도대체 이게 무슨 조화속이란 말인가? 미치광이가 여러 해 전에 죽은 사람과 그의 유족 이야기를 하다니? 그의 혼령이 미치광이로 환생이라도 했단 말인가? 그렇다면 왜? 무엇 때문에? 맺힌 한을 풀지 못해서? 복수를 하려고?

그런데 미치광이가 먼저 한 행동은 눈을 뜬 게 아니고 입을 연 것이었다. 그는 소경처럼 눈을 감은 그대로 말을 꺼냈다. 흡사 세상 장님 점쟁이들이 하는 것처럼.

그 소리를 듣는 순간, 얼이는 그때 그들이 앉아 있는 흰 바위가 강 속으로 처박히거나 하늘로 붕 날아오르는 듯한 충격에 빠져버렸다.

"그분들이 내 아부지하고 어머인 기라."

"머? 머라꼬?"

얼이는 자기 입에서 그런 소리가 튀어나온 그 사실조차도 제대로 인식하지 못했다. 그러니까 그 반문은 거의 반사적이거나 습관적으로 나온 것이었다.

"아부지하고 어머이."

미치광이는 한 번 더 말했다.

"그, 그⋯⋯."

얼이는 자신도 모르게 흰 바위에서 벌떡 몸을 일으키고 말았다. 그러고는 세상에서 가장 무서운 괴물을 보듯 그를 노려보았다. 서 있기조차 힘들 정도로 다리가 마구 후들거렸다. 마음은 그보다도 몇 배 더 요동쳤다.

아부지, 어머이. 미치개이 입에서 나온 그 이름들.

드디어 그가 눈을 떴다. 그도 얼이처럼 일어섰다. 나란히 서서 본 그의 키는 얼이 귀에 닿을 그 정도밖에 되지 않았다. 그렇다고 작은 키는 아니었다. 보통 키였지만 얼이 키가 원체 컸다. 그가 그들 부부 소생이라면 나이가 나보다도 조금 아래일 거라는 그 판단이 옳았던 것이다. 한데도 그는 왜 그렇게 나이 먹어 보인 걸까?

"내는⋯⋯."

그런데 거의 기습적이라고 할 만큼 돌발적인 상황들은 거기서 끝난 게 아니었다. 그의 입에서는 또 얼이를 경악케 하는 소리가 나왔다.

"거, 그짝 아부지가 농민군 하다가 죽었다쿠는 거도 알고 있제."

세상은, 그날로 회귀하고 있었다. 몰락 양반 출신인 유춘계가 이끌던 농민군들이 저마다 목이 터져라 내지르던 그 함성들. 그들이 손에 쥐고 있던 죽창과 몽둥이, 온갖 농기구들. 그들의 붉고 검은 이마에 불끈 매여 있던 그 흰 수건들.

"그, 그거도?"

또다시 비명 내지르듯 반문하면서 얼이는 새삼 느꼈다. 그는 나이를 떠나 말이나 행동이 얼이 자기보다 훨씬 더 어른스럽다는 것을. 어쩌면 준서와 닮은 데가 있었다.

그러자 얼이 가슴팍이 천근 돌덩이로 내리누르듯 답답해졌다. 사람이 제 나이보다 늙어 보이거나 생각이 깊다는 것은, 그만큼 그가 살아온 과거가 순탄치 못했다는 증거일 수도 있다. 하긴 저 천주학 박해의 희생물인 그들 부부 자식이라면 굳이 더 말할 필요가 없을 것이다.

"우리 아부지들이 가리방상하거로 돌아가싯다 아인가베."

미치광이가 말했고, 얼이는 따라 말했다.

"우리 아부지들……."

그 말을 되뇌는데 얼이 가슴팍으로부터 왈칵 설움과 한이 솟구쳤다. 우리 아버지들, 그들만큼 크고 깊은 아픔과 고통을 앓다가 간 이들이 다시 있을까?

"살아남은 우리 어머이들도 가리방상하거로 살아가신다 아인가베."

미치광이가 또 말했고, 얼이는 이번에도 복창하듯 했다.

"살아남은 우리 어머이들도……."

그의 입에서는 갈수록 얼이로 하여금 그가 지나칠 정도로 조숙하다는 믿음을 주는 이야기가 이어졌다.

"내도 그렇지만도……."

저 아래 물가에서 자라고 있는 수초들이 일렁이는 물살을 견뎌내기 위해 서로의 몸들을 꽉 붙들어 주고 있는 것처럼 비쳤다.

"거도 아부지 맹애를 찾아드리야 할 끼거마는."

얼이 눈에 그가 학동들을 타이르는 훈장 권학처럼 비쳤다. 아니, 우리 스승도 그런 말씀까지는 할 수 없으리라고 여겨지는 놀라운 말도 나왔다.

"사람들이 농민군하고 천주학 신자를 새롭거로 볼 날이 올 끼라."

"농민군하고 천주학 신자를……."

더없이 먹먹해진 심정으로 또 그렇게 되뇌던 얼이는 그저 뿌리째 흔들리려는 마음을 가까스로 추스르며 사뭇 떨리는 목소리로 물었다.

"그거는 어머이가 하신 말씀이가, 거 생각이가?"

"그거?"

"하모."

"그거는⋯⋯."

"⋯⋯."

그의 답변은 오래 걸리지는 않았다. 어찌 들으면 그것은 물속에서 울리는 메아리와도 같았다. 전신에 축축한 물기운을 품고 있는 강의 메아리.

"우리 천주학 신자들이 모도 그리 말하고 있데."

얼이는 감동을 받은 목소리로 외쳤다.

"아, 신자, 천주학 신자들이!"

그러는 얼이 얼굴을 물끄러미 쳐다보고 있던 그는 곧이어 이렇게 덧붙였다.

"울 어머이하고 내 생각도 그렇고⋯⋯."

그런데 눅눅한 목소리의 그의 말을 끝까지 듣기도 전에 홀연 얼이 음성이 뾰족한 송곳 끝처럼 날카로워졌다.

"그라모 거도 시방 천주학을?"

하지만 그는 얼이 그 물음에는 아무 대꾸도 없이 혼잣말같이 이야기했는데, 그가 천주학 신자라는 선입견 탓인지는 모르겠지만, 얼이 귀에는 그 소리가 영락없이 무슨 기도문을 외는 것처럼 들렸다.

"내가 시방은 박해 받아갖고 죽은 천주학재이 자슥으로, 이리 미친눔 매이로 함시롱 시상 사람들 눈을 피해 살아가고 있지만도⋯⋯."

그는 지난날 농민군들이 이마에 흰 수건을 동여매듯이 그의 이마에 무엇인가를 갖다 붙이는 동작을 해 보이면서 말했다.

"운젠가는 내 이마에 울 아부지 이름 석 자를 딱 써붙이갖고 돌아댕길 날이 올 끼라. 내 안 그라는지 누라도 오데 함 두고 봐라꼬."

"……."

얼이는 강한 힘에 의해 입을 틀어 막힌 듯 졸지에 그 어떠한 말도 할 수가 없었다. 그 나름대로는 아버지 원수 갚겠다고 또래들이 상상도 하지 못할 생각을 쌓으며 살아왔다. 그런데 그를 보니, 나는 애송이였구나! 하는 부끄러움을 지울 수 없었다. 그는 얼핏 약해 보이는 몸매지만 음성만은 대단히 카랑카랑했다.

"내는 요 나루터 안 오모, 사람들 눈을 피해 울 아부지 무덤에 간다."

그런 말을 하면서 그는 강 가장자리로 밀려 나온 물고기 사체를 응시했다. 얼이 음성이 물고기 지느러미가 스치는 수초같이 속절없이 흔들려 나왔다.

"아부지 무덤에?"

여전히 눈길은 허옇게 부패해가고 있는 물고기에 못 박은 채 그가 시비 걸어오듯 하는 말에는 강한 신념과 의지가 담겨 있었다.

"하모, 넘들이 모리거로 가기는 하지만도 몬 갈 끼 있나?"

모래밭과 나무숲이 맞닿은 어름에 갈색 다람쥐 한 마리가 느릿느릿 기어가고 있는 게 무척 희화적으로 비쳤다.

"그, 그런 거는 아, 아인데……."

얼이 눈에 그가 방금 무덤에서 나온 사람처럼 보였다. 그러자 지금 그곳이 상촌나루터가 아니라 그 고을 공동묘지가 있는 저 선학산 같다는 착각마저 일었다.

"아이고 기고 간에 상관 안 한다."

그의 입에서는 원통하게 죽은 자의 한 맺힌 저주 같은 소리가 이어졌다.

"머리가 없고 그냥 몸띠이, 몸띠이만 묻히 있다꼬, 시상 사람들은 무두묘, 무두묘라꼬 글 쿤다데."

"무, 무두묘!"

담대하기가 둘째가라면 서러워할 얼이었지만 이빨이 딱딱 부딪칠 만큼 무서워지는 것은 어쩔 수가 없었다.

"머리 없이 몸띠이만……."

그는 끝내 말을 잇지 못하고 또 오열했다. 폭풍우에 쏠리는 나무처럼 온몸을 흔들며 계속 울었다. 그럴 때 그는 무리에서 혼자 낙오된 철새를 연상케 했다.

"고, 고만해라!"

무섬증 속에서 무척 당황한 얼이 목소리가 인적 드문 고요한 강가를 울렸다.

"울지 마라 캐도?"

동병상련. 망나니 칼을 맞고 밑으로 굴러 내리던 아버지 목.

그랬다. 비록 어린아이 눈이었지만 얼이 자신도 목이 없는 아버지를 보았었다. 그렇다면 아버지 천필구 무덤도 무두묘인 셈이다.

"우리……."

얼이는 가슴이 터질 듯이 벅차오르면서 갑자기 그가 그렇게 친숙하게 느껴질 수 없었다. 준서만큼이나 가까이 다가오는 그였다. 입에서 자신도 모르게 이런 소리가 나왔다.

"으행재 하자."

그가 멍한 눈빛을 했다. 목소리도 다소 어눌해졌다. 그러자 미치광이 모습으로 되돌아간 것 같아 보였다.

"으행재?"

그렇게 되물으면서 그는 고개를 갸웃해 보였다. 그런 그가 또다시 인생 십 년은 훌쩍 건너 뛴 사람으로 다가왔다.

"하모, 으행재."

얼이는 그렇게 상기시켜주고 나서 벌써 의義로 맺어진 형제가 된 것처럼 말했다.

"내가 니보담도 나이가 우 겉은께, 니 내 동상 해라."

그의 표정이 한층 몽롱해지고 있었다. 그러고는 도무지 믿어지지 않는다는 듯 이렇게 물었다.

"내 보고 니 동상 하라꼬?"

바람은 상류에서 하류로 불었다가 어느 순간 돌연 반대 방향으로 기세를 바꾸기도 했다.

"하모."

얼이는 고개를 크게 끄덕였다.

"우리 집에 가모 니보담 나이가 적은 준서가 있다."

그 말을 하니 어쩐지 눈물이 나오려는 얼이였다.

"준서?"

그런 얼이를 가만히 바라보다가 그가 기억해두려는 듯 상념에 잠기는 빛을 엿보였다.

"니는 준서 새이 하모 되고."

얼이는 거의 반강제에 가까운 어조로 말했다.

"우리 셋이서 으행재 맺자 고마."

이윽고 그가 희고 가지런한 이를 씩 드러내고 웃어 보였다. 얼이는 해 질 녘 어스름 빛이 묻어나는 듯한 그의 공허한 웃음 끝에서 서럽도록 깨달았다.

'사람을⋯⋯.'

그가 사람을 몹시 그리워하고 있다는 사실을. 그래서 사람들만 보이면 곧 달려가 얼굴을 들여다보는 거라고.

"시방 이 순간부텀 니하고 내하고는 행재다."

그러고 나서 얼이는 아까부터 궁금하게 여기고 있던 것을 물었다.

"니 해나 니 옴마가 니 아부지 무덤 돌봐라꼬 여 보내신 거 아이가?"

그가 약간 놀란 눈빛을 하며 조금 전 얼이처럼 고개를 끄덕였다.

"그렇구마."

얼이는 감탄해 마지않았다. 이런 소리가 저절로 나왔다.

"어머이도 대단하고 아들도 대단타."

어디선가 그의 아버지 창무가 기도하는 소리가 들려오는 듯했다. 그리고 그 기도 소리는 온 세상을 가득 채울 것처럼 느껴졌다.

"니 아부지가 무덤 속에서도 기뻐하실 끼다."

그렇게 말하는 얼이 목젖으로 뜨거운 기운이 치밀었다. 얼이는 두 주먹을 불끈 거머쥐며 피의 맹세를 하듯 말했다.

"닐로 본께 내도 시방보담 몇 배 더 울 아부지를 위해 애써야것다는 생각이 드는 기라. 에나다."

그가 물기 뚝뚝 떨어지는 소리로 말했다.

"니 아부지도 울 아부지만치 훌륭한 사람이라꼬 들었다."

얼이 말끝에도 칡덩굴에 내려앉은 새벽이슬 같은 울음기가 맺혔다.

"그, 그랬나?"

"에나다."

"울 아부지……."

얼이 얼굴에 아버지를 그리워하는 빛이 번졌다.

"그 어른들……."

그의 얼굴에도 얼이의 그것과 비슷한 빛이 떠올랐다.

"아부지, 아부지."

얼이는 나약한 감상에서 빠져나오려는 듯 피가 맺힐 정도로 입술을 굳게 깨물고 나서 지금까지와는 다르게 아주 강한 어조로 물었다.

"그거는 그렇고, 앞으로도 계속 미치개이 짓 함서 살 끼가?"

그 갈색 다람쥐가 들어가 있을 나무숲이 홀연 '우우' 하고 우는 소리를 내는 것 같았다. 나무들은 왜 가다 그런 소리를 내는 것일까?

"미치개이 짓 함서로⋯⋯."

그는 잠시 생각에 잠기는 빛이었다. 얼이는 아까부터 알고 싶었던 것을 또 물었다. 사실은 가장 궁금한 것이었다.

"니 어머이는 시방 오데 살고 계시노?"

그러자 그가 상처를 입어 무리와 함께 떠나지 못하고 혼자 남은 철새처럼 구슬픈 소리로 대답했다.

"충청도에 계신다."

문득 강물 소리가 천 리 밖에서 나는 것처럼 아득하게 느껴지는 순간이었다.

"아, 그 먼 충청도에 말이가?"

얼이는 가슴이 뭉클했다. 충청도까지 가서 살고 있다니.

"농군이 돼갖고 넘들 모리거로 천주학 활동도 하시제."

그는 얼이가 묻지도 않은 것까지 얘기했다. 이제 그의 얼굴에서 고통과 회한의 빛은 찾으래야 찾을 수 없었다.

"아즉도 천주학을 하신다이. 그런 일을 겪으시고도⋯⋯."

얼이 눈시울이 붉어졌다. 그는 어머니가 자랑스럽다는 얼굴로 이런 사실도 들려주었다.

"그라고 될 수 있으모 갱상도 말만 쓰시는 기라."

철새들도 경상도에 오면 경상도소리로 울고, 전라도로 가면 전라도소리로 운다던가. 우 씨 아주머니는 남편이 묻혀 있는 경상도 땅을 그만큼 잊지 못한다는 증거일 것이다.

"내한테도 갱상도 말을 갈카주싯다."

그러는 그의 말씨는 얼핏 좀 투박하게 들리면서도 무척이나 정감이 와 닿는 것이었다. 얼이는 그런 사실이 반가우면서도 다른 한편으로는 더없이 가슴 아팠다. 그들 모자가 전창무의 그늘에서 아직도 벗어나지 못하고 있다는 게 아니고 무엇이겠는가?

"니 아부지 생각 땜새 그라시것제."

얼이 말에 그는 모래톱을 휩쓸고 내리는 물결이 내는 소리처럼 말했다.

"아부지 생각?"

"으응."

"그거는 맞다. 내도 그리 본다."

그러다가 불쑥 이랬다.

"울 어머이는 혼자서 잘 우신다."

그의 눈가가 젖었다. 얼이 목소리도 눅눅했다.

"옛날에, 니 어머이가 우리 비화 누야한테 와갖고, 천주학이 나라로부텀 인정받는 날, 니 아부지 무덤 앞에 비석 하나 세워 달라꼬 부탁하고 가싯다쿠는 그런 이약도 들은 기억이 나는 기라."

그는 가슴에 목을 깊숙이 파묻었다가 강 건너 병풍처럼 둘러 처져 있는 산 능선 어딘가를 향해 고개를 들며 감회 어린 목소리로 말했다.

"비화 그분한테……."

"그라고 내도 그날 천으로 얼골 가린 니 어머이 봤다."

그가 전체적인 체구에 비해 작아 보이는 주먹으로 눈물을 쓱 훔쳤다. 그러고는 슬픔과 괴로움이 묻어나는 소리로 말했다.

"울 어머이는 아부지 무덤에 비석 세울 생각밖에 안 하신다."

얼이는 또다시 왈칵 눈물이 솟구치려는 것을 간신히 참으며 말했다.

"반다시 그랄 날이 올 끼다."

"그라것제?"

"하모."

"아, 그 생각만 해도……."

얼이가 그의 손을 덥석 잡았다.

"우리 집에 같이 가자."

그가 놀란 눈빛으로 얼이를 쳐다보았다. 얼이는 붙잡은 손에 더욱 힘을 넣었다.

"가서 몸도 좀 씻고, 무울 것도 좀 묵고 하거로."

그가 가만히 잡힌 손을 빼내며 말했다.

"때가 되모 내 발로 찾아갈 끼다."

얼이는 아무것도 들어 있지 않은 제 손을 내려다보았다.

"때가 되모……."

그는 이번에도 외로움이 번져 나오는 목소리로 얘기했다.

"준서라쿠는 아도 함 만내보고 시푸다."

얼이는 제 설움에 겨워 그만 크게 목멘 소리가 되고 말았다.

"준서가 고마 마마에 걸리삣다 아이가, 마마에."

그가 깜짝 놀라는 표정을 지었다. 얼이가 울부짖었다.

"빡보가 돼삐릴 끼라, 빡보가."

그는 금방이라도 울음을 터뜨릴 것 같은 얼굴로 하늘을 원망하듯 했다.

"아, 우짜다가!"

"흑."

얼이는 끝내 눈물을 보이고 말았다. 그가 얼이 손에서 빼냈던 자기 손을 뻗어 가만히 얼이 손을 잡아 왔다. 비록 깨끗하게 씻지 못한 손이지만 어떤 손보다도 따뜻한 기운이 전해지는 손이었다.

저만큼 나무숲으로부터 까치가 울기 시작했다.

우도신궁의 거북바위

불행히도 시간관념이 사라진, 일종의 기억상실증에 걸려버린 왕눈.

그렇지만 왕눈은 쓰나코를 따라다니면서 신기하고 놀랄 만한 일들을 적지 않게 경험했다. 그중 하나가 일본에는 신사神社라는 것과 절이 많다는 사실이었다.

'일본 절집?'

처음에 왕눈은 그 신사를 일본 사찰이라고 착각했다. 그런데 알고 보니 그게 아니었다. 일본인들이 그들 황실의 조상이라든지 나라에 큰 공을 세운 사람을 신으로 모셔 놓고 제사를 지내는 장소였다.

'아모리 지들이 떠받드는 자들이라 쿠더라도 그렇거마.'

사람을 신으로 모시다니, 신궁으로 가는 일주문 엇비슷한 곳을 막 지나면서 왕눈은 정말 이해가 되지 않았지만 쓰나코 앞에서 그런 내색은 조금도 하지 않았다.

어쨌거나 그런대로 왕눈에게 가장 인상 깊었던 신사가 우도신궁鵜戶神宮이었다. 일본 초대 왕이었던 신무왕의 아버지인 '우가야 후키아에노르 미고토'라는 대단히 긴 이름을 가진 사람을 주신主神으로 모셔 놓은 곳이었는데, 참 기묘하게도 동굴 안에 마련되어 있었다.

"저것 좀 봐요."

"오데?"

"한번 와 보기 잘했죠?"

"아, 예."

쓰나코는 '우도신궁'이란 안내 표지판이 서 있는 곳에서부터 들뜬 얼굴이었다. 그것은 저 멀리 태평양을 굽어보기 적당한 동굴 쪽에 터를 잡고 있었으며, 기둥의 붉은색과 바다의 푸른색이 대조를 이루어 꽤 인상적이었고, 게다가 동굴과 산의 조화 또한 예사롭게 보이지 않았다.

'암만 생각해도 이 모든 기 핸실 안 겉다.'

일본에 온 이후로 늘 그랬지만 왕눈은 더더욱 꿈속인 양 느껴졌다. 이게 꿈이 아니라면 어떻게 가능할 수 있는 일인가 말이다. 아니다. 설혹 꿈이라고 할지라도 차마 믿을 수 없을 텐데.

"사람이 그냥 올라가기도 어려운 이런 절벽까지 무슨 수로 건축자재를 옮겨왔는지 정말 믿어지지 않아요."

"……."

"그렇죠? 그렇죠?"

쓰나코는 주홍색으로 칠해진 신궁을 보며 연방 터져 나오는 감탄을 금치 못했다. 왕눈도 그런 면에서는 쓰나코와 마찬가지였지만 내심 이런 생각도 했다.

'저리한다꼬 우짜모 인부들이 마이 죽거나 다치기도 했는지 안 모리나.'

참 무섭고 지독한 인종이 일본인이라는 자각도 일었다. 바닥에 커다란 돌을 죽 박아 놓은 신궁 경내를 걸으면서 쓰나코가 말했다.

"제가 알기로는 말예요, 이 신궁은 바다에서 안전하게 항해할 수 있기를 비는 곳일 뿐만 아니라……."

왕눈은 어디선가 풍겨오는 짭짜름한 갯내에 코를 벌름거리며 되뇌었다.

"바다의 항해."

쓰나코는 가슴 벅찬 사람처럼 잠시 말을 끊었다가 다시 입을 열었다. 그것을 글로 쓸 거란 사실을 이제 왕눈은 알고 있다.

"혼례가 이뤄지거나 아이를 잘 낳게 해 달라고 기원하는 곳이기도 하대요."

왕눈이 주위를 둘러보며 말했다.

"아, 그래서 안주 젊은 부부매이로 비이는 사람들이 저리키나 쌔뺏는 가베예."

쓰나코가 웃음을 터뜨렸다. 왕눈이 쓰는 지독한 사투리가 그녀는 그렇게 독특하고 재미있는 모양이었다. 그게 아니면, 대단히 투박한 경상도 억양에 관심이 높은 게 아닌가 싶기도 했다.

"부부관계도 좋게 해준다네요."

쉴 새 없이 불어오는 바닷바람에 풍성한 머리칼을 보기 좋게 날리며 쓰나코가 계속해서 말했다.

"또, 다음 세상에 태어나도 인연을 맺게 해 달라고 빌기도 해요."

쓰나코는 어쩐지 현생이 아니라 전생, 아니면 내생의 여자 같다는 생각을 왕눈은 지우지 못했다. 그는 몸도 마음도 물기 한 점 없이 바싹 잘 마른 장작개비처럼 활활 불타오르는 것만 같았다. 대체 이 열기는 어디서부터 비롯된 것일까? 왕눈은 열병을 앓는 병자가 비몽사몽간에 헛소리를 하듯 속으로 불렀다.

'옥진아.'

여기서 빌면 다음 세상에서 옥진과 나는 부부의 인연을 맺을 수 있을까? 그렇게 될 수만 있다면, 죽을 때까지 여기서 빌고 또 빌 텐데. 저 바다가 하늘이 되고, 하늘이 바다가 될 때까지.

'아인 기라. 그때꺼정 우찌 기다리것노?'

왕눈은 주먹으로 복장을 탕탕 치는 심정으로 생각했다.

'내사 그리 몬 하것다.'

그래, 그것은 나중 일이고, 우선 당장은 지금 서 있는 그 높고 험한 벼랑에서 저 바다로 뛰어들어 헤엄을 쳐서 조선 땅으로 가고 싶었다. 너무너무 멀고 먼 바닷길이어서 가는 도중에 기운이 빠져 익사하거나, 상어 같은 물고기 밥이 돼버린다고 하더라도 꼭 그렇게 하고 싶었다.

'죽는 기 머가 무서버서?'

재수가 좋으면 나를 잡아먹은 물고기가 옥진의 밥상에 오를 수도 있지 않을까? 그러면 나는 가시가 되어 옥진 목에 걸릴지도 모른다. 아니, 걸릴 것이다. 꼭 걸리게 해야 한다. 그렇게라도 하여 나의 이 마음을 전달하고 싶다.

'아, 또 다칫던 머리가 욱신욱신해 오네?'

왕눈 손이 상처를 입었던 그의 정수리 부위로 갔다. 한숨이 절로 나왔다.

"후우."

지금은 그전에 비하면 많이 나아서 큰 통증에 시달리지는 않지만, 그래도 한 번씩 이렇게 후유증이 느껴지면 견디기 힘들었다. 참 더럽게 나쁘다는 게 솔직한 말이었다.

'이리 살 값이모 도로 콱 죽어삐는 기 낫것다.'

그런데 더 큰 문제는 '시간'에 있었다. 그는 그 사고와 사고를 당한 후의 일에 대해서는 넘칠 정도로 너무나 생생하게 기억하고 있지만, 사고가 일어났던 '그날'이 언제였던가는 도저히 떠올릴 수가 없는 것이다. 그리고 그보다 더욱 심각한 문제는, 그가 그런 사실을 전혀 인식하지 못하고 있다는 데 있었다.

그의 시간은 '박제剝製 된 시간'이었다고 해야 할 것이다.

아, 오늘이 내가 다친 날로부터 얼마나 지났지? 그런 생각을 하면서, 그래도 예상보다는 더 빨리 좋아졌네? 아니면 그렇게 많은 날짜가 흘렀는데도 아직도 완쾌되지 않았어? 하는 정도의 감정이라도 품어볼 수도 있지만, 이건 통나무 인간도 아니고 무슨 관념 자체가 부재不在하는 것이다.

'저 여자는 아모것도 모린다.'

쓰나코는 지금 왕눈의 손이 어디에 가 있는가를 전혀 모르고 있는 것 같았다. 하지만 사실은 그게 아니었다. 왕눈의 착각이었다. 그녀는 잘 보고 있었다. 단지 보지 못하고 있는 것처럼 해 보였을 뿐이다.

그녀의 세 가지 마음들 가운데서 첫 번째 마음 하나가 그녀를 향해 안타깝게 속삭이고 있었다.

― 어떡해? 또 아파오는 모양이야. 하지만 내가 뭘 어떻게 할 수 있겠어? 그냥, 알지 못하는 척 넘어가는 수밖에. 지금 네가 그를 위해 할 수 있는 유일한 처방은, 아무 일도 없었던 것처럼 가장하는 거라고.

그러자 그녀의 두 번째 마음 하나가 그녀를 향해 매섭게 소리치고 있었다.

― 너 때문에, 저렇게 돼버린 사람을 어떻게 한다고? 어찌하여 그렇게 무책임한 말을 할 수 있는 게지? 그가 없었다면 어쩌면 넌 이미 이 세상 사람이 아닐 수도 있다는 그 사실을 왜 덮어두려고 하는 거야?

마지막으로 그녀의 세 번째 마음 하나가 그녀를 향해 자문諮問을 구해오고 있었다.

― 시간이 죽어버린 그와 시간이 살아 있는 나, 그런 우리 두 사람은

죽었으면서도 살고 살았으면서도 죽은 시간을 공유共有하려고 하는데, 네가 잘 판단해보기에는 어때? 아, 물론 그러려면 우리 둘 중에 누군가가 이 세상을 뜨는 그 순간까지 지금과 같은 이런 생활을 지속할 수밖에 없다는 걸 아주 잘 알아. 불가능하다고? 그건 아니지. 그렇게 보일지 몰라도 충분히 가능하다고 믿어. 왜냐고? 우리에게는 이미 시간이란 게 그 어떤 의미나 가치도 없어져 버렸으니까. 그러니까 오늘이 어제 같고, 내일도 오늘 같을 그러한 날들로 남은 우리 삶을 꾸려나간다는 것이지. 그도 독신, 나도 독신으로. 둘이 영원한 여행의 반려자로서 생을 마감한다는 것도 괜찮은 일이잖아?

그때 또 바람이 불어와 쓰나코의 머리칼을, 아니 마음을 일깨웠다. 순간, 그녀는 세 가지 마음들을 한데 그러모아 그녀에게 답하는 말을 해주었다.

— 그에게 말을 해. 그리고 그도 말을 하게 해. 시간을 정복하는 길은 말을 하는 거야, 말. 말을 하는 그 순간만은 오직 그 말을 하느라고 시간 따윈 염두에도 두지 않을 테니까. 말, 말, 말……

"저 '오치치 바위'는, 있죠?"

쓰나코는 의도적으로 거기 경내에 있는 바위에 얽힌 전설들을 열심히 들려주기 시작했다. 하지만 옥진 생각에 빠져버린 왕눈 귀에는 그 어떤 얘기도 남아 있지 못했다. 쓰나코 이야기는 그저 한바탕 휙 불고 지나가는 바닷바람과도 같았다. 아니다. 심하다고 할지 몰라도, 쓰나코의 그 소리가 왕눈 귀에는, '오는 바위, 옥진이 오는 바위' 라는 소리로 들릴 정도였다.

'하지만도 우짜것노? 내가 우짜것노?'

어쩔 수 없었다. 일단 옥진을 향한 병이 한 번 도지기 시작하면, 저 시간과 장소 그리고 함께 있는 사람이 누구인가는 상관없이 그렇게 혼이 나가버리는 왕눈이었다. 참으로 감당하기 힘든 고질병이었다. 몸이 멀어진 그만큼 마음은 가까이 다가가지 못해 발광을 해대는 것이었다.

"지금 제 얘기 듣고 있는 거예요?"

문득 들려온 쓰나코의 약간 높아진 언성에 왕눈은 퍼뜩 제정신이 들었다. 쓰나코가 신궁 앞 벼랑 밑에 있는 어떤 바위 하나를 손가락으로 가리키며 묻고 있었다.

"저 바위, 무엇처럼 생겼어요?"

왕눈이 또 습관처럼 얼른 대답이 없었다.

"깊이 생각하실 필요 없고요, 그냥 보이는 대로 말하시면 돼요."

왕눈은 큰 눈을 더욱 크게 뜨고 그 바위를 내려다보았다. 거북을 많이 닮은 바위 같았다. 그래서 '거북이'라고 했더니, 쓰나코가 고개를 끄덕이며 확인시켜주었다.

"그래요, 거북바위."

왕눈은 거북이가 있는데 토끼는 없을까? 생뚱맞은 생각에 젖는데, 쓰나코 입에서 일본 신화 이야기가 흘러나오기 시작했다. 언제나 그래왔듯 이번에도 그 일본 신화는 등장인물 이름부터가 너무나 길고 어렵고 생소했다. 마치 넌 영원히 이 나라와는 함께할 수가 없으니 일찌감치 포기하는 게 어떻겠냐고 압박을 가하는 것처럼 들렸다.

"야마사치히코와 도요타마히메가 타고 왔던 거북이 변한 바위라고 해요."

그러자 왕눈 머릿속에서는 더한층 어이없는 망상이 잡초같이 제멋대로 자라기 시작했다. 그것은 유아적幼兒的이라는 그 정도를 뛰어넘어 역시 정신감정이 필요한 단계라고까지 볼 수 있었다. 그는 이런 생각까지 한 것이다.

'저 거북이를 타고 가모 조선 땅에 갈 수 안 있으까?'

왕눈의 환각은 거기서 그친 게 아니었다. 거북이를 타고 나타난 그를 보고 깜짝 놀라는 옥진 모습까지 나타나 보였다.

"거북바위 등 쪽을 자세히 보세요."

"예?"

그때 또 들려온 쓰나코 말에 왕눈은 정신을 차리고 거북 등이라고 추정되는 부위에 눈을 가져갔다.

"아, 등에 있는 저거는!"

거기 오목하고 길게 패인 고랑의 줄이 보였다. 왕눈은 고향 땅에서 무시로 보아왔던 논두렁과 밭두렁을 떠올렸다.

"이걸 가지고 말예요."

그런 말과 함께 쓰나코가 주머니에서 꺼낸 것은, 신궁 가게에서 샀던 '운運 구슬' 두 개였다.

"아, 그거 갖고 머할라꼬?"

어린아이도 아니고 돈을 주고 그런 것을 뭐 하러 사느냐는 그에게 쓰나코가 했던 소리가 되살아났다.

"나중에 필요한 일이 있거든요. 이건 그냥 구슬이 아니고요, 운 구슬이에요, 운 구슬."

왕눈은 좀 더 몽롱한 눈빛이 되었다.

"운? 운 구실이라모?"

그러자 쓰나코는 피식 웃고 나서 말했다.

"구실이 아니고 구슬요, 구슬!"

그래도 왕눈이 자기 말을 잘 알아듣지 못하자 쓰나코는 한참이나 궁리한 끝에 설명해주기 시작했다.

"왜 운이 좋다, 운이 나쁘다, 하는 그 운 있잖아요? 그러니까 운수요."

왕눈은 이제 어느 정도는 알아들었지만 그래도 여전히 명쾌한 해답을 얻어내지는 못한 표정이었다. 바로 그 운 구슬들이었다.

"자아, 그럼 지금부터 시작해볼까요."

쓰나코는 그것들 가운데 하나를 왕눈의 왼손에 꼭 쥐여 주며 아주 신신당부하듯이 이렇게 말했다.

"그것을 가지고 말예요, 저 거북바위 등에 있는 홈에다가 던져서 넣어보는 거예요. 무슨 뜻인지 알겠죠?"

"이거를 던지라꼬……."

그러면서 왕눈이 왼손에 있는 운 구슬을 오른손으로 옮겨 쥐려고 하였더니 쓰나코가 무슨 큰일이라도 생기는 것처럼 얼른 말렸다.

"아, 그냥 왼손에 들고 계세요."

"예? 예."

왕눈도 엉겁결에 덩달아 멈칫하고 동작을 멈추었다. 그러고는 눈을 휘둥그레 뜨자 그야말로 얼굴에서 눈밖에 없는 것 같았다.

"어휴, 저 눈!"

쓰나코는 필요 이상으로 호들갑을 떨더니만 일러주었다.

"남자는 왼손으로 던져야 하는 거예요."

알 수 없는 쓰나코 말에 왕눈은 속으로 생각했다.

'무신 수리지끼 겉은 소리고?'

쓰나코가 고집 센 말띠 여자처럼 굴었다.

"그냥 제가 시키는 대로 해요."

또 한 무리의 남녀 관람객들이 웃고 떠들며 두 사람 옆을 지나갔다. 쓰나코는 그들이 지나가기를 기다렸다가 입을 열었다.

"그게 그렇게 어려운 일은 아니잖아요? 왼손이나 오른손이나요."

"그, 그거는 그렇는데……."

그러면서 왕눈은 쓰나코가 시키는 대로 운 구슬을 왼손에 쥔 채 말 그대로 셈도 모르는 아이처럼 멍하니 서 있었다.

"또 생각……."

핀잔까지는 아니어도 썩 달갑지는 않은 그런 투의 말을 휙 던지고 나서, 쓰나코는 자기 오른손에 쥐고 있는 운 구슬을 왕눈에게 들어 보였다.

"남자는 왼손, 여자는 오른손, 그렇게 손에 쥐고 저 홈에 던지는 거예요."

상세한 내용까지야 알 수가 없지만 아마도 그렇게 해야만 된다는 무슨 속설이라도 있는 모양이라고 왕눈은 추측했다. 하지만 그따위 것에는 그다지 관심과 흥미가 없는 그였다. 그의 마음은 솔직히 왼손이면 어떻고, 오른손이면 어떠냐 싶었다. 손이 아니고 발로 차서 보내더라도 그 바위의 오목하고 길게 패인 고랑의 줄에 넣으면 되지.

'텍도 아인 거를 갖고 그라거마.'

일본에 와서 느낀 일이지만, 그곳 사람들은 우습고 답답할 정도로 믿는 것이 지나치게 많았다. 왕눈이 두고 볼 때는 아무것도 아니고, 또 그래서는 안 된다고 여겨지는 것들에 관해서도, 완전히 병적이다 싶을 만큼 공동으로 집착하는 경향을 보였다. 너무나 과격한 말이라고 할지는 몰라도, 어떻게 보면 무슨 사이비 종교 집단의 신도들 같은 인상마저 받을 지경이었다. 혹시라도 그게 일본인들의 고유한 민족성이라면 조선인인 그로선 어쩔 수 없었다.

'우는 구실인가 웃는 구실인가 하는 저거만 봐도 안 그렇는가베.'

그랬다. 구슬을 바위 홈에 던진다는 그 발상부터가 좀 그렇다 싶었다. 유치하게 대여섯 살 먹은 어린아이들도 아니고 말이다.

하긴 조선에도 그런 인간들이 전혀 없지는 않았다. 왕눈 뇌리에 점박이 형제 억호와 만호 그리고 그들의 졸개 노릇을 하던 맹쫄이 떠올랐다.

그것들이 날마다 미친개같이 함께 몰려다니며 하던 형편없이 치졸하고 야만스럽던 짓거리들이라니. 정말 기도 안 찼다. 그렇지만 이 재팔이는 그런 것들과는 다른데 말이다.

그런데 쓰나코는 그게 아닌 성싶었다. 자기 딴에는 왕눈이 보기에 이상한 여자로 보일 정도로 아주 심각하고 신중한 표정을 짓는 것이었다. 그러고는 야릇한 눈빛으로 긴장이 담긴 목소리로 이렇게 물어왔다.

"제가 먼저 할까요, 아님 재팔 씨가 먼저 하실래요?"

"머, 그거는 멤대로……."

왕눈의 머리카락이 마침 바다 한가운데서 불어온 바람에 휘날려 한쪽 눈을 덮었다. 그러자 그는 얼핏 애꾸눈 같아 보였다. 왕눈이 받아들이기에는 굳이 그럴 만한 이유나 가치가 없는 일 같은데도 쓰나코는 잠시 망설이는 눈치더니 이윽고 결정을 내린 듯 말했다.

"다른 사람들이 오기 전에 얼른 해야 할 것 같아요."

이번에 불어온 바닷바람은 쓰나코의 귀밑머리를 쓰다듬듯이 하며 지나갔다.

"그럼 제가 먼저 시범을 보여드릴 테니까, 재팔 씨는 제가 하는 것을 보고 그대로 따라 해보세요. 됐죠?"

"예."

쓰나코의 제안은 지나치게 긴 듯했고, 왕눈 대답은 언제나처럼 또 극히 짧았다. 그래서 남들이 옆에서 들으면 잘 어울리는 한 쌍 같기도 하고, 그 정반대인 것처럼 보일 수도 있었다.

'철썩 차르르, 차르르 처얼썩.'

연방 바닷가 암벽에 와 부딪는 파도 소리는 멀어졌다 가까워졌다. 아마도 천만 년 세월 동안 그렇게 해오고 있지 않았을까 싶었다. 그리하여 한갓 자연의 그 소리가 이상하게 왕눈 가슴팍을 후려치는 것이었다.

"잘 보세요."

그런데 그런 말과 함께 벼랑 밑 거북바위를 내려다보며 막 운 구슬을 던지려던 쓰나코가 문득 동작을 멈추고 말했다.

"구슬이 저 바위 홈에 들어가면 소원이 이뤄진대요."

"소원이예?"

쓰나코는 눈으로 거기 홈을 가늠해보면서 말했다.

"아주 재밌죠? 조금 떨리기도 하고요."

왕눈 마음이 이제까지와는 전혀 달라졌다.

'아, 우찌 그랄 수가!'

구슬이 그 바위 홈에 들어가면 소원이 이루어진다니. 처음에는 실로 유치하기 그지없는 어린애 장난같이 여겨지던 그 일이 홀연 크나큰 무게를 싣고 왕눈 가슴에 들어앉았다. 그는 아찔한 심정으로 생각했다.

'그라모 내 소원도……'

거북바위 위로 옥진의 모습이 나타나 보였다.

'아, 옥지이!'

옥진이 그 바위 위에 서서 그가 있는 벼랑 위를 올려다보며 환하게 웃고 있었다. 어서 이리로 내려와 보라고 손짓도 했다.

왕눈은 여러 번 눈을 끔벅거렸다. 하지만 그 환영은 좀처럼 사라질 줄 몰랐다. 왕눈은 자신도 모르게 무슨 귀신에게 홀린 듯 벼랑 쪽으로 한 걸음 다가섰다. 그러고는 속으로 그녀를 또 불렀다. 그때 쓰나코의 이런 말이 바닷바람 속에 섞여 들려왔다.

"제 소원은 말예요."

왕눈은 흠칫, 뒤로 몸을 뺐다.

"재팔 씨가……"

쓰나코 음성이 간절했다. 그것은 얼핏 작고 먼 섬을 돌아가고 있는 뱃고동 소리를 닮아 있었다.

"하루라도 빨리 조선에 있는 사람들을 잊는 거예요."

왕눈은 이번에는 위험할 정도로 아주 크게 비틀거렸다. 자칫 벼랑 아래로 떨어질 뻔했다. 모든 것은 삽시간에 시작되고 끝나는 법이었다.

그렇다면? 쓰나코는 이미 눈치채고 있었다는 것인가? 일본에 온 후로도 그가 옥진을 단 하루도 잊고 지낸 적이 없다는 것을.

'아이다. 그거는 아일 끼다.'

왕눈은 내심 고개를 세게 가로저었다. 쓰나코가 옥진을 알 리는 없었다. 그런 면에서 볼 때 어쩌면 그녀는 왕눈이 부모 형제 때문에 힘들어하고 있다고 본 것인지도 모른다. 그럴 것이다. 조선에 있는 여자가 아니라 조선에 있는 사람들이라고 했었다.

왕눈은 새삼스러운 눈빛으로 쓰나코를 바라보았다. 쓰나코는 왕눈이 막연히 짐작하고 있었던 것보다도 훨씬 더 사려 깊고 자상한 여자 같았다.

'무섭기도 하다.'

지금까지 살아오면서 여자가 무섭다는 생각을 했던 적이 있었던가? 옥진이를? 비화를? 모르겠다. 왕눈은 또 눈알이 쓰리고 머리가 지끈거리기 시작했다.

"제발, 제발."

왕눈이 무슨 생각을 하고 있는지 모르는 쓰나코는, 간곡하게 기도하듯 그렇게 입속으로 중얼거리며 오른손으로 운 구슬을 바위 홈에 던질 자세를 취했다.

머리가 아주 작고 몸집이 검은 바닷새 네댓 마리가 우도신궁이 있는 동굴 쪽 위에서 빙빙 맴돌고 있는 게 보였다.

쓰나코 몸은 긴장감으로 팽팽해 보였다. 그러자 왕눈 또한 저절로 입술이 바싹 말라왔다. 한갓 소꿉놀이 같은 장난에 지나지 않은 짓이라는 사실을 알면서도 마음은 왠지 모르게 졸아붙는 것이었다. 왕눈은 쓴웃음을 지었다.

'인자 내도 미신을 잘 믿는 거 겉은 일본 사람들하고 가리방상해지나?'

그러나 그런 와중에도 왕눈은 생각했다. 아마도 쓰나코는 실패하게 되리라고. 아니, 설혹 운이 좋게 운 구슬이 바위 홈에 들어간다고 해도, 모든 것은 쓰나코의 소원대로 될 수는 없을 것이다.

'하모. 될 수도 없고 되어서도 안 되제.'

그렇다. 어찌 잊을 수 있겠는가, 옥진을. 옥진뿐만 아니라 부모님과 동생 상팔 그리고 비화도 마찬가지였다. 어디 사람만 그러할까? 지금도 눈만 감으면 두둥실 떠오르는 정든 내 고향 산천. 눈이 시리도록 그리운 풍경들.

웅장한 성곽의 그림자를 담고 흐르는 남강 위 흰 물새들, 아지랑이 아른거리는 비봉산에서 나물 캐며 부르던 처녀들 노랫소리, 호국사에서 들려오던 종소리와 목탁소리, 배 건너 대밭에서 날아오르던 까마귀 무리들, 연꽃이 앞다투어 피는 대사지, 공동묘지가 있는 선학산 고개에 우뚝 서 있던 오래된 소나무, 보름달이 떠오르던 월아산, 수정봉을 물들이던 노을빛…….

'미치것다. 미치삐것다.'

그 어느 것 한 가진들 아쉽고 그립지 않은 것이 있겠는가? 언젠가는 반드시 그곳으로 돌아갈 것이다. 그 사람들, 그 풍경 속으로.

쓰나코는 말없이 오랫동안 겨냥하고 있었다. 희고 투명한 손끝이 가늘게 떨리고 있었다. 그것을 보는 왕눈 마음이 또 달라졌다. 그녀가 꼭 성공하기를 바라는 심정이 된 것이다. 그것은 그녀의 소원이 이루어지는 일이었다. 비록 그 소원은 왕눈 자신에게 달려 있다고 하더라도.

드디어 운 구슬이 쓰나코의 손에서 떠났다. 그러고는 다음 순간, '아' 하는 소리가 쓰나코 입술 사이로 흘러나왔다. 왕눈의 입에서도 같은 소리가 터져 나왔다. 성공이었다. 그녀가 던진 운 구슬은 정확하게 거북바위 등의 홈으로 들어갔다.

"서, 성공이에요, 성공했어요!"

상기된 쓰나코 얼굴 가득히 기쁨과 안도의 빛이 번졌다.

"……."

그것을 보는 왕눈 심경이 씁쓸했다. 어쩐지 자신이 그녀의 호의와 관심을 배신하는 듯한 자책감을 떨칠 수 없었다. 그렇지만 쓰나코는 더할수 없이 밝은 표정이었다. 그녀는 굉장히 들뜬 목소리로 말했다.

"이번에는 재팔 씨 차례예요."

바닷바람이 좀 더 기승을 부리기 시작했다. 처음에는 네댓 마리였던 바닷새들이 그새 열 마리도 넘게 불어나 있었다.

"내 순서……."

그때부터 왕눈은 갑자기 운 구슬을 쥔 왼손이 크게 떨려왔다. 그 손뿐만 아니라 온몸이 비슷한 현상을 일으켰다. 그리고 더욱 떨리는 것은 몸보다도 마음이었다. 그런 왕눈을 지켜보고 있던 쓰나코가 진지하게 물었다.

"재팔 씨 소원은 뭐예요?"

"……."

왕눈은 흠칫했다. 그의 속마음을 알게 된다면 그녀의 실망과 배신감은 작지 않을 것이다. 비록 그들 둘이 연인 관계로까지 발전한 사이는 아니지만, 그래도 그가 지금 만나고 있는 여자를 두고 다른 여자를 생각하고 있다는 그 사실만으로도, 기분이 언짢을 일이었다.

'우짜노?'

왕눈은 왼손에 쥐고 있는 운 구슬을 망연히 내려다보았다.

– 그만두라고! 그만두라니까!

운 구슬이 계속 말하고 있었다.

– 네가 성공한다고 옥진이가 널 좋아해 줄 것 같아?

이런 강요도 해왔다.

– 바보 같은 꿈일랑 어서 버려!

바닷새들의 숫자는 계속해서 늘어났다. 그것들도 일제히 이렇게 소리치는 것 같았다.

– 그 운 구슬, 우리가 물고 갈 거야!

왕눈은 저 아래 거북바위를 째려보듯 내려다보았다. 별안간 물안개가 일어나고 있는 것인가? 홈을 보고 있는 눈이 뿌연 기운이 낀 듯 흐려졌다. 홈은 고사하고 그 큰 바위 전체가 제대로 눈에 들어오지 못했다.

"왜 그러고 있어요?"

쓰나코가 재촉했다.

"저기 사람들이 이리로 오고 있어요."

"……."

그래도 왕눈은 그대로 몸이 굳어버린 듯했다. 다급해진 쓰나코는 울상을 지었다.

"손에는 모두 운 구슬을 들고들 있네요."

바닷새들도 덩달아 높은 소리를 내기 시작했다.

"어서 던져요, 어서요!"

쓰나코는 발이라도 동동 구를 태세였다.

"재팔 씨! 재팔 씨!"

저만큼에서 걸어오고 있는 관광객들 모습이 왕눈 눈에 들어왔다. 왕눈은 두 눈을 질끈 감았다가 다시 떴다. 그러고는 가슴이 불룩해지도록 깊숙이 심호흡을 한 다음 거북바위 홈을 향해 운 구슬을 던졌다.

"어머나!"

왕눈보다 쓰나코 입에서 먼저 터져 나온 소리였다.

"이걸 어쩌나?"

실패였다. 왕눈 입에서 신음 비슷한 소리가 흘러나왔다. 그것은 거북바위가 내는 소리가 아닐까 싶었다. 왕눈이 던진 운 구슬은 거북바위를 맞히긴 했지만 홈에는 들어가지 못하고 그대로 바닷물 속으로 떨어지고 말았다.

그것은 순식간에 그들 시야에서 벗어나 버렸다. '운 구슬'이 아니라 '사라진 구슬'이었다. 어쩌면 그것은 벌써 물고기 뱃속으로 들어가 버렸는지도 모른다. 그게 아니라 할지라도 바닷새들이 물고 가버릴 것이었다. 그렇지만 그 어느 쪽이라도 결과는 달라질 게 없었다. 실패한, 성공하지 못한 운 구슬.

"재팔 씬 오늘 처음 해봐서 그런 거예요."

쓰나코가 멍하니 서 있는 왕눈을 위로해주었다. 자존심 따윈 던져버린 여자 같았다.

"저도 처음에는 여러 번 실패했다니까요. 그건 누구든 마찬가질 걸요?"

"……."

우도신궁이 있는 동굴 쪽에서 날고 있던 바닷새들이 수평선 저편으로 날아갔다.

"그러니 너무 실망하지 말아요."

바닷바람이 절벽에 부딪혀 상승기류를 타고 하늘로 날아 올라가 산산이 흩어지고 있는 게 보이는 것 같았다. 마치 무산된 운 구슬의 꿈처럼.

"다음에 또 하면 성공할 거예요. 잊어버리세요."

그때 사람들이 바로 가까이 왔기 때문에 그들은 거기서 자리를 비켜줄 수밖에 없었다.

관광객들 가운데에는 성공하는 사람도 있고 실패하는 사람도 있었다. 그렇지만 그 어느 쪽이든 웃었다. 실패한 사람도 웃었다. 아니, 실패한 사람의 웃음소리가 성공한 사람의 웃음소리보다도 더 크고 높았다.

그러나 왕눈은 웃을 수 없었다. 그가 다시 거북바위를 내려다보았을 때, 조금 아까 거기 보였던 옥진 모습은 그 어디에도 보이지 않았다. 운 구슬을 건져 올려 들여다보면 거기에 옥진의 모습이 비칠까?

하얀 파도가 속절없이 부서지는 무심한 바윗덩이만 있을 뿐이었다.

'아, 그 바구!'

문득, 상촌나루터 흰 바위가 그의 의식 속을 뚫고 솟아났다. 남강에서 가장 규모가 크고 오래된 나루터였다. 가마우지와 왜가리, 물총새가 날아다니는 곳. 검은 피부에 흰옷을 입어 얼핏 고니를 연상시키는 뱃사공들의 노랫소리가 물살 지는 곳.

어쩌면 두 번 다시는 그 모든 것을 볼 수 없을지도 모른다. 어쩌자고, 정말 어쩌자고 낯설기만 한 이 머나먼 이국땅에 와서 이토록 고국을 그리워하는 이런 신세가 돼버렸을까? 바다에 떨어지지 않게 양쪽으로 설치된 붉은색 난간에 서서 하염없이 바다 건너 고국을 바라보아야 하는가?

'피, 피닷!'

왕눈 눈에 난간의 붉은색이 섬뜩한 핏빛으로 보였다. 꼭 그의 몸에서 뽑아낸 피로 칠해 놓은 듯했다.

'칼, 칼이닷!'

그런가 하면, 망망대해 짙푸른 기운은 시퍼런 비수 끝에서 막 뿜어져 나오는 빛살과도 같았다.

'저 여자, 저 여자.'

실로 기이하고 꺼림칙한 현상이 나타나기 시작했다. 쓰나코가 그렇게 낯설어 보일 수가 없었다. 거기 붉은색과 푸른색처럼 너무나 대조적인 색과도 같은 그들이었다.

'저것들은 또 머꼬?'

그곳 벼랑 위에 딱할 정도로 어설프게 붙어 자라는 풀들이 보였다. 밑으로 떨어지지 않으려고 안간힘을 다하고 있는 듯했다. 그렇지만 어느 순간 갑자기 까마득한 저 아래로 추락해버릴 것처럼 아슬아슬해 보이기까지 했다.

'너거들이나 내나……'

왕눈은 꼭 자신의 신세 같았다. 비옥하고 안전한 땅에 깊이 뿌리를 내리지 못하고, 몹시 위험하고 거친 바위에 간신히 제 몸을 지탱하고 있는 가련하고 애처로운 생명들.

'차르르 처얼썩, 철썩, 쏴~아!'

바다에 잠긴 바위 틈새로 숨 가쁘게 달려 들어온 푸른 물결이 새하얀 물살을 일으키더니 허무하게 부서져 갔다. 그것은 그의 고향 가파른 촉석루 벼랑 아래 남강에 있는 의암을 떠올리게 하는 광경이었다.

'일본에 와갖고 논개를 생각한께 기분이 상구 더 달라지거마는.'

왕눈은 고향 생각을 떨쳐버리기 위해 머리를 뒤흔들며 주변을 둘러봤다. 원래 세울 때는 절이었지만, 그 후 일본 왕족의 계보를 잇는 곳이라 하여 신사로 바뀌었다는 곳. 그래서 볼수록 더 생경하게 비춰드는 걸까?

'그 스님은 잘 계실랑가?'

신사를 보자 이번에는 온 고을 사람들 존경을 한 몸에 받는 비어사 주지 진무 스님이 떠올랐다. 비화가 무척 따르는 스님이었다.

그가 왕눈 자신에게 한 말이 있었다. 비화의 운명을 이끄는 것은 비화의 여자답지 않게 큰 손이고, 재팔이 너의 운명을 이끌게 되는 것은 너의 그 큰 눈이라고 하던.

"흐~윽."

그 기억 끝에서 왕눈은 가슴이 미어지는 슬픔과 아픔을 느꼈다. 어릴 적 놀림 받던 '울보'라는 별명에 걸맞게 또 두 눈에 괴는 눈물이었다.

'니가 시방 몇 살이고?'

그는 쓰나코 몰래 주먹으로 눈물을 훔치며 바다 저 멀리 고개를 돌렸다. 바다가 뿌리 뽑힌 거대한 나무처럼 곧 쓰러질 듯 흔들리고 있었다.

흔들리는 것은 바다뿐만이 아니었다. 하늘도 광풍에 마구 나부끼는 천막처럼 금방이라도 찢겨나갈 것같이 한없이 흔들리고 있었다.

만인소와 검무

얼이 스승 권학은 다른 서당 훈장들이 감히 넘볼 수 없을 정도로 교류하는 인사들이 많고 학문적 깊이가 있다고 알려져 있다.

복숭아나 오얏은 아무 말을 하지 않지만, 그 아래로는 저절로 길이 난다. 그와 같이 뛰어난 인격을 갖춘 권학 주위에는 늘 많은 사람이 모여들어 그의 명성은 나날이 높아졌다.

사람들은 입을 모아 말했다. 한양에서 천 리나 떨어진 남방 고을에 그런 훌륭한 선비가 있다는 것은, 자라나는 그곳 후학들에게 든든한 담이고 큰 행운이라고.

다 맞는 이야기였다. 사실 그는 얼이를 비롯한 학동들에게 기초교육만 아니라 수준 높은 고등교육까지 시켰다. 아무나 쉽게 할 수 있는 일이 아니었다. 그렇지만 그는 언제나 이런 말을 잊지 않았다.

"내가 너희들에게 해줄 수 있는 것은 참으로 미약하다. 사물을 깨달아 아는 길, 곧 문리文理의 입구까지 데려가는 그 정도니라. 그러니 앞으로 향교 교육을 받으며 관리의 꿈을 키우고, 서원에 들어가 정치 참여

322

의 길도 찾아야 할 것이야."

그러나 얼이가 뒤돌아보니 그동안 그에게서 배운 기초 지식만 해도 적지가 않았다. 얼이 마음에 산더미 같았다. 얼이가 서당에 들어와 맨 처음 접한 게 천자문이다.

"본격적인 한문 교육을 받기에 앞서, 일단 문자부터 익히는 게 중요하다."

스승에게서 그런 말을 들은 기억이 난다.

"인륜 교육이 중요하니라. 이 책이 동몽선습이다. 알겠느냐? 동몽선습. 인간 기본 윤리인 오륜을 중심으로 엮어져 있느니."

권학은 인간이 될 것을 강조하였다. 그리하여 그 인간성을 바탕으로 하여 자기 분야에서 진정으로 뛰어난 실력자가 될 것을 가르쳤다. 연장 탓만 하는 목수를 꾸짖으면서 이런 말도 했다.

"자고로 명필은 붓을 가리지 않는다고 했지."

붓두껍에 끼워 둔 붓을 꺼내 그 촉을 들여다보며 강조했다.

"무릇, 자신의 부족함을 변명하는 일도 결코 있어서는 아니 될 게야."

얼이가 가장 흥미를 붙였던 것은 세 번째로 배운 저 명심보감이다. 여러 문집과 고전, 역사책에서 가려 뽑은 명구名句와 일화逸話가 편篇으로 분류되어 있는 서적.

권학 밑에서 동문수학하는 학동 중에 유독 걸때가 크고 제일 사내다운 문대는 통감절요를 좋아했다.

"통감절요는 난신적자亂臣賊子를 가려내서 맹분을 똑바리기 잡고, 누가 더 옳고 그른지를 판단해갖고, 후대의 거울로 삼을라쿠는 역사관에서 맨들어진 책이람서?"

생김새도 그렇지만 성격 또한 여자 같은 남열은 소학 배우는 시간을 기다렸다.

"내는 누가 멀싸도 소학이 최고로 좋더라."

얼이가 지켜보기에도 학동들 가운데서 누구보다도 청소를 열심히 하고, 또 어른을 공경하는 마음이 높은 그에게 딱 들어맞는 공부였다.

"그래도 젤 먼첨 나오는 사람은 내다."

철국은 학동들 속에서 공부가 가장 뒤처지는 쪽이지만, 서당에는 항상 제일 먼저 나왔다. 그래선지 권학은 철국의 배움이 그중 늦어도 크게 실망하거나 나무라는 것 같지는 않아 보였다. 반드시 다른 학동들을 따라갈 거라고 굳게 믿는 눈치였다. 그처럼 제자들에 대한 그의 신뢰는 우물처럼 깊었고 눈물겨울 만큼 두터웠다.

"주머니 속에 들어 있는 송곳처럼, 너희들은 언젠가는 그 능력을 크게 발휘하게 될 숨은 인재들이라고 보느니."

학동들 모두 스승의 이런 가르침을 목각木刻하듯 마음에 새겨들었다.

"내가 또한 이르나니, 자기 수양을 위한 학문인 위기지학爲己之學과 남들을 다스리는 학문인 위인지학爲人之學에 힘써, 인仁과 덕德을 길러야 한다는 사실을 명심, 또 명심해야 할 것이야. 알겠는가?"

"예, 스승님."

"그리고 또……."

"예, 스승님."

그러나 권학도 그렇게 보였지만 학동들이 보다 눈을 반짝이고 귀를 솔깃해하는 것은, 아무래도 중국 고전이라든지 역사에 치우친 그런 교육보다도, 지금 당장 자신들 눈앞에서 펼쳐지고 있는 나라 안팎의 경이롭고 충격적인 일들이었다.

"우찌 그런 일이?"

"야아, 역시 우리 스승님이신 기라."

그랬다. 학동들이 권학을 무척이나 우러러보고 또 그 밑에 오래 머

물러 있고 싶어 하는 것은, 그가 조선 땅덩어리 저 한참 아래쪽에 치우쳐 있는 남방 고을 훈장이면서도 한양 소식에 정통하다는 것이 한몫을 했다.

일컫자면, 선비 권학은 그 위치가 변하지 아니하여 밤에 북쪽 방위의 지침이 되는 작은곰자리의 주성主星인 북극성 같은 존재였다. 그래서 간혹 방향을 잃고 방황하거나 자칫 문제아로 전락할 위험에 처한 제자가 있으면 반드시 올바른 길로 잘 이끌어주었다.

'내는 스승님이 고을 목사나 관찰사보담도 한거석 더 겁난다. 한분 떴다쿠모 산천초목이 벌벌 떤다쿠는 암행어사라도 저리는 몬 될 끼다.'

얼이는 스승을 향한 존경심을 넘어서서 강한 두려움마저 느꼈다. 한양에서 무려 천 리나 떨어진 경상우도에 있으면서 어떻게 그 모든 일을 꼭 손금 들여다보듯 알 수 있는지 정말 불가사의했다. 학연과 지연 등으로 맺어진 권학의 인맥은 보통 사람들 상상을 훨씬 뛰어넘는다는 것을 학동들은 모르고 있었다.

"조선 국왕은 보통 임금이 아니신 게야. 흐음."

"아, 그러키나!"

스승 이야기를 들어보면 고종은 아주 뛰어나고 훌륭한 황제였다. 간혹 어른들 사이에서 흘러나오는 고종과는 달랐다.

"우리 조선국은 말이다, 알겠느냐?"

"예."

학이 날갯짓하듯 소맷자락을 가볍게 날리며 일깨워주었다.

"구태의연한 무리들에게 휘둘리지 아니하고……."

개항한 후 조정은 여러 반대에도 불구하고 개화 정책을 꾸준히 펼치고 있다고 했다. 통리기무아문이라는 새로운 기구도 그렇지만, 저 5군영을 무위영, 장어영으로 통합해 국왕의 군부 장악력을 높인 것은 대단한 일이었다.

"자, 그러면 시방부텀 묻기로 하것다."

권학은 사려 깊은 눈으로 제자들을 둘러보았다. 이제 한양말과 지역말을 섞어서였다.

"나라에서는 신식 군대인 별기군을 창설하고, 일본인 교관에게 근대식 군사 훈련을 받는 사관생도를 양성하고 있다는 기라. 바로 이 점에 대해 너희들은 우찌 생각하노? 누가 맨 먼첨 대답을 해볼래?"

권학이 그렇게 두 가지 말씨를 동시에 구사하는 경우는 그 나름대로 깊은 의미가 있다는 것을 제자들은 나중에야 알았다.

"지 생각을 말씀드리것심니더."

항상 앞장서기 좋아하고 성미 괄괄한 문대가 이번에도 먼저 입을 열었다. 그렇지만 벗들 가운데 그런 그를 질시하거나 폄훼하는 사람은 하나도 없었다. 오히려 그의 사내다움을 좋아하고 부러워했다.

"일본인 교관한테서 배운다쿠는 기 쪼매 그렇심니더."

동문수학하는 벗들은 자기들이 미처 떠올리지 못한 그 말에 저마다 문대를 바라보았다.

"뭣 땜에 그리 생각하는고?"

자연스레 상체를 좌우로 두어 번 흔들고 나서 그렇게 묻는 권학에게 문대가 고해 올렸다.

"와 해필이모 왜눔한테 군사 훈련을 시키는고, 그기 에나 싫심니더."

그 말에 얼이를 비롯한 남열, 철국 등 학동들도 일제히 고개를 끄덕였다. 얼이는 농민군 군사 훈련을 잠깐 생각했다. 농민군은 누구한테서 그 훈련을 받아야 하나.

"모도 잘 들어들 보거라."

권학이 담배 연기 내뿜듯 깊은 한숨을 내쉬었다. 이번에는 한양 말씨였다.

"나와 동문수학한 벗 중에 말도 못 할 정도로 지독한 보수 유생이 하나 있는데, 그 벗이 구식 군인들 그리고 한양 하층민들과 교류하면서, 조정 개화 정책에 노골적인 불만을 터뜨리고 있다는 소식을 들었다."

"아!"

제자들은 두려움과 호기심이 반반인 얼굴로 스승의 다음 말씀을 기다렸다. 그들로서는 언감생심 상상도 할 수 없는 일이었다. 유생 신분에 있는 사람이 하층민들과 교류를 한다는 사실도 그러하거니와, 무엇보다도 조정의 정책에 불만을 터뜨리는 그런 무서운 짓을 하다니?

"주변의 벗들이 모두 나서서 아무리 말려도 그 고집을 꺾지 않고 있다더구나."

권학은 대단히 안타깝고 그의 안위가 무척 염려된다는 기색이었다.

"나와는 흉금을 털어놓던 사이였는데……."

여간해선 말끝을 흐리지 않는 그의 얼굴에 구름장이 끼고 있었다. 학동들은 스승이 그런 사람과 같은 문하생이었다는 사실 하나만으로도 무척 신기해하고 감격스러워하는 모습이었다. 스승님의 제자인 우리도 스승님의 벗인 그 유생과 무관치 않다는 것까지 염두에 두는 빛이었다.

"궁금한 기 하나 있심니더."

남열이 새색시같이 조심스럽게 입을 뗐다.

"해나 그분이 그리하시는 기 신식 군대하고 무신 관계가 있는 깁니꺼?"

권학의 얼굴이 약간 붉어졌다. 술을 들이켜도 안색의 변화가 거의 없는 그였다. 권학은 먼 기억을 되살리는 표정으로 말했다.

"내가 별기군을 딱 한 번 본 적이 있다."

학동들은 일제히 경악하는 얼굴이 되었다.

"아, 벨기군을예!"

벗들 가운데 언제나 가장 늦게 깨달음을 얻는 철국이 떨리는 목소리로 물었다.

"신식 군대 말씀입니꺼, 스승님?"

"그렇다."

권학은 비록 학문의 깊이는 모자라도 공부에의 열의만은 잃지 않는 그 제자가 흡족한지 빙그레 웃었다. 그렇지만 별기군을 떠올리니 또 부아가 치미는 모양인지 지역 말이 섞인 어투가 곱지를 못했다.

"헌데, 해 있는 복장부터가 구식 군인들하고는 비교가 안 되더마는. 말하자모 특별대우를 해주는 기라."

누군가 말했다.

"똑같은 조선 군인들인데, 그런 식으로 하모 안 되지예."

글방 안에 잠시 작은 소요가 일었다.

"내 말이 그 말이다."

권학은 한층 마음이 상한다는 기색을 감추지 못했다. 소매에 손을 넣어 팔짱을 끼거나, 굿이나 보고 떡이나 먹자는 식의 방관자를 그는 혐오하고 질타했다.

"급료도 차이가 마이 난다데."

스승의 그 말을 들은 얼이는 또 관군과 농민군을 머릿속에 그려보았다. 하도 어렸을 적 일이라 이제 기억이 매우 흐릿하지만, 지난날 아버지 천필구가 무장했던 모습은 얼마 전 나루터집에 특별세무조사인가 뭔가를 하려고 나왔던 포졸들과도 비교가 되지를 못했다. 구식 군인인 포졸들이 그럴진대 신식 군인인 별기군은 얼마나 대단한 모습일는지 상상조차 되지 않았다.

'우짜노? 큰일인 기라.'

얼이 자신이 나중에 농민군이 되었을 때, 나라에서 농민군을 진압하기 위해 그 별기군을 출동시키면 정말 예삿일이 아니다 싶었다. 왜놈 교관들에게서 근대식 군사 훈련까지 받고 있다지 않은가.

'신식 무기에다가 근대식 군사 훈련꺼지 받으모 상대하기가 에나 에려블 기다.'

얼이가 그런 걱정에 싸여 있는데, 권학은 고종의 밀명을 받고 일본에 가서 근대 문물을 시찰하고 돌아온 조사시찰단이라는 것에 관해 들려주기 시작했다.

"황제께서 내리신 봉서를 받은 동래부 암행어사 이헌영이……."

태어나고 나서 아직 단 한 번도 그 고을 밖으로 벗어나 본 적이 없는 학동들 귀에 그것은 신화나 전설 속에서나 나옴직한 이야기 같았다.

"일본 배를 빌려 타고 바다를 건너가 염탐을 한 모양이야."

"……."

학동들은 넋을 놓고 멀거니 스승 입만 바라보았다. 스승은 대궐 깊숙한 곳에 항상 그의 눈과 귀를 박아두고 있는 그런 사람처럼도 비쳤다. 그런데 조사시찰단으로 갔던 사람들 의견이 서로 엇갈리고 있는 것 같다는 이야기를 할 땐 권학도 멍한 빛이었다.

'해나 달겉이 밝으신 우리 스승님꺼지도 저라신다모?'

얼이는 그런 스승 표정을 통해 지금 나라 정세가 여간 어렵고 복잡한 게 아니구나 하는 자각이 들었다. 그러자 어쩐지 농민군 봉기가 더 늦어질 것 같다는 큰 우려와 조바심이 일기 시작했다. 어머니가 하루하루를 애타게 기다리고 있는 농민군이 아닌가 말이다.

'아, 우리 이 핸실을 우짜모 좋노?'

아직도 세상 물정에 한참이나 어두운 얼이지만, 그리고 스승에게서 단편적으로 듣는 이야기가 전부지만, 현재 조선이 엄청난 소용돌이에

휘말리고 있다는 것만은 또렷한 느낌으로 다가왔다.

'이거는 그냥 앉아서 상상하고 있는 거보담도 상구 더 안 심하까이.'

한양에서 천 리나 떨어져 있는 고을의 일개 학동인 자신이 그런 험한 공기를 느낄 정도니, 대체 그 소용돌이는 얼마나 크고 무서운 것일까?

얼이가 더욱 크나큰 충격을 받은 것은, 지금 조정에서 일본뿐만 아니라 청국에도 사람을 보내고 있다는 사실이었다. 그렇다면 우리가 그 두 나라 사이에서 굉장히 크게 부대끼고 있다는 증거가 아닐까?

얼이는 온몸이 저릿저릿해지면서 나중에는 숨까지 턱 막혀왔다. 참으로 급박하고 위험한 나라 정세가 아닐 수 없었다. 그리고 그것은 어떻게든 이곳에도 적지 않은 영향을 미칠 것이다. 나루터집과 밤골집 그리고 동업직물에도.

"흐음. 자고로……."

법도를 벗어났다 싶으면 아예 안중에도 두지 않고 무시해버리는 권학이었다. 그런 그의 가르침인지라 제자들은 더 심각하게 받아들이고 더 조심스러울 수밖에 없었다.

"한 나라의 안전은 험준한 지리적 환경에 있는 것이 아니라 저 덕치德治에 있다고 했거늘."

비록 그 집 문 앞에 참새 그물을 칠 만큼 드나드는 사람이 없다고 하더라도, 저 덕만 사라지지 않으면 아무 문제가 될 게 없다고도 했다.

"날은 저물고 갈 길은 먼 나라가 작금의 조선이 아니겠느냐?"

"……."

학동들은 글공부를 마치고 집으로 돌아갈 길을 떠올려보는 표정들이었다.

"게다가 어두운 밤길에 사나운 산짐승들은 목숨을 노리고 말이다."

크게 질린 낯빛으로 서로의 얼굴을 바라보는 학동들. 서당 문짝이 삐거덕거리는 소리를 내는 것 같았다.

"여하튼 간에 김윤식을 영선사로 삼아서 유학생과 기술자를 보냈다는 것이야."

또다시 신화나 전설 같은 이야기가 이어졌다. 글방 한구석 벽면 쪽에 놓여 있는 난초가 파르르 떨리는 듯했다.

"각종 무기를 제조하는 방법과 일본인 교관한테서 그랬던 것처럼 근대식 군사 훈련법을 배우려고……."

그 계통에 대해서는 전혀 모르는 얼이가 들어봐도 조선과 일본, 청국, 이렇게 세 나라 관계가 참으로 묘하고 복잡했다. 이 지구상의 무수한 나라들 가운데서 가장 가까이 붙어 있는 이웃사촌 같은 나라끼리 저 난리라니?

그러나 얼이를 비롯한 나머지 학동들도, 그런 다른 나라와의 관계가 아니라 그 자신들의 조국인 조선 하나, 그것도 그들이 토박이로 살아가고 있는 영남지방에서 벌어지고 있는 사건들에 대해서는 도무지 모르고 있었으니, 그건 그야말로 등잔 밑이 어둡다 할만했다. 하지만 당사자인 스승이 입을 꼭 다물고 있으니 학동들로선 깜깜할밖에 없었다.

권학이 지금까지 자기 제자들에게 그들이 받아들이기엔 한참 버거울 수도 있는 이런저런 얘기들을 두서없이 들려주었던 것은, 어쩌면 그때 그 자신의 감정이 너무나 격해 있었던 탓인지도 몰랐다.

그는, 다음에는 또 무슨 신기하고 놀라운 말씀을 우리에게 해주실까 하고 호기심과 기대감에 가득 찬 얼굴들로 자신을 바라보고 있는 순진한 학동들을 보면서, 내내 심경이 맷돌에 짓눌린 듯 무겁고 착잡하기 이를 데 없었다.

'내가 제자들을 올바로 깨우쳐주지 못하고 되레 혼란만 자꾸 일으키게 하는 어리석음을 범하는 게 아닐까?'

권학은 비록 공평무사한 길을 걸어야 하는 훈장으로서, 젊은 학동들에게 밝고 바른 눈을 틔워 주기 위해 의식적으로 객관적인 가르침을 주고는 있었지만, 사실 개인적으로는 빛 좋은 개살구 같은 저 개화사상이란 것의 반대편에 서는 입장이었다. 그는 구식 군인들이나 한양 하층민들과 뜻을 같이하는 그 벗 못지않은 보수파 유생이었던 것이다.

　'사람이 내놓고 말만 안 할 뿐이지, 마음이야 무슨 생각인들 못 할까? 만약 그렇다면 그건 사람이라고 할 수가 없지.'

　그러나 권학은 소위 정학正學인 성리학만을 고수하고 그 밖의 다른 모든 종교와 사상은 무조건 물리쳐야 한다는 위정척사론의 맹목적인 추종자는 아니었다. 하지만 서양의 통상 요구가 무력 침략으로 이어질 그런 조짐을 보자, 그도 흥선 대원군의 저 통상 수교 거부 정책을 뒷받침하는 척화주전론자 편에 섰다.

　'그래도 이것만은 내가 제대로 판단을 했을 것이야.'

　권학이 지켜보기에도 지금 조선은 저 황 쭌셴의 『조선책략』에 따라 미국과 통상조약을 맺으려는 게 아닌가 여겨졌다.

　'그건 아니다. 아닌 것은 아닌 것이다.'

　누가 목에 시퍼런 칼을 들이대도 차라리 피를 보는 쪽을 택해야 하리니.

　'아암, 절대로 그래서는 안 되지.'

　그러한 반감과 회의에 빠져 있던 권학 앞에 나타난 사람이 바로 이만손이었다. 이만손은 조정이 서양과 통상하는 것을 반대하는 상소문을 올리기 위해 영남 유생들의 규합을 외쳤다. 참으로 예사롭지 않은 인물이었다.

　'이만손이야말로 이 권학이 기다려왔던 사람이로다.'

　권학은 그에 동조했다. 어떠한 사리나 분별도 없이 제멋대로 밀려들

서구 문물이 전통 성리학 체제를 무너뜨리고, 특히 농촌 경제를 망하게 하여 나라가 위태로울 수도 있다는, 이만손을 위시한 유생들 우려가 곧 권학 자신의 우려이기도 했다.

'이 나라 백성의 대부분을 차지하는 게 바로 그들이건만······.'

어떤 시대에도 늘 나라 정책에서 뒷전으로 밀리고 수탈당하는 계층이 농민이었다. 천만 년이 흘러가도 그것은 변함이 없을 성싶었다. 너무나도 답답하고 한심했다. 살아 있어도 살아 있다고 할 수가 없고, 죽어도 이대로는 죽을 수가 없는. 그런 속에서 나온 게 바로 저 만인소萬人疏인 것이다.

영남만인소. 이만손이 중심이 되고 권학을 비롯한 여러 영남 유생들이 집단으로 올린 상소문.

권학은 빨리 다른 이야기를 들려주길 기다리는 학동들을 보면서도 더 이상 입을 열 수 없었다. 망망대해를 건너야 할 새나 나비처럼 그저 모든 게 허허롭고 막막하기만 했다. 다른 벗들이 한양 바닥을 떠나지 아니하고 어찌하면 근사한 벼슬자리 하나라도 꿰찰 수 있을까? 권력 주변을 맴돌고 있을 때, 모든 것 훌훌 털어버리고 바람과 구름 따라 흐르는 길손같이 아무런 미련도 없이 낙향해버린 그였다.

'허, 그런 내가 이리도 못나게 흔들리고 있다니. 겨울 나뭇가지 끝에 간신히 매달려 있는 나뭇잎보다도 형편없어. 그렇다, 꿋꿋한 뿌리로 살아야 할지니.'

그런데 날이 갈수록 심사가 편치 못했다. 그는 비록 주저주저하지 않고 만인소에 이름을 올리긴 했지만 사실 자신이 없었다. 위정척사 운동은 자칫 '조선이 곧 작은 중국'이라는 덫에서 빠져나올 수 없는 위험성도 다분히 갖고 있었다.

그는 지금도 얼이 얼굴에 꽉 서려 있는 위험한 빛을 속절없이 바라보았다. 언제 어디서 봐도 깨어진 사금파리 조각처럼 불안하고 위태롭게만 느껴지는 빛. 그리고 권학이 그 빛 뒤에서 소스라치게 발견하는 것은 그림자였다.

죽음의 그림자.

영남만인소 생각을 하며 권학이 얼이 얼굴에서 위험한 빛을 발견하고 있는 바로 그 시각, 관기 효원은 얼이와의 사랑을 떠올리며 바야흐로 두 손에서 무척 위험해 보이는 칼 빛을 무한히 뿜어내고 있었다.

검무, 칼춤을 추고 있는 것이다.

효원은 교방춤 가운데서 화려하고도 우아한 춤사위와 장단을 자랑하는 검무를 가장 좋아했다. 어떤 기녀는 칼이 무섭다면서 싫어도 했지만 사내 같은 효원의 성격에는 그게 제일 잘 맞았다. 언제나 효원을 제 친딸이나 친조카같이 아껴주는 노기老妓 여귀분은 가끔 이런 이야기도 들려주었다.

"이 칼춤은 신라시대에 생깃다고 하데."

시대를 뛰어넘는 검무였다.

"고려 말꺼지는 가면을 쓰고 했다 안 쿠나."

그러면서, 처음에는 민속에서 시작된 검무였는데 나중에 궁중으로 흘러 들어갔고, 그것이 다시 우리 고을에 전승 보존돼 온다는 사실도 말해주었다.

"효원아."

"예?"

"내가 검무 이약을 짜다라 해쌌는 기 우습제?"

"아, 아이라예."

"그라모 또 해보까?"

"해보이소."

"애고, 애고. 요, 요 이쁜 거!"

"검무가 이쁜 기라예, 아이모?"

"어, 눈만 붙은 요기야?"

"와 눈만 붙어예? 코도 입도 귀도 다 붙어 있는데……."

"하이고, 고마 내가 졌다, 졌어."

"여 이긴 사람 없어예."

"검무 이약이나 더 하자."

여귀분이 유독 검무를 입에 자주 올리는 데는 연유가 있다. 지난날 고종이 왕자가 일곱 살 되는 해에 탄신 잔치를 연 일이 있었다. 그때 이 고을 관기들도 뽑혀 올라가 검무를 추었다.

그런데 왕이 무척 감탄하면서 최고 수상으로 옥관자玉冠子를 비롯한 채단采緞을 많이 하사했다. 바로 그 관기들 중에 여귀분도 있었던 것이다.

"아, 그래서 우리 교방에서는 가무를 배울라모, 장 검무부텀 배와야 하는갑네예?"

효원 말에 여귀분은 예전에 비해 피부색도 탁해지고 탄력도 많이 없어진 고개를 끄덕였다.

"똑 그 때문인지는 모리것지만, 검무부텀 익히야 하는 거는 맞제."

효원은 꿈꾸는 얼굴로 말했다.

"이 효원이도 운제 대궐에 들가서, 임금님 앞에서 검무를 추고 싶어예."

"임금님이 바람나시모 누가 책임질라꼬?"

그러면서 여귀분이 빙그레 웃었다. 효원 눈에는 아직도 고운 미소였다. 사람이, 특히 여자가 곱게 늙어가는 것보다도 더 큰 축복이 없다는, 염원과 소망 담은 관기들의 그 이야기가 사실이구나 싶었다.

"그라고 또 있다."

"예."

여귀분 얼굴에서 어느새 웃음은 사라지고 엄숙한 기운이 엿보였다. 그런 그녀에게서는 관기보다도 대갓집 안방마님 같은 품위가 풍겨 나오고 있었다.

"우리 고을에서는 오래전부텀 논개와 임진년에 순국한 으뱅(의병)들을 위한 제향에서도 이 검무를 췄다고 들었는데, 자세한 거는 내도 잘 모리것다."

"그, 그랬어예? 우짜모!"

"내가 아는 한도 내에서 이약하자모…….”

효원이 또 흥미롭게 들은 이야기는 이곳 검무가 생긴 유래였다. 그건 단순한 흥밋거리를 떠나 깊이 생각해 볼 게 많은 내용이었다.

"아, 우리 검무에 그런 슬픈 사연이 있었어예?"

눈물이 묻어나는 듯한 효원의 말에 여귀분도 목멘 소리가 되었다.

"쪼매 그렇제?"

"예."

"하여튼…….”

예전 책에 전해지기는, 일곱 살 된 신라 소년 황창랑이 백제 궁중으로 들어가 검무를 추다가 백제왕을 찔러 죽이고 자신도 죽었는데, 신라인들이 몹시 애석하게 생각해 그의 얼굴을 본떠 탈을 쓰고 그의 영혼을 위로한 데서 시작됐다는 것이다.

"이런 이약도 있다."

그런가 하면, 신라 장군 품일品日의 아들로서 검무를 잘 추던 화랑 관창이, 15, 6세 때 백제군 정찰병으로 갔다가 계백 장군에게 잡혀 참수를 당한 후, 신라 병사에게 관창의 탈을 만들어 씌워 칼춤을 추게 하여 사기를 올려 황산벌 싸움에서 승리했다는 기록도 있다고 했다.

"그런 칼춤인게 더 잘 춰야것네예."

쉽게 감동을 잘 받는 효원의 말이었다.

"하모, 별로 추모 안 되제."

단단히 타이르는 듯한 여귀분 말에 효원은 뒷방 늙은이가 하는 것 같은 그런 소리는 이제 더 하지 말라는 식으로 얘기했다.

"별이고 나비고 알것어예."

여귀분은 무엇을 집어 들어 던질 것같이 했다.

"조, 조 야무딱진 주디이 좀 봐라, 주디이."

효원은 그런 유래들을 떠올리며 거울에 비친 제 모습을 한참이나 들여다보곤 했다. 그녀 자신이 봐도 옥색 회장저고리와 남색 치마가 썩 잘 어울렸다. 언젠가는 저 나루터집 송원아와 혼례를 올린 안석록 화공에게, 이렇게 무복舞服과 무구舞具를 갖추고 있는 내 모습을 그려 달라고 부탁해야지, 하는 잔망스러운 생각도 했다.

'요거는 똑 머겉이 생깃노.'

흑모로 짠 천으로 만든 전립에는 계급장과 군인 표시까지도 돼 있어 꼭 군인들이 쓰는 군모 같았다. 그래 효원 자신이 여자 군인같이 느껴질 때도 있었다. 정말이지 여자 아닌 사내로 태어났으면 온 세상을 호령하는 범 같은 장수가 되었을 텐데.

그런데 효원이 더 좋아하는 건 한 쌍의 칼이다. 칼날은 백동으로 만들고 자루에는 붉은 비단이 붙어 있다. 칼끝과 자루에는 장식 수술을 달았다. 칼 길이는 짧았지만, 이곳 검무 칼은 다른 지방 검무 칼처럼 목이 꺾어지지 않고 고정돼 있어, 춤을 출 때 손목을 많이 돌려야만 칼이 제대로 놀기 때문에, 손목 힘이 없는 관기는 여간 힘들고 애를 먹는 게 아니었다.

이런저런 상념 끝에 효원은 문득 자신도 모르게 부르르 온몸을 떨었다. 그날 상촌나루터 흰 바위 근처에서 얼이 도령 뒷덜미를 낚아채려고 하던 사내의 곰 발 같은 손목이 또다시 떠올랐다. 참으로 끔찍하고도 다행스러운 일이었다. 하늘이 도왔다.

'그날 내가 이상해서 안 따라가 봤으모, 얼이 되련님은 하매 이 시상 사람이 아일 끼라.'

임술년에 농민군 하다가 죽은 얼이 도령 아버지 천필구와, 송원아의 연인 한화주가 또 생각났다.

'후. 내사 에나 상상도 하기 싫다.'

효원은 무서운 기억들을 떨쳐버리기 위해 다른 기녀 누구보다도 더 열심히 검무에 몸을 맡겼다. 북, 장고, 대금, 해금, 한 쌍의 피리도 그런 효원의 속마음을 아는 듯 한바탕 신명을 낸다. 그럴 때 효원은 모든 것이 고맙고 반갑기만 하다.

'아아아.'

사람과 칼과 악기가 하나가 되는 환상의 순간이다. 효원은 바야흐로 무아지경으로 빠져들기 시작하는 것이다.

한삼을 낀 팔을 어깨높이로 들고 장중하면서도 우아하게 발을 내디딘다. 춤의 처음인 한삼평사위다. 상대와 마주 보다가 큰 각도로 돌면서 배를 맞추는 동작을 염불장단에 맞추어 서서히 행한다.

두 손을 어깨 위로 모아 내렸다가 손바닥을 아래로 하며 살며시 앉는 듯이 몸을 굽히다가 오른발을 앞으로 내디디며 일어서는 숙인 사위. 오른손은 전립 테두리 끝 가까이에 울러 매고 왼손은 가슴 밑에 굽혀 둔다.

한삼을 뿌린다 하여 한삼뿌릴사위라고 하는 동작이 이어진다. 왼손을 왼쪽으로 하여 반달 모양으로 한삼을 뿌리며 몸을 굽히고 오른손을 오른쪽으로 뿌리며 몸을 굽힌다. 장단이 타령으로 바뀌자 머리 위로 모았던 그 팔을 활짝 펴고서 오른발을 앞으로 내디딘다.

다음으로 쌍어리. 다시 팔을 모아 오른손등을 상대 어깨에 얹고 왼손은 허리를 감싸 안았다가 첫 박에 손을 뒤집어 어깨에 바로 얹으면서 서로의 몸이 떨어졌다 붙었다 하며 어르기를 한다.

한삼을 손목에서 빼는 결삼사위. 손목에서 빼낸 한삼을 바닥에 던지는 낙삼사위. 오므렸던 손가락을 활짝 폈을 때 꽃잎사귀를 닮은 듯하여 맨손잎춤이라고도 불리는 깍지떼기. 방석돌이. 달팽이 모양으로 돌면서 전복자락을 잡으며 앉는 자락사위.

칼을 잡은 군인의 위엄이 돋보이는 위엄사위는, 손이 밖에서 안으로 확 잡아채듯이 절도가 필요한 동작이다. 칼 목이 꺾이지 않아 어려운 칼사위. 전령에서 군인들이 칼싸움을 하는 모습을 춤으로 표현한 진퇴무.

검무의 꽃이라고 할 수 있는 동작은 연풍대다. 화려하고 우아한 칼놀음을 하며 원형으로 돌면서 추는 사위인데, 휘날리는 전복자락이 제비가 긴 꼬리를 휘날리며 날아가는 모습과 닮아 그렇게 붙여진 이름이다. 원형을 풀어 정면을 향해 일렬로 만드는 동작인 대열풀기.

그리고 마지막으로 하는 인사태. 배 앞에서 엇갈기를 하여 팔을 뒤로 크게 돌려 내리며 오른 무릎을 세워 앉아 절을 하며 끝맺음을 한다.

"역시 칼춤은 효원이가 시상에서 최곤 기라, 최고!"

"우떤 사내가 시방 저 모습 보고 안 반할 끼고, 그자? 똑겉은 여자인 내도 고마 홰까닥 미치삐것는데 말이다."

"그란데 내사 걱정이다야."

"머가, 또? 걱정도 팔자라쿠는 말 모리나?"

"저라다가 효원이가 진짜로 군인이 돼삐릴 거 아이가, 그 말인 기라."

"그리는 몬 되더라도, 진짜 사내대장부 겉은 무관하고 사랑은 하것제."

"모리는 소리다. 효원이 사랑은 검무다. 춤추는 칼이다."

거의 신기神技에 가까운 효원의 검무에는 하늘도 땅도 숨을 죽인 채 지켜보는 듯했다. 여귀분만 아니라 모든 기녀들이 저마다 감탄사를 올려댔다.

모른다. 그녀들은 알지 못한다. 그때 효원 칼이 어디를 향하고 있는가를. 그 끝이 무엇을 찌르고 있는지를.

얼이를 향하고 얼이를 찌른다. 그런 게 아니다. 얼이가 아니고 얼이 앞에 있는 벽이다. 농민군이라는 이름의 벽. 그러나 그 벽은 너무나도 완벽하고 단단하다. 철옹성이다.

여귀분의 말에 의할 것 같으면, 영조 임금 때인가는 여자들만 모이는 내연內宴에서의 춤인 공막무와, 남자들만 모이는 외연外宴에서의 춤인 첨수무로 구분했단다.

'되련님하고 내하고는……'

얼이 도령도 첨수무를 추었으면 했다. 이 효원은 공막무를 출 것이다. 그리하여 이 효원은 농민군 벽을 허물고, 얼이 도령은 관기 벽을 허물게 하고 싶다. 하고 싶은 게 아니라 해야 한다. 물러서라, 무너져라, 벽이여.

'억!'

그러나 효원은 숨이 막힌다. 그 두 개의 벽이 엄청난 크기의 무서운 괴물로 돌변하여 효원 자신과 얼이 도령을 향해 다가오고 있다. 그 속에 꼭 끼인 채 고통스러워하는 두 사람.

비화는 자다가, 사실은 자다가 깨다가 하는, 그것도 자는 시간보다도 깨어 있는 시간이 훨씬 더 많은, 그 두 가지의 증오스럽고 징그러운 반복이었지만, 일어나 생각해도 여전히 악몽을 꾸는 것만 같았다.

'우찌 우리한테 이런 일이?'

이 세상천지에서 오직 단 하나밖에 없는, 천금과도 결코 바꾸지 못할 내 자식이 빡보가 되다니. 도대체 내가 지은 죄가 무엇이냐고 하늘에게 묻고 싶었다. 당신은 장차 우리를 어떻게 하실 거냐고 따져보고 싶었다.

그러잖아도 아버지 재영의 내성적인 성격을 물려받은 준서는 더더욱 말수가 드문 아이로 변해갔다. 매일같이 사람들이 많이 드나드는 나루터집을 벗어나 새덕리 저택에서만 꼭꼭 숨어 지내려고 했다.

"준서야, 지발 그라지 말고, 알것제?"

그 어린 마음에 입은 상처가 얼마나 크고 깊을까 충분히 이해는 하면서도 비화는 아들의 그런 점을 고쳐보려고 피나게 노력했다. 그게 쉽지 않다고, 아니 어쩌면 영영 불가능한 일이라고 여기면서도, 그 짓을 멈출 수 없었다.

'그래도 그 둘이가 있은께.'

그런 속에서 비화가 실오라기 같은 한 가닥 기대를 거는 사람이 얼이와 혁노였다.

전혁노.

천주학 하던 전창무와 우 씨의 소생으로, 그 고을 사람들이 미치광이로 알고 있는, 항상 얼이 꽁무니를 따라다녀 농민군 원혼이 붙어 있다고 모두 쉬쉬 하던, 바로 그 젊은이의 이름이 혁노였던 것이다.

"진짜 미치개이라도 우짤 수 없것지만도, 미치개이가 아인께 상구 더 안 좋나."

"맞거마는. 그 두 분의 자슥이었다이."

"그들이 믿던 하느님은 절대 무심 안 하싯던 기라."

"그렇제. 그들한테 저런 아들을 보내주싯으이."

"전창무 그분 무덤이 무두묘라도 아모 상관없다 고마. 무자슥이 아인 께네."

"하모, 하모. 시방 그 이약 차암 잘한 기라."

전혁노로 인해 나루터집과 밤골집 사람들이 받은 충격은 실로 엄청 날 수밖에 없었다. 그렇지만 기쁨과 반가움은 그보다도 훨씬 더 했으 며, 얼마 있지 않아 혁노는 그들과 한 가족처럼 지내기 시작했다. 숟가 락 숫자가 늘어나면 늘어날수록 더 좋다는 우정댁 소원 하나가 이뤄진 셈이었다.

"니도 해야 할 일이 쌔뺏고 심이 들것지만도……."

비화는 그 혁노에게도 얼이에게 한 것처럼 준서를 부탁했다. 특히 얼 이의 제안으로 셋은 의형제를 맺었다. 얼이가 맏형, 혁노가 둘째, 그리 고 준서는 막내가 되었다. 동생 없는 준서가 동생이 된 것이다. 게다가 더더욱 다행인 것은, 준서가 얼이와 혁노를 부모보다 더 잘 따른다는 사 실이었다.

물론 준서를 두고 혁노가 얼이만큼은 될 수 없었다. 혁노는 일신상의 문제로 내놓고 준서와 다니지 못했지만, 얼이는 준서를 어디고 그림자 와도 같이 데리고 다녔다. 얼이는 준서의 든든한 후견인이요, 수호신이 었다. 얼이가 옆에 있으면 그 누구도 준서더러 빡보라고 놀려먹지 못했 다. 덩치가 좋고 힘이 장사인 얼이였다. 때로는 얼이 혼자서 준서를 조 롱하는 못된 것들 서너 명을 거뜬히 때려눕히기도 했다. 더욱이 혁노라 도 함께 있어 셋이 되면 누구도 함부로 하지 못할 정도였다.

그런데 비화와 재영이 그 무엇보다 크게 감격한 것은, 놀랍게도 얼이 가 준서를 서당에 데리고 가겠다고 한 일이었다. 준서를 다른 아이들과 똑같이 키우려 마음을 다지고 있는 비화였지만, 준서를 서당에 보낼 엄두까지는 내지 못했었다.

"아입니더. 사실은 안 있심니꺼, 준서보담 한 살 더 적은 아아도, 요 올마 전에 우리 서당에 들왔심니더."

"그, 그런 거하고는 안 다리나."

얼이가 준서를 자기에게 맡겨 달라고 했지만, 솔직히 자신이 없는 비화였다. 재영은 더 그랬다.

"너모너모 고마븐 말이지만도, 준서를 거 보내는 거는……."

"지 말씀, 함 잘 들어보이소."

그런데 여간해선 자기보다 윗사람, 특히 비화의 뜻에는 반드시 고분 고분 잘 따르는 그런 얼이가 이번에는 제 고집을 꺾지 않았다.

"하매 준서 나이 여섯 살 아입니꺼, 예?"

"……."

"지가 서당에 잘 데불고 갔다가 잘 데불고 올 낀께, 해나 오다가다 머가 잘몬될까 그런 점은 아모 걱정하지 마시고예."

"……."

비화와 재영은 서로 얼굴만 바라보았다. 얼이는 이런 말까지 했다.

"그라고 지가 서당에서 배울 거는 거진 다 배왔지만도, 준서가 모도 배울 때꺼지는 안 나오고 계속 같이 댕길라쿱니더."

"아, 얼이 니가 그리카나?"

비화나 재영은 더 이를 것도 없고, 지금 임신한 몸인 원아도 목이 크게 메어 제대로 말을 하지 못했고, 우정 댁은 눈물마저 보였다.

"내가 과부 소리 들어감서 혼자 여태꺼정 키운 보람이 있다."

그러는 우정댁 눈물 속에는 많은 것이 담겨 있었다.

"인자 농민군 몬 돼서 지 아부지 웬수 몬 갚아도 괘안타."

그런 뜻밖의 말에는 나루터집 식구들 모두 아연실색할 지경이었다.

우정 댁은 맨손으로 마른 코를 '팽' 하고 푸는 시늉을 하면서 말했다.

"반 푼어치 한은 풀었다. 저리 훌륭하거로 자라줬은께."

"어머이, 그거는 아이라예."

얼이가 아버지 천필구 음성을 빼닮은 목소리로 말했다.

"농민군은 꼭 될 낍니더. 몬 되모 내가 내 모가지를 확 비틀어 죽어삘 끼라예."

그러나 애꿎은 짐승 목과 꽃대를 비틀어대던 얼이는 이미 거기 없었다. 이마에 흰 수건을 동여매고 손에는 죽창과 몽둥이를 든 농민군 천필구만이 있을 뿐이었다.

새덕리 저택 담장 옆 느티나무에 걸린 하늘빛이 유난히 맑고 푸르러 보이는 날, 얼이는 준서를 스승 권학 앞에 데리고 갔다.

"이 아이가 나루터집 쥔 김비화, 그 부인 아들이란 말가?"

"예."

짧은 얼이의 답변은 평소처럼 우렁차지 못했다. 솔직히 식구들 앞에서 큰소리는 쳤지만, 막상 실행에 나서니 몸도 마음도 자꾸 움츠러드는 게 사실이었다. 담대해지려고 노력했지만 그게 생각만큼 쉽지가 않았다.

"그으래? 그렇단 말이지?"

어쩐지 만감이 크게 교차하고 있는 듯한 얼굴이 된 권학은, 시종 고개를 푹 숙이고 있는 준서에게 말했다.

"머리 들거라. 사내대장부는 하늘 보기를 부끄러워해서는 아니 되느니라."

그러자 준서 고개가 반쯤 들리어지는가 싶더니만 다시 숙여졌다. 흡사 어떤 보이지 않는 손이 그렇게 못된 짓을 하는 듯했다.

"마마, 니 이눔!"

얼이 입에서 이빨 가는 소리가 다른 사람들 귀에는 들릴락 말락 조그 맣게 났다. 하지만 그 소리에 글방 안 모든 사물들이 바짝 긴장하는 것 처럼 보였다.

"김비화, 그분……."

권학은 존경하는 얼굴로 또 말했다. 이번에도 한양말과 그곳 방언이 뒤섞인 말씨였다. 지금 그 상황에서는 썩 잘 어울리는 것 같기도 했다.

"니 어머이는 만인이 알아주는 여장부신 기라."

권학은 평상시 그답지 않게 몹시 초조하고 안타까운 표정을 짓고 있 는 얼이를 한번 보고 나서 준서에게 물었다.

"내 말뜻을 모르겠는고?"

그래도 준서가 보기 딱할 만치 머뭇거리자 뜻밖에도 문대가 다가와서 준서 어깨에 손을 얹으며 이렇게 말했다.

"니는 얼이 동상인께, 얼이맹캐 해야 하는 기라."

"……."

이번에도 준서는 여전히 입을 열지 않았다. 고개 또한 그대로 숙인 채 였다. 권학이 앞에 놓고 앉아 있는 서안 높이와 거의 맞먹을 지경이었다.

"니 새이가 올매나 씩씩한고, 니도 베무이(어련히) 안 알까?"

"이름이 박준서라 캤제?"

문대가 먼저 그렇게 하는 것을 지켜본 남열과 철국도 양쪽에서 각각 준서 팔 하나씩을 붙들었다. 마침내 준서가 고개를 아주 조금 들었다.

그런데 바로 그 순간, 얼이는 보았다. 비록 모두가 말들은 그렇게 했 지만, 막상 준서 얼굴을 보자 그들 눈빛이 대번에 달라지는 것이다.

얼이는 뼈저리도록 깨쳐야 했다. 준서의 서당 생활이 결코 순탄치 못 하리란 것을. 특히 마음에 걸리는 게 며칠 전에 새로 들어온 다섯 살배

기 정우였다. 그 아이는 준서 얼굴이 무서운지 금세 울음을 터뜨릴 표정
이 되고 있었다. 여차하면 일어나서 글방 밖으로 도망칠 기미마저 엿보
였다.

'조거를 우째삐릴꼬?'

얼이 마음 같아선 이것저것 돌아볼 필요 없이 그냥 한방 콱 쥐어박
고 싶었지만, 가까스로 참았다. 옆에 스승과 벗들이 있고, 특히 정우
아버지 이명환은 읍내장터에서 굉장히 큰 채소공판장을 하는 장터 거
물이었다.

읍장邑場이나 읍내장邑內場, 또는 주내장州內場으로 불리는 목牧 장터.

훗날 '중앙시장'으로 이름이 바뀌게 되는 그곳에 가면, 얼이는 지금
내가 사는 고을이 참 번창한 고을이구나 실감했다. 이런 고을이면 앞으
로 내 꿈을 펼쳐볼 만하다는 대망을 품게 하는 곳도 거기였다.

읍내 중앙통에 있는 동업직물이나 상촌나루터의 나루터집도 대단하
지만, 거기를 한번 휘 둘러보면 참으로 만만찮은 장사꾼들이 왕왕 들끓
었다. 미곡시장과 마포시장이 줄을 지어 있는 곳, 포목점과 과자전이 한
데 모여 있는 곳, 채소공판장이 넓게 쭉 펼쳐져 있는 곳, 그런 식으로 커
다란 상권이 형성돼 있다.

"꼭 장사할라꼬 장시場市를 배우는 거는 아이제."

평소 현장 교육을 매우 중시하는 권학은 학동들을 직접 읍내 장으로
데리고 나가 장시를 가르치기도 했다. 얼이는 우리나라 장시가 15세기
후반에 전라도 지방에서 맨 처음 생겼다는 사실도 그때 배웠다. 대동법
실시와 동전 유통 확대, 농업 상품 작물 재배 증가와 더불어 장시가 개
설된 지역도, 반드시 교통요지라든지 물화 집산지가 아닌 외진 곳으로
까지도 확대되었다고 했다.

그런데 얼이가 보기에 장시는 그냥 물건만을 사고파는 그런 단순한

장소만은 아니었다. 읍내장터에서는 간혹 오광대 패나 유랑예인집단 솟대쟁이패의 한마당이 벌어지기도 했고, 사람들은 막걸리 잔과 깍두기를 앞에 놓고 서로 정보를 주고받는 것도 보았다. 아무튼 숱한 진풍경이 펼쳐지는 곳이었다.

스승 말씀에 의하면, 영조 임금 당시 그 읍내장터에서 경상도 감사 박문수의 명을 받은 경상도 우병사가, 거창의 역당逆黨들 목을 베어 그 머리를 내걸었다고 했다. 그 처절한 이야기를 들으면서 얼이는 성문 밖 공터에서 효수형을 당해야만 했던 아버지 천필구와 원아 이모의 연인 한화주, 남강 백사장에서 순교한 혁노 아버지 전창무 생각이 솟아나서, 자꾸 흘러내리는 눈물을 남몰래 닦아야만 했다. 피눈물이었다.

한편, 그 장시에 관한 한 비화도 권학 못지않아 보였다. 어느 날 얼이가 비화와 함께 정우 아버지 이명환이 세력을 크게 떨치고 있다는 채소공판장에 갔던 적이 있었다. 그날 비화는 앞을 내다보는 예언자처럼 이런 말을 했다.

"여게 읍내장터 땅은 금싸래기다. 그런 땅을 억수로 한거석 차지하는 채소공판장은 오래 있지는 몬한다."

"그기 무신 이약인데예?"

얼이 물음에 대한 비화 답변이 이랬다.

"채소공판장은 운젠가 딴 곳으로 옮기갈 끼다."

"다린 데로……."

땅과 장사에 남다른 눈을 가진 비화였기에 얼이는 귀담아듣고 있다가 또 물었다. 그건 누구라도 궁금해할 의문이었다.

"그라모 요는 머가 되는데예?"

"요? 요기 말이가."

비화는 별로 어려운 질문은 아니라는 듯 깊이 궁리해보지도 않고 답했다.

"내 생각으로는, 활어시장이 될 거 매이다."

얼이는 이웃 밤골집 돌재 아저씨가 투망질을 하여 잡은 팔짝팔짝 뛰는 생선을 떠올리며 확인하듯 했다.

"물괴기 파는 데예?"

"하모, 그런 시장."

비화 말에는 자신감이 들어 있었다. 얼이로서는 얼른 연결이 되지 않았다.

- 채소와 물고기.

비화가 서당 여자 훈장같이 상세히 설명해주었다.

"여게 이 읍내 장은 갱상도 각처에서 나는 농산물만 아이고, 남해안에서 나오는 해산물도 짜다라 거래 안 되나."

그러면서 깊은 눈길로 거기 온갖 채소상들로 붐비는 채소공판장을 한참 가만히 둘러보던 끝에 비화가 다시 말했다.

"우짜모 활어시장보담도 묵는 장사가 딱 마츰맞다."

"묵는 장사예?"

"그렇제."

두 사람이 그러고 있는 동안에도 채소공판장 사람들이 그곳을 참 많이도 오가고 있었다. 온갖 푸성귀 냄새가 진동하는 듯했다.

이번에도 얼이는 멍한 얼굴을 했다. 도대체 자기 머리로는 비화 이야기를 따라갈 재간이 없었다. 내 머리는 하나, 비화 누이 머리는 열 개쯤 되나? 싶을 지경이었다. 비화 눈빛이 그 순간에는 더욱 반짝였다. 모두가 부러워하는 초롱초롱한 그 눈동자는 세월이 가도 변함이 없을 듯했다.

"장사치들하고 장보로 온 사람들이 배가 고푸모, 당장 머시라도 사묵을 장삿집 겉은 거 말인 기라."

비화 그 말에 얼이는 갑자기 허기를 느꼈다. 비화는 마침 거죽대기를 둘러쓰고 막 옆을 지나가는 늙은 남자 거지를 안쓰러운 눈으로 바라보면서 말했다.

"사람이 안 묵고는 몬 산다 아이가."

"예에."

얼이는 비화 말끝에서 분명히 느꼈다. 비화 누이는 이곳 읍내장터까지 진출할 꿈을 꾸고 있다는 것을. 그녀의 웅대한 포부는 절대로 나루터집 하나에만 머물지 않으리라고. 기실 상촌나루터가 아무리 번성한 곳이라 한들, 반성장, 수곡장, 소촌장, 대야천장 등 인근의 그 숱한 장시들을 모두 물리치고 경상우도 상업 요충지가 되는 여기 읍내 장을 덮을 수 있겠는가?

그날로 되돌아가 한참 머릿속으로 북적대는 읍내 장 정경을 그려보고 있던 얼이는, 문득 들려온 준서의 심상찮은 목소리에 번쩍 정신이 났다.

"새이야, 내 고마 갈란다. 낼로 집에 데리다줘라."

그 말에 놀란 건 단지 얼이뿐만 아니었다. 권학과 다른 학동들도 저마다 황당한 표정을 지었다.

"주, 준서야. 니 억살 부릴 끼가?"

얼이가 스승과 벗들을 훔쳐보며 준서에게 나무라는 투로 나가자 준서가 시무룩이 말했다.

"내가 억살 부리는 기 아이다."

얼이는 무슨 말을 할까 궁리하다가 스승이 제자들에게 그랬듯이 이렇게 말했다.

"우짜든지 남자는 글공부를 해야 하는 기라."

"……."

준서는 그 말뜻을 헤아려보는지 아니면 무언의 항거라도 하는지 아무런 대꾸가 없었다. 하지만 그 대신 몸을 일으키려 하고 있었다.

"준서 니가 그런 거를 모리지는 안 할 낀데?"

얼이는 자리에서 일어나려는 준서를 억지로 잡아 앉혔다. 우선 당장에는 그렇게 하는 것 말고는 달리 방법이 없었다.

"하모, 하모. 얼이 새이 말이 맞다."

그러는 문대가 오히려 준서보다 더 울상이었다. 얼이는 문대가 무척 고마우면서도 또 한편으로는 부담감도 적지 않게 다가왔다.

"준서 니 우리하고 같이 공부해야 안 하나?"

그러면서 문대는 도움을 요청하듯 스승과 벗들을 번갈아 바라보았다.

'역시나!'

얼이는 그 딱한 경황 중에도 확연히 느낄 수 있었다. 준서가 아직 나이는 어리지만 대단한 아이라는 것을. 자기 또래 여느 아이들 같으면 당장 울음을 터뜨리거나 막 떼를 쓸 것이다. 하지만 준서는 얼이보다 더 손윗사람인 것처럼 행동했다.

"내가 집에 가갖고 쪼꼼 더 생각해볼란다."

그것은 고작 여섯 살배기 아이가 말해 보일 수 있는 그런 소리가 아니었다. 그러자 그때까지 약간 표정이 굳어 있던 권학이 감탄하는 얼굴로 입을 열었다.

"모전자전이다, 모전자전."

어떻게 할 것으로 결정을 굳힌 음성이었다.

"그 어머이에 그 아들이 하나도 안 다르다."

오죽烏竹이 바람에 흔들리며 내는 소리를 닮은 목소리로 권학이 말했다.

"참으로 기대가 되는도다."

모두의 눈이 준서를 향했다. 날만 새면 늘 보던 얼이와는 달리 다른 학동들 표정은 역시 무척 거북하고 어두운 것 같았다. 그렇지만 권학의 음성은 그의 제자들이 어리둥절할 정도로 아주 자연스럽고 밝았다.

　"역시 나루터집 여주인 명성은 헛된 게 아니었다."

　그런 후에 그는 정이 듬뿍 묻어나는 목소리로 준서에게 말했다.

　"니 뜻대로 하거라."

　그 소리는 벽면에 걸려 있는 액자에 부딪혔다가 사방으로 흩어지는 것 같았다. 얼이를 비롯한 학동들 얼굴이 복잡해졌다. 난감한 것 같기도 하고 짐작한 대로라고 보는 것 같기도 하고. 스승님이 준서를 제자로서 받아들일 그런 의향이 과연 있으신지 의심스러워하는 기색들이었다.

　그러나 그건 학동들의 아직도 짧고 단순한 생각이었다. 권학은 서안 위에 펼쳐 놓은 책자를 내려다보며 말했다.

　"하지만 내는 믿는다. 니가 꼭 우리 서당에 나올 끼라고."

　얼이 표정이 밝은 태양 아래 선 사람처럼 아주 환해졌다. 정우를 제외한 다른 학동들도 똑같이 안도하는 빛이었다. 첫 번째 관문은 통과한 셈이었다.

　"준서하고 먼첨 나가보것심니더."

　얼이가 엉덩이를 들면서 스승에게 고했다.

　"그래라."

　권학의 허락이 명쾌했다.

　"죄송합니더."

　얼이가 사과하는 말에 권학이 고개를 저었다.

　"아니다."

　얼이는 스승에게 인사한 후 준서를 데리고 먼저 서당을 나왔다. 얼이는 뭔가 혼자 깊은 생각에 잠겨 있는 준서가 두렵기도 하고 애처롭기도 했다.

'인자 우짠다?'

얼이는 정말 오랜만에 바깥에 나온 준서를 이대로 집에 데리고 들어가기는 싫었다. 얼이 발길은 남강 변의 성 쪽을 향했다. 준서 역시 깜냥에도 바로 집으로 들어가서 부모님 얼굴 대하기가 좀 그랬는지 몰라도 순순히 뒤따라왔다.

'가마이 있자, 해나?'

어쩌면 준서는 다른 학동들 시선을 의식하지 않고 서당에 나가서 공부할 수 있는 마음을 다지기 위해, 사람들 앞에 얼굴을 들고 다니는 훈련을 하려는 게 아닐까 추측하던 얼이는, 그만 속으로 픽 실소하고 말았다.

'내가 시방 무신?'

제아무리 준서가 나이가 무색할 만큼 웅숭깊은 아이라고는 할지라도 아직 그런 생각하기에는 한참이나 멀었던 것이다.

'오늘은 첫날인께 너모 욕심 부리지 마자.'

얼이는 스스로를 다독였다. 다른 모든 것을 떠나서 준서에게 성을 구경시켜줄 수 있다는 것만 해도 얼마나 감지덕지할 일인가 말이다.

"야! 에나 좋제?"

얼이 음성은 지나가는 행인들이 쳐다볼 만큼 필요 이상으로 높아져 가고 있었다. 준서 목소리도 아까 서당에 있었을 때에 비하면 조금은 나아졌다.

"좋다, 새이야."

언제 와 봐도 이 고을 성은 참으로 훌륭했다. 준서도 잠시나마 제 얼굴에 난 곰보딱지를 잊은 듯 열심히 여기저기에 눈을 주고 있었다. 아직도 아이가 맞기는 맞는구나. 얼이는 어설픈 웃음을 흘렸다.

"자, 준서야. 그라모 시방부텀……."

외성인 구북문, 신북문, 남문을 보고, 진남루며 동장대, 서문, 내수문, 외수문, 암문, 그 모두를 보여주리라. 내성 안쪽 중심에 있는 공북문도 자못 눈길을 끈다.

서쪽에는 중영과 진무청이 있고, 원문을 지나면 운주헌이 크게 자리를 잡고 있다. 서문 가까이 있는 충렬사와 호국사 앞을 지날 땐 향불 냄새가 솔솔 풍기는 것 같았다.

"집들도 에나 천지삐가리 아이가!"

내성과 외성 사이에는 민가가 무척 빽빽하게 들어서 있다. 신북문과 남문을 이어주는 남북로, 구북문과 신북문을 이어주는 동서로, 그리고 내성의 동문과 남문을 잇는 길도 준서와 함께 나란히 걸어본다. 진남루에서 동장대까지 파놓은 해자를 보고, 신북문 앞에 놓인 다리를 건넌다.

"……."

그런데 언제부터인지 모르게 얼이는 바로 옆에서 함께 걸어가고 있는 준서를 잊어가고 있다. 그 증거로 아무런 말이 없었다. 그의 머릿속은 오직 저 농민군들로만 꽉 차버렸다.

저 임술년, 하늘을 찢어발기고 땅을 갈라지게 하던 그 함성이. 아버지 천필구 목소리가 제일 크다. 그다음으로 큰 것은 원아 이모의 연인 한화주다.

'아부지이!'

속으로 그렇게 아버지를 불러보던 얼이 입에서는 잠시 후 '언가'가 흘러나온다. 임술년에 농민군을 이끌던 몰락 양반 출신인 유춘계가 지었다는 순 우리말로 된 노래다.

'이 걸이 저 걸이 갓 걸이, 진주 망건 또 망건, 짝짤이 휘양건, 도르매 줌치 장독칸…….'

준서가 놀란 듯 얼이를 쳐다보았다. 하지만 얼이의 입을 막을 그 어떤 것도 이 세상에는 없었다. 얼이는 부르고 또 불렀다.

'이 걸이 저 걸이 갓 걸이……'

노래를 부르면서 얼이는 다짐하고 또 다짐한다. 그날이 오면, 그날이 오면, 기필코 여기 이 성을 함락시키고 말 것이다. 그리하여 우리 농민 군들이 마음껏 활보하는 성이 되게 하리라. 농민 세상을 만들리라. 농민 이 최고인 그런 세상을.

은장도 꺼내 드는 만백성

　얼이가 농민군 생각에 빠져 옆에 있는 준서를 잊어가고 있는 그 시각, 준서 이름을 입에 올리며 흥분을 금치 못하는 사람이 있었다.

　상촌나루터 흰 바위 부근에서였다. 강바람이 금방 불었다가 금방 멎었다. 남강 수면 위를 날아다니고 있는 물새들 날갯짓이 그날따라 어쩐지 몹시 서투르고 불안해 보였다. 그건 예전에 없었던 실로 수상쩍은 현상이었다.

　"니년 쪼대로(하고 싶은 대로) 해삐라! 내사 인자는 겁날 거도 없고, 챙피할 것도 없다 고마!"

　박재영은 세상을 다 산 사람 같았다. 아니, 어쩌면 아직 조금도 세상을 살아보지 못한 그런 사람 같았다.

　"우리 준서 몸이 저렇는데, 내는 심이 오래 붙어 있지 몬할 끼라."

　손으로 심장이 있는 부위를 움켜쥐며 오열을 터뜨렸다.

　"준서, 우리 준서가 저리 돼삣는데……."

　바람이 잠시 잔잔해지는가 싶더니만 어느 순간부터 좀 더 거세어지고 있었다. 그러자 강 가장자리에 자라는 수초들이 함부로 풀어헤친 광인의 머리카락처럼 나부끼기 시작했다. 미치는 건 사람만이 아닌 듯했다.

"흐."

이제 제풀에 지쳐 기운이 빠질 법도 하건만 재영은 그야말로 인삼 녹용이라도 먹은 사람같이 여전히 힘이 살아 팔팔했다.

"알것나? 모리것나? 하기사 알아도 상관없고, 몰라도 상관없다!"

"……."

재영이 허나연을 향해 그렇게 큰소리치는 모습은 아마 흰 바위도 처음으로 보았을 것이다. 저만큼 숲속의 나무들도 놀라 고개를 이쪽으로 돌리는 듯했다.

'저 인간이…….'

나연은 머리가 띵했다. 재영에게 저런 사내다운 면이 있는 줄 몰랐다. 그는 이참에 모든 걸 끝장내기로 작심한 사람 같았다.

"내가 니까짓 년한테 돈 착착 갖다바칫다는 거, 인자는 내 마누래도 안다."

"그, 그 여자도!"

한 번 열린 입을 다물지 못하는 나연에게 이런 소리까지 던졌다.

"동업이 일도 안다."

나연은 귀신 이야기를 들은 여자 같았다.

"도, 동업이 이, 일도?"

언제부터인가 그 두 사람 사이에서 아들 이름은 '동업'으로 완전히 굳어져 있었고, 그리하여 '동업'이라고 자연스럽게 불러오고 있었다. 사실로 따져보자면 아직 미처 이름도 붙이지 않은 그런 핏덩이를 버리고 달아났던 나연이었다.

도대체 그동안 재영에게 무슨 일이 있었던 걸까? 나연은 씩씩거리는 재영에게서 진위를 파악하기 위해 평소의 그녀답지 않게 아주 조심스레 물었다.

"비화 그 여자가 우리 동업이 일도 안다꼬예?"

그 말을 하면서 나연은 확연히 깨닫고 더할 나위 없이 크게 낙심했다. 이제 재영한테서 더는 돈을 우려먹기는 글렀다.

"동업이고 돈이고 머시고!"

재영의 벌건 얼굴에는 한바탕 소나기를 고스란히 맞고 서 있는 사람처럼 눈물까지 줄줄 흘러내렸다.

"시방 내하고 마누래한테는 아모것도 안 비인다."

다시 입을 다물고 마는 나연이었다.

"그런께 니년 쪼대로 해라 안 쿠나!"

"……."

어디 갈 데까지 가 보잔 식으로 나왔다.

"내한테서 돈 울겨묵었다꼬 이약도 하고……."

강 건너 푸른 산 능선 위로 흰빛 새와 잿빛 새가 서로 반대 방향으로 날고 있었다. 그건 그들 두 사람의 엇갈린 운명을 형상화해 놓은 한 폭의 그림 같았다.

"에나요?"

잠시 동안 더없이 실망한 낯빛으로 듣고 있던 나연은, 그래도 겁을 먹일 요량으로 마지막 패를 손에 쥐고 만지작거리는 마작꾼처럼 했다.

"에나 내가 그, 그리 벌로 말해도……."

재영은 나연의 말을 끝까지 듣지도 않고 이판사판으로 나왔다.

"억호한테 가서 동업이가 니년 자슥이라꼬 이약하고 싶으모 그거도 이약해라."

나연은 지금 내 귀가 제대로 붙어 있나 하고 의심하는 빛이 역력했다.

"그, 그런 말도 해라꼬?"

나연은 이날 재영을 만나보기 전까지만 해도 마마에 걸린 준서가 곰보가 되었다는 그 소문에 대해 긴가민가했었다. 그렇지만 이제는 그것이 사실이란 게 너무나도 명백하고 소상하게 다 밝혀졌다.

'하기사 그리 되모 내라도 가리방상하것다.'

이윽고 재영보다 나연이 먼저 맥없이 돌아섰다. 그녀의 가느다란 목과 좁은 어깨가 슬퍼 보였다. 금방이라도 픽 쓰러질 듯 다리가 마구 후들거렸다. 그렇게 기세등등하던 모습과 대비되어 더한층 그런 느낌을 자아내는지도 알 수 없었다.

재영은 오로지 준서 생각에만 빠져 집으로 갈 기색이 전혀 없어 보였다. 그가 자식에게 저렇게 마음을 주는 인간인 줄 미처 몰랐다. 그렇다면 그 또한 나연 자신 못지않게 아들 동업이 때문에 힘들고 괴로워하고 있을 것이다. 어쩌면 그녀처럼 꿈속에서도 그 아들을 찾아 헤맬지도 모른다. 나연은 아들이 못 견디게 보고 싶어졌다. 오늘 보지 않으면 영영 보지 못할 것만 같았다.

나연은 재영을 등 뒤에 남겨둔 채로 터덜터덜 걸어갔다. 무슨 일이 있어도 아들 얼굴을 내 보고야 말리라. 그녀 발길은 저절로 임배봉 저택을 향했다. 그곳이 가까워질수록 발걸음은 더욱 휘청거리면서도 빨라졌다.

'아, 내 아들아이. 인자 내한테는 니밖에 없는갑다.'

성 밖 동네 전체가 자기 소유인 양 떡하니 드넓게 차지하고 앉은 배봉의 대저택에 당도한 나연은, 이미 몸도 마음도 피폐해질 대로 피폐해진 상태였다. 그저 사람 형체만 갖췄을 뿐이지 사람이라고 할 수도 없는 지경에 이르렀다. 그전까지는 담장 모퉁이에 숨어 엿보곤 했었는데, 지금은 마치 제집인 것처럼 아무 거리낌 없이 솟을대문 앞에 가 섰다. 당장 대문을 박차고 안으로 뛰어들거나 쾅쾅 두드리지 않은 것만도 다행한 일이었다.

아니었다. 죽음보다 더한 불행이 기다리고 있었다. 하필이면 그때 '삐걱' 하는 쟁그라운 소리와 함께 하늘을 찌를 듯 높이 치솟은 그 솟을대문이 열렸다. 영원한 거부의 몸짓처럼 굳게 닫혀 있을 것 같았던 대문이었다. 나연은 반사적으로 집 바깥으로 나오는 여자들을 바라보았다.

해랑과 언네였다! 어딜 가려는 건지는 알 수 없어도 외출복 차림이었다. 빼어난 해랑의 몸에 걸쳐진 장옷이 화려했다. 비싼 의복을 입은 해랑 모습은 이 세상 사람이라고는 할 수 없을 만큼 참으로 고와 보였다. 바라볼 수도 없을 정도로 눈이 부신다는 소리는 이런 경우를 위해 생긴 말 같았다. 하지만 그 순간은 짧았다. 나연을 발견한 언네는 단번에 악녀 얼굴로 변하며 놀라 소리쳤다.

"니, 니, 니년은?"

말도 간신히 할 정도로 경악하면서도 확신에 찬 목소리였다.

"그, 그래, 마, 맞다. 고, 고년이다!"

정원수들이 무슨 일인가 하고 담장 너머로 고개를 빼고 넘겨다보는 것 같았다. 나연은 숨통을 틀어 막히는 듯했다. 언네는 수전증 환자처럼 마구 떨리는 손가락으로 담 모퉁이 쪽을 가리키며 해랑에게 급히 고했다.

"이, 이년이 저, 저게 숨어 있다가 도, 도망친 고년입니더!"

해랑 안색도 순식간에 바뀌었다. 그런 중에 억지로 상황 파악을 해보려는 빛이 엿보였다.

"그, 그라모?"

해랑 눈동자가 딱 고정되었다. 큰 충격을 받을 때 그녀가 곧잘 지어보이는 습관이었다. 언네는 갈수록 격분한 목소리가 되었다.

"우리가 몰라서 그렇제, 이년이 계속 집을 찌웃기릿던(기웃거렸던) 깁니더."

해랑은 새파랗게 질린 얼굴로 물었다.

"와? 머 땜새?"

해랑과 언네는 나연을 앞에 세워둔 채 경악한 얼굴들로 서로 말을 주고받았다. 그들도 너무나 충격적인 그 사태에 얼른 어떤 행동을 취하지는 못하고 그저 그렇게 입으로만 나불거리고 있었다.

'시방이다!'

나연은 발등에 땅불이 떨어진 것 같은 그 와중에도 바로 지금이 달아날 때라고 생각했다. 저들이 정신을 차리면 그 즉시 양쪽에서 그녀를 붙잡아 집 안으로 끌고 들어가서 온갖 심한 고문을 가하며 자초지종을 알아내려고 할 것이다. 매 앞에는 버틸 장사가 없다고, 그녀는 처음부터 끝까지 전부 솔솔 불고 말 것이다.

'그리 되기 전에 후딱 피하자.'

나연은 급히 몸을 돌려 도망치려고 했다. 하지만 이번에는 언네도 호락호락 당하지만은 않았다.

"안 된다!"

그렇게 고함치며 나연의 몸을 붙들려고 부리나케 팔을 뻗었다.

"에잇."

그렇지만 기합 소리를 내지르는 나연이 간발의 차이로 빨랐다. 아슬아슬하게 언네 공격을 피한 나연은, 걸음아, 나 살려라, 도주하기 시작했다.

"어, 어, 요, 요년이야?"

언네는 무척 당황하고 화급한 그런 소리를 내면서 계속해서 나연을 잡으려고 곧 뒤따라 붙었지만 여의치가 않았다. 우선 나이 차이가 많이 나는 데다가 청설모처럼 날렵한 나연의 상대가 될 순 없었다. 또한, 잡으려는 쪽보다도 달아나는 쪽이 원래 더 긴박한 법이므로 여간해선 붙잡기 어렵게 돼 있다.

"서라, 요년아! 거, 거 몬 서것나?"

언네가 뒤따라가며 소리소리 질렀지만 두 여자 간격은 갈수록 더 크게 벌어졌다. 그래도 언네는 해랑이 볼 수 없는 곳까지 추격을 멈추지 않았다. 잡히면 곧 죽을 판인지라 도망치는 사람이야 그렇다 하더라도, 잡으려고 하는 사람 또한 칡덩굴처럼 여간 끈질긴 게 아니었다.

"어멈이 오데꺼정 따라갔노?"

해랑은 혼자 그렇게 중얼거리며 열린 솟을대문 밖에 장승처럼 멍하니 선 채로 언네가 돌아오기를 기다렸다. 그때까지도 제멋대로 두근거리는 가슴은 좀처럼 가라앉지 않았다. 해랑은 속이 울컥거리고 머리가 빠개지는 듯했다.

도대체 그 여자가 왜 우리 집 주위를 끝없이 그렇게 맴돌고 있다는 말인가? 그 여자가 노리는 게 무엇일까? 물건? 사람?

'암만캐도 기분이 너모 안 좋다. 이리키나 안 좋을 수가 안 나.'

골목 저 안쪽에 악령의 그림자가 서성이고 있는 성싶었다. 그것은 금방이라도 달려와서 그녀를 와락 덮칠 것만 같았다.

'나뿐 일이 일날라쿠는갑다. 무시라.'

언네가 돌아온 것은 그로부터 한참이나 지난 후였다. 이번에는 전번보다 훨씬 억울하고 분한 모양이었다. 그런데 그보다도 더한 게 흥분의 빛이었다.

흥분의 빛. 그랬다. 언네는 분한 기색보다도 흥분된 기색이 몇 곱절이나 더 강해 보였다. 물론 그때까지도 충격의 여파가 완전히 가시지 못한 경황이긴 했지만 아무리 봐도 해랑 자신이 잘못 보고 있는 게 아니었다.

'어멈이 와 저라지?'

해랑은 한층 혼란스럽기 그지없었다. 정원수들도 언네를 보며 고개를 갸우뚱거리고 있는 것 같았다.

"헉헉. 마님!"

언네는 제 감정을 억누르지 못하겠는 듯 숨을 헐떡거렸다. 하지만 그러면서도 꼭 알아야겠다는 얼굴로 힘들여가며 물었다.

"헉헉. 고년 말입니더. 헉헉. 고년 얼굴이 누하고 닮은 거 겉심니꺼? 헉헉."

해랑은 갈수록 더 멍청해지고 말았다. 뜬금없이 이건 또 무슨 소리인가? 그 여자 얼굴이 누구와 닮은 것 같으냐니?

"그, 그거는예, 마님."

골목 안으로 몰아쳤던 바람이 어느 순간 서둘러 한길 쪽으로 빠져나가고 있었다.

"지가 와 이라는고 하모예⋯⋯."

언네는 자신에게 다짐받는 것처럼, 아니 스스로 확인시키는 것처럼, 시종 숨이 가쁜 소리로 입을 열었다.

"쇤네 눈깔이 올매만치 정확한가 싶어서 여쭤보는 깁니더."

그러고 나더니, 언네는 도저히 더 이상은 가슴속에만 담아둘 수 없다는 듯이, 아니 당장 밖으로 내뱉지 않으면 심장이 터질 듯이, 이렇게 말하는 것이다.

"동업이, 동업이 되련님하고 안 닮았던가예?"

솟을대문이 고개를 있는 대로 숙여 아래를 내려다보는 것 같았다. 솟을대문 양쪽으로 쭉 낮게 자리하고 있는 행랑채들이 수런거리고 있는 듯했다.

"머라꼬?"

해랑은 도저히 영문을 모르겠다는 얼굴로 되물었다.

"그기 무신 소리고? 그 여자가 우리 동업이하고 닮아?"

그러나 언네는 벌써 확신하고 있었다는 투였다.

"맞심니더, 마님."

"머가? 머가 맞단 말고?"

"고년은 바로 동업이 되련님의……."

하지만 거기서 언네는 퍼뜩 입을 다물어버렸다. 그러고는 내 목에 시퍼런 칼을 들이대도 아니라고 할 수는 없다고 보았다. 내가 아무리 헐값의 치마 두른 상년이라도 맞는 것은 맞는 것이다.

그 여자는, 동업의 친모다……

언네 머릿속이 재빠르게 회전했다. 일단 해랑에게는 비밀로 해두자. 모두에게도. 그렇다. 이 기막힌 특급 비밀을 어찌 함부로 발설하랴. 만약 그렇게 한다면 내 주둥이라고 해도 맷돌로 싹싹 갈아 뭉개버릴 테다.

'시상에 내 말고는 아모도 없는 기라. 무신 뜻인고 알것제, 언네야?'

꼭 나 혼자만 알고 있어야 한다는 자각이 언네 마음을 사로잡았다. 이것이야말로 나중에 필살의 엄청난 무기가 되지 않겠는가? 황금덩어리와도 절대로 맞바꿀 수 없는 최고의 자산資産이 아니겠는가 말이다.

'니가 생긴 꼬라지는 선녀 겉애도, 머리 돌아가는 거는 물괴기 대가리 겉거마는.'

언네는 종년의 한과 악담을 담아 속으로 상전을 한껏 비웃었다.

'마즈막꺼지 잘살아야 그기 에나 잘사는 기다. 우리 오데 더 살아 보자꼬. 우찌 되는고 말이제.'

그때 해랑이 심한 추위를 타는 애처로운 어린 새가 내는 울음소리같이 가냘픈 목소리로 언네를 불렀다.

"어멈."

"와예, 마님?"

언네는 그렇게 충직할 수 없는 여종이 아주 상전을 위하는 표정을 지으며 물었다.

"인자 쪼매 괘안으십니꺼?"

그러자 해랑은 한층 서러움을 타는 빛으로 더듬거렸다.

"내는, 내는……."

언네는 해랑의 몸을 껴안아 줄 것같이 하며 말했다.

"너모 무서버하시지 마이소. 마님 겉에는 쇤네가 안 있심니꺼?"

해랑에게서 더는 상전의 위엄 같은 것은 전해지지 않았다. 그녀는 고위 관리 앞에서 주눅이 든 채 시중을 드는 관기의 모습으로 되돌아간 듯 기어들어 가는 소리를 내었다.

"그, 그거는 그란데……."

저만큼 한길 위로 갈색 말이 끄는 수레가 덜커덩거리는 소리를 내며 지나가고 있는 게 보였다.

"이라! 이라!"

늙은 마부가 채찍을 휘두르며 말이 어서 가기를 재촉하였다. 동네 조무래기들이 마부가 모르게 몸을 바짝 숙이고 수레 뒤쪽에 올라탄 채 시시덕거리고 있었다. 결국, 고통스럽고 힘이 드는 것은 그 마부가 아니라 그 마부만큼이나 노쇠해 보이는 말일 것이다.

"우리 마님은 쇤네만……."

"어멈……."

언네는 아직도 바보 같은 표정을 지우지 못하고 있는 해랑을 훔쳐보며 금방 터져날 것만 같은 심장을 가까스로 억눌렀다.

동업이 친모가 나타났다. 드디어 얼굴을 드러냈다…….

외손자 준서가 마마에 걸려 곰보가 된 이후로 김호한과 윤 씨 부부는 웃음을 잃어버렸다. 준서도 그렇지만 완전히 다른 사람처럼 변해버린 여식 비화를 지켜보는 일도 여간 힘든 노릇이 아니었다.

비화는 배봉 집안에 대한 복수도, 해랑과의 갈등도, 나루터집 장사도 전부 잊어버린 듯, 일손도 놓고 넋도 놓은 채 멍하니 앉아, 남들이 도무지 알아듣지 못할 무슨 소리만 혼자 입안으로 중얼중얼했다. 아무리 좋게 봐도 정신이 제대로 박혀 있는 여자가 아니었다. 사람이 변한다고 해도 그렇게 변할 수는 없었다.

'갱 치고 포도청 간다더이, 안 그래도 산다는 기 너모 심이 들어갖고 죽것는데, 인자 와서는 이런 일꺼지 덮치다이.'

호한은 속에서 부글부글 끓어오르는 울분과 고통을 잠시라도 잊기 위해 친구 조언직의 권고를 받아들여 한양으로의 먼 길을 떠났다. 좁은 고을에 계속 그대로 눌러앉아 있다간 심장이 터져 단 하루도 살지 못할 것 같았다. 당장 죽는다고 해도 뭐 크게 서럽다거나 애착이 남아 있는 것도 아니지만 그래도 이대로 모든 것을 끝낼 수는 없었다.

바람처럼 구름처럼 민들레 꽃씨처럼 떠날 것이다.

"천 분 맵고 만 분 쓴 고통이지만도 우짜것노? 고마 죽을 끼가?"

"……."

귀도 잘라버리고 싶고, 입도 뭉개버리고 싶었다.

"그랄 수는 없다 아이가. 우쨌거나 살 수 있을 날꺼지는 살아야제."

언직의 어떤 위로나 충고도 별 소용이 없었다. 사람들이 알고 있던 '김 장군'은 어디로 가버렸는가?

"후우, 인자 내도 지칫다, 지칫어."

그렇게 탈기하던 언직은 이제 그 한마디밖에 더는 남은 말이 없다는 듯 말했다.

"가자."

자기 집 안방 문턱 드나들 듯이 한양을 오르내리는 언직은 한양에 아는 사람이 많았다. 사람이 발이 넓다는 게 나쁜 일은 아니었다.

"이렇게 만나서 반갑습니다."

"예."

그들은 주막거리를 찾아들어 언직이 불러낸 선비와 술잔을 기울이며 이런저런 이야기를 나누었다. 언직은 호한이 예전처럼 사사로운 집안일에 얽매이지 않고 나랏일에 더 관심 높은 그런 통 큰 무관으로 되돌아갈 수 있길 간곡히 바라는 눈치였다.

"그래서……."

"아, 예."

호한도 한양 선비들과의 굵직굵직한 나라 안팎 정세와 관련된 대화에 차츰 빠져들면서 순간적이나마 준서 일을 잊어갔다. 그만큼 그때 조선 땅은 거친 자갈길을 수레바퀴같이 급하게 돌아가는 것과 유사한 실정이었다. 언직이 호한에게 소개해준 그곳 선비들 입에서는, 호한으로서는 상상도 하지 못할 놀라운 말들이 끝도 없이 흘러나왔다. 호한은 서당에 다니던 학동 시절로 되돌아간 기분이었다.

조선이 서구 열강과 잇따라 맺고 있는 조약 이야기는, 작금의 조선이 험한 세계 속에서 살아남기 위하여 얼마나 발버둥질하고 있는지를 눈물겹도록 잘 말해주었다. 곰보딱지 아니라 그보다 더한 것이 얼굴에 돋아나도 목숨을 지키는 일이 중요할 것 같았다.

'그래, 시방 조선에서 살아남은 사람은…….'

조선이 서구 열강들 가운데서 맨 처음으로 조약을 맺은 미국은, 한때 무력을 통해서라도 조선과 통상조약을 체결하려 한 나라였다고 한다. 그렇지만 그게 뜻대로 되지 않자 잠시 주춤하고 있던 차에, 마침 조선이 일본과 조약을 맺는 것을 보자 또다시 적극적인 외교 활동에 나섰다는 것이다. 하여튼 섬쩍지근할 정도로 끈덕졌다.

"아, 미국이라쿠는 나라가예?"

"그러게 말이지요."

"그래갖고 우찌 됐심니꺼?"

"그러잖아도 제가 어디서 들은 바가 있는 그 내용을 입에 올려볼까 하던 참이었는데요, 실상인즉슨……."

미국은 일본에 알선을 요청했으나 성의를 보여줄 일본이 아니었다. 그러자 미국이 눈을 돌린 곳이 바로 청나라였다. 아라사와 일본 세력을 견제하고, 국제사회에서 조선에 대한 영향력을 과시하기 위해, 청나라는 조선과 미국이 맺어질 수 있도록 적극성을 보였다. 그때쯤 우리 조정에서도 아라사의 남하를 막아볼 양으로 미국과의 수교를 고려하고 있던 터라 결국 미국과 한 책상에 마주 앉았다는 것이다.

"아모리 시상이 단순한 곳이 아이라쿠지만도 그리키나 복잡한 내막이 있다니예."

호한이 새로운 사실을 알고서 고개를 끄덕거렸다. 그런데 말총 갓이 무척이나 잘 어울리는 그 선비는 거기서 홀연 울화통을 터뜨리기 시작했다. 목청도 훨씬 높아졌다.

"헌데, 이 조약이 과거 강화도조약처럼 불평등한 거예요."

언직이 호한을 한번 보고 나서 선비에게 물었다.

"지금 강화도조약처럼이라고 했어요? 대관절 어떻게 했기에 그러지요?"

선비 얼굴이 흡사 흰 종이에 붉은 물이 드는 것같이 보였다. 그의 마음의 빛깔이 어떻게 바뀌고 있는가를 잘 알게 해주는 듯했다.

"영사 재판에 의한 치외법권은 더 말할 것도 없고요, 최혜국 대우까지 규정돼 있는 탓에, 미국은 장차 더 큰 이익을 챙길 수 있는 겁니다."

그러자 언직이 입에 댔던 술잔이 뜨겁기라도 한 것처럼 상 위에 탁 팽개치듯 내려놓으면서 동조하는 목소리로 말했다.

"최 진사, 잘 봤소이다."

그 넓은 한양 땅을 자기 한눈에 집어넣으려는 사람처럼 주위를 휘휘 둘러보며 말했다.

"이 나라 조정 대신이란 사람들을 알 수가 없어요."

주막거리답게 붉은 음성들이 곳곳에서 들려오고 있었다. 호한이 얼핏 들어보니 대부분이 한양 말씨였지만 어쩌다 다른 지역 말씨도 섞여 있는 것 같았다. 역시 한양이라는 곳은 조선의 모든 것들이 몰려 있는 최고의 땅덩어리인 수도라는 사실을 새삼 실감케 해주는 순간이었다.

"그래요. 대신은 무슨 얼어 죽을 대신입니까?"

길거리 쪽에서 들려오는 소음과 거기 주막집의 술꾼들이 내는 이야기와 웃음소리가 창문을 덜컹거리게 했다. 조선의 소리라는 소리는 모조리 그곳에 모은 것 같은 인상마저 주었다.

"무슨 이빨 빠질 대신이냐고요?"

최 진사란 선비가 숨을 몰아쉬었다. 약간 꼬장꼬장해 보이는 성품이 전형적인 조선 선비 같았다. 그래서인지 무관 출신인 호한 자신과는 닮지 않은 부분도 있었지만 그래도 왠지 싫지는 않은 사람이었다.

"빌어먹을!"

비록 약간 다혈질이긴 하지만 공격적이거나 남을 괜히 헐뜯는 성품이 아닌 언직도 시비 걸듯 나왔다.

"조선 백성인지, 일본이나 미국 백성인지, 족보를 한번 따져봐야겠다고요."

"주인장, 여기……."

다른 좌석에서 또 누군가가 술을 더 주문하고 있었다. 한양이나 시골이나 사람 살기는 다 어렵고 힘든 모양이었다.

'그것도 그렇지만도 저 친구가?'

호한은 언직을 물끄러미 바라보았다. 거기 한양 땅에 들어서면서부
터 그는 완전히 다른 모습으로 변했다. 남방 고을 출신이 아니라 영락없
는 한양 사람이었다. 말씨도 철저히 한양 말씨로 바뀌었고, 행동 하나하
나도 장중하기 이를 데 없었다. 얼이가 다니고 있는 서당의 훈장 권학을
떠올리게도 했다.

'사람은 팽생 열두 분도 더 배뀐다더이.'

참 놀라운 변신이 아닐 수 없었다. 사람이 환경을 변화시키는 게 아
니라 환경이 사람을 변화시킨다는 게 맞는다고 여겨졌다.

'그란데 문제는…….'

그 변화의 성격이었다. 좋은 쪽으로 변화되면 그보다 더 바람직하고
긍정적인 것이 아닐 수 없겠지만, 호한 자신이 받아들이기에는 아무래
도 너무 나쁜 쪽으로 변화되고 있는 게 작금의 현실이었다. 아니, 누구
라도 그렇게 받아들일 수밖에 없도록 세상은 갈수록 험하고 각박해져서
흡사 광대 패가 외줄 타기를 하듯이 아슬아슬하기까지 했다.

"김호한 장군이시라고요."

최 진사는 사내의 그것이라고는 할 수 없을 정도로 작고 흰 손으로 수
염도 별로 없는 야윈 턱을 거의 건성인 양 매만지며 호한에게 말했다.

"참으로 기골이 장대하오이다. 부럽소이다."

주막거리의 시간과 공간은 갈수록 붉어지고 있었다. 아마도 술기운이
그런 분위기를 자아내기도 하겠지만 대화 내용 또한 그렇게 되도록 한
몫을 하고 있을 것이다.

"아, 무신 말씀을 다……."

호한이 쑥스럽다는 표정을 짓자 최 진사는 진심에서 우러나온 말이라
고 했다.

"아니지요. 날고 기는 이들이 흘러넘친다는 여기 한양 땅에서도, 김

장군 같은 호걸풍은 결코 만나보기 쉽지 않을 거외다."

그러는 최 진사 눈빛이 매우 날카롭게 번득이더니 갑자기 목소리를 잔뜩 낮추었다. 공기가 이상해졌다.

"내가 우리 조 선비와는 흉금을 털어놓는 사이고……."

전혀 술기운이 느껴지지 않는 눈빛으로 조심스럽게 주위를 살피며 말했다.

"또 조 선비가 모시고 온 김 장군이시니 숨김없이 다 말씀드리고 있습니다만……."

거기까지 말하다 말고 최 진사는 또 힘겹게 긴 숨을 들이켜더니 억지 비슷한 기침 소리를 내었다.

"흠, 흠."

어쩌면 심장이 좀 좋지 못한 사람인지도 모르겠다. 그런데 이어져 나오는 얘기들이 여간 심상치 않았다.

"지난 6월에 구식 군인들이 폭동을 일으켰을 때, 우리 장조카도 거기에 가담한 적이 있어요."

"예? 장조카가……."

호한과 언직은 적잖게 놀라 얼굴을 마주 보았다. 항간을 떠들썩하게 했던 그 무서운 사건에 그의 장조카가 연루돼 있다니.

'무담시 없는 일을 지어내갖고 이약할 리는 없는 기라.'

호한은 바짝 긴장했다. 저 임술년에 그의 친척 되는 유춘계가 이끌던 농민항쟁과, 저 병인년에 일어났던 천주학 박해 사건으로 죽은 전창무가 생각났다. 물론 군인 폭동과는 성격이 좀 다르지만 그래도 최 진사의 그 말을 듣는 순간 기습처럼 떠오른 기억이었다.

"더 들어들 보세요, 이럴 수가 있는지."

최 진사도 언직처럼 다혈질인 듯 일단 말문을 열면 제 감정을 모조리 쏟아내었다. 하긴 속내를 잘 드러내지 않는 엉큼한 사람보다는 한결 나았다.

"그 장조카 말이, 일 년 넘게 급여를 못 받다가 겨우 나온 한 달 치 월급에……."

나가는 손님들은 별로 없는데 들어오는 손님들은 연방 늘어나고 있었다. 이러다간 자리가 없어 더 이상 손님을 받기 어려울 지경이었다.

"모래와 겨가 절반 이상 섞여 있었다는 거예요."

'그런 잡물을?'

형편없는 엉터리 광대 패가 펼치는 무슨 부조리한 마당극에 대해 듣고 있는 기분이 드는 호한이었다.

"허, 저런! 저런!"

언직은 그 소리만을 되풀이했다. 가까운 술자리에 앉아 있는 다른 술꾼들이 힐끔힐끔 이쪽을 훔쳐보고 있었다.

"어떻게 그런 짓을 합니까, 나라에서?"

언직은 이물질이라도 씹은 것 같은 얼굴이었다.

"내 말씀이 그 말씀이외다."

최 진사도 이건 도저히 용납할 수 없는 일이란 듯 이빨 가는 소리로 말했다.

"그러잖아도 신식 군인인 별기군만 우대한다는 것에 큰 불만을 가진 구식 군인들이 가만히 있을 수 있겠어요?"

언직이 현직에 있을 때의 호한을 떠올리는지 그를 가만히 바라보았다. 뭔가 할 말이 많다는 표정이었지만 옆에 최 진사가 있어 자제하는 눈치였다.

"하나, 그게……."

그러나 최 진사도 그다음 말은 선뜻 끄집어내지 못했다. 그곳에서 천

리나 떨어진 남방 고을에도 그 소식은 전해졌었다.

한양 하층민들까지 가담한 그들 세력은, 정부 고관과 일본인 고관을 살해하고 급기야 일본 공사관까지 습격하기에 이르렀다. 또한, 그들은 창덕궁으로 몰려가서 선혜청 당상 민겸호와 경기관찰사 김보현을 죽였다. 그렇게 목숨을 잃은 망자의 혼은 어느 곳을 떠돌고 있을지. 호한은 치를 떨었다.

'오데 거서 끝난 것가?'

다음 표적은 왕비였다. 백성들은 나중에 가서야 알게 된 사실이지만, 그때 왕비는 벌써 대궐에서 빠져나가 한양에는 없었다.

그러면 어디에 있었을까? 바로 충주 장호원 민응식 집으로 도피한 것이다. 구중궁궐은 짓밟히고 조정은 격동에 휩싸였다.

"고종 황제께옵서 아버님 홍선 대원군에게 사건 수습을 맡긴 게 잘하신 일인지 아닌지 난 아직도 모르겠어요."

눈썹을 모으면서 하는 최 진사 말에 호한은 침통한 표정으로 자신의 생각을 얘기했다.

"상감께서도 그거 말고는 다린 방도가 없으셨겠지예."

만인萬人을 다스리는 국왕도 어쩌지 못하는 게 있다는 사실을 새삼 실감하는 호한의 심정이 씁쓸하기 이를 데 없었다. 그 스스로가 아무것도 하지 못한 채 세월을 허송하고 있다는 자각에서 더 그러한지도 몰랐다.

"그건 그렇고 말입니다."

언직이 열불 돋친 듯 얼굴이 가지에서 금방 떨어지려는 홍시처럼 벌겋게 되더니 목청을 높였다.

"국모께서 돌아가셨다고 온 나라에 공포한 건 너무하지 않았어요?"

최 진사가 자기 앞에 놓인 술잔을 묵묵히 내려다보며 말했다.

"대원군다우신 발상이지요. 하하."

허탈한 웃음이었다. 울음보다도 더 무겁고 어두운 무게가 실려 있었다.

"대원군다운 발상이라뇨?"

언직이 고개를 갸웃했다. 호한도 언직의 생경해진 그 말씨만큼이나 그게 궁금하긴 매한가지였다.

"발상인지 밥상인지 모르겠지만……."

최 진사가 조롱하듯 내뱉었다.

"성난 군중을 달래고, 아드님이 맡긴 정권을 보다 확실하게 장악하기 위해서는, 그 정도 조치는 취해야 한다고 믿었겠지요."

건배 제의도 없었는데 세 사람이 동시에 술잔을 들었다.

"허허. 참으로 황당한 일이외다."

언직은 실소를 터뜨렸다.

"그 사유야 어떻든지 간에, 조정이 백성을 속인다는 건 있을 수도 없고, 또한 있어서도 안 될 일이거늘."

최 진사는 언직이 새로 채워 준 술잔을 집어 들더니 갈증 난 사람처럼 또 쭉 들이켠 후 돌덩이를 매단 듯 무거운 어조로 입을 열었다.

"황제께서 왕후가 살아 계신다고 공식 발표하신 그날……."

그는 술이 절반가량 남아 있는 호한의 술잔을 바라보면서 말을 계속했다.

"나는 하루 종일 물 한 모금도 마시지 못했어요."

주막거리에 시나브로 어둠이 깔리기 시작하고 있었다. 그러자 그곳은 좀 더 흥청망청한 분위기로 바뀌어 갔다.

"난 술만 진탕 마셨지요."

언직이 대책 없는 애주가처럼 굴었다.

"나보다 훨씬 나으시구려."

최 진사가 탄식하듯 말했다.

"……."

호한은 기억이 없어 가만히 있었다. 어찌 생각하면 꿈도 꾸지 않고 잠만 내리 잤던 성싶다. 그건 기적과도 같은 일이었다.

"모두 돌아가신 줄로만 믿었던 우리 국모께서 두 눈 멀쩡하게 뜨고 살아 계신다는 것을 알았을 때, 이 나라 백성이라면 누구라도 만세를 불렀을 것인즉……."

최 진사는 이야기하는 도중에 또다시 저절로 말이 끊어지곤 했다. 그가 그만큼 흥분하고 있다는 증거였다.

호한은 당시 고종의 그 발표도 발표지만, 이른바 그 '임오군란' 이후에 벌어졌던 일들을 떠올리면 가슴이 막혔다. 누가 천금 아니라 만금을 준다고 해도 두 번 다시는 입에 담고 싶지 않은 역사였다.

"자, 제 술 한잔 더 받으시지요."

최 진사는 빈 잔을 호한에게 내밀었다. 그러면서 진담인지 농담인지 말했다.

"나도 이제는 낙향해서 살고 싶다고요. 한양에 있다 보니, 이런 꼴 저런 꼴 안 볼 수도 없고 말이외다."

언직이 눈살을 크게 찡그리며 말했다.

"우리도 아까 여기 오는 길에 청나라 군인들을 봤지요."

"아, 청국 군인들을 말씀이오니까?"

최 진사가 고개를 번쩍 들었고 언직은 탈기하는 모습을 보였다.

"일본군과 함께 얼마나 이 나라를 대추나무 흔들듯 흔들어댈는지……."

호한은 한양 말씨를 쓰는 언직이 더할 수 없이 낯설었다. 아니, 모든 게 다 그랬다. 과연 여기가 조선 땅이 맞나 의심스러울 판이었다. 심지어 그 자신조차 타인 같았다. 정상과 비정상이 구별은 되는데, 문제는,

비정상이 정상을 몰아내고 있다는 사실이었다.

'그러이 갤국에는 빤하다 아이가.'

군란에 대한 책임을 물어 대원군을 자기 나라로 압송해간 청국은, 조선에 그들 군대를 주둔시킬 명목을 얻어 결국 조선 내정과 외교 문제까지 간섭하려들 것임을, 무관 출신 호한은 누구보다 잘 안다. 나라가 어지러울 땐 차라리 아무것도 모르는 무지렁이가 되레 나을 것이다.

'그란데 이거는 또 무신 망쪼가 들라꼬 이라나.'

그런데 길에서 맞닥뜨렸던 청국 군인들보다도 언직이, 나아가 호한 자신이 더 낯설게 느껴지는 건 정녕 알 수 없는 노릇이었다. 그건 이 땅에서 조선인은 사라지고 일본인과 중국인만 바퀴벌레처럼 득실거릴 거라는 두려운 암시인가? 도저히 피할 수도 거역할 수도 없는 운명인가?

조선에 군대를 몰고 온 그들은 조·청 상민 수륙 무역 장정 체결을 강요하여, 청나라 상인이 조선 경제에 침투할 수 있는 길까지도 터놓았다. 보나 마나 종국에 가서는 이 나라 살림살이는 완전히 거덜이 날 수밖에 없게 되었다.

"그러잖아도 경기가 좋지 못해 비명을 올리고 있는 우리 조선 상인들로선, 엎친 데 덮친 격이 되고 말았소이다."

언직 말에 최 진사는 아까처럼 주위를 둘러보며 한껏 음성을 죽였다. 어떻게 보면 그는 술이 깼다 취했다 하는 것처럼 비쳤다.

"지금 조선 백성들 사이에는 일본뿐만 아니라 청나라에 대한 감정 역시 최악에 이르고 있소이다."

"……."

채신머리없다 여겨질 만큼 머리까지 설레설레 흔들었다.

"뭐랄까, 한마디로 살벌해요, 살벌해."

언직이 호한의 기색을 본 후 물었다.

"조정에서는 일본과 무슨 조약인가를 맺어 배상금을 물어주기로 했다면서요?"

호한이 저건 또 무슨 소린가 하고 바짝 신경을 곤두세우는데, 최 진사는 또 누가 들을까 봐 곁눈질하며 되물었다.

"그것보다도 더 심각하고 큰 문제가 뭔지 아세요?"

"더 심각하고 큰 문제요?"

다른 좌석에 앉아 있는 술꾼들이 또다시 이쪽을 힐끔거리고 있었다.

"이건 정상적인 것에서 너무나 벗어난……."

최 진사는 거기서 잠시 사이를 두었다가 극비를 알려주듯 했다.

"일본 공사관에 경비병을 둘 수 있게 해주었다는 겁니다."

그 말이 떨어지기 무섭게 호한과 언직 입에서 동시에 경악하는 소리가 튀어나왔다.

"허, 저, 저런!"

"일본 공사관에 경비병을?"

최 진사는 숯불같이 벌겋게 달아오른 얼굴로 혀를 찼다.

"그뿐만이 아니에요. 거기 들어가는 비용도 우리가 부담하기로 하고 말이지요. 너무나도 기가 막힙니다."

언직은 당장 자리를 박차고 일어설 태세였다.

"대관절 이 나라에 그런 돈이 어디 있다는 겁니까?"

최 진사는 마침 주점 앞에서 서성거리고 있는 검고 깡마른 개를 내다보면서 말했다.

"있어도 그렇지요."

"예?"

"차라리 저런 개가 물고 가도록 하는 게 백번 낫지요."

"……."

잠자코 그들 대화를 듣는 호한 심정이 망망대해에 떠 있는 조각배만큼이나 막막했다. 답답한 집을 떠나와도 마찬가지였다.

'빠지나갈 출구가 없는 동굴 속에 갇히 있다 쿠더라도 이보담은 낫것다.'

지금 돌아가는 시국은 언제 어딜 가나 사람을 깊은 절망과 고통으로 몰아갈 따름이었다. 가증스러운 마마신이 준서 몸뚱어리를 점령하였다면, 저 일본과 중국은 조선 땅덩어리를 넘보기 위해 혈안이 돼 있다.

'이라다가는 조선이 왜눔이나 떼눔 중 누군가 하나한테 통째로 잡아먹히삘 날이 올랑가 모리것다.'

그런 절망적이고 소름 끼치는 생각을 품어보는 호한의 머릿속에 배봉의 상판대기가 크게 떠올랐다.

'무두묘에 묻힐 인간은 전창무가 아이제.'

호한은 솟을대문이 하늘 밑구멍을 찌를 듯이 솟아 있는 배봉의 대저택을 겨냥하여 화약 뭉치를 던지는 심정으로 생각했다.

'운젠가는 살이 터지고 뼈가 가리(가루)가 되거로 해야 하는 기다.'

그때 최 진사가 아무리 참으려 해도 이제는 도저히 더 참을 수 없다는 듯 금방 구토할 사람같이 했다.

"허억, 기억도 하기 싫지마는……."

지나간 일을 기억하기 싫은 사람이 나보다 더한 사람이 또 어디에 있을까 하고 자조하는 호한의 귀에 이런 말이 떨어졌다.

"뱃속에 술이 한잔 들어가니 열불이 나서 더 못 견디겠어요."

세상도 열불이 나고 있는 것일까? 호한이 창을 통해 얼핏 내다본, 황혼이 짙어가는 주막거리가 꼭 열불을 앓고 있는 것처럼 보였다.

"두 분은 그 광경을 보시지 않은 것만도 행복입니다."

최 진사 입에서는 그런 소리가 나왔다. 호한은 더 듣기 싫다는 거부감에 사로잡히면서도 궁금증이 크게 일었다. 보지 않은 것만 해도 행복이라니?

"최 진사께서 무슨 광경을 보셨기에?"

그렇게 캐묻는 언직 얼굴과 음성에도 차츰 불그레한 취기가 묻어나기 시작했다. 호한은 혹시 최 진사가 임오군란 이후의 일을 꺼내려는 것이 아닌가 싶어 그 자리에서 서둘러 일어나고 싶었다. 아니나 다를까, 그 이야기가 흘러나왔다.

"전후 사정이야 어떻든지 간에, 우리 한번 생각해봅시다. 대원군은 조선 황제의 생부가 아니시냔 말입니다."

"……."

"그런 어른을 청나라 놈들이 자기 나라로 납치해가지 않았습니까?"

언직이 좀 더 불쾌해진 얼굴로 또 물었다.

"납치가 맞는 것은 맞는 겁니까?"

무얼 얻어먹을 거라고 그러는지, 아무도 관심을 주지 않는데도 불구하고 가지 않고 주점 앞에서 서성거리고 있는 흑구가 내다보였다.

"납치가 되셨다는 소리는 들었지만 도저히 믿기지가 않아서 말이외다."

언직은 고개를 설레설레 흔들었다.

"그러게요."

최 진사는 혹시 개띠가 아닐까 엉뚱한 생각을 해보는 호한의 귀에 크게 따지듯 하는 언직의 말이 와 부딪쳤다.

"그렇지요? 제 말씀이 틀리지 않았지요?"

"예, 모두가 설마 했었지요."

최 진사는 끝내 분통을 터뜨리기 시작했다.

"하지만 그건 분명한 사실인 것 같습니다. 아니지요. 사실인 것 같은 게 아니고요, 바로 사실이에요."

한동안 듣기만 하던 호한이 조심스럽게 물었다.

"그거를 우떻게 확신하고 계심니꺼?"

최 진사는 꼬챙이같이 야윈 손가락으로 붉은 제 눈을 찌를 듯이 하며 대답했다.

"그로부터 한 달쯤이나 지났을까, 내가 이 두 눈으로 그 광경을 똑똑히 지켜봤으니까요. 주모! 여기……."

최 진사는 주모에게 술을 더 시켰다.

"오늘 멋진 술친구분들을 만나셨는가 봐요. 호호호."

저 말티고개 근처에서 주막집을 하는 그 주모처럼, 뭉게구름같이 높이 틀어 올린 머리에 빨간 천 조각을 매단 전형적인 술어미 모습인 주인 여자는, 최 진사가 그곳 단골인지 꽤나 곰살궂게 굴었다.

"어머? 어머?"

누가 봐도 딱 장사 먹기인 그녀는 아담한 몸을 최 진사 등에 살짝 갖다 대고 호한에게도 눈웃음을 살살 치다가 아궁이 있는 쪽으로 돌아갔다.

"두 분도 한번 상상해보십시오."

새로 가져온 주전자를 들어 호한의 잔을 채워주며 최 진사가 말했다.

"한 나라 국모께서 남의 나라 군사들 호위를, 아, 호위라고도 할 수 없지만, 여하튼 간에 그러면서 대궐로 돌아오시고 있는 그 행차 모습을 말이외다."

문득, 호한 눈앞에 으리으리한 사인교 가마를 타고 나들이하던 배봉이 어른거렸다. 사또 행차보다도 더 요란하고 거창했다.

배봉은 삼정승 육판서 같은 위세를 부렸다. 혓바닥을 깨물어 피를 토하고 눈알 뒤집혀 죽을 노릇이었다.

"떼놈들이 의기양양해하던 그 꼴불견이라니……."

"최 진사! 그만하시오."

언직이 최 진사 말을 끊었다.

"비싼 술맛 떨어지오이다."

최 진사가 호한을 건너다보며 반은 웃고 반은 우는 표정을 지어 보였다.

"어떤 놈들이든지 간에……."

언직은 누구든 가리지 않고 멱살이라도 잡고 싶은 기세였다. 드잡이를 하고 싶은 빛은 최 진사도 마찬가지였다.

호한은 점박이 형제와 마주 앉은 느낌이었다. 이제는 그것들을 상대할 자신이 없다. 어느 날 손주가 생기자 갑자기 몸도 마음도 폭삭 늙어버린 기분이었다. 그 말고 다른 사람들도 그러한지는 모르겠다.

"우리 술맛 떨어지기 전에 듭시다."

"알겠소이다. 자, 자, 들어요."

"어, 어? 너, 넘치는데……."

"어디 술만 넘칩니까? 정도 넘치고 있는데요."

"그렇습니까? 하하."

"그래도 술이 몸에 들어가니 억지웃음이라도 나오지……."

"누가 맨 처음 술을 만들었는지, 내가 알면 당장 그에게 달려가 넙죽 큰절이라도 올리고 싶다, 이겁니다."

"같이 갑시다, 같이."

주로 말은 언직과 최 진사 두 사람이 했고, 세 사람은 술잔까지 입안에 털어 넣어버릴 듯이 주모가 새로 가져다준 술을 저마다 소리 나게 벌컥벌컥 들이켰다.

"음."

그래도 갈증은 쉬 치유되지 않았다. 신이 내리는 음료수로도 영원히 그럴 수밖에 없을 것 같았다. 모두의 눈에 보이는 듯했다.

청나라 군사 호위를 받으며 입궐하고 있는 조선의 초라한 국모…….

그들은 이제 하나같이 말문이 막힌 사람들처럼 서로가 침묵을 지켰다. 그때까지 들이켠 술이 그들에게서 말을 모두 빼앗아간 것일까?

"예? 방금 뭐라고 했어요?"

"아, 그게…….."

그러자 옆자리에 앉은 술꾼들 이야기가 조선을 노리는 저 외세처럼 그들의 침묵 사이로 끼어들었다.

"왜놈들이 울릉도에 몰래 숨어 들어가 나무를 베었다고요?"

막걸리 맛처럼 컬컬한 음성이 말하자, 쇳소리 섞인 날카로운 목소리가 응했다.

"그런 때려죽일 것들이 있나?"

"그냥 때려서 죽여서는 안 될 정도지요. 안 그렇습니까? 그렇게 곱게 죽이는 것만으로는 한참 부족합니다."

"허어 참. 남의 나라에서 제멋대로 벌목을 하다니!"

"자기 나라, 자기 문중 땅에 있는 것도 그래서는 아니 될 터…….."

한동안 그러고들 있더니 응당 과녁을 향했다.

"우리 조정에서는 그냥 있었답디까?"

이번에는 실낱같이 가느다란 음색이었다.

"물론 저놈들 나라에 대고 크게 항의를 하긴 했답니다."

"예에."

"그렇지만 이건 일회성의 단순한 항의로만 그칠 일이 아니잖습니까?"

"그러면 어떡합니까?"

"어떡하다니요?"

"우리가 힘이 없어 당한 일이라는 뜻입니다."

"복장이 터집니다. 그놈의 힘! 힘!"

"그래요. 어디 가서 없는 힘을 가져온답디까."

"울릉도가 왜 울릉돈지 이제 그 이유를 알 것 같네요."

"그 이유가 뭔데요?"

"우는 섬, 울음을 우는 섬이니까요."

"그럼 섬 이름을 웃릉도라고 바꾸면 어떨까요."

"정말 그렇게 해서라도 지켜야지요."

"웃릉도, 웃릉도……."

급기야 언직이 더 듣고 있지 못하고 술잔을 상 위에 탁 소리 나게 내려놓으며 말했다.

"울릉도뿐만 아니라 본토 나무도 베어갈 날이 올지 모르겠소이다."

최 진사가 푸른 핏줄이 드러난 손으로 그다지 강해 보이지 않는 자기 목을 쓰다듬으며 푸념조로 말했다.

"걸핏하면 담痰이 뭉쳐 결리고 아픈 이 모가지가 언제까지 붙어 있을는지, 나는 그게 더 두렵소이다."

그러다가 이내 정정했다.

"아니, 비참해요. 이렇게 엉망일 수가?"

언직이 자학하는 투로 말했다.

"아직은 그런 감정이라도 느낄 수 있으니 다행입니다."

호한은 언직 말끝에서 망나니가 휘두르는 매서운 칼바람 소리를 듣는 기분이었다.

"나중에는 그마저도 남아 있지 못할 게 아니겠어요?"

"……"

조선 개항 이후 최초로 일어난 반정부, 반외세 저항운동으로 알려지는 저 임오군란. 모두는 그 격동의 회오리 중심에 있었다. 그러나 그 군란은 일본과 청국이 조선에 대한 영향력을 강화시킬 수 있는 빌미를 주고 만 꼴이 되고 말았다.

"도대체 이게 뭡니까? 뭐냐고요."

"이리도 갑갑할 수가 없군요."

관직을 떠난 지 오래된 호한은 물론이고, 꽤 정보통으로 여겨지는 최진사나, 이곳저곳 쏘다녀 세상 물정에 제법 밝은 언직도, 그 임오군란 뒤처리를 위한 소위 제물포조약에 대해서는 아직 모르고 있는 게 많았다. 떳떳하지 못한 일일수록 암암리에 진행되기 마련이었다.

"이놈의 술도 이젠 속에 난 불을 못 꺼주고 있네요."

"술마저도 그러면 정말……."

그 조약은 제1조부터 치욕과 모멸로 얼룩진 내용이 아닐 수 없었다. 그날로부터 스무날 안에 조선국은 흉도를 체포하고 그 괴수를 엄중히 취조하여 중죄에 처하게 하며, 일본국이 관리를 보내 입회 처단케 할 것인 바, 만약 그 기일 안에 체포하지 못하면 응당 일본국이 처리하도록 한다는 것이다. 또한, 피해를 당한 일본 관리들의 유족과 부상자들에게도 조선국이 돈을 줄 것과, 공사를 호위한 육해군 경비 중에서 조선국이 50만 원을 채워주되, 매년 10만 원씩 하여 5개년 동안에 걸쳐가며 완납할 것이며…….

그런데 임오군란으로 큰 위기를 맞았음에도 불구하고, 고종은 교서를 내려 개화를 해야 하는 이유와 앞으로도 계속해서 개화 정책을 밀고 나갈 뜻을 분명히 밝힌다. 그것은 점점 의기투합한 그들이 자리를 옮겨 2차로 간 요릿집에서 만난 모경파라는 하급 관리의 입을 통해 나왔다. 어쨌든 다소 무리하고 있는 그들이었다.

최 진사와 동문수학한 모경파는 약간 들창코였는데, 지금 대궐 안에서 왕의 실록을 쓰는 자기네 가문 사람을 들먹이며 이런 얘기를 했다.

"폐하께옵서 내린 교서 가운데 이러한 내용이 들어 있다는 거외다."

"……."

"우리 주변국 종교는 사악하므로 음탕한 소리나 치장한 여자를 멀리 하듯이 해야 하나, 단, 그들의 농업, 양잠, 의약, 병기, 배, 수레에 관한 기술은 이로우므로 꺼릴 필요가 없다, 그렇게 말입니다."

그러자 붙임성이 좋아 금방 그와 친해진 언직이 말했다.

"그러니까 다시 말하자면, 종교는 배척하되 기술은 본받을 수 있다, 바로 그런 교서가 되겠소이다 그려."

"그렇지요, 그렇지요. 잘 아십니다."

모경파는 상대가 자기 얘기를 귀담아듣는 빛을 보이자 말에 더 힘이 들어갔다.

"폐하께서는 그들 나라와 조선 사이에 강약의 형세가 이미 큰 격차로 벌어졌다는 것을 인정하시고……."

그 소리를 듣는 호한의 머릿속에 또다시 지옥도地獄圖처럼 그려지는 게, 조선 국모를 호위하고 대궐로 들어서는 청나라 군사들의 의기양양한 모습이었다. 그리고 그에 앞서 그들에게 끌려가는 홍선 대원군의 비참한 몰골이었다.

그렇게 대단한 청나라와 힘겨룸을 하는 일본국. 그런 일본 상인과 비단사업을 하는 임배봉에 대한 생각이 내내 호한의 뇌리에서 떠날 줄 몰랐다. 동업직물은 철옹성이 되어 영원히 공성攻城할 수가 없는 존재로 자리를 잡아버렸다.

'아아, 앞으로 우리는 우찌 될라꼬?'

배봉의 점박이 자식들은 황소같이 튼실한 몸들이고, 또 그 밑의 아들들과 딸도 잘만 장성하고 있는데, 세상천지 단 하나밖에 없는 외손자가 저 모양인 것을 생각하니 그만 너무 억장이 무너지고 한숨만 폭폭 나왔다.

'친구 따라 강남 간다꼬, 내가 이런 거 저런 거 쪼매 잊어볼 끼라고 천리나 되는 길을 꾸역꾸역 떠나왔는데, 이거는 또 무신 고질뱅이라서 와더 생각이 나쌌는고 모리것다.'

그때부터 호한 귀에는 일행들 이야기가 제대로 들어오지 않았다. 그대신에 한양에 와서부터 끊임없이 피어오르는 상념에 빠져들었다. 나도 배봉처럼 사업을 해볼까 하는 게 그것이었다. 고향 지역에서 생산되는 특산물을 취급하는 장사도 괜찮을 것 같았다.

'된다 캐도 안 하고 싶지만도, 비단은 안 될 끼고.'

그것은 지금 손 돼봤자 결국 동업직물 꽁무니만 좇아가는 격이 될 것이고, 그 밖의 다른 특산물이 어떨까 했다. 세상은 온갖 것들로 넘쳐나는 곳이니까 말이다.

'그러이 멤만 단디 뭇고 꼭 할라쿠모 없으까?'

예전에 자기 밑에 있다가 관복을 벗고 장생도라지를 재배하는 사람 생각도 났다. 확실히 세상은 빠르게 변하고 있다. 관리가 농사꾼이 되기도 하고, 상놈이 돈방석을 깔고 앉아 양반이 된다. 이러다간 하늘과 땅이 바뀌지 않는다고 장담할 사람도 없을 것이다.

'그기 운제였더라?'

벌써 세월이 제법 흘러간 것 같았다. 지리산 자락에 있는 그의 도라지밭에 한 번 가 본 적이 있었다. 그 부하는 관리 티를 벗어나 완연한 농사꾼 모습으로 변신해 호한을 한참 어리둥절케 했다. 도라지 재배 이야기를 하는데 그렇게 해박하고 자연스러울 수 없었다.

"장생도라지는 사람 손이 짜다라 간 비옥한 토지가 아이고, 도로 척박한 자연 그대로의 토양에서 잘 자랍니더."

그렇게 말하는 그는 그야말로 '자연인'의 표본과도 같았다.

"허어, 그런가?"

호한은 시종 감탄해 마지않았다. 비옥한 토지보다도 오히려 척박한 땅에서 더 잘 자라는 생명체도 있다니. 자연의 원리나 이치는 실로 오묘하고 신비하여 인간들의 잔머리로는 도저히 짚어낼 수 없는 게 무궁무진한 듯싶었다. 그렇다면 사람도 나쁜 환경 속에서 더 성공할 수도 있는 것이다.

'우리 비화나 준서도 그리 될 끼거마.'

호한이 들어보면 들어볼수록 그 부하는 장생도라지에 관해서는 도를 통한 도사였다.

"여게 산중턱이 해발 수백 길이나 되는데, 물도 싹싹 잘 빠지야 되고예, 또 일조량하고 통풍도 중요하지예."

"자네, 참말로 대단하거마. 운제 그런 거꺼지 다 알아갖고……."

한 번 도라지를 재배한 땅에는 다른 농작물이 잘 자란다는 사실도 그는 그때 알았다. 더 신기하고 비장감마저 느끼게 한 것은, 도라지는 자신이 태어난 땅의 기운이 다하면 흔적도 없이 스러진다는 것이다.

'시상 만물 중에 지가 젤 잘났다꼬 막 까불어쌌는 사람보담도 상구 더 떳떳 안 하나. 구차시럽거로 안 살고.'

호한은 나도 그렇게 살다 가리라 굳게 다짐했다. 비굴한 삶은 오늘로써 끝을 낼 것이다. 조금도 기가 죽지 않고 소신대로 생활하는 여식 비화가 자랑스러웠다. 그런 어머니 아래 자라는 자식이니 준서도 반드시 훌륭한 인물이 될 것이다.

그날 호한이 깨달은 것은 또 있었다. 그 부하가 작은 호미로 땅을 아주 조금만 팠는데도 그 속에는 지렁이며 굼벵이 등 여러 벌레들이 많이도 우글거렸다.

"시상일이 모도 그렇지만도 도라지 키우기가 글키(그렇게) 쉬븐 일은 아입니더."

소매로 흙 묻은 얼굴을 닦아내는 그의 동작이 힘겨워 보이면서도 신선했다. 청량한 물이 쏟아져 내리는 계곡 속에 든 것 같은 느낌을 주었다.

"하기사 사람도 가리방상하다 아인가베."

호한이 고개를 끄덕이면서 하는 말에 부하는 적잖게 안타깝다는 빛이었다.

"시무 해를 넘기는 도라지는, 열 뿌리 중에 세 뿌리도 몬 되지예."

호한의 입에서도 한탄하는 소리가 나왔다.

"아, 그거밖에!"

역시 세상에는 무엇 하나 쉬운 일이 없었다. 더욱이 호한 자신처럼 관직에 있다가 나온 사람은 새로운 일을 시작한다는 게 한층 어려웠다. 비록 여식 비화가 먹고 입는 것에는 그다지 신경을 쓰지 않아도 될 만큼 충분한 돈을 주고 있지만, 호한은 계속 딸에게만 기댈 것이 아니라 이제는 쉴 만큼 쉬었으니 뭔가 내 할 일을 찾아야겠다는 그 생각을 벌써부터 했다.

그런데 세상의 중심 추가 오가는 정세를 들으니, 개인이나 가정도 문제지만 나라가 더 큰일이라는 아찔한 위기감을 절실히 느껴야 했다. 이럴 때일수록 범부凡夫로서의 나인 소아小我보다 대의大義를 생각하는 게 중요할 것이다.

'음.'

호한은 남모르게 지금 제 몸에 차고 있는 은장도를 가만히 만져보았다. 비화가 유명한 장도장粧刀匠에게서 구입해 준 칼이다. 그에게는 남자용 칼인 패도佩刀를 선물했고, 어머니 윤 씨에게는 중년 부인들이 차는 낭도囊刀를 선물했다. 그리하여 그는 그 칼을 허리띠나 옷섶 안에 찼고, 아내는 주머니 속에 지니고 있었다. 그리고 비화 자신은 처녀 때 가지고 있던 장도莊刀를 그대로 차고 있다.

그 생각 끝에서 호한은 그만 부르르 크게 몸을 떨었다. 지금이야말로 이 나라 남녀노소 모두가 제각각 은장도를 꺼내 사용해야 할 때가 아닌가 싶은 마음이 불길같이 확 일었던 것이다. 은장도를 꺼내 드는 만백성.

호한은 갑자기 술이 목을 타고 넘어가지 않았다. 조선 천지가 왜적이라는 마마에 걸려 온통 곰보딱지 세상이 돼가고 있다. 그는 자신이 갈곳 없는 나그네 신세가 되고 있음을 뼈저리게 깨달았다.

– 백성 3부 11권으로 계속

백성 10

초판 1쇄 인쇄일 • 2023년 10월 25일
초판 1쇄 발행일 • 2023년 10월 30일

지은이 • 김동민
펴낸이 • 임성규
펴낸곳 • 문이당

등록 • 1988. 11. 5. 제 1-832호
주소 • 서울시 성북구 동소문로 65-2 삼송빌딩 5층
전화 • 928-8741~3(영) 927-4990~2(편)
팩스 • 925-5406

ⓒ 김동민, 2023

전자우편 munidang88@naver.com

ISBN 978-89-7456-562-6 03810